孤城　春たり

澤田瞳子

徳間書店

孤城　春たり

目次

登場人物

山田方谷《やまだほうこく》
備中松山藩《びっちゅうまつやま》元締《もとじめ》兼吟味役《ぎんみやく》。藩校有終館学頭《ゆうしゅうかんがくとう》（校長）。私塾「牛麓舎《ぎゅうろくしゃ》」を開き、有為《うい》の人材を多数育成。

熊田恰《くまたあたか》
備中松山藩物頭《ものがしら》兼剣術指南役。名を矩芳《のりよし》。宇和島での修行中に右目を傷《いた》める。

大石隼雄《おおいしはやお》
国家老《くにがろう》・大石源《げん》右衛門《えもん》の長男。近習頭《きんじゅがしら》。方谷の門人。

三島貞一郎《みしまていいちろう》
方谷の門弟。牛麓舎塾頭。のち中洲《ちゅうしゅう》と号す。

お繁《しげ》
御徒士頭《おかちがしら》・福西伊織《ふくにしいおり》の娘。牛麓舎唯一の女子。

山田耕蔵《やまだこうぞう》
方谷の養子。方谷の弟・医師山田平人《へいじん》の子。

奥田楽山《おくだらくざん》
漢学者。前有終館学頭。

浦浜四郎左衛門《うらはましろうざえもん》
山城番頭《やまじろばんがしら》。臥牛山《がぎゅうざん》に建つ御山城（備中松山城）の警固にあたる。

玉秀《ぎょくしゅう》
安正《あんしょう》寺の小坊主。俗名秀太郎《ひでたろう》。菓子商「白浜屋《しらはまや》」の跡継ぎだったが、店が潰れたため安正寺に入れられる。

平次《へいじ》
菓子商「駒形屋《こまがたや》」の主《あるじ》。

塩田仁兵衛《しおたにへえ》
中小姓《ちゅうごしょう》並十石三人扶持《ぶち》、塩田家の隠居。元勘定方《かんじょうかた》で山田家の家計を任されている。

塩田虎尾《しおたとらお》　仁兵衛の孫。

江川太郎左衛門《えがわたろうざえもん》　韮山《にらやま》代官。名を英敏《ひでとし》。韮山本塾・江戸分塾（縄武館《じょうぶかん》）双方で西洋流砲術の指南を務める。

辻七郎左衛門《つじしちろうざえもん》　備中松山藩側用人《そばようにん》。桑名松平《くわなまつだいら》家より勝静《かずきよ》に近侍《きんじ》して随行。

川田竹次郎《かわたたけじろう》　備中松山藩学問所篤学《とくがく》（塾頭）。のち甕江《おうこう》と号す。

新島七五三太《にいじましめた》　上州安中《じょうしゅうあんなか》藩士。のちの新島襄《じょう》。

榊原鏡次郎《さかきばらきょうじろう》　太郎左衛門の義兄。縄武館師範代。

峰《みね》　恰の妻女。六人の子の母。

お梅《うめ》　材木商・高田屋《たかだや》の女主人。元は福西家の女中。

早苗《さなえ》　耕蔵の妻女。浅尾蒔田相模守《あさおまいたさがみのかみ》家中、中島伝七郎《なかじまでんしちろう》の娘。

河井継之助《かわいつぎのすけ》　越後長岡《えちごながおか》・牧野玄蕃頭《まきのげんばのかみ》家中藩士。外様吟味役《とざまぎんみやく》。方谷に教えを受ける。

板倉勝静《いたくらかつきよ》　備中松山藩第七代藩主。周防守《すおうのかみ》。寛政の改革を行なった老中・松平定信《さだのぶ》の孫。伊勢《いせ》国桑名松平《くわなまつだいら》家から婿養子《むこようし》に入る。

板倉勝職《いたくらかつつね》　先代藩主。勝静の養父。

装画　西のぼる
装幀　鈴木俊文
（ムシカゴグラフィクス）

第一章　落葉

熊田恰《くまたあたか》がその男、山田方谷《やまだほうこく》を斬ろうと決めたのは、決して私利私欲ゆえではなかった。言うなれば、義のため。臣《しん》たるもの、主君のためにそうせねばならぬと思い定めたためだった。

（君側《くんそく》の奸《かん》は断じて除かねばならん）

そしてこの備中松山藩《びっちゅうまつやま》五万石、板倉周防守《いたくらすおうのかみ》（勝静《かつきよ》）さまご家中においてそれだけの覚悟を定めているのは、当節、藩一番の剣豪たる自分しかいない。少なくとも恰自身は、そう考えていた。

ただ、そんな自負を抱くたび、心のどこかに小さな風が吹き過ぎるのは、二十六歳になる今日まで、恰が生身の人間を斬ったことがないためだった。腕には十分な自信がある。長らく藩の剣術指南を務め、一昨年《おととし》、病で亡くなった父の武兵衛《ぶへえ》からは、幼い頃から激しい稽古《けいこ》を叩《たた》き込まれてきた。おかげで剣豪としての恰の名声は若き頃から高く、二十歳の秋から三年間、遊学した伊《い》予《よ》（現在の愛媛《えひめ》県）宇和島では、家中屈指の門人数を誇る奥田《おくだ》道場にて師範代に任ぜられもした。

一方、方谷などという気取った号を用いていても、あの忌々《いまいま》しい山田は所詮《しょせん》、筆硯《ひっけん》と算盤《そろばん》にしか才のない商家の出。京都で長く勉学を積み、藩校・有終館《ゆうしゅうかん》のお抱え儒者だった男なぞ、自らの腕をもってすれば、殺《あや》めそこなう恐れは万に一つもない。たった一つ問題があるとすれば、それをどうやって周囲に自分の仕業《しわざ》と気取《けど》らせぬかだ。

「旦那さま、旦那さま。そっちは船着き場でございますよ。今日は御根小屋《おねごや》に参上しなくてもよろしいんでございますか」

中間《ちゅうげん》の勘助《かんすけ》の遠慮がちな声に、恰はむっと呻《うめ》いて、草履履《ぞうりば》きの足を止めた。羽織の両袖をついて威儀《いぎ》を正してから、松山藩の政庁である御殿屋敷《ごてんやしき》、通称御根小屋へと続く坂を上り始めた。

ただの藩儒から一藩の財政を司《つかさど》る元締《もとじめ》に大抜擢《だいばってき》された直後とあって、山田はいま、藩内の各所から憎まれている。それだけにいつどこで闇討ちに遭ったとて、それ自体を怪しむ者はあるまいが、なにせ藩主・板倉勝静は山田を師も同然に遇している。このためその身に危難が及べば、詮議は苛烈《かれつ》を極めるに違いない。

ならば刀はあえてなまくらを用い、わざと太刀筋鈍く斬りかかるか。結果、息の根を止めるのに手間取り、無駄に山田を苦しめることになろうが、

（それもこれも、われらが殿をたぶらかした罰だ）

と胸の中で呟《つぶや》き、恰は長い築地塀《ついじべい》に囲まれた御根小屋を仰《あお》いだ。

備中松山藩は四方を山に囲まれ、お城下のかたわらを松山川（高梁川《たかはし》）が滔々《とうとう》と流れる小藩だ。仰ぎ見れば、古くよりこの地を眺め降ろし続けている御山城《おやまじろ》（備中松山城）の天守が、切り立った臥牛山《がぎゅうざん》の頂上近くに甍《いらか》を光らせている。

もっとも天守までの山道は険しく、大人の足でも優に一刻はかかる。このため東照大権現《とうしょうだいごんげん》・徳川家康《とくがわいえやす》公の江戸入府以来、代々の松山藩主は山裾に建つ御根小屋を御座所とし、藩士たちもこ

ちらに登城する。御山城には番人として、ごく数名の番人のみが詰めるのが慣例となっていた。

熊田家は剣術を家職とすると共に、代々、家老の次座である年寄役に任ぜられる名家だ。このため家禄は二百石と高く、恰も藩主に近侍する近習《きんじゅ》（小姓）を振り出しにお役を賜り、一昨年からは足軽を束ねる物頭《ものがしら》に任ぜられていた。

「おおい、熊田。熊田、待てったら」

御根小屋の御門の正面には、初代松山藩主・池田長幸《いけだながよし》が植えたと伝えられる楓《かえで》の古樹が堂々たる枝を四方に茂らせている。あざやかな紅に色づいたそのかたわらを通ろうとして、恰は背後から響いた野太い声に振り返った。

「これはご近習頭さま。お久しゅうございます」

「挨拶《あいさつ》はいい。それよりおぬし、その恰好《かっこう》はどういうことだ」

そう言って恰を土塀際に促《うなが》した男は大石隼雄《おおいしはやお》といい、国家老《くにがろう》・大石源右衛門《げんえもん》の長男。歳は恰より四歳下だが、藩主の覚えめでたく、すでに近習頭に任ぜられている男だった。

「どういうことと仰《おっしゃ》いますと」

「古びてはいるが、その肩衣《かたぎぬ》は絹だろう。袴《はかま》も同様ではないか。まさか、先日の殿のお達しを忘れたわけではあるまいな」

かく言う隼雄は熨斗目《のしめ》の弱い小倉袴《こくらばかま》に、秋にしては薄い木綿の肩衣を着している。

まったく、これがご家中で一、二を争う名家の御曹司《おんぞうし》とは情けない。舌打ちをしたい気持ちを堪《こら》え、「確かに仰《おお》せの通り、これは絹でございます」と恰は小腰を屈めた。

「ただすでにお気づきの如《ごと》く、これは父の着用の品を仕立て直した古着でもあります。藩の財政が厳しき今、上下厳しく倹約せよとの殿の仰せは、もちろん承知しております。ですがだからといって、まだ着ることのできる衣を捨て、木綿の上下を新しく拵《こしら》える方が、よほど殿のお言葉に背くのではと思った次第でございます」

育ちのよさゆえか、隼雄は気性がいささか素直にすぎる。恰の反論ももっともと思ったらしく、「む、確かに」と団栗《どんぐり》に似た丸い目を見開いた。

「そもそも昨年来の殿のご改革はすべて、藩の借財を返済し、財政を正しく改めんがためでございましょう。そのために、まず我ら藩士から身を引き締めよとのお言葉は分かります。されどだからといって、物頭たるそれがしが真新しい木綿の衣を身にまとうは、まさに本末転倒と申すべきもの。それがしは足軽どもに倹約のまことの目的を伝えんがため、あえて父の古着を着しているのです」

今朝、この裃《かみしも》に身を包んだ時から、誰かに注意を受けようとは承知していた。それだけにかねて用意の言葉が、するすると唇をつく。

他の者に見咎《みとが》められぬようにとの配慮だろう。大石隼雄は恰を自らの背で登城の者たちの目からかばいつつ、「おぬしの言い分、確かに一理ある」とうなずいた。

「だがな。わたしはともかく、他の者はそれでは得心すまい。ことに元締たる山田安五郎《やすごろう》さまに見咎められれば、きついお叱りを受けようて」

山田がこのたび登用された元締とは、藩財政のすべてを掌握《しょうあく》し、藩内各部署を監督する高職。

他藩で言えば、勘定奉行に当たる重責だ。加えて山田は元締の補佐役である吟味役《ぎんみやく》と御用部屋詰めをも兼職しており、藩主たる板倉勝静から家老に準ずる扱いを受けていた。

このため、大石隼雄が山田を敬って呼ぶのは当然だ。しかし頭ではそう理解していても、恰はこっそりと両の手を拳に変えずにはいられなかった。

(なにが山田安五郎さまだ。隼雄さまも周防守さまも、あの貧相な中年にすっかりだまされているのではないか)

藩の米櫃《こめびつ》が危機に瀕《ひん》しているぐらい、恰とて承知している。なにせ松山藩の石高《こくだか》は表向きは五万石だが、これは今から二百五十年も昔に行なわれた誤りの多い検地によるもので、実際の石高はわずか一万九千三百石にすぎない。

その一方、昨年没した先代藩主・板倉勝職《かつつね》はとかく派手好きで、藩の収入は年間三万両(約五十億円)弱に過ぎぬにもかかわらず、江戸藩邸を修復させたり、幕閣相手に盛んな酒宴を催したりと、時には年に五万両もの大枚を蕩尽《とうじん》させた。

昨年の時点で、大坂の商人たちに対する藩の借財は十万両(約百六十億円)。利子は年一万三千両に達しており、藩の財政は文字通り火の車。江戸と国表を行き来する参勤交代の道中に路銀が尽き、大坂まであわてて借用の使いを走らせることすらあり、街道沿いの宿場町では「貧乏板倉」という不名誉な仇名《あだな》すら囁《ささや》かれていた。

当代の板倉勝静は、もとは伊勢《いせ》国(三重《みえ》県)桑名松平《くわなまつだいら》家の八男にして、寛政《かんせい》の大改革を成し遂げた古《いに》しえの名老中・松平定信《さだのぶ》の孫。嫡子《ちゃくし》不在の板倉家に二十歳で婿《むこ》入りした彼からすれば、累代《るいだい》の借財に喘《あえ》ぐ松山藩は沈みかけた船も同然と映ったのだろう。養父・勝職が亡くなるや、さっそく藩内の綱紀を引き締め、財政再建に乗り出した若き藩主の意気込みは、一面では心強い。だがその右腕としてあの山田安五郎方谷を抜擢するとは、いったい誰が想像していただろう。

無言になった恰に、やっとその胸の屈託を察したらしい。大石隼雄は太い眉《まゆ》を困った様子でひそめた。あのな、と言いながら、色白の顔をぐいと恰に寄せた。

「山田さまを嫌う者が、江戸表にも国許にも多いことは分かっている。とはいえ、あの方は邪心のない真っすぐなお方なのだ。そりゃあ、それが行きすぎ、気に障る折もあるだろう。しかしこはひとまず、あの御仁を登用なさったわが殿を信じようではないか」

はあ、と曖昧《あいまい》に応じながら、恰は少年時代、藩校・有終館で遠目にした山田の風采《ふうさい》の上がらぬ姿を思い出していた。

あの当時、山田は有終館の学頭《がくとう》（校長）に着任したばかり。その顔色は三十路《みそじ》に入ったばかりとは思えぬほどどす黒く、鉢の大きすぎる頭とそれとは裏腹に細い顎先《あごさき》のせいで、鼠《ねずみ》が裃をまとっているかのように見えた。

山田家は曽祖父の代まで士分だったとの触れ込みだが、そんな話はどこまで本当か知れたものではない。幼い頃から神童の誉《ほま》れ高かったとの噂《うわさ》も話半分に聞くとしても、油屋の倅《せがれ》の分際で学問を志し、松山藩から学問扶持《ぶち》まで受けて京・江戸で勉学を重ねたのだから、山田は確かに学才には長《た》けているのだろう。

だが五尺三寸（約一・六メートル）もある身体《からだ》を屈めて人をすくい見る癖は、まだ少年だった恰の眼に卑屈としか映らなかった。加えて、ぼそぼそと聞こえづらい早口や何かを聞かれるとすぐに沈思黙考する姿も、有終館に通う藩士子弟の密かな嘲笑《ちょうしょう》の的だった。

それでも表向き、恰たちが山田を師として敬ったのは、儒学の基本的書籍たる四書五経や『資治通鑑《しじつがん》』などの史書を説く彼の講義に、前任の学頭である奥田楽山《らくざん》がしばしば顔を出したためだった。

奥田楽山は当時すでに、齢《よわい》七十を超えていただろう。出世を厭《いと》い、ただただ学問のみに打ち込むことを望んだ人物で、その春風駘蕩《しゅんぷうたいとう》たる気性には暗君だった板倉勝職ですら一目置いていた。そんな彼が隠居の身にもかかわらず、杖をつきつき、山田の講義を聞きに来るとあっては、藩校の生徒も知らんぷりはできない。しかたなく表向きだけでも彼を学頭として敬いはしたが、恰が早々に学問に見切りをつけ、家職たる剣術を極めんと志したのは、そんな山田への嫌悪に依《よ》るところも大きかった。

人には分というものがあるのだ。侍には侍の、商人には商人の分を弁《わきま》えねばならぬ中、あんな貧相な輩《やから》が藩政改革に当たっては、もともと傾いている松山藩は今度こそ取り返しのつかぬ水底に沈んでしまう。

異例の出世を遂げた山田を面白く思わぬ者は、藩内の随所にいるのだろう。江戸・桜田御門外の松山藩上屋敷では先日、厩《うまや》の壁に、

——山だしが何のお役にたつものか　への曰《いわ》くの様な元締

——御勝手に孔子孟子《こうしもうし》を引き入れて　なおこの上に唐《から》にするのか

との狂歌が貼り出されたという。

「山だし」は山田安五郎方谷の姓と、十分ではない出自を同時に嘲《あざけ》ったもの。儒学の書物に多用される「子曰《しい》く」の定型文を「への曰く」と記し、新任元締なぞ何の役にも立たないとあてこすっている。

またもう一首の「御勝手」とは藩の奥向き、つまり財政を指す。そこに孔子・孟子といった唐国の学問に通じた山田を登用することで、「更《さら》に財政が空になってしまうぞ」とその手腕を危ぶんだ歌だった。

勝静は板倉家に養子に入って間もなく、世子《せいし》（世継ぎ）として備中松山にお国入りし、有終館学頭たる山田から史書の講義を受けたと聞く。名老中だった祖父を深く思慕し、英邁《えいまい》で学問を好む勝静には、学識に長けた山田はさぞかし切れ者と見えたのだろう。だが四角四面な文字を相手取った学問と、小さくはあれど藩ひとつの舵取《かじと》りが同じなわけがない。

だいたい、山田も山田だ。隼雄の父である家老・大石源右衛門を始め、有為の士は藩内に幾たりもいる。まことに学問を積み、世の道理を心得た男ならば、藩主の覚えがどれだけめでたかろうとも、身に余る重責は深く辞すものではないか。そう思えばなおさら、灰色の鼠そっくりの山田が、若き藩主をたぶらかした奸臣としか見えなくなる。

（それに……）

一昨年の初夏、父の急逝の報を受け、修行先たる宇和島《うわじま》から急いで帰国した折の光景が、脳裏を過《よ》ぎった。ああ、そうだ。あの日、お城下で急いで屋敷に向かう道中で行き合った山田は、わざわざ恰を呼び止め、言ってはならぬ言葉を口にした。あの瞬間から恰は心の奥底で、山田安五郎へのほの暗い怒りを胸に抱き続けてきたのだ。

山田は十年ほど前から、有終館で学頭を務めるかたわら、御前丁《おんざきちょう》に与えられた邸宅の一角で牛麓舎《ぎゅうろくしゃ》なる私塾を営んでいる。恰にはとんと理解ができぬが、そこでは有終館の主たる学問である儒学の一派・朱子学はもちろん、山田が江戸にて学んできた陽明学《ようめいがく》なる儒学も伝授されているそうで、大石隼雄も門人の一人に名を連ねていると聞く。

つまり結局、隼雄も勝静同様、山田にだまされているのだ。ならばこれ以上なにを言っても無駄に違いなかった。

「お話はそれだけでございましょうか、大石さま」

「ああ。おぬしの如く武芸に長けた者には、山田さまのやりかたはまどろっこしく思えるかもしれん。だが実は先生は、この改革には六年かかると漏らしていらしてな。一見、六年は長い。しかし本当にそれで十万両の借財が消えると思えば、短いぐらいじゃないか。おぬしも足軽どもたちが不平不満を口にしていたら、とにかく六年の我慢だと伝えてくれ。いいか」

なんと、ついに山田を先生呼ばわりか。恰が内心呆《あき》れ返った、その時だった。

「ごめんくだされ。山城番頭《ばんがしら》・浦浜四郎左衛門《うらはましろうざえもん》、御山城に上るべく、まかり通りまする」

片手の杖をかつかつと鳴らしながら、ぶっさき羽織に裁付袴《たっつけばかま》、草鞋《わらじ》に足元を固めた初老の武士が、恰たちのかたわらを顔を伏せて通り過ぎていった。

「通りまする、通りまする。皆さま、お許しくだされ」

言葉面は勇ましいが、自分の足元だけを見つめながらの浦浜の声は低くくぐもっている。

山城番とは、臥牛山山上にそびえる御山城を警固する役人。藩の政庁が御根小屋に移って久しいだけに、御山城の警備といってもそれは形ばかりで、山上の番所に常時詰めているのはわずか四人に過ぎない。しかもそのうち三人は微禄の足軽で、番頭の浦浜だけが藩士として、もう二十年余りも御山城に通い続けていた。

このため藩内では、山城番頭は閑職《かんしょく》中の閑職と見なされている。ゆえに家中では浦浜が長年同じ職務についていることを訝《いぶか》しみ、「以前、ご家老のお怒りを買ったためだそうだ」「いいや、先代の殿から切腹仰せつけられたところを辛うじて許され、代わりに死ぬまで山城番頭を務めることになったらしいぞ」など様々な噂が飛び交っている。だが浦浜自身はそんな風評を意に介する気配もなく、来る日も来る日も人目を憚《はばか》るように背を丸め、御山城に登り続けていた。

江戸にて大樹公《たいじゅこう》（将軍）が政《まつりごと》を執《と》り始めてから、本年嘉永《かえい》三年（一八五〇）で約二百五十年。長い太平の世の最中とあって、程度の差こそあれ、どの藩でも政は弛緩し、不可思議な人事がまかり通っていると聞く。

（だが、それにしてもわが藩はひどすぎる）

遠ざかる浦浜の背を、恰は苦々しい思いで睨《にら》みつけた。

浦浜を長年、いてもいなくても構わぬ閑職に据えているのも、山田を突如抜擢するのも根っこは同じ。そしてお家が財政の危機にあればこそなお、まずはそんなひずみを取り払わねばならない。

山田を斬れば、勝静も藩政改革の困難を思い知るだろう。どういった人材を登用すべきかが真剣に検討されてこそ初めて、改革は端緒に就くのだ。

「そういえば、おぬし、目の方は最近、どうなのだ」

思いがけぬ言葉に振り返れば、隼雄がまっすぐに恰の顔を見つめている。はっと片手で右目を押さえた恰に、「いや、先ほどから気になっていたのだ」と隼雄は声をひそめた。

「おぬしが宇和島におった頃、剣術の試合の際に目を傷めたことは、藩内では周知の事実だ。ただおぬしは近習として出仕を始めた折、目はすでに治ったとわたしに言ったな。それが先ほどから右目を眇《すが》めっぱなしとはどういうことだ。もしや古傷が痛むのか」

物頭に加え、剣術指南のお役を仰せつかっている立場上、目が悪いと知れるわけにはいかない。それゆえ恰はこれまで、右目がどれほど霞《かす》み、痛んだとて我慢をし、震えそうな瞼《まぶた》を堪えて日を送り続けてきた。自邸を出る際、鏡を覗《のぞ》き込み、双眸《そうぼう》が同じように開いているかと確かめるのは、家督を継いで以来の癖だ。ただそれでもこの半年あまりは日に日に右目は霞み、知らぬうちに片目だけでものを見ていることも多かった。

配下の足軽たちは、恰が始終渋面を作っているだけと思い込んでいるらしい。だが長い付き合いの隼雄には、恰の異変がはっきりと分かるのだろう。「御医師には診てもらっているのか」といかにも育ちのよさげな丸顔に、心配の色を走らせた。

「かの剣豪・柳生十兵衛《やぎゅうじゅうべえ》は父親との試合の折に右目を損なったと伝えられているが、あれは実はただの作り話らしいな。実は十兵衛は隻眼ではなかったらしい。いずれにしても、武士にとって目はなにより大切なもの。調子の悪さを知られたくないのは分かるが、今のうちに御医師にかかっておけ。わたしからもこっそり、頼んでおいてやる」

「それは――ありがとうございます」

かすれそうになる声を、恰は必死に励ました。まだ何か言いたげな隼雄に一礼して踵《きびす》を返すと、物頭詰所へと至る坂道を半ば駆けるように急いだ。

草履の足がずるりとすべり、歳月に磨かれた石段に爪先がぶつかる。鋭い痛みが右足に走り、恰は奥歯をぎりぎりと噛《か》みしめた。この目が医術で治るものではないぐらい、己自身が嫌というほどよく承知していた。

恰が右目に傷を負ったのは、四年前。宇和島藩での修行中に行なわれた他流試合でのことだった。恰の弾いた相手の竹刀が折れ、その先革《さきがわ》（竹刀の先端部分の部材）の破片が、まっすぐ右目に飛び込んできたのだ。すぐに医師の手当てを受けたこともあり、直後に覚えた激しい痛みはほんの数日で癒えた。だが以来、右目に映る光景はまるで逢魔《おうま》が時の如く薄暗く、日によってはそれが水をくぐったかのように揺らぐ。

それでも父の急逝を受けて松山藩に戻った時は、ままにならぬ右目にもどうにか慣れ、この分なら怪我を隠して生きていけると考えていたのだ。それがここに来て、突如、悪化を始めるとは。

これまで多くの剣士と出会って来ただけに、恰は古傷の恐ろしさをよく知っている。おそらく自分の右目は今後ますます悪くなり、いずれは何も映さぬようになるのだろう。早くに学問に見切りをつけ、剣の腕のみを頼りに生きてきた恰にとって、それは死よりも恐ろしいことであった。

顔を上げれば、長く続く土塀の際に、痩せた松の木が長く枝を伸ばしている。恰は強く唇を引き結ぶと、四囲に人気《ひとけ》がないと確かめてから、右手をゆっくりと腰の大刀に伸ばした。

鋭い気合が唇を突くとともに、刃が虚空に弧を描く。一瞬遅れて、松の枝がごとりと地面を叩き、淡い秋陽がその切り口を白々と照らし付けた。

大丈夫だ。右目が使い物にならずとも、己の太刀筋には一分の乱れとてない。山田を斬ることは藩内の佞臣《ねいしん》を排するとともに、いまの自身の腕を自らに証《あか》しする行為。それだけになんとしても仕損じてなるものか、と恰は己に言い聞かせた。

難しいことではない。山田安五郎の邸宅のある御前丁は、松山川に流れ入る小高下谷川《ここうげだにがわ》のほとり。お城下のはずれに位置し、昼でも人通りの乏しい一角である。

加えて元締を仰せつけられて以来、山田は毎夜遅くまで御根小屋内の御用部屋に詰めている。倹約をみずから奨励するためか、中間の一人すら従えず、真っ暗な川辺の道を定紋入りの提灯を手に帰邸すると聞くだけに、失敗する方が奇妙というものだ。

ただ首尾よく山田を殺せたとて、それで下手人が恰と知れては意味がない。あんな佞臣ゆえに咎を受けるなぞ、まっぴらごめんだ。ゆえに恰はこの日から、足腰を鍛えるためと称して、毎晩、臥牛山への登山を始めた。

藩内の監察に当たる目付にも、

「つきましては、御山城の大手門前まで登らせていただきます」
と願い出て許しを得ると、人々が寝静まった川辺の道を山へとひた駆けるようになった。

松山城下町は松山川に沿って南北に長く人家が建ち並び、小高下谷川・紺屋川《こうやがわ》の二本がその町筋を東西に区切っている。二本の川に挟まれた町筋は町人町で、川辺の道を駆けながら振り返れば、その界隈《かいわい》には深更《しんこう》を過ぎてもなお煌々《こうこう》と灯《とも》りが点っている。賑《にぎ》やかな三味線や歌声が、川風とともに響いてくる夜も珍しくなかった。

松山藩では先月、九箇條からなる倹約令が布告された。「衣服はみな綿織物を用い、絹の使用を禁じる」「簪《かんざし》は武士の女は銀かんざし一本のみ、以外は真鍮《しんちゅう》を用い、櫛《くし》の類《たぐい》は木・竹のみ」といった命令とともに、「宴会や贈答はよほどのことがない限り禁止。飲食は一汁一菜のみ」という規定がそこには混じっていた。しかし以前と変わらぬ賑わいを遠望するに、町人たちはまったく倹約令に従う気がなさそうだ。

借財が多い松山藩では、恰が知る限りでも過去に幾度となく、倹約令が出されてきた。そのいずれもが一、二年で有名無実となって来ただけに、町人衆は今回も同様と高をくくっているらしい。

恰は今まで、そんな町人たちをふてぶてしいとすら思っていた。だが事ここに至っては、そんな彼らの開き直りが、何やら心強い。

山道をひと息に駆け、御山城前の大手門を拳で叩き立てると、かたわらのくぐり戸がぎいと開く。山城番の足軽が水を満たした湯呑《ゆのみ》を欠け盆に載せて差し出しながら、真っ暗な山道を怖々《こわごわ》と見下ろした。

「今夜もお越しでございますか。これで十日になりましょうに、ようお続きでございますなあ」

「なあに、慣れてしまえば大したことはない。それよりも毎晩毎晩、騒がせてすまぬな」

「いえいえ。訪れるものと言えば猿や猪《いのしし》ばかりの、退屈な宿直《とのい》でございます。むしろお越しいただき、ありがたいぐらいで」

番頭の浦浜四郎左衛門は夕刻には下山し、夜間は宿直の足軽、二人のみになるという。嬉し気に笑う足軽に、「ありがたいのはむしろこちらだ」と胸の中で呟き、恰は湯呑の水をひと息にあおった。

毎晩、こうやって御山城の足軽と言葉を交わし、夜歩きを喧伝《けんでん》しておけば、山田が殺されたてそれをすぐに自分と結びつける者はおらぬだろう。うまく行けば足軽たちは、山田が殺されたと思《おぼ》しき時刻には、恰が山上にいたと誤った証し立てをしてくれるかもしれない。それだけに普段よりも物柔らかに足軽と言葉を交わすと、恰は「馳走《ちそう》になったな」と立ち上がった。お気をつけて、という声を背に、急峻《きゅうしゅん》な石段をまっすぐに駆け下りた。

それとなくうかがった限りでは、山田が御根小屋を出るのは毎晩、亥《い》ノ刻《こく》（午後十時頃）前後。山駆けを始めて以来、すでに二度往来で行き合っているが、いずれも考え事をしていたと見え、恰がかたわらを通り過ぎても意に介する様子はなかった。

川の水音を頼りに駆けるうち、足元は次第になだらかになり、左手に武家屋敷が建ち並び始めた。やがて、行く手に提灯の灯《ひ》がぽつりと点り、見る見るうちにそれが大きくなる。

（今宵は今が戻りなのか）

大きな頭をうつむけた山田の無防備な姿が、淡い橙色《だいだいいろ》の灯にぼうと浮かび上がった。見回せば、往来に他に人影はない。肩におのずと力が籠《こも》る。斬るか、と恰は自問した。いずれ訪れるこの日のために手立てを講じ、幾度となく太刀筋を脳裏に思い描いてきたのだ。それが今日に早まったとて、ためらう必要などありはしない。

ただ頭ではそう分かっていても、いざ刀の柄《つか》に手をかければ指先は震え、背には冷たい汗がにじむ。

恰は足音を殺し、川沿いに茂る柳の木陰に身を寄せた。だが山田は相変わらず考え事をしているのか、こちらの足音が消えたことに頓着する様子もなく、長い坂道をゆっくりと登って来る。心もとなげに揺れる提灯の灯が、顎の肉の乏しい山田の顔を下からぼうと照らしつけている。もともと長いその鼻がますます間延びし、恰の目には視界いっぱいを占めるほど巨大に映った。

かつて藩校・有終館に通っていた事実からすれば、山田は恰の師だ。いくら山田が佞臣でも、その殺害は人倫に背くのではとの躊躇《ちゅうちょ》が、今さら足を地面に縫い留めた。そんな自らを鼓舞せんと、恰はぐいと両手に力を込めた。

そうだ。ためらう必要はない。山田は斬られるに十分な罪を犯している。若い主君をたぶらかし、元締兼吟味役という高職を得た罪、商人出の分際で松山藩の財政に深く立ち入り、倹約令を発布させた罪。

（——そして）

これは熊田どの、という山田のかすれた声が、昨日のことの如く、耳朶《じだ》の奥に蘇《よみがえ》った。あれは二年前、父の死に伴い、恰が宇和島から急いで帰国した折。まずは御根小屋に伺候し、国家老に帰国の挨拶をせねばと、旅装のまま御殿坂を登っていた恰は、たまたま行き合った山田安五郎の呼びかけに、笠を小脇に抱えたまま目礼した。

松山藩は山間《やまあい》の小藩だけに、海がない。ただ松山川が瀬戸内の海に流れ入る一帯には藩港たる玉島《たましま》港が置かれ、高瀬船が高瀬通しと呼ばれる水路と松山川を用いて、玉島と城下を結んでいる。

恰は宇和島からの船を乗り換えた玉島でも、松山城下までの高瀬船の中でも、顔見知りの藩士や役人たちから急病で没した父への悔やみをしばしば受けていた。それだけにてっきり、山田安五郎も同様と思ったのだが、彼が続けて口にしたのは、「お目を傷めておいでではありませんか」という思いがけぬ言葉であった。

「先ほどから拝見しておりますと、一見まっすぐ歩いておいでのようで、実はわずかに右へ右へと曲がっていらっしゃいます。宇和島での修行中、目に怪我を負われたとうかがいました。もしやまだその傷が――」

「そんなことはありませぬ。山田どのは何か、見間違えておられるのでは」

御免、と無理やり話を打ち切って歩き出した頭は火照《ほて》り、握りしめた拳がわなわなと震えていた。

確かに恰の視界は今なお、幕を下ろしたかのように暗い。だが急逝した父に代わって熊田家を担わねばならぬ今、この目の有様を表沙汰にはできぬのだ。そんなことになれば先祖代々の剣術指南のお役は間違いなく失おうし、ことによっては恰の家督相続すら許しが出ぬやもしれない。いくら商人の出とはいえ、山田とて藩の禄を食《は》む身。士分の事情ぐらい、承知しているはずではないか。それにもかかわらず往来で堂々と目の異常を口にした彼に、恰は激しい怒りを覚えた。

山田がその後も学頭の地位に留《とど》まり続けていれば、恰とて我慢ができただろう。だがその彼がかくも深く藩政に関わるに至っては、もはや知らぬ顔はできない。あの男が恰の目のことを、殿に告げることとてあり得るのだ。

恰は手早く草鞋の緒を解き、足袋裸足になった。汗ばむ掌《てのひら》を袴腰で拭《ぬぐ》い、近づいてくる提灯に目を据えたまま、右手を刀の柄にかける。

いくら憎い男が相手でも、背後からの一刀は卑怯《ひきょう》だ。せめて正面から斬りつけ、自分が誰に襲われたのか、冥途の土産に教えてやろうと考えながら、柳の木陰から歩み出ようとした、その時だった。

「待て、山田。待ってくれ」

上ずった男の声が、往来に突然響き渡った。恰が再び木陰に身を隠すのと、武家屋敷の間の小路から、小柄な男がつんのめるように出てきたのはほぼ同時。

山田は提灯を掲げ、その人影に目を凝らした。「四郎左か」と呟いてから、驚いた風もなくそちらに歩み寄った。

「久しいな。十七、八……いや、二十年ぶりか」

揺れる提灯の灯が、泥の散ったぶっさき羽織とくくり袴を照らし出す。

「ああ、次の春で二十年だ。お互い歳を取ったな」

と応じつつ、山田を上目遣いに見つめ返したのは、山城番頭の浦浜四郎左衛門だった。

相手の卑屈な眼差しに気づいているのかいないのか、「わたしが御根小屋に詰めるようになれば、いずれ会えようと思っていたのだが。番頭とはなかなか忙しいものらしいな」と山田はそれが癖の早口で応じた。

「足軽に幾度おぬしのことを尋ねても、いつも番頭さまはもう御山城に登られましたという答えばかりだった。雨の日も風の日もあろうに、一日も欠かさず険阻《けんそ》な御山城に登り続けるとは、まったく見上げたものだ」

「下手な世辞を言うな。わしのような軽輩には、そんなお役目しか与えられぬだけだ」

それに比べれば、と続けながら、浦浜は皺《しわ》の目立つ双眸をしばたたいた。

「同じ門下に育った仲にもかかわらず、おぬしの出世の目覚ましさと来たら、わしとは月と鼈《すっぽん》だ。新見《にいみ》の松隠《しょういん》先生もあのやせぎすだったあ奴《やつ》がと、草葉の陰でさぞお喜びだろう」

山田は幼くして学問を志し、わずか五歳で新見藩お抱え儒者・丸川《まるかわ》松隠の私塾に入門したと聞く。

松山の西に位置する新見は、今から約百五十年前、松山藩領の一部を割譲して立てられた藩。ゆえにこの両藩間は人の行き来が盛んで、恰の父方の叔母も新見藩士に嫁いでいる。ただ一時は学者の私塾に入門していたとすれば、浦浜は学問による立身を志していたはず。そんな彼が現在、備中松山藩きっての閑職に追いやられている点に、恰は不審を覚えた。

しかも山城番頭の職務を思えば、浦浜は幾らでも山田と対面する暇があったはずだ。それが長らく叶《かな》わなかったとは、浦浜は山田を避けていたのだろうか。加えてその彼が夜更けに及んで山田を待ち構えていた奇妙さに、恰は目を眇めた。

駄目だ。いずれにしてもこれでは、今日は山田を斬れそうにない。恰は刀の柄から手を放し、両手をゆっくりと懐に納めた。もしかしたら、山田を追い落とすに足る何かを聞けるかもしれないと、柳の陰で耳をそばだてた。

「さて、それはどうだろう。丸川先生は、世事にはなるべく関わらぬことを旨となさっていらした。わたしがこんな高職を賜ったとお知りになれば、さぞお怒りになられただろうよ。――立ち話も何だ。よかったら我が家に来るか」

「いや、それには及ばん。それに、わしのような怠け者を屋敷に入れたと知れれば、おぬし、口さがない連中に陰口を叩かれるぞ」

ただな、と続けて、浦浜は素早く四囲を見回した。

「その……おぬしに一つ頼みがあるのだ。風の噂によれば、おぬしはご家中の勝手不如意《ふにょい》（財政逼迫《ひっぱく》）を整頓するため、来春にも藩内諸士百名あまりに永御暇《ながのおいとま》を与えるそうだな」

なんだと、と驚きの声が漏れそうになるのを、恰はあわてて飲み込んだ。

永御暇とは、藩士が主君から命じられる解雇を意味する。町人ならば、雇い主から仕事を奪われても、家や生まれ育った土地まで追われることは滅多にない。しかしこれが仕官の侍となると、現在の家屋敷はすべて藩主からの預かりもの。このため永御暇を仰せつけられた武士は住み慣れた屋敷を藩に返上し、新たなる住まいを求めて、お城下を離れねばならなかった。

先だって触れ出された九箇條の倹約令の第一條には、「年月を期して藩士の穀禄を減じる」――つまり期間を決めて、藩士の禄を減らすとあった。そして実際この秋から、恰を含めたすべての藩士の禄は、等しく一割減らされている。

ただ、一割と言わず、藩士に与える禄が丸ごと減れば、藩の財政はその分、大きく潤う。なにせ十万両もの借財を背負っている松山藩だ。それぐらいの大鉈《おおなた》を振るう計画が秘密裏に進んでいたとて何の不思議もないと、恰には思われた。

「待て、四郎左。おぬし、そんな噂をどこで聞いた」

山田の硬い声に、「配下の足軽どもからだ」と浦浜は打てば響く速さで応じた。それでいてその語尾は上ずり、握りしめた拳も震えているのが遠目にもはっきり分かった。

「とはいえわしとて、軽輩ながらご家中の一員だ。お家の大事はよく分かっているし、おぬしとて悩みに悩んだ末、永御暇に踏み切るのだろう。ただ、かつての同門のよしみにすがって、一つ頼みがある。わしのような穀《ごく》つぶしが御暇を賜るのは、しかたがない。ただせめて御山城番の足軽どもは、その人員から外してやってはくれまいか」

「だから待てと申しているだろうが。そんな話、わたしはまったく知らぬぞ」

珍しく語気を荒らげ、山田は無理やり浦浜の言葉を遮った。

「だいたい、わが殿はなぜ御勝手元を改めんとなさっているのだ。お家を守り、この先も健やかに存続させんがためだろう。それなのにお家の礎たる臣下に御暇を遣わしては、本末転倒ではないか。仮に殿やご家老がそんなことを言い出されたとて、この山田安五郎がお止めいたす。まったく、どこからそんな根も葉もない噂が出てきたのやら」

「噂、噂だと。それは本当か」

問い質《ただ》す浦浜の声が、哀れなほどかすれる。本当だ、と山田がうなずくや否《いな》や、支えを失ったかのように、その場によろよろへたり込んだ。およそ武士とは思えぬ情けなさに、恰は内心舌打ちをした。

あの様子では浦浜は配下の足軽たちを庇《かば》いながらも、いざ自分に永御暇が申し付けられれば、どれほど情けない態度を見せたかもしれない。だいたいかつての同門の癖に、山田ごときにぺこぺことへつらう心構えも、恰には気に食わなかった。

「ああ、本当だ。すまんが四郎左、殿は決してそんな真似をなさらぬと、配下どもにそれとなく告げてはくれまいか。わたしからみなに触れ回るのはたやすいが、何せわたしは家中で憎まれているからな。下手に言いまわっては、むしろ永御暇の実施を隠そうとしているだけだと勘繰られるかもしれん」

山田は浦浜に向かって、手を差し伸べた。だが浦浜はそれを断ってゆっくりと立ち上がり、

「あい分かった」と尻の土を払った。

「だが、山田。まことに永御暇は行なわぬのだな。わしを憎むあまり、偽りを申しているのでは

あるまいな」

「しつこいぞ。だいたいなぜわたしがおぬしを――」

山田の言葉が不自然に途切れた。伸ばした片手もそのままに身動きを止めた山田に、「二十年だ」と浦浜はまだ震えを留めた声で畳みかけた。

「おぬしは昔から、人並み外れた秀才じゃった。父御が亡くなったために先生のもとを辞し、家業の油屋を継いだ後も学業を続け、その評判ゆえにご先代さまから二人扶持を賜ったほどにな。藩校で学ぶことを許されるばかりか、更には京都遊学を許可され、遂に士分に取り立てられたのも、すべてその学識ゆえじゃ」

無言の山田に引き比べ、浦浜の声は次第に昂《たかぶ》り始めていた。

「家中の者どもはいま、元締に取り立てられたおぬしを誹《そし》り、あれこれ陰口を叩いている。されどわしに言わせれば、元締職なぞおぬしには遅い遅い。二十年前、わしがあのような真似をせなんだら、おぬしは今ごろ元締どころか年寄、いや家老にすらなっていただろう。だとすればおぬしの二十年は、わしが奪ってのけたも同然だ。それに進《しん》どのとて、わしがおらずば――」

「やめろ、四郎左。もはや過ぎた話だ」

山田の声は低く、同時に氷を孕《はら》んだかの如く硬かった。

この男たちは何の話をしているのだ。恰は刻々と凍《い》てつく秋気も忘れ、そのやり取りに耳を澄ませた。

「あの件があろうがなかろうが、わたしはわたしだ。お互いに今この時があり、こうやって同門同士、久方ぶりに話をしている。それでいいではないか」

「ああ。確かに、おぬしはそれでよかろうよ」

野犬だろうか、臥牛山の中腹から微《かす》かな遠吠えが響く。浦浜はそれに耳を澄ませるかの如く虚空に目をやり、「だが、おぬしに引き換え、わしはどうだ」と声を尖《とが》らせた。

「おぬしとは違って誰にも咎められず、同時に誰にも目を留めてもらえぬわしはどうすればよい。この太平の御代にあっては、山城番頭なぞ元服したばかりの若造でも勤められる。そんなつまらぬお役目だけを後生大事に担っていかねばならぬわしの気持ちが、昔も今も秀才であり続けるおぬしに分かるのか」

半ば怒鳴るように言い放ち、浦浜はがばと身を翻《ひるがえ》した。そのまま薄暗い路地へと走り入る浦浜を、山田は提灯を握ったまま追おうとした。だが二、三歩駆けただけで立ち止まると、すぐに大きな頭を軽くうつむけて踵を返した。遠ざかる浦浜の足音に耳を澄ませるかのように、そのまましばらく目を伏せていたが、やがて一つ深い息をついて、川沿いの坂道を再び自邸に向かって歩き始めた。

（二十年前、だと）

恰の目には、山田安五郎の出世は十分異例なものと映る。だが先ほどの浦浜四郎左衛門の口ぶりでは、山田の身には二十年前に何かしらが起き、それでこの年まで立身が遅れたかのようではないか。

加えて先ほど浦浜は、進なる人物の名を口にした。男か女かすら分からぬが、いったいそれは誰だ。

提灯の灯りがゆるやかに近づき、恰の爪先数寸のところをかすめて遠ざかる。気のせいか、普段よりも更に丸く屈まった山田の無防備な背中を見送りながら、「斬るのは後日だ」と恰は自らに言い聞かせた。

現在の松山藩内に山田を憎む者は多いが、その過去に触れる者は一人とていない。だとすればかつて起きた何事かはすでに糊塗《こと》され、藩主たる勝静にすら知らされておらぬ恐れがある。山田を斬るのはたやすい。だがもし二十年前の出来事とやらを暴き立てられれば、彼がいかに除かねばならぬ人物であるかを世に喧伝できるではないか。

二十年前と言えば、恰は六歳。藩校にまだ上がっておらず、父の武兵衛の厳しい指導のもと、一日の大半を剣術の稽古に費やしていた。

とはいえ昔語りを聞き回ろうにも、恰の父母および祖父母はすでに亡く、昨年、娶《めと》った妻の峰《みね》はまだ十八歳とあどけなさすら残る年齢だ。しかたなく翌朝、登城のために屋敷を出ながら、恰は中間の勘助に、「おい。今から二十年ほど前と問われれば、何を思い出す」と尋ねた。

勘助は、祖父の代から熊田家に仕えている。実直で折り目正しい彼であれば、恰が何を聞いたとて、それを余人に漏らしはすまい。こういったことには、もってこいの相手だった。

「はて、二十年前。文政《ぶんせい》十三年（一八三〇）、庚寅《かのえとら》の年でございますか」

「いや、一年ほどは前後していいかもしれん。とにかくその頃だ」

早朝の本丁一帯は、登城する藩士で賑わっている。その混雑を避け、御根小屋とは反対の方角へ歩を運ぶ恰に怪訝《けげん》な面持ちで従いながら、勘助は色の悪い唇をへの字に結んだ。

「はてさて。大殿（板倉勝職）さまに姫君がお生まれになったのはもっと後でございますし、武兵衛さまが腰を痛められたのは確か文政も七、八年……ああ、そうそう。暦が文政から天保《てんぽう》に改まった年でよろしければ、ちょうど桜が咲き切った頃合いに、有終館が火事でまる焼けになりましたなあ」

「そうか。あの火事がその頃か」

「当時の有終館はただいまとは違い、御殿坂と本丁の辻、ちょうどいま年寄役の金子《かねこ》さまのご邸宅が建っている場所にございましたからなあ。熊田のお屋敷まで火の粉が降りかかり、わしらも必死で火消しに努めました」

旧藩校の火事なら、恰も覚えている。その日、恰は珍しく母に連れられ、朝から玉島の遠縁の元に出かけていた。翌日屋敷に戻れば、数町向こうに甍を光らせていた有終館の堂宇は綺麗《きれい》さっぱり焼け落ち、辺りには息が詰まるような煤《すす》の匂いが垂れ込めていた。まだ火事装束の藩士たちがうろうろする様子に、恰は自分が奇妙な夢に迷いこんだ気がしたものだ。

「幸い風のない日だったおかげで、御殿坂や本丁界隈のお屋敷は大半が無事。ただ折しも非番でいらした武兵衛さまが駆け付けたにもかかわらず、有終館は本堂をはじめ、剣道場や蔵、中間長屋まで一棟も残さず焼け落ちてしまいましたし、火元との噂もあった西隣の山田安五郎さまのお屋敷も、母屋と離れが見事に焼けたと聞きましたなあ」

「火元だと」

そんな話は皆目知らない。驚きの声を上げた恰に、勘助はしまったとばかり目を泳がせた。だがすぐに観念した様子で、「あくまで噂でございますよ」と声を低めた。

「その日、山田さまはご生家のある西方村《にしがた》にご用事がおありで、お留守。火事の知らせに飛んで戻られるや、すぐさまお城下の松連寺《しょうれんじ》さまに謹慎なさり、いかなる罪も受けると仰せられたそうでございます。そんな山田さまのご様子から、あの方のお屋敷は有終館からのもらい火で焼けたのではなく、むしろ藩校の側が火を受けたのだとの噂が一時、流れたのでございます」

山田は当時、二十五歳。二年前に苗字帯刀を許されて士分となり、有終館会頭（教頭）に任ぜられるとともに、藩校の隣に屋敷を賜ったばかりだった。

勘助によれば、藩内には火事の直後から、山田家の妻女が庭の落ち葉を焼き損じたのが火事の原因だ、いや違う、蔵の片付けをしていて手燭《てしょく》の灯を倒したらしいなどと、様々な風評が飛び交ったという。だが藩目付は焼け跡を詳細に調べた結果、山田にも、足を火傷《やけど》しながらも助かった妻にも、咎はないと判断。結局、火事の原因は分からずじまいとなったが、有終館学頭だった奥田楽山が、「過ぎたことはしかたがない。それよりも藩校再興こそが肝心じゃ」と奔走を始めたこともあり、火元に関する噂はすぐに下火となった。

「それに八年後には、恰さまもご存じの天保十年の大火がお城下を襲いましたからな。紺屋川を挟んだ南北、市中六百軒が焼ける大火事に見舞われてしまえば、まあ有終館が焼けた程度の火事など、大したことではないというわけで」

確かに恰が十五歳の年に起きた火事はすさまじく、楽山の尽力で中之丁に再建成ったばかりの有終館や足利尊氏《あしかがたかうじ》創建の古寺・頼久寺《らいきゅうじ》を含め、お城下の三割が灰燼《かいじん》に帰した。火の一部は武家町にも及び、恰の友人の中にも火事で命を落とした者が出たほどだ。それだけにあの大火が、先立つ火災の噂をかき消したのは分からぬでもなかった。

火付けは本来、死罪にも相当する重罪。それだけに藩目付が目こぼしをしたとは到底考え難く、山田もその妻も本当に火災に関わっておらぬのだろう。実のところ理由不明の火事など、人が暮らす場には珍しくはない。ただ、だとすれば浦浜の口にした「二十年前」とは何を意味しているのだ。

（ううむ。まったく、分からん）

もともと恰は小難しく頭を悩ませるぐらいであれば、刀で白黒をつけたい気質だ。加えて宇和島での修行から戻って以来、恰は目の怪我を周囲に気取られぬよう、藩校の旧友たちともなるべく交誼《こうぎ》を避けていた。それだけに山田にまつわる話を聞き込もうにも、手蔓《てづる》は情けないほど乏しい。

残る縁故といえば、亡き父から引き継いだ剣術の弟子たちだが、これまた目の不調を隠さんがためにしかめっ面を決め込み続けてきたせいで、彼らはみな恰を気ぶっせいな男と思い込んでいる。そんなところに今更、世間話なぞ仕掛けられるものか。

頭を抱える間にも秋は深まり、ある日、恰が詰める物頭詰所に、珍しく大石隼雄が顔を出した。

「足軽を五名、貸してくれ」と告げて、懐から取り出した帳面を慌ただしく繰った。

「大坂への藩用の供をさせるのだ。年は食っていても、足の速い者が助かる。下手をすれば来年まで国許に戻してやれぬかもしれぬが、許してくれ。ご要職がたのお許しは得ている」

「承知しました。近習頭さま御自ら、大坂にお下りですか」

国内諸藩の大半は、大坂に蔵屋敷を置いている。これは商業の中心たる上方《かみがた》に拠点を構えることで、藩内の特産品を諸国に売りさばくため。備中松山藩では煙草《たばこ》や大高檀紙《おおたかだんし》といった品々が、お城下から玉島、更に大坂蔵屋敷へと船で運ばれていたが、一方で蔵屋敷は大名相手に貸し付けを行なう大坂の豪商との交渉の場をも兼ねている。このため莫大な借財を抱える備中松山藩にとって、大坂蔵屋敷は国許・江戸表に次ぐ第三の勝手許でもあった。

折しも季節は秋。今年の年貢高も定まりつつあるだけに、恰はてっきり隼雄が蔵屋敷に向かうのだと思った。だが隼雄は違う違うと顔の前で手を振り、「大坂に参られるのは、山田先生だ」とあっさり答えた。

「大坂には、わが藩が世話になっている銀主《ぎんしゅ》（大名貸しを行なう豪商）が幾人もいるからな。ご家中の苦衷《くちゅう》を包み隠さず打ち明け、借財整理の手伝いを依頼なさるそうだ」

はあ？　と我ながら間抜けな声が、恰の口を突いた。

各地で収納された年貢の米や特産品が寄り集まる大坂は、日本一の港にして、商業の中心地。大坂・堂島で決まった米相場はすぐさま江戸や諸国に伝えられ、各地の景気をも左右する。

加えてかの地の豪商たちはほうぼうの藩に銭の用立てを行なっており、たとえば大坂屈指の両替商である加島屋久右衛門《かじまやきゅうえもん》は、備中松山藩はもちろん、全国諸藩の約三割に金を貸し付けているとの話だ。

借金ばかりが膨らみ、「貧乏板倉」の仇名が街道沿いに広まっている今、松山藩の窮状は商人たちとて薄々察していよう。とはいえ五万石とされている石高は実際は二万石に満たず、その癖、借金だけは大大名並みの十万両とは、さすがに藩士以外は知らぬはず。それだけに家中の勝手不如意を隠さず打ち明けなぞすれば、その噂は嘲《あざけ》りの声を伴い、あっという間に大坂じゅう、いや全国津々浦々に知れ渡るに違いない。

「お待ちください。そんな真似をしては、備中松山藩の恥を天下に触れ回るも同然。どの店も二度とわが藩に銭を貸してくれなくなります。それでは勝手許はますます苦しくなるだけでは」

詰所に控える足軽たちがいなければ、恰はその場に跳ね立って、山田は何を考えているのですと叫んでいただろう。それを必死に堪えるあまり、隼雄に詰め寄る声は上ずっていた。

「いや、先生はそもそも、商人からこれ以上、銭を借りてはならんとお考えなのだ。当然の理屈だが、泉は湧き上がる水より少ない嵩《かさ》を汲《く》めば決して枯れず、多くを汲み続ければいずれ枯れる。わが藩の勝手許がこれほどに苦しくなったのは、すべて身の丈に合わぬ散財ゆえ。そこに銭を借りられるあてがあると思えば、勝手許はますます改まらぬと仰せだ」

「だからといって、ご家中の内々まで打ち明け、お家の名を貶《おとし》める必要はありますまい」

「いいや、打ち明けねばならん。先生は今までの借財を、短ければ十年、長ければ五十年をかけて返してゆくおつもりらしい。そのための算段書（計画書）もすでに作り終え、あとは藩政が整うまでの数年、返済を待ってくれるよう、銀主たちに頼むだけだと」

「た、頼むでございますと。元締さまが――仮にも殿から勝手許を一任されているお人が、商人ごときに頭を下げるのですか」

もう我慢ならない。恰は両の拳で床を突き、隼雄に向かって膝行《しっこう》した。その勢いに驚いたと見えて小腰を浮かす隼雄に、「それは道理に合いますまい」と噛みつく口調でまくし立てた。

「いくら銭を借りているとはいえ、あちらはただの商人、こちらは板倉周防守さまを藩主といただく大名家。どうせもう何十年にも渉《わた》って借財は滞《とどこお》り、銀主とておいそれと銭が戻って来るとは思っておりますまい。ならそのまま知らぬ顔を決め込めばいいのに、なぜわざわざお家の恥をさらし、頭まで下げねばならぬのです」

あの鉢の大きな山田の頭が彼一人のものなら、煮るなり焼くなり好きにすればいい。だが仮にも元締の職にある以上、山田が頭を下げるとはすなわち、藩主たる板倉勝静が銀主たちに頭を下げるも同義なのだ。

先だっての夜に山田を見逃したことを、恰は悔いた。こんなことになると分かっていれば、要らぬ詮索など後回しにして、一刀のもとにあの男を斬り捨てておけばよかった。

怒りに顔を赤くした恰に、隼雄は薄い唇を結んだ。「確かにおぬしが申すのももっともだがな」と呟いて、帳面を懐に納めた。

「されど今、わが藩にもっとも大切なのは何だ。借りた銭を返し、勝手許を整えることではないか」

実情の倍以上の石高を振りかざし、借財に借財を重ねてきたのは、備中松山藩の咎だ。その事実を今後も銀主に偽り続ければ、確かに藩の体面は保てる。だがそれは藩政を立て直すという大信の前には、捨ててもやむを得ぬ小信にすぎない。そうひと息に語ってから、「まあ、これも先生の受け売りなのだがな」と隼雄は照れた様子で付け加えた。

「実のところ我が父を始めとする家老がたも、当初は先生の策に異を唱えられたと聞く。されどわが藩はもはや、先にも後にも進めん隘路《あいろ》に陥っているのだ。ならばここはわが殿を信じ、先生についていくしかないではないか」

この程度の異論には慣れ切っていると見え、隼雄は袴の裾をさっとさばいて立ち上がった。

「とにかく足軽の件は任せたからな」と言い置いて、さっさと詰所を出て行った。

お待ちを、と呼びかけようとした隼雄の茄子色《なすいろ》の袷が、分厚い氷を隔てたようにひび割れた。

同時に鈍い痛みが顔の右半分に走り、恰は板間についた手を拳に変えた。

またた。最近の朝晩の冷えが悪いのか、この数日、右目の具合はますます優れず、満足に目を開けられぬ折も珍しくない。

自分はこのまま、片目を失うしかないのか。その上、山田を大坂に行かせ、藩の名を屈辱に塗《まみ》れさせねばならぬとは。——いや。

恰は肩で大きく息をついた。こうなれば、もはや猶予《ゆうよ》はならない。幸い今日は新月。浦浜とのやりとりの謎が解けぬのは残念だが、それこそまさに大事の前の小事。今は山田の息の根を止めることこそが肝心だ。

痛む右目を堪えて一日の勤めを終えるや、恰は努めて平静を装って屋敷に戻った。日没とともに自邸を出、もはや習いとなりつつある御山城への遠駆けを終えると、山田の屋敷のある御前丁に急いだ。

いつ山田が帰路についても構わぬよう、その屋敷の門がよく見える路地に立つ。両手を寒風からかばって懐に納めた。

両目を必死に瞠《みは》って見回せば、わずかな星影の降る往来は歪《ゆが》み、どこが門やら築地やら分からない。これならいっそ左目だけを使った方がましだが、山田に右目の傷を看破されたことを思えば、それも忌々しい。

自分は武士だ。恰は己に向かってそう呟いた。

武士とは義と主君のために生きるものであり、惰弱《だじゃく》と卑怯はもっとも憎むべきところ。ならば自分はこの傷を背負ったまま、見事、山田を斬ってみせる。

どこかで夜烏《よがらす》が不気味に啼《な》き、背後にそびえ立つ臥牛山の木々が風に音を立てて騒ぐ。

「来い――」

思わずそう独りごちた刹那《せつな》、枯れ枝を踏んだような足音を耳が捉えた。それが背後からのものと気づくのと、とっさに太刀を抜き放ちざま振り返ったのはほぼ同時。

つい先ほどまで、足音や人の気配など微塵《みじん》も感じなかった。だとすれば音の主は気配を殺して恰に近づいてきたこととなるが、これが近隣の屋敷に暮らす藩士なら、そんな真似をする必要はない。

ひび割れた闇に、鋭い光輝が弧を描く。恰は袴の裾を大きく乱し、身体ごと曲者《くせもの》に向かって刀を突き入れようとした。

「待てッ。やめろ、熊田。わたしだ。御普請方《ごふしん》の岡田玄蕃《おかだげんば》だッ」

狼狽《ろうばい》しきった声とともに、両の掌をこちらに向けた男の姿が、歪んだ視界に飛び込んできた。

足を小石に取られたのだろう。後じさる相手の身体が、ずるりと不恰好に傾いだ。恰はあわてて、「なに、岡田だと」と邪魔な右目を閉じた。

「驚かせたのは悪かった。とにかく、刀を納めろ」

御普請方五十石扶持の岡田玄蕃は、恰より五歳年上。亡き父・武兵衛の弟子の一人であり、剣の腕前はともかく、恰には兄弟子に当たる男だった。

「人が通りかかれば、なぜ抜き身を引っ提げているのかと怪しまれるぞ。早く言う通りにしろ」

玄蕃は武兵衛の元に通っていた頃から、年下の弟子を集めて年長者ぶるところがあった。恰自身は他人と行動を共にすることが苦手だったため、そんな玄蕃と隔てを置いていたが、当人からすればそんなことはどうでもいいのだろう。頭ごなしに言い放ち、暗闇の奥に顎をしゃくった。

「こんなところに隠れているとは、おぬしもあの山田安五郎を狙《ねら》っているのか。目付さまより夜駆けを始めたと聞き、なぜ急にそんな真似をと思ったが、なるほどな」

「おぬしも、とな」

耳を疑った恰に、「俺も同じだ」と玄蕃は大きな唇をなぜか誇らしげに歪めた。

「俺だけじゃないぞ。奥右筆《おくゆうひつ》の南左近《みなみさこん》、表小姓の片岡儀十郎《かたおかぎじゅうろう》、それに馬廻組《うままわりぐみ》の添島平内《そえじまへいない》……みな、あの商人上がりを忌々しく思っている同志だ」

数え上げられた名はいずれも、武兵衛の道場に通っていた頃から玄蕃が親しくしていた者ばかり。そういえば確かに、元服し、それぞれ家督を継いだ後も、互いに行き来を続けていると小耳にはさんだ覚えがある。

山田を憎む者は、国許にも江戸にも数多いはず。とはいえ、その憎悪を一味同心していると語る玄蕃に、恰は淡い不快を覚えた。

誰かを憎むとは、胸を張るような行為ではない。ましてや藩のためとはいえ闇に潜み、親にも等しい老齢の男を狙うとなればなおさらだ。

「ここで熊田に会ったのも何かの縁だ。一緒にやらぬか」

まるで舟遊びにでも誘うかの如く、玄蕃は恰の肩を叩いた。

「新陰流免許皆伝のおぬしが加わってくれれば、こちらも助かる。俺たちでも仕損じることはあるまいが、それでも念のためにな」

「左近や儀十郎は今日はどうしているのだ」

恰の低い問いに、「家だろう。見張りは交代と決めているのだ」と玄蕃はあっさり答えた。

「その代わり、山田を仕留められそうだと感じた時は、誰でも斬りかかっていいことになっている。もう少しで、おぬしに功を奪われるところだったな」

そう語る玄蕃の足元は、太緒の革草履。底革の紺足袋を履き、袴の股立《ももだ》ちは取っていない。もし本気で山田を付け狙っているのなら、先ほどのように足を取られやすい草履ではなく、恰のように草鞋で足を固めるはずだ。つまらん、と鼻を鳴らしそうになるのを、恰は辛うじて堪えた。

　玄蕃たちは結局、山田安五郎への憤懣《ふんまん》を仲間内で言い合っているだけ。交代でその様子をうかがいはしても、本気で彼に手を下す覚悟など持ち合わせてはいない。恰がこのひと月あまり、山田の命を狙い続けているにもかかわらず、今日まで誰とも顔を合わせなかったのが何よりの証拠だ。

　思えば玄蕃は昔から、何につけてもいい加減な男だった。決して太刀筋が悪いわけではないが、武兵衛の道場でも特段やる気を見せもせず、「妙なしくじりさえせねば、いずれは家督を譲り受け、御普請方のお役目が回ってくる。ならば剣術も学問も、必死に励むだけ馬鹿馬鹿しい」と放言して憚らなかった。そんな彼が山田の改革を疎ましく思うのは当然だが、だからといって家禄や身命を賭《と》してまで、殿のお気に入りたる山田を殺める覚悟はあるまい。

　まだ何か言葉を続けようとする玄蕃を、「放っておいてくれ」と恰はさえぎった。

「わたしは誰とも仲間になる気はない。いま聞いたことは、すべて忘れる。だからおぬしも今夜の見聞はすべて忘れろ」

「それはないだろう。志は一つと知れたのだ。ここはかつての同門同士、手を組もうではないか」

「知るか。大功を成す者は衆に謀《はか》らずとの言葉も、物の書にはあるではないか。一人で物事を成せぬおぬしらなどと、手をたずさえるつもりはない」

　大功、すなわち志の高いことを成そうとする者は、人々に相談したりはしない、という『戦国策』の言葉を恰は引いた。

『戦国策』は周代《しゅう》から秦代《しん》に至る各時代の国策・献策などを、前漢の学者・劉向《りゅうきょう》が編纂《へんさん》した書物。かの司馬遷《しばせん》も『史記』を記す際に参考にしたと伝えられ、人間や社会の真理を鋭くついた箴《しん》言《げん》も多く記されている。

こんな軽佻浮薄《けいちょうふはく》な輩と一緒では、どんな迷惑を蒙《こうむ》るか分からない。肩を組もうとする玄蕃の腕を、恰はそっけなく振り払った。だが玄蕃はそれに怯《ひる》みもせず、「おぬしはどうせ、力ずくで事を成すことしか考えておらんのだろうがな」と更に恰の袖を捕らえた。

「こちらには、奥右筆を勤める左近がおるのだ。実はあ奴はいま、山田が詰める会所のあれこれを探っておってな。うまく行けば、山田が元締兼吟味役として藩を私《わたくし》しておると訴えることができるかもしれん」

「なに。それなら、二十年ほど前の事も分かるのか」

奥右筆は目付の支配下にあって、藩政に関わる書類一切を管理する。南左近は剣の腕は皆目だが、学問には長け、有終館の書庫の本をわずか二年で読破したという秀才だ。それだけに恰はつい、胸の中にわだかまっていた疑問を口にした。

だが玄蕃は「二十年前だと」と怪訝そうに眉根を寄せただけで、「それは知らん。いま調べさせているのは、御勝手方や賄方《まかないかた》より銭をかすめていないかとか、御根小屋出入りの商人から賂《まいない》を受け取っていないかとか、そういう話だ」と続けた。

「なにせ山田は、祖父の代からの油商人だ。郷里の西方では、親族がまだ細々と商いを続けているそうではないか」

人は生まれ育ちに左右される。山田とて表向きは鹿爪らしい顔で威厳を繕い、倹約だ改革だと口にしていても、裏に回れば自らの出世と蓄財に余念がない男に違いない、と玄蕃は決めつけた。

「そもそも、銭に汚い男でなければ、大枚の借財の整理なぞできまいからな。見ようによっては、適材適所と呼べるのかもしれん」

つまり恰が山田を付け狙う傍ら、二十年前の出来事を探っているように、玄蕃たちは会所の帳面類から山田の素行を調べているわけだ。

「まあ、とにかく俺たちの様子を見ていろ」

と、玄蕃は肉のついた顎を揺らして、自信たっぷりに笑った。

「山田があの謹厳実直な面の裏で何をしているのか、遠からず明らかになるさ。近々、銀主に会うべく大坂に下るそうだが、それとて国許を離れた殷賑《いんしん》の地でなにをするつもりやら知れたものではない」

さすがにそれは勘繰りすぎだろう、と恰は思った。人は他人を評価する時、知らず知らずのうちに自らの行動でもって相手を推し量る。玄蕃が山田を裏表ある小狡《こずる》い男と決めつけるのは、玄蕃自身がそういう輩であるためだ。

恰が知る限り、山田の有終館学頭としての勤めには一分の懈怠《けたい》すらなかった。むしろその講義は真剣にすぎるほどで、己の持ちうる知識のすべてを伝えんとする生真面目さや、誰が相手であっても態度を変えぬ四角四面な姿勢は、愚かしくすら映った。恰とて仲間から耳打ちされなければ、彼が商家の生まれとは気づかなかったかもしれない。――とそこまで考えて、恰は、む、と唇を引き結んだ。

玄蕃が山田を誇るのは、彼自身の狭さがもたらしたもの。ならば自分はどうなのだ。山田を佞臣と決めつけ、斬らねばと思い定めたのは、実のところ自らの裡《うら》から生じた、ただの嫉視《しっし》なのではないかと思い至ったためだった。

「とにかく、わたしはおぬしらとは関わらん。勝手にさせてもらうぞ」

玄蕃のような輩が傍らにいては、たやすく倒せる相手も逃しかねない。玄蕃を無理やり振り切って自邸へ引き上げながら、

（いいや、違う。わたしは違う。そんなことがあってたまるものか）

と、恰は大きく頭を振った。

何故なら山田はただ分を弁えず、独り決めに物事を運ぼうとしている。いくら松山藩を救うためとはいえ、藩主・勝静のお気に入りとの事実を楯《たて》に、家老たちにも諮《はか》らず勝手に改革を進めていく専横は、もし勝手不如意が解消されなかったなら、詰め腹を切っても許されるものではない。

長い坂を下りつつ目をやれば、御根小屋の御殿の甍はわずかな星影を映じ、夜空に濡《ぬ》れたような光を放っている。その澄明《ちょうめい》な輝きが奇妙に強く胸を貫き、恰ははっと立ちすくんだ。「いや、待て」という呟きが、我知らず口を突いた。

悔しいが恰がいま考えた事柄なぞ、山田は当然、すでに承知しているのではあるまいか。なに

せあの男は、古今東西の書に通じ、藩命を受けて京都・江戸にも遊学している。それほどの人物が、自らの行いが藩士たちの目にどれだけ傍若無人と映っているか、理解しておらぬわけがない。

ああ、そうだ。有終館で教鞭《きょうべん》を執っていた頃の山田は、どんな愚かしい問いにも真剣に考え込み、気軽に問いを投げた生徒の側がかえって恥じ入るほどだった。恰たちはそんな山田を偏屈だけが取り柄の学者馬鹿と謗ったが、周囲からの眼差しなど意に介さず、ただ積年の借財という難題だけに向かって突き進む今日の姿は、あの頃と皆目変わっていない。違うのはたった一つ、対峙《たいじ》しているのが古今東西の経書史書であるか、十万両もの借財であるかだけの違いだ。

恰の足はいつしか、地面に縫い付けられたように止まっていた。

馬鹿な。そんなはずはない。あいつは佞臣だ。そんな思いと己の頑《かたく》なさを責める声が、頭の中で激しく渦を巻く。その混乱を映したかのように、右目ががんがんと熱を持って痛み出した。顔の右半分を強く押さえ、恰はその場にうずくまった。

如何《いか》に夜とはいえ、往来の真ん中。それこそ、御根小屋を退いた山田がいつ通りかかるかも分からない。だが無理に立ち上がれば、視界は荒波に揉《も》まれる船中でもこうはなるまいと思うほどに揺れ、まっすぐ歩くことすらままならない。

釘で刺されるに似た痛みが、宇和島での立ち合いを思い出させる。打ち込まれた相手の竹刀を正面から受けたあの時、ああっと野太い悲鳴を上げたのは恰ではなく、立ち合った相手の側だった。

「お、お待ちあれ、熊田どのッ。竹刀が折れもうした。それに御目に竹刀の欠片《かけら》が――」

だがその折には、突如狭くなった視界も、どよめく剣道場の男たちのことも恰の意中にまったくなかった。かえって竹刀を上段に構え、「まだまだッ」と喚《わめ》いた。

怪我程度で試合を擲《なげう》ったなどと言われては、備中松山藩剣道指南・熊田家嫡男の名折れだ。父の武兵衛に知れたなら、どれほどの叱責を受けるか分からない。一瞬遅れて押し寄せた痛みがかえって全身を熱くする。恰は狼狽する相手に向かって、気合とともに鋭く打ち込もうとした。

だがその刹那、道場主が「それまでッ」と制止の声を上げ、恰は反射的に間合いを切って刀を下ろした。それからようやく手を当てた顔は生温かい血に濡れ、胴着の襟元までが赤く染まり始めていた。

しきりに詫《わ》びる試合相手や道場主たちはもちろん、世話になっていた奥田道場の人々にまで自らの怪我を軽く偽り続けた理由の第一は、この程度で長年の修行を棒に振ってなるものかとの意地。そして理由の第二は、父への恐れであった。

武兵衛は決して粗暴ではなかったが、恰に対しては常に父子ではなく師弟として接する男だった。もし自分が目を損なったと知れば、武兵衛はあっさり恰を見捨て、門下から適当な誰かを養子に取るかもしれない。そんな恐れに駆られ、誰に対しても怪我を隠し続けてきただけに、武兵衛急逝の知らせを国許から受けた時、恰は確かにわずかな安堵《あんど》を覚えた。

とはいえ今、急激な痛みに接すると、適切な養生を続けていればとの思いが、全身を鷲摑《わしづか》みにする。おのれ、と呻いてもたれかかろうとした土塀は、実際にはもっと遠くに立っていたらしい。手が宙に泳ぎ、身体がぐらりと傾《かし》いだ、その時だった。

「危ない。しっかりなされよ」

耳障りなしゃがれ声と共に、肉の薄い手が恰の腕を摑んだ。その癖、みっしりと肉のついた恰の体軀《たいく》を支えるだけの腕力はないのか、おっとと呟いてたたらを踏む。

「なにをしておいでございます。酔っ払いなぞ、知らぬ顔をなさいませ」

軽い足音が背後に立ち、別の誰かが恰の肩を支えた。こちらは相当に剣の稽古をしていると見えて、竹刀胼胝《だこ》の在《あ》り処《か》が感じられる厚い掌だった。

「それはできん。この御仁はかつての教え子だ。だいたいわたしとは違って、大酒を飲む男ではないゆえ、酔っ払いではなかろうて」

そう応じる声には、聞き覚えがある。激痛のあまり潤みかかる左目を、恰はかっと見開いた。

「三島《みしま》よ。おぬしはまだ弱年ながら、学才は門下一。書も算術も比肩し得る者はお城下におるまい。だが何事も先に決めてかかる癖だけは、改めた方がいいぞ」

「申し訳ありません。ですがこんな夜更けにふらふらなさっている方は、十人が九人まで酔っ払いかと存じますが」

二十歳前後の小柄な青年が、相変わらず貧相に背を丸めた山田安五郎相手に口を尖らせている。よりにもよって、と二人の腕をふりほどこうとした恰をつくづくと見やり、「とはいえ確かに、先生の仰せの通りですな」と付け加えた。

「酒の匂いがしません。お加減でもお悪いのですか」

首をひねる青年に、恰は顔を背けた。総髪に木綿の小袖、裁付袴という軽装は、家中の侍ではあるまい。山田を先生と呼ぶところからして、牛麓舎の塾生に違いなかった。

「刻限も遅い。その御仁のお住まいは、本丁だ。三島、お送りして差し上げろ」

ですが先生、と言い返しつつも、三島は恰の肩から手を離さない。どうやら師に似て、ひどく生真面目な男と見える。

「心配いらん。鵬《ほう》が住む山には、これを恐れて鷲《わし》も鷹《たか》も近づかぬ。その鵬が翼を休めているなら、わたしのような痩せ魚にはもっとも安泰な時であろうよ」

鵬とは漢籍に登場し、幅三千里もの巨大な翼を持つとされる大鳥だ。唐突な山田の言葉に、三島は丸い目を虚空に据えた。骨の目立つ顎を考え込む顔で撫《な》でてから、しかたないとばかり首肯した。

「わたくしには正直、いまのお言葉の意味はよく分かりません。ですが心配するなと仰せられては、これ以上、強いてお供するわけにもまいりません。では、今宵はこれにて失礼いたします」

三島は子どものように勢いよく、山田に頭を下げた。恰の脇の下に自らの肩を差し入れ、「さあ、参りますよ。歩けますか」と強引に坂道を下り始めた。

「おい、やめろ。一人で歩けるから、放せ」

こんなところを誰かに見られては、末代までの恥だ。恰は三島の肩を押しやった。だが三島は短い足を踏ん張り、「そうはいきません」と口をへの字に曲げた。

「わたくしは先生から直々に、あなたをお送りするよう命じられたのです。牛麓舎塾頭たるわたくしが師の命に背いては、他の弟子のためになりません。ここは何と言われようとも、お供させていただきます」

「塾頭だと」

「さよう。申し遅れましたがわたくし、塾頭を仰せつかっております三島貞一郎《ていいちろう》中洲《ちゅうしゅう》と申します」

まったく師が師であれば、弟子も弟子だ。こちらは今、山田安五郎を斬るべきか否か、落ち着いて考えねばならぬのだ。それを耳元でこうもけたたましく喚かれては、まとまる考えもまとまらない。

「失礼ながら、名のあるご上士と拝見します。それが夜半、あんな場においでとは、もしや先生を訪ねてお越しになられたのですか」

馬鹿ぬかせと舌打ちしたいのを、恰は辛うじて堪えた。三島の歩みが乱暴なせいだろう。右目は揺られるたびに強く痛み、ものの形すら定かに見えない。とはいえゆっくり歩けと命じるのも業腹だ。恰は渋々、「牛麓舎は、おぬしのような若造が塾頭なのか」と話頭を転じた。

「さようでございます。年こそまだ二十歳に過ぎませんが、わたくしが入門しましたのは六年前。その折、先生より名を毅《つよし》、字《あざな》を遠叔《えんしゅく》とおつけいただき、以来、牛麓舎の離れにて間借りを――」

そこまで自慢げに語り、三島は突如、見えぬ手で顔を打たれたかのように口を噤《つぐ》んだ。空いた片手でがしがしと髪を掻《か》きむしり、「鵬――」と呻いた。

「そういうことでしたか。なぜすぐ気が付かなかったのでしょう」

悔し気に地団駄《じだんだ》を踏み、三島は鼻と鼻がぶつかりそうな勢いで恰を振り返った。「鵬はあなたなのですね」と、決めつける口調で言い放った。

「空を翼で覆い尽くすほどに巨大な鵬がいれば、鷹や鷲はこれを恐れて近づかない。このところ先生の周りには、奇怪なことが相次いでおりました。御根小屋の御用部屋にて昼餉《ひるげ》を使おうとなされば、詰所に置いていたはずの弁当が庭にぶちまけられ、一日の勤めを終えて下城しようとなさるとお履物が見つからない。かと思えばご自宅のご門前に、穢《きたな》いものが桶《おけ》いっぱいぶちまけられていたこともありました」

いずれも子どもじみた嫌がらせだが、それがたび重なるとは度が過ぎている。そのため自分はこの十日ほどは山田の登城から下城まで供をし、師を警固していた、と三島はひと息に語った。

「先生のお言葉がやっと分かりました。愚にもつかぬ嫌がらせをなす輩は所詮、鷲や鷹と同然の衆。恐ろしき鵬がそばにいれば近づいて来ぬから心配するなとの意味だったのです。しかしそう考えると自《おの》ずと知れてくるのは、あなたさまの正体です」

立て板に水の勢いで語りつつも、三島は恰の身体を支えたまま放さない。むしろ腰に回された手にじわじわ力が籠りつつあると知り、恰の背に冷たい汗がにじんだ。

「わたくしの記憶が確かであれば、本丁には確か熊田さまとか仰る剣術指南役さまがお住まいのはず。風の噂に、このお方は山田先生の改革を面白く思うていらっしゃらぬとうかがいました」

大石隼雄め、と恰は胸の奥で舌打ちをした。牛麓舎の熱心な弟子である彼だ。山田に対する恰の反感を、同門の三島に漏らしていたとて不思議ではない。

先生を、と三島は瞬きもせぬまま続けた。

「斬るおつもりなのですね。今宵はその下見でしたか」

違うと応じねばならぬと分かっているのに、舌がもつれて動かない。三島がこちらの内奥を言い当てながらも、なおも恰を支え続けていることも、そして何より山田が恰の目的に気づいているとの言葉も、すべてが不気味でならなかった。

「念のため申し上げますが、先生はこの備中松山藩を立て直すためだけに元締になられたわけではありません。あの方は倹約や借財返済のもっと果て、人を善く生かすにはいかがするべきかを考え、我々を導こうとなさっておいでです。先生を憎む方々は、それをまったく分かっておられぬご様子ですが」

三島の肉付きのいい顔が、視界の中で二重に揺れる。恰は両腕で三島を突き飛ばした。その途端、目の前の光景がぐらりと歪み、足元がもつれる。そんな恰を再度、短い腕で支え、「つまり、今の我々と同じです」と三島は続けた。

「あなたは今、先生をどうやって取り除くかに心を奪われておいでです。そんなあなたをわたくしが放り出すのはたやすい。ですがそれでは、あなたは更に憎しみに駆られ、何としても先生のお命を奪おうとするでしょう。ならばわたくしが先生を守るためになすべきは、敵であるあなたを無事にご自邸に送り届けること。義を明らかにして利を計らぬことこそが、人の世には肝要なのです」

「義を明らかにして、利を計らず――」

不思議に鋭く胸を貫くその言葉を、恰は呟いた。

「さようです。これを政に当てはめれば、義とは政道を整え、法を正しく用いること。また利とは飢えや貧窮から逃れることを指します」

貧窮や飢餓を避けんがために義を用いることは本末転倒であり、君子が義さえ正しく用いれば、利は自ずとそれに従うはずだ、と三島は聡明《そうめい》な弟が出来の悪い兄に説いて聞かせるにも似た口調で語った。

「先生のお言葉を借りれば、当節の侍は総じて利を好みます。なぜなら今、諸藩はどこも勝手不如意に喘ぎ、政と学問まで手が回っているご家中はわずか。これでは士風は衰え、利に聡《さと》い侍ばかり増えるしかありません。結果、天下万民は苦しみ、世は衰微するというわけです。――そういえば熊田さまは昨今、ほうぼうの海が騒がしいことをご存じですか」

三島はいきなり話題を転じ、再び恰を支えて歩き始めた。何なのだ、こいつは、と恰は激しく混乱した。

義を明らかにして、利を計らず。そう説かれれば、山田の今までの挙動は納得できる。しかし山田がさよう語っているからといって、弟子までが師を殺めんとする自分に親切を焼く理由が分からなかった。

「わたくしも先生にうかがっただけなのですが、何でも最近、薩摩《さつま》（鹿児島県）や蝦夷《えぞ》（北海道）、長崎といった各地に、英吉利《イギリス》や仏蘭西《フランス》など諸外国の船が相次いでやってきているそうです。そればかりか相模《さがみ》の浦賀《うらが》には四年前、亜米利加《アメリカ》なる国の船が現れ、日本との通商を求めたとか」

「聞いた覚えがあるな。わが藩には関わりないだろうと聞き流していたが」

そもそも日本には長らく、阿蘭陀《オランダ》および清《しん》国以外とは通商をせぬ国法がある。それだけに幕府は一行の上陸を許さぬまま、その要求を退けたが、以降も西欧諸国の艦隊は相次いで各地の港に現れ、日本との国交を求めている、と三島は続けた。

「諸外国の船はわが国の北前船などとは比べ物にならぬほど足が速く、鉄を打った船胴に大筒（大砲）を幾門も並べた厳《いか》めしさとか。さすがに驚いたのでしょう。江戸の幕閣がたは洋式軍艦の建造を行なわせたり、江戸湾を始めとする各地の海防を厳しくさせたりとお忙しいそうです」

ですが、と続ける三島の言葉にかぶせるように、どこかで夜烏がギャアッと耳障りな声を上げた。

「水戸《みと》の大殿さまなぞはそれにもなお、夷狄《いてき》は邪宗門《じゃしゅうもん》（キリスト教）を広めて人心をたぶらかし、果ては兵威を以《もっ》て国を奪う恐ろしき輩ゆえ、片端から追い払うべきと仰せとか。威勢がいいのは結構ですが、上に立つお人がそれでは藩内の方々も大変でしょう。その点、備中松山は殿さまに恵まれ、結構ですなあ」

水戸藩は尾張《おわり》・紀伊《きい》と並ぶ徳川御三家の一。それゆえ水戸藩主はかえって幕政には関わらぬのが慣例だったが、先代藩主・徳川斉昭《なりあき》は外国船打払いを主張する意見書を将軍にたびたび提出する一方、藩政においては有能な下士を多数抜擢し、独断的な改革を断行。あまりに過激なその言動が睨まれ、斉昭は六年前、幕命によって隠居に追い込まれた。しかし水戸藩内ではいまだ彼の顔色をうかがう者が多く、いずれは幕閣にも返り咲こうとの噂すらあるという。

「おぬし、いったい何が言いたいのだ」

あちらこちらに飛ぶ話に辟易《へきえき》した恰に、「つまり、これからこの日本はいずこに向かうか分からぬということですよ」と三島は明日の天気を占うように明るく続けた。

「東照大権現家康公が江戸に政の基を据えられ、間もなく二百五十年。長い太平の世は結構ですが、おかげで士風は軟弱に流れ、勝手不如意の御家は増えるばかり。そんなところに次々と外国船が来るとなれば、江戸表はこの先もその対応に振り回されましょうし、諸藩とてこのままではいられますまい。つまり今、義を明らかにすることは、いずれこの国を見舞うかもしれぬ嵐に対する備えにもなるわけです」

いつしか道の左右には、見慣れた本丁の屋敷が建ち並んでいる。視界はなおひび割れたままだが、ここまで来れば目を瞑《つむ》ってでも帰宅できる。もういい放せ、と三島の手を振り払ってから、

「おぬしは――いや、山田さまを含めた牛麓舎の面々は、そんな馬鹿馬鹿しいことを案じているのか」と恰は吐き捨てた。

「この二百五十年、大樹公のご治世には一分の乱れもなく、国内には戦一つ起きはしなかった。そんな日《ひ》ノ本《もと》に、いったい何が生じると申すのだ」

「二百五十年もの間、平穏であったからこそ、今後何が起きても不思議ではないと申しているのです。まあ、お分かりにならぬのであれば、無理に理解してくれとは申しません。ただわたくしの話を聞いてもなお先生を斬ろうとお思いとすれば、熊田さまはよほどの愚か者ですよ」

「なんだと。武士に向かって愚か者とは何事だ」

恰は腰の刀に手をかけた。だがどれだけ見回しても、水をくぐったような視界にはすでに三島の姿はなく、代わりにたたたたという軽い足音が往来の果てを遠ざかっていく。

逃げ足の速い奴めと舌打ちして戻った屋敷の奥座敷はぼうと明るく、妻の峰が細い首をうなだれさせて縫物をしていた。恰の姿にあわてて三つ指をつき、「お帰りなさいませ。急ぎ、夕餉のお支度を」と出迎える口元の鉄漿《かね》が、灯火を受けて鈍く光った。

「いや、いい。このまま休む」

恰は物心ついて以来、男ばかりの汗臭い道場で毎日を過ごしてきた。それだけに祝言から間もなく一年近くになるが、右を向けと言えば一日じゅうでも右を向いていそうなこの若妻をどう扱えばいいのか、いまだよく分からない。

ですが、と目を丸くする峰を無理やり下がらせて胡坐《あぐら》をかけば、袴の腰は秋にもかかわらず冷や汗に濡れそぼっている。これは決して、目の痛みだけが理由ではあるまい。恰は唇を強く引き結んだ。

この二百五十年の平穏が日本に何をもたらしたか、恰とて分かっている。武士は戦の本質を忘れ、腰に大小を帯びながらも、その日その日を事もなく過ぎるよう願う者も数多い。とはいえそれは、幾ら義を尽くし、倹約を続けたとて改まるものではない。それとも山田たちは本気で心を尽くせば、備中松山藩を――この国を変えられると考えているのか。

馬鹿な、と呟いた声は、自分でも驚くほど力がない。その事実が、更に恰を強く動揺させたが、翌日、どうにか明るさを取り戻した目に安堵しながら御根小屋に登城すれば、詰所がなぜか騒がしい。

何事だ、と問うた恰を振り返り、「邪魔をしているぞ」と笑ったのは、岡田玄蕃だった。

「いや、すまん。以前に御普請方におった足軽を見かけたため、ついつい無駄話をしておった。おぬしにも少し用があるのだが、人払いを頼めぬか」

「それには及ばんだろう。ここで話せ」

物頭詰所は二十畳敷きの広間。徒士《かち》が始終忙《せわ》し気に行き交い、黒戸一枚隔てた向こうの土間には、五十名もの足軽が詰めている。それだけに玄蕃はいささか戸惑った様子で詰所を見回し、「ここでか」と呟いた。

大きな唇を真一文字に引き結んだ恰をやれやれと見やってから、「例の山田の件だ」と周囲の物音に紛らわせて声を低めた。

「左近が記録所の日録帳面をひっくり返したところ、少々面白い話が見つかった。熊田、おぬし確か、二十年前がどうこうと申していたな」

なに、と思いはしたものの、この男相手に勢い込むのも腹立たしい。仏頂面を装ってうなずいた恰に、「やはりそうか」と玄蕃はもともと細い目を不穏にすがめた。

「吟味方の日録によれば、二十年前の文政十三年庚寅の話だ。東町にあった永楽屋《えいらくや》なる酒屋が御台所方の組頭に長年賂を贈っていたことが、露見したらしい。吟味方のお取り調べの結果、永楽屋は闕所《けっしょ》。四人いた御台所方の組頭は当初、みな隠居を仰せつけられたが、その際、山田安五郎は彼らの処分を巡る意見書を吟味方に送ったそうだ」

「それがどうした。文政庚寅の年といえば、あの男がまだ有終館の会頭だった頃だ。吟味方に意見を差し出すぐらい、特におかしくはなかろう」

藩校の儒者は、藩政顧問の立場も兼ねている。このため恰は何を大げさなと鼻を鳴らした。だが玄蕃はそれには頓着せず、浅黒い顔をにやりと歪めた。

「しかしその意見書の結果、一人だけ軽いお咎めで済んだ組頭がいたとすればどうだ。しかもそれが、山田と同じ私塾で学んだ朋友だったとすれば」

「なんだと」

「その組頭とはすなわち、現在、山城番頭を務める浦浜四郎左衛門だ。浦浜家は本来、代々の御台所方。ただ四郎左衛門は当時、急逝した父の跡を継いだばかりで、他の三人の組頭が平然と賂を受け続ける事実に、異を唱え難かった。その事実を斟酌《しんしゃく》すれば、他の者と同じ隠居の御沙汰は厳し過ぎる処分ではないか――というのが、山田の意見だったらしい」

御台所方とは藩主一家の食事を始め、御根小屋内の台所を預かる役目。実際の食材調達は御賄方という役人の務めだが、どの店を藩御用達として選ぶかは、御台所方の差配に依る部分が大きい。それだけに御台所方への付け届けは、お城下の商人の間では公然の秘密だった。ただ永楽屋は己の店一軒の利だけでは満足せず、娘の嫁いだ炭屋や遠縁の小間物屋など、他の商家の御用達取り立てを目論《もくろ》んで贈賄を重ね、遂に吟味所から咎められるところとなったのだった。

「結果、山田の意見が取り入れられ、浦浜四郎左衛門だけは隠居を申し付けられずに済んだ。とはいえお役替えだけはやむをえず、閑職である山城番頭に着任。以来二十年、来る日も来る日も御山城に登り続けているというわけだ」

恰はううむと腕を組んだ。浦浜が口にした二十年前の出来事とは、その翌年に起きた火事ではなく、自身の御役替えのことだったのか。ただあの時浦浜は確かに、「おぬしの二十年は、わしが奪ってのけたも同然」と言った。確かに玄蕃の話は驚くべき内容だが、恰の見聞と一致せぬところが多すぎる。

それに文政庚寅の年といえば、浦浜四郎左衛門はまだ二十歳そこそこ。御役についたばかりの新参者が長年の慣例である賂に口出しできる道理がなく、山田の意見は至極道理に適《かな》っている。

（そもそも浦浜が偶然同門だっただけで、それが赤の他人でも、山田は同じ意見書を奉ったのだろうな）

と考え、恰はそんな己に胸の中で舌打ちした。まったく、どうかしている。これではまるで自分までが、山田に心酔しているかのようではないか。とはいえだからといって、玄蕃の言葉を是とするわけにもいかない。

「だがそれだけでは、山田が今も悪事を働いている証拠にはなるまい」

苦々しい口調で反論した恰に、いいやと玄蕃は首を横に振った。

「分からんぞ。山田は無類の酒好きと聞くからな。進とやら申す妻女が実家に戻るに至ったのも、その酒好きのせいとの噂もある。意見書を吟味方に奉ったこととて、実は自身も永楽屋から酒の付け届けを受けていたため、少しでも騒ぎを小さくしようと目論んだのかもしれん」

人は一度いい思いを味わうと、なかなかその旨味を忘れられぬものだ。だとすればいまだにどこかから賂を受けていることは、十分考えられる――という玄蕃の推論は、想像に想像を重ねた、あまりにひどい空論である。だが何としても山田を貶めたい玄蕃が相手では、これ以上、異を唱えても無駄に違いない。恰は玄蕃の言葉を皆まで聞かず、分かった、分かった、と袴の腿《もも》をはたきながら立ち上がった。

「すまんが、わたしは忙しいのだ。大坂に遣わす足軽を、今日のうちに決めてしまわねばならんのでな。また何か分かったら、教えてくれ」

刹那、恰の脳裏の隅に何かが引っかかった。大坂。いや、違う。足軽。それでもない。何だ。いま、自分は何に気が付いたのだ。

邪慳《じゃけん》な恰の態度に腹を立てたのだろう。玄蕃がどすどすと畳を踏みしめるようにして、物頭詰所を出ていく。剣の稽古から遠ざかって久しいのか、以前に比べるとずいぶん肉の痩せたその背中を見つめ、そうか、と恰は喉の奥で呻いた。

玄蕃が口にした、山田の妻女の名だ。あれと同じ名を、確かに浦浜は口走った。だとすれば山田と浦浜の悶着《もんちゃく》には、山田の妻が関わっているわけか。

勘助の話によれば、十九年前に起きた有終館の火災の際、火事の原因を巡る噂の中に、山田の妻女が灯火を倒したためというものがあったという。つまりあの夜の二人のやりとりはやはり、有終館と山田の屋敷を焼いた火災にまつわるものだったのか。

ただ、だからといって火事が噂通り、山田の妻女が関わったものと決めつけるわけにもいかない。恰は広縁に胡坐をかき、頭を掻きむしった。

もはやかつての悶着を暴き、山田を糾弾するつもりはなくなっている。しかしこのまま知らぬ顔を決め込んでは、玄蕃が山田の過去を暴き立て、鬼の首を取ったが如く、それを藩内に吹聴するかもしれない。恰は袴の両膝を強く握った。

駄目だ。あんな半端者に、そんな真似をさせてなるものか。山田を守りたいわけではない。ただ、玄蕃に山田を追い落とされるぐらいであれば、いっそ自分が二十年前の出来事とやらを突き止めてやる。

この時、「失礼いたします」との声がして、勘定方の下役が一人、詰所の敷居際に膝をついた。

「熊田さま。昨日、ご近習頭さまよりお願いした山田さまのご上坂でございますが、随行の足軽五名の選抜はお済みでございましょうか」

まだだ、もうしばし待て、と言おうとして、恰は急いで片手を振った。虚空を強く睨んでから、下役に勢いよく向き直った。

「いや。実は様々考えたのだが、ただいま大番足軽どもはみな忙しくてな。三名までは大坂行きに出すことができるが、残り二名は他の組から借り受けて欲しい」

「他の組、でございますか」

意表を突かれたのか、まだ二十歳を幾つかすぎたばかりの下役は、青白い馬面に当惑を走らせた。

「ああ。たとえば山城番の足軽はどうだ。こう申しては何だが、あ奴らは日々、御山城に上るだけが務め。それでいて険阻な山の往来で足は鍛えられていようし、急ぎの大坂行きにはもってこいではないか」

物頭である恰が元締の随員に口出しするなど、本来なら僭越《せんえつ》極まりない。だが急ぎの上坂とあって、勘定方も気が急いているらしい。「なるほど、それは確かに仰せの通りでございますな」と、下役は小さく膝を打った。

「急ぎ、山城番頭さまにお願いしてまいりましょう。よい知恵をお貸しいただき、御礼申し上げます」

立ち上がる下役を、恰は待てと引き留めた。

「わたしがこんな口出しをしたと知れれば、山城番頭の浦浜さまはご不快に思われよう。内密に頼むぞ」

「承知しました。何も申し上げずば、きっと元締さまのご差配とお考えになられましょう。ご心配なく」

藩主から絶大な信頼を寄せられる山田安五郎と出世とは縁遠い浦浜四郎左衛門が同門と知る者は、家中にはほとんどいない。それだけに下役はあっさり言い置いて、身を翻した。

秋の日は早々と傾き、下城時刻である暮六ツ（午後五時頃）には西空にわずかな残照を留めるばかりとなった。薄暗い詰所に一人留まっていた恰は、御門の閉まる鈍い音を聞きながら、御根小屋御殿の北西に位置する御用部屋へと向かった。

藩士の大半はすでに下城し、御根小屋には宿直と警備の侍が残るのみ。庭の石灯籠《いしどうろう》の灯が、盛りを過ぎて黒ずんだ紅葉にかりそめの赤さを与えていた。

藩主の御座所にほど近い御用部屋は、本来は藩内要職の詰所。それだけに廊下は黒光りするほど清められ、恰の足音だけが妙に大きくこだまする。かと思えば、急に目の前の襖《ふすま》が開け放たれ、「誰だッ」との尖った誰何《すいか》とともに、小柄な人影が恰の行く手をふさいだ。

「おっと。なんだ、熊田さまですか。これは失礼しました」

と肩の力を抜いたのは、三島だった。

「どうした。おぬし、お城の中でもかようにとげとげしく振る舞っているのか」

「違います。今日は何者かが庭先から、先生の詰所に石を投げつけまして。障子が破れただけで済みましたが、それでもご近習頭さまが飛んで来られ、ひと騒動となったのです。しかしこんな時刻にいかがなさいました」

「山田先生に話があるのだ。ご多忙とは承知しているゆえ、わざわざお手を止めていただくには及ばん。ただ、ご自邸までの帰路、ご一緒させていただけぬか」

「――構いませぬよ。ご同行いたしましょう」

微かに灯火の洩《も》れる奥の間から、もはや聞き慣れたしゃがれ声が響く。書き物をしているのか、強い墨の匂いがあわせて恰の鼻をついた。

「ただ、大坂下向の差配を終えるまで、もう半刻ほどかかります。その間、お待ちいただかねばなりませんが」

「承知しました。元よりそのつもりでございます」

奥の間に一礼すると、恰は沓脱《くつぬぎ》の草履を突っかけて、庭に降りた。御用部屋詰所を左に見ながら回り込めば、ちょうど詰所の書院と思しき障子に握りこぶしほどの穴が開いている。もし室内に人がおり、まともに石が当たっていたなら、怪我の一つも負っていただろう。山田を憎む者は城内に複数いようゆえ、誰の仕業かは分からない。いずれにしても愚かな真似を、と舌打ちをして、恰は広縁に腰を下ろした。

折しも六尺棒を手にやってきた夜番の足軽が、そんな恰に驚いて立ちすくむ。「どこぞの組の者だ」と声をかけ、恰は詰所に向かって軽く顎をしゃくった。

「今宵はこの熊田恰矩芳《のりよし》が、山田さまをお守りいたす。おぬしらは休んでいても構わぬぞ」

「は、はい。かしこまりました」

あわてて身を翻《ひるがえ》す足軽を見送り、これでいいと恰はひとりごちた。

仮にも恰は剣術指南役。それが山田安五郎を警固していたと知れ渡れば、姑息《こそく》な嫌がらせも少しは減るだろう。鵬には鵬なりに出来ることがあるのだ。

山田を許したわけではない。だが同時に、彼を佞臣と決めつけもしがたい。こうなれば恰自身の目で、かつて彼に何が起きたのかを見定めるしかなかった。

遅い半月が臥牛山に昇った頃、お待たせしましたとの声とともに、山田が詰所からのっそり出てきた。風呂敷に包んだ書物らしきものを三島に持たせ、「では、参りましょうか」と恰の先に立つ。恰の反感を承知しているとは思えぬほど、無防備な背であった。

「それにしてもお話とは、藩政改革に関するご質問ですか。それとも経論史書の類で分からぬことでも」

元締と物頭という身分の高下もさることながら、山田からすれば恰は有終館に学んだ弟子に当たる。だがその物言いは、目上の者に対するかのように折り目正しい。

思えばこの男は会頭であった頃から同様だったと考えながら、

「まずお詫びをせねばなりません。実は先日、元締さまと浦浜四郎左衛門どのの話を立ち聞きしました」

と、恰は切り出した。三島が提灯を差し出しているにもかかわらず、ほう、と相槌《あいづち》を打つ山田の面長の顔は闇に沈み、表情が見えない。その爪先から伸びた影が、恰の足にまとわりつくかの如く揺れた。

「その諍《いさか》いを耳にした後に知ったのですが、かつて有終館が失われた火事の折、火は元締さまのお屋敷から出たとの噂があったそうですな。もしや火を放ったのは、浦浜どのではありませんか」

昨日から考え抜いた末の推測を、恰は静かに語った。そう考えれば、己だけが誰からも責められぬとの浦浜の言葉が得心できる。火災直後の山田の謹慎も、そんな浦浜を庇っての行為とすれば辻褄《つじつま》が合うではないか。

ただ一つ分からぬのは、その前年、浦浜が山田に窮地を救われている事実だ。山田が恩人である以上、それでは浦浜は恩を仇で返したこととなる。ただ恰が自らの目の怪我をひた隠しにする如く、人はみな余人には知れぬ秘密がある。この男と浦浜とて同様なのではと考える恰を、山田は静かに仰いだ。

「それはご自身で思いつかれたことですか。それとも誰かが熊田どのに、かような話を聞かせましたか」

「すべてわたしが自分で考えました。間違っておりますか」

「あの火災は目付さまが詳細にお改めになり、失火の理由は不明と定まったのです。ならばそれ以上詮索したとて、ただの当て推量ということに――」

うおおおッという獣に似た叫びが、山田の言葉を遮った。黒い影がかたわらの路地から飛び出してくるや、大きく振りかぶった刀をまっすぐ山田めがけて振り下ろした。

考えるより先に、身体が動く。危ないッという三島の悲鳴を聞きながら、恰はかたわらの山田を突き飛ばした。ついで相手の懐に飛び込むや、刀を握った両手を摑み、敵の勢いを利用してその場に引き倒す。刀をはたき落として腕をねじり上げた傍らに、三島が提灯を手に膝をついた。

「大事ございませんか、熊田さま」

「ああ。こんな弱腰に負ける修行はしておらん」

強がりではない。怒号の勇ましさとは裏腹に、斬り付けてきた太刀筋は鈍かったし、その動きも足腰も大の男にしては力がない。それでも念のため、地面に落ちた刀を遠くに蹴《け》ろうとした恰を、山田が片手で制した。

よほど長い間、手入れを怠っていたのだろう。ところどころ赤錆《あかさび》の浮いた大刀を拾い上げ、恰に肩を押さえられたままうなだれる影に歩み寄った。

「何を血迷ったのだ、四郎左。わたしはこれなる熊田どのであればいざ知らず、おぬしに斬り付けられる覚えはないぞ」

無言で山田を振り仰いだ浦浜の顔は、夜目にもはっきりと青ざめている。肩を細かく震わせ、双眸にうっすら涙まで浮かべた様は、どちらが刀で斬りつけられた側か分からぬほどだ。

血の気の乏しい唇をわななかせ、幾度も肩を揺らした挙句、「おぬしは――」と浦浜は奇妙にひっくり返った声を絞り出した。

「おぬしはやはり、わしを恨んでいたのか。わしの配下の足軽どもを大坂御用に召し上げたのも、山城番そのものを廃する布石だろう」

「待て。一体、何を申している」

山田の眉間《みけん》に、深い皺が寄る。「その件はそれがしが」と、恰は両者の間に身を割り込ませた。

「大坂下向に従う足軽のうち、三人まではそれがしが物頭を務める大番より貸すが、残る二人は山城番から借り受けてはどうかと申しました。この御仁はそれを、元締さまのご下命と勘違いなさったのかと存じます」

自分の進言を浦浜が山田からのものと勘違いし、何らかの動きを見せようとは予想していた。とはいえ、それが山田へのあからさまな害意に変じるとは。

山田の家に火を放ったのは、やはり浦浜ではないのか。そしてこの山田は同門のよしみゆえに、ずっと浦浜を庇い続けているのでは。だとすればそれは決して、友情でもなんでもない。そう思いながら山田を振り返り、恰は呆気《あっけ》に取られた。

「馬鹿な。幾ら勝手不如意とはいえ、かような真似をするものか」

と声を潤ませながら、山田が浦浜の手を取ったからだった。

「四郎左、おぬしは昔からいつもそうだ。人の言葉を枉《ま》げて聞き、何を申しても信じてくれん。わたしは一度とて、他人を——おぬしを侮ったり、陥れたりしたことはないと申すのに」

山田の細い目に、光るものが盛り上がった。次々と溢《あふ》れるそれが、提灯の灯を受けて玉の如く光った。

商人上がりとはいえ、今の山田はれっきとした士分。しかもとうに不惑を超えた男の涙に、恰は目を疑った。だが山田は頰を濡らす涙を拭いもせぬまま、「わたしを信じてくれ」と更に声を詰まらせた。

横目でうかがえば、三島が唇をへの字に結んで、そんな山田を眺めている。恰の眼差しに気づいた様子でこちらに身を近付け、「先生はいつもこうなのです」と眉根を寄せた。

「先生は常に人をお信じになられます。父子の親を、君臣の義を、夫婦の別を、長幼の序を、そして朋友の信を信じ、誠意をもって人に接することこそが、この世を生きる上で何より肝要と説かれます」

このためどうしても誠意が通じぬ相手を前にすれば、如何にすれば思いが伝わるかと悩み、ついにはほろほろ涙をこぼす。「およそ私塾の外ではお見せできぬお姿ですが」と付け加える三島にはお構いなしに、浦浜は放せと身をよじった。だが山田はそんな彼にすがりつく勢いで、「いいや、放さぬ」と語を続けた。

「おぬしは我が友だ。その友にすら言葉が届かぬのであれば、わたしは到底この備中松山藩を革《あらた》められぬ道理ではないか。なあ、四郎左、教えてくれ。なぜおぬしはわたしを信じてくれぬ。それが分かれば、わたしはこの藩の改革をより迅速に進められるかもしれぬ」

「信じられなぞするものか。そもそもわしは昔っから、おぬしのその鈍さが大嫌いだったのじゃッ」

鈍さだと、と山田が目を見開く。「ああ、そうだ」と浦浜は舌をもつれさせた。

「共に松隠先生の元で学んでいた頃から、おぬしは先生の愛弟子《まなでし》。わしは、得手も不得手も特にない平々凡々な男。わしがそんなおぬしをどれだけ眩《まぶ》しく見ていたのか、どうせ気づいておらなんだのだろう。だから御台所方の不正が明らかになったときも、当然とばかり意見書を奉ってわしを助けたし、その後もわしに対し、同門の友として何一つ変わらず接し続けられたのだろう。されどわしはおぬしから手を差し伸べられる我が身が、情けなくてならなんだ。おぬしを幾度恨み、いっそ流行病《はやりやまい》か何かで死んでくれればとどれだけ思うたことか」

四郎左、と呻く山田を無視して、浦浜は恰たちに向き直った。

「おぬしら、何をぼんやりしているのだ。山田安五郎方谷は、殿さまが右腕と頼む男だ。この浦浜はその股肱《ここう》の臣の命を奪おうと斬りかかったのだぞ。早う捕えて、藩目付さまに突き出さぬか」

「馬鹿を言え。そんな真似ができるわけがなかろう」

山田が跳ね立って、浦浜を遮る。そんな彼を振り仰ぎ、「――おぬしは変わらぬな」と浦浜は頬を歪めた。遠くに去ってしまった何かを懐かしむような、ひどく寂し気な笑みであった。

「二十年前のあの時もそうだ。わしは藩命での江戸留学が内々に決まったおぬしが妬《ねた》ましくてならず、かつての同門が親切を焼くふりをして、妻女の進どのにいち早くそれを知らせた。進どのがひどく気弱な女性《おなご》で、おぬしが側《そば》におらずば、昼も夜も過ごせぬことをすべて承知の上でな」

あの火事は、と続けながら、浦浜は静かな眼差しで四囲を見回した。山田ではなく、恰や三島に告げるかのように、きっぱりと言葉を続けた。

「間違いなく、わしのせいだ。わしは自分の話ゆえに進どのが動揺し、こ奴の江戸行きに駄々をこねてくれればと思うた。邪魔をしてくれればと考えた。だが翌日、そんなわしが知ったのは、こ奴の屋敷と有終館が焼けたとの知らせ。あれはきっと山田の家から出たものだ。うっかり燭台を倒したか、熾火《おきび》の始末を忘れたか……いずれにしてもわしさえ口を噤んでいれば、進どのは他のことに心を囚われず、当然、火の不始末なぞ働かれなかったはずだ」

「違う。おぬしのせいではない。ましてや進の仕業でも、決してない」

山田は拳で頬を拭った。

「よいか、進はずっと、失火の覚えはないと申しておるし、目付さまのお取り調べでも火災の理由は不明であった。おぬしの告げ口は、何一つ功を奏してはおらん。まことにあの火は、いつ誰がどこで誤ちを犯したかすら分からぬ失火だったのだ」

よいか、分かったか、と繰り返す山田を浦浜はぼんやりと仰いだ。その力のない横顔に、そうか、この男は罰せられたくてならないのだ、と恰は唐突に気づいた。

自分が卑怯で、山田には遠く及ばぬ凡人であることを、浦浜はよくよく承知している。だからこそ浦浜は、己が投げた悪意で山田とその妻を傷つけたと、自分は罰せられねばならぬ男なのだと信じたいのだ。

だがその理屈は、人の義を信じんとする山田には、到底、肯《うべな》い難いものなのだろう。「おぬしはわたしにまったく害を加えておらん」と二度、三度と繰り返す。そんなかつての友に、浦浜は深い息をついた。

「ああ、まったく。おぬしはいつもそう申すな。二十年前、自分の嫉妬《しっと》があのような大きな火事を招いたのではと狼狽し、すべてを打ち明けたわしにも、そっくりそのまま同じことを言った。——だがな、安五郎。人とはおぬしが思う以上に、弱いものなのだ。わしにはおぬしのその靭《つよ》さが眩しくて眩しくて、それゆえいつの時も目ざわりでならぬ」

わしは、と浦浜は悲鳴のような声で続けた。

「どうしようもなく弱く愚かじゃ。だからこそおぬしから信じられれば信じられるほど、許されれば許されるほど己が情けなく、おぬしが憎くてならん。きっとおぬしには終生この道理は分からぬだろうな」

山田は両の拳を握りしめて、天を仰いだ。そのまま何かを堪えるように身体を小さく震わせ、「ああ、分からぬよ」と低く絞り出した。

「わたしはどんな時もおぬしを信じる。この世に生きるすべての者を等しく信じ、そんな己自身を信じる。人が人に至誠を尽くすことを諦めれば、天下はますます乱れ、人心は荒れるばかりだ。ならば世がどのように乱れようとも、せめてわたしだけは信じることを止《や》めるわけにはいかんではないか」

「信じるだと。いまだに、このわしをか――」

浦浜の背が、何かに打たれたかの如く大きく揺れる。それに静かに手を当て、「すまぬ」と山田は詫びた。

「二十年前に引き続き、おぬしにまたもわたしを憎ませてしもうたとは。それにすら気づかぬとは、わたしの方こそ、救いようのない愚か者だ」

新しい涙が山田の双眸に盛り上がる。その澄明《ちょうめい》な輝きを眺めながら、この男は、と恰は思った。人の世とは結局のところ、欺瞞《ぎまん》と我欲の坩堝《るつぼ》だ。恰は自らの怪我を隠さんと必死になり、浦浜は己の学才のなさゆえに同窓を憎んだ。だが山田はそんなただ中に在ればこそ、誰かを信じ続けようとするのか。藩内の人々の憎しみを知りながらも、逃げることも釈明することもせず、ただひたすらに自分の道を行こうとするのか。

人の和を口にする者は、世に幾人もいる。だが自らの身を擲ってまで至誠を尽くそうとする男が、果たして他にいるものか。

深い悔恨が、全身を静かに貫いた。父の武兵衛を恐れるあまり負傷を隠し続けた己の姿が、それを指摘した山田を憎悪した姿が、眼裏《まなうら》にまざまざと明滅する。ぐいと指先を握り込み、「――さて」と恰は声を振り絞った。

「いつまでもこうしてはいられますまい。元締さま、浦浜どのへのお沙汰はいかがなさいます」

「はて、沙汰とな。そんな必要がどこにあるのだ」

素早く涙を拭い、山田は浦浜を助け起こした。その場に膝をついて衣の泥を払ってやりながら、

「この者はただ、山城番が廃されるのではとの噂を聞き、わたしに真偽を尋ねに来たのだ。なあ、四郎左」と浦浜に目を向けた。

「とはいえわたしとおぬしの仲だ。なにも路傍にて待ち受けずとも、屋敷まで訪ねてくればよかろうに。以前はよく我が家で酒を酌み交わしたではないか」

「あれは……あの頃はまだ、おぬしは有終館の会頭に過ぎなかったからな。これほどに身分の隔てが出来てしまってはそうもいかん。それに――」

浦浜が不自然に口をつぐんだのは、そんな団居《まどい》の最中でも、胸の底には山田への嫉妬が渦巻いていたと我が身を顧みたためだろう。しかし山田はそんな浦浜に、「なにを申すか」と屈託なく笑いかけた。

「そんなことは気にせず、いつでも元の如く、顔を出せばよかろうに。進はしばらく前から病を得て実家に戻っているが、おぬしが来たと文で知らせればさぞ喜ぶに違いない」

人は弱い生き物だ。もしかしたら浦浜はこの後も何かにつけて山田と我が身を引き比べ、才長《た》けたこの男を恨むのかもしれない。だがひたむきなまでに人を信じる山田は、それでも浦浜を信じ、彼を友と呼び続けよう。何も知らぬ輩から誇られ、刃を向けられてもなお、すべての者を信じ続けよう。

三島の背を、恰は肘《ひじ》で突いた。なにか、と振り返る小男の耳元に顔を寄せ、「今後、もし元締さまの警固が必要な折はそれがしに言え」と囁いた。

「おぬしもなかなか剣を使うと見えるが、まだまだ修行が足りん。あらぬ憎悪を抱く奴らが何か仕掛けて来れば、それがしが追い払ってやる」

「ありがとうございます。それもさることながら、もしかしたら熊田さまには、岡田玄蕃さまとか仰いましたか、御普請方さまを筆頭とする四、五人の衆を抑えていただくよう、お願いするかもしれません」

なんだと、と目を見開いた恰に、三島は妙に子どもっぽい笑みを浮かべた。

「嫌がらせが続くもので、ご近習頭の大石さまに調べていただきました。結果明らかとなったのですが、岡田さまはかつて同じ道場で学んだ方々を配下のごとく使われ、先生を狙っていらしたご様子。一方でかねてお役目を楯に、出入りの商人に借財を重ね、時には刀にかけて返済を拒んでおいでとか」

「つまり――」

「いずれ岡田さまは行状不届きとして、目付さまより謹慎を命じられましょう。その時に先生を恨んだりせぬよう、それとなく頭を押さえていただければ」

古くから玄蕃を知る身としては、その不行状は驚くに値しない。やはり人を僻目《ひがめ》で眺める者は、当人自身もまた同じ僻事に手を染めていたわけか。とはいえ玄蕃も山田に嫌がらせなぞせずば、目付に日頃の行いを咎められずに済んだだろうに。

浦浜と身を寄せ合うように夜道を歩き出した山田を見やり、「あい分かった」と恰はうなずいた。

「山田先生の来し方を、玄蕃に詮索されても厄介だからな。あ奴は威勢がいいだけの男だ。目付さまから謹慎仰せつけられれば、少しはおとなしくなろう」

「山田先生、ですか」

しまったと目を上げた恰に、三島が唇の両端をにやりと吊り上げた。もともと目が子どものように丸く、その癖、鼻と口が小さい面相のせいで、その表情はどこか人懐っこい犬を思わせる。

「しかたあるまい」と吐き捨てて、恰は忌々しげに目を逸《そ》らした。

「山田先生は元締兼吟味役にして、かつての有終館会頭でいらっしゃる。若き頃に教えを蒙った身からすれば、尊ばねばならぬのは当然だ」

大石隼雄や三島貞一郎の如く山田の私塾に通い、教えを仰ぐつもりにはなれない。だいたい恰は剣術の徒だ。四角四面な漢籍をひねくり回し、小難しい理屈を並べる儒学とはどうしても肌が合わない。

だが、山田の如く人を信じ、世を信じる生き方を嗤《わら》うのは、惰弱な輩の行い。更に言えば、士道にすら背く生き様だ。ならばもう少しだけこの男が始めた改革とやらに付き合ってみてもよいではないか。

相変わらず貧相な山田の背中の輪郭が、夜の闇にぼんやり融《と》け入り始めている。「お待ちください、先生」と叫んで走り出した三島の後をゆっくりと追いつつ、山田安五郎方谷か、と恰は胸の中で独言した。

痩せぎすで、貧乏神のごとく顔色が悪いあの男がこの備中松山藩をどこに連れて行くのか、それは誰にも分からない。だがどんな時も人を信じ続けるあの男は、仮にこの先に何が待っていようとも、決して膝を屈さず、己の道を突き進むのだろう。

（ならば自分は）

風が出てきたと見え、川岸に植えられた柳の枯れ枝が小さくそよぐ。臥牛山の方角から木々の騒《ざわ》めきが海嘯《かいしょう》の如く響き、やがて夜空の彼方から無数の落葉が舞い散る花の如く降ってきた。

山田がふと足を止め、「ふうむ。秋風落葉、正に悲しむに堪えたり。黄菊残花、誰をか待たんと欲す——との風情だな」とかたわらの浦浜を振り返る。

「どうだ。今夜は酒を傾け、詩作でも楽しまぬか。こと詩才は、四郎左の方が上だったではないか」

「勘弁してくれ。長年の山城番勤めのおかげで、詩なぞ忘れてしまったわい」

言い合う二人の声を遮るように、また葉が虚空を次々と舞う。美しい秋を引き留めんとするかのような、静謐《せいひつ》な散華にも似た落葉だった。

第二章　柚《ゆ》の花、香る

屋根を白く霞《かす》ませていた夕立が去った途端、庭先には煎《い》りつけるような夏陽が蘇《よみがえ》った。

これが日の傾き始めた時刻なら、盥《たらい》をひっくり返したかと疑うほどの通り雨は、炎夏の暑さを払ういい打ち水になったのだろう。だがまだ七ツ時（午後四時頃）の鐘も鳴らぬうちとあっては、置き土産の湿気が耐えがたい暑さをますます際立たせるばかりだ。

三島貞一郎《ていいちろう》は懐から取り出した手ぬぐいで、こめかみを伝う汗を拭《ふ》いた。ついで両手の汗を癇《かん》性《しょう》にぬぐい取ってから、先ほど硯《すずり》に戻したばかりの筆に墨を含ませ、背筋を伸ばして小机に向き直った。

卓上に広げられている書籍は、八年前に没した江戸の国学者・平田篤胤《ひらたあつたね》が記した『古史徴《こしちょう》』。ただ日本書紀や古事記の記事や、神代に存在したとされる神代文字について論じるその内容は、正直、十四歳の春から儒学のみに取り組んできた貞一郎には、理解しがたいところが多い。

貞一郎の師にして、この私塾・牛麓舎《ぎゅうろくしゃ》の主《あるじ》である山田方谷《やまだほうこく》は、もとは商家の生まれ。幼いころから神童と讃《たた》えられ、士分に取り立てられるばかりか藩の要職まで担うにいたった彼は、未知の知識に対して驚くほど貪欲だ。立場の異なる者の意見も進んで学び、わが物としようとする。

貞一郎がいま、『古史徴』の書写に励んでいるのも、そんな方谷に頼まれてのことだった。

（それにしても、暑い――）

備中松山城下は四方を山に囲まれ、街区の西には川が流れている。それだけに茹《ゆ》だるほどに暑い夏、身を切るほどに冷え込む冬はお馴染《なじ》みのものだが、ことに今年は春の終わりから陽射しが厳しく、雨も少ない。この分では十日前、参勤交代のために備中松山の地を発《た》った藩主・板倉勝静《かつきよ》一行も、道中の暑さにさぞ苦しめられているに違いなかった。

「おおい、三島。今日は山田はおるか」

との声とともに、豊かな美髯《びぜん》を蓄えた老爺《ろうや》が杖をつきつき庭先に現れた。まだそこここに残る水たまりを意外に軽快に飛び越え、「ふむ。そうやっているとおぬし、まるでこの牛麓舎の主のようじゃな」と楽しげに笑った。

「おやめください、奥田《おくだ》先生。わたくしはまだまだ修業中の身。先生の代講として、時折、講義をお預かりしているにすぎません」

「謙遜《けんそん》することはあるまい。三島貞一郎中洲《ちゅうしゅう》といえば、まだ二十一歳の若さながら、牛麓舎一の英才として名高い男。山田がお役目に多忙に過ぎるせいで、おぬしがおらずば牛麓舎が成り立たぬことは、お城下では周知の事実じゃよ」

そう笑いながら縁側に腰を下ろした老爺は奥田楽山《らくざん》といい、長年、備中松山藩のお抱え儒者として藩校・有終館《ゆうしゅうかん》を預かってきた漢学者だ。

政《まつりごと》にはとんと関心を持たぬまま、学問と後進の育成のみに身を投じ、十数年前にすべての職を辞した後は、自宅で詩作三昧《ざんまい》の日々を送っている。気が向けば、有終館やこの牛麓舎に顔を出し、取り留めのない世間話を楽しんで帰っていく人のいい隠居だった。

「お殿さまが江戸に発たれたばかりなのに、山田は今日も御根小屋《おねごや》か。元締《もとじめ》の多忙さはやむをえぬが、それで若人の教導が疎《おろそ》かになっては、あ奴《やつ》も何のために私塾を開いたのやら」

「しかたがありません。殿さまはもちろん、藩のご老職がたまでが、それほどに先生の手腕を買っておられるのですから」

楽山に苦笑してみせた途端、貞一郎の胸に小さな痛みが走った。それを堪《こら》えて、「茶を淹《い》れて参りましょう」と立ち上がった。

「おお、すまぬな。なら、茶うけ代わりにこれを切ってくれるか」

楽山はそう言って、握りこぶしほどの丸い竹皮包みを手渡した。見かけによらずずっしりと重く、甘さ辛さを感じさせる複雑な香りを漂わせる包みだった。

「はて、これは菓子でございますか」

「先ほど立ち寄った安正寺《あんしょうじ》で、住持が土産にくれた柚餅子《ゆべし》じゃ。最近寺に入った小坊主が、庭の柚子《ゆず》を用いて器用に拵《こしら》えるそうな」

柚餅子は柚子皮や果汁、糯米《もちごめ》・砂糖、場合によっては味噌《みそ》や醤油《しょうゆ》を加えて蒸した菓子。備中松山お城下で作られるそれは、今から約二百五十年前、備中国奉行・小堀遠州《こぼりえんしゅう》が考案したとの伝承があり、薄く伸ばして蒸した生地に米粉をまぶした形が特徴だった。

それに比べれば、寺の小坊主がよほど工夫を凝らしたのだろう。楽山が持参した柚餅子は中身がくり抜かれ、砂糖煮にされた柚子皮の中に、硬めの餅生地が詰められている。全体に黒みがかった色合いは、砂糖のみならず味噌で味付けされているためかと見えた。

「まったく、手が込んでおる。ただの禅寺の土産には、少々もったいないほどの工夫じゃろ。さあさあ、三島も相伴せよ」

皮ごと薄く切った柚餅子に焙《ほう》じた茶を添えて出すと、楽山は歯の足りぬ口をすぼめて嬉し気に笑った。織部《おりべ》の湯呑を両手で抱え、

「先ほど、通り雨に降られながら坂を下っていく若者たちとすれ違ったが、あれも牛麓舎の塾生か」

と、夕立の名残すら見えぬ青天に目を向けた。

「さようでございます。先生のご高名が、備中松山ばかりか近隣諸藩まで広まったためでしょう。最近では新見や成羽《なりわ》からも、先生の教えを請う若者が参ります」

山田方谷が牛麓舎を開いたのは、今から十三年前の天保九年（一八三八）。開塾とともに弟子入りした七人のうち、国家老《くにがろう》・大石源右衛門《おおいしげんえもん》の嫡男《ちゃくなん》である隼雄《はやお》は、今回、近習頭《きんじゅ》として藩主・板倉勝静の江戸出府に従っているし、一時期は塾頭として後進の育成に当たっていた進昌一郎《しんしょういちろう》は、五年前から備中松山藩に書役として召し抱えられている。

そんな彼らから少し遅れ、十四歳で窪屋《くぼや》（現在の倉敷市）から入塾した貞一郎は、先輩たちが相次いで仕官したこともあって、今は牛麓舎一の古参となっている。まだ年若ながら、昼夜を惜しんで学問を続ける熱心さが方谷に信頼され、昨年から牛麓舎の代講も任されていた。

「最近では有終館と牛麓舎、双方に通う藩士の子弟も増えているとか。山田が元締に任ぜられ、次の冬で丸二年。当初はどうなることやらと案じていたが、国許はもちろん、江戸表の藩士どもの山田への誹《そし》り口も随分減った様子じゃな」

「大坂の銀主《ぎんしゅ》たちが昨年、先生の借財返済計画をすべて承知したことが、きっかけとなったようです。それと大坂蔵屋敷の廃止を決められ、年に一万両近い費《つい》えが要らなくなったことも大きかったとか」

自らも湯呑に手を伸ばしながら、結局、と貞一郎は胸の中で呟《つぶや》いた。

山田方谷の抜擢《ばってき》に文句をつけていた藩士はみな、その異例の登用が妬《ねた》ましかっただけなのだ。その施策や学識に異を唱えるほどの深い考えなぞ、ありはしなかった。その証拠に、山田が自ら大坂に下り、十万両に及ぶ借財返済の猶予《ゆうよ》を銀主から取りつけて来るや、藩の財政を預かる勘定方からまず、「さすがは殿さまがこれと見込んだお人じゃ」との感嘆の声が上がった。

ついで方谷が藩産物の売買拠点だった大坂蔵屋敷を廃し、大坂の米相場を見ながら随時、国許から米を売る手法を取り始めると、松山藩にはその都度、現金が入って来るようになった。すると他の藩士までが、「これは元締さまを少々見直した方がよさそうだ」と相次いで掌《てのひら》を返し始めたのだから、まったく分かりやすい話だ。

決して、備中松山藩の抱える莫大な借金が消えてなくなったわけではない。だが長らく大坂の銀主の監視下にあった米の売買が、藩の勘定方の目の届く場所に移れば、それだけで藩の侍たちは銭の動きを間近にし得る。それは長らく借財に喘《あえ》いでいた藩士にとって、わが藩にはまだ銭を産む力があるぞという自信につながる出来事であった。

加えて、近習頭の大石隼雄、物頭《ものがしら》の熊《くま》田恰《たあたか》といった若き要職たちが、山田方谷の人柄を事ごとに説いて回ったこともよかったのだろう。最近では御根小屋で山田に嫌がらせを働く者は、滅多にいない。

とはいえそれはただ単純に、山田に感服した者が増えた事実を意味するわけではない。なにせ山田方谷は現在、藩主・板倉勝静の懐刀。そんな彼といち早くよしみを結び、今後の出世に役立てようとする輩《やから》が、ぜひわが子を牛麓舎へと言い始めたせいで、このところ臥牛《がぎゅう》山《ざん》を間近に仰《あお》ぐ教堂は、常に押すな押すなの賑やかさだった。

「人とは単純なものじゃ。目覚ましい成果が上がれば口を極めて誉《ほ》めそやすし、そうでなければ水に落ちた野良犬を叩《たた》き殺すが如《ごと》く、よってたかって滅多打ちにする。なまじ、大坂の銀主相手に功を挙げた分、山田への藩内の目は今後、かえって厳しくなろうな」

方谷は初めて元締兼吟味役《ぎんみやく》を藩主から仰《おお》せつけられた際、藩内改革には七、八年はかかろうと答えたと聞く。ならばこの藩を根本から建て直すには、あと早くとも五年はかかる道理。そう考えた途端、貞一郎の胸の中に、長すぎる、との言葉が浮かんだ。

方谷が殿から強い信頼を受けている事実は誇らしいし、まだ若き自分が牛麓舎を任されたこともありがたいと思っている。だがなにせ代講ともなれば、下は十歳前後から、上は自分の兄や伯父ほどに年の離れた者を教え導かねばならない。日々の講義はもちろん、塾生同士の喧嘩《けんか》の仲裁、失くしものの捜索、文机にこびりついた墨の掃除、そして多忙な方谷の手伝い……やらねばならぬことはあまりに多すぎ、自分自身の学問をする暇なぞ皆無に近い。おかげでかつては勉学の間に続けていた剣術の稽古とも、とんと遠ざかってしまった。

このため目を輝かせて講義に臨む門弟を前にすれば、好きに学問に打ち込める彼らがうらやましくなる。逆に、親の命で仕方なく通っているのだとばかり居眠りをする塾生を見れば、頭の一つも殴りつけたくなる。

このまま五年が過ぎれば、貞一郎は二十六歳となる。二十六歳。そんな年まで、自分は門弟の世話にただただ追われ続けるのだろうか。

「いかがした、三島。食うてはどうじゃ」

はっと我に返れば、奥田楽山が湯呑を膝先に置き、怪訝《けげん》そうにこちらを見つめている。

「失礼いたしました。方谷先生はつくづく難儀なお役目に挑んでおいでだと思いまして」

言いながらあわてて食らいついた柚餅子は舌が蕩《とろ》けそうなほどに甘く、その癖、後からじわじわと味噌の味がしみ出してくる。

「これは確かに珍味ですね」

「ああ。ただ甘いだけの柚餅子は幾つも食らうと飽きるが、これであればよき酒の肴《さかな》にもなろう。大殿に差し上げれば、さぞ喜ばれたであろうなあ」

大殿——すなわち一昨年《おととし》亡くなった先代藩主・板倉勝職《かつつね》は暗君で、藩の借財をここまで膨れ上がらせた責任の一端は彼にあると囁《ささや》かれている。ただ勝職は一方で、酒席で藩士に命じた無理難題を、翌日、酔いが醒《さ》めるや否《いな》や撤回し、内々に詫びるような気の弱さがあった。

有終館の学頭（校長）は、藩政への献策も行なう。それだけに楽山も勝職にはさぞ振り回され続けたはずだったが、その口調には懐かしげな響きがあった。

「大殿さまは困ったお方じゃったが、ご自身が明主でないとのご自覚だけはお持ちであった。それが証拠に千代田のお城（江戸城）では奏者番《そうじゃばん》以上のお役目を求められず、ただただつつがなくお城を下がることばかりお考えじゃった。今の殿とのもっとも大きな違いは、そこでいらっしゃったのう」

「と、仰せられますと」

楽山の言葉に含みを覚え、貞一郎は問い返した。

奏者番とは江戸幕府内の役職の一つ。全国大名から選ばれ、大名や旗本の将軍への謁見を取り次ぐ職務だ。

おおむね二十名から三十名いる奏者番のうち、特に選ばれた四名は寺社奉行を兼任できる慣例で、この兼職を仰せつけられることは幕閣での出世の第一歩とされていた。寺社奉行を経験した者はその後、大坂城代や京都所司代を経て、老中に抜擢される習わしがあるためだ。つまり奏者番とは大名にとって、生涯を一藩主で終わるか、江戸城で国政に関わるかの分かれ道だった。

板倉家は徳川家康の臣下・板倉伊賀守勝重《いがのかみかつしげ》を祖とし、本家たる備中松山藩の他にも、備中庭瀬《にわせ》藩三万石、上野安中《こうずけあんなか》藩二万石、三河重原《みかわしげはら》藩二万八千石の三家を分家として擁する古参大名だ。それだけに当人の器量と希望さえあれば、幕政に関わることも不可能ではないが、先代の板倉勝職を含めた歴代当主に老中となった者はいない。

このため貞一郎はてっきり、現在の藩主である板倉勝静も歴代と同様と思っていた。だが楽山は長い指でまた柚餅子を摘《つ》まみ上げ、「なにせ殿は、お若くていらっしゃる。しかもみちのくの名君と謳《うた》われたお祖父《じい》さま、老中・松平越中守《まつだいらえっちゅうのかみ》（定信《さだのぶ》）さまへの崇敬の念が厚くていらっしゃるからのう」と続けた。

「わしは別に、他家からご養子に入られた今の殿を侮るわけではない。されど家督を継がれるや否や山田を取り立て、藩政の改革に当たられたのは、いささか性急に過ぎるご差配じゃった。これが大殿のご実子でいらしたとしても、普通は藩主となってしばらくはお家のさまざまを様子見なさるものじゃ」

「それは……確かに仰せの通りでございますね」

「殿は恐らく、ゆくゆくはお祖父さまの如く幕閣に入り、日本の国政に関わりたいと願っておいでなのじゃろう。そのためにはまず寺社奉行とならねばならぬが、あの職に就くには、国許が裕福で、自藩の藩士で寺社奉行所を営めるだけの銭が要る。つまり藩の勝手許を整えるのは、ご自身のためでもおありというわけじゃろう」

なんでございますという声を、貞一郎はかろうじて飲み込んだ。

寺社奉行にしても大坂城代にしても、幕閣に関わる大名はみな、その費えをすべて自藩で賄うのが定め。楽山の見立てが正しければ、今回の改革が成功したとしても、方谷はその後も長く元締役を仰せつけられる恐れがある。それはすなわち、貞一郎の代講が更《さら》に伸びる事実をも意味した。

それは困る。多いに困る。貞一郎は胸の中で呻《うめ》いた。なにせ牛麓舎の中ではもっとも才長《さいた》けてはいても、学問という巨山を前にすれば、自分はまだ青二才同然だ。

方谷は二十三歳の春から、足かけ五年に及ぶ勉学を京と江戸で積んだ。また牛麓舎一期生の進昌一郎が松山藩士に取り立てられたのは、かつて方谷が学んだ江戸昌平坂《しょうへいざか》・佐藤一斎《さとういっさい》門下での遊学を高く評価されての計らいだ。

方谷が師として物足りぬわけではない。だが貞一郎は書庫の本を読めば読むほど、学問を積めば積むほど、自らが備中という狭い井の中の蛙《かわず》だと考えずにはいられなかった。日本は広い。そして海の果てにあるという世界は更に広く、学問はどれだけ積んだとしても果てることがない。

このため貞一郎はいずれは、自分も江戸への遊学を願い出るつもりだった。だが方谷がこの先も長く御根小屋に召し使われるとなれば、当然、自分もまたこの地を離れづらくなる。

「あの、楽山先生。一つお尋ねしてもよろしいでしょうか。確か先生はお若い頃の一時期、藩外にお暮らしでいらしたとか」

話題を転じた貞一郎に、奥田楽山は「それはまた、昔の話を持ち出したものじゃな」と笑った。

「かれこれ五十年も昔じゃ。当時わしは家督を継いだばかりで、書役として殿にお仕えしておった。当時のご家老がたに物見高い気性を面白がっていただいたとみえ、江戸詰めと大坂詰めをそれぞれ一年、仰せつかったわい」

「大坂にいらした間は、上方屈指の儒学者と名高い中井履軒《なかいりけん》先生のもとで学ばれたとうかがいました。江戸や大坂での学問はやはり、お城下でのそれとは異なっておりますか。銭さえあれば、欲しい書物とてすぐに手に入るとはまことでございますか」

楽山は人のいい老爺だ。貞一郎の遊学への憧れを知れば、現在の牛麓舎の多忙に何らかの手立てを講じてくれるかもしれない。そんな期待を抱きながら問うた貞一郎に、「なんじゃおぬし、遊学を夢見ておるのか」と楽山は虚を突かれた顔になった。

「ええ。学問の徒として、いずれはと」

「やめておけ、やめておけ。江戸大坂の如く華美繁華なる地は、実のところは学問には向かぬ。そりゃあ学者は大勢おるし、書肆《しょし》（本屋）とて数え切れぬほど軒《のき》を連ねておる。だが人が多ければその分、交誼《こうぎ》に暇を奪われ、町辻が広ければ日々の生活に手間が要る道理じゃ」

古《いに》しえの唐国に生きた阮籍《げんせき》が仕官を拒んで野に生き、陶淵明《とうえんめい》が郷里に世塵《せじん》を避けた如く、古来、俗世との交わりを絶って学問に没頭した逸人《いつじん》は多い。これで貞一郎が鳥も通わぬ絶海の孤島に住んでいたなら、遊学にも意味はあろう。だが備中松山は岡山にもほど近く、人の往来が盛んな地。近隣諸国に儒者も多く、書物とてほうぼうから望むがままに借り受けられる最中、好きこのんで遠遊する必要がどこにある——と楽山は言い放った。

「それより今は、方谷を少しでも助けてやってくれ。おぬしも承知の通り、あれは気難しげな面をして、案外情にもろい。文句や陰口に耐えながらのこの二年は、それなりに辛い日々だったはずじゃ」

どす黒い顔色と頬骨の目立つ貧相な面差しのせいで、山田方谷の外見は一見、かなり取っつきづらい。だが老木の樹皮そっくりに血の気の乏しいその肌の下にどれだけ熱い血が流れているか、貞一郎は長い牛麓舎暮しの間に嫌というほど知らされていた。

かつて方谷の母は、彼が十四歳の頃、病の床に就いた。当時、新見藩儒・丸川松隠《まるかわしょういん》の元で学んでいた方谷は、その知らせに急いで備中松山に帰ったが、母親は志半ばで戻ってきた方谷を叱ってすぐに新見に戻らせ、十日後、帰らぬ人となったという。

以来、方谷はどれだけ多忙でも、いまだ母親の月命日の日にはみずから経を手向け、花を供える。そしてつくづくと、

「わたしがもっと早くに学問を究めていればな。そうすればわたしは病身の母を嘆かせず、また幼い息子を叱るような真似もさせずに済んだ。つまりわたしは末期の母にとんでもない不孝をしてしまったわけだが、それもこれもすべては己の学問が至らなんだゆえだ」

と肩を落とすのだった。

方谷は人を怨《うら》んだり、憎んだりすることがほとんどない。なんとなれば彼は常に、人が人として守るべき他者への仁・世の中への義・わきまえるべき礼・物事を理解する智・誠実さを示す信の「五常」、父子の親・君臣の義・夫婦の別・長幼の序・朋友の信からなる「五倫」はすべて、学問を積むことで守られると信じているためだ。つまり学問をただの知識ではなく、人生を――ひいてはこの世の中をよくする手段と考える方谷は、自らが人を思いやり、他者を信じることこそが学問を究めることと同義と信じている。そんな方谷だからこそ、貞一郎は彼を師と選んだのであるし、それは大石隼雄を始めとする塾生も同様のはず。――とはいえ、だ。

貞一郎が言葉少なになった理由を、遊学を反対されたためと考えたのだろう。楽山は「まあ、わしとておぬしの年の頃は、江戸や大坂での学問に憧れたものじゃ」と取り成す口調とともに立

ち上がった。

「何のために学問を積むのか、よく考えてみよ。そうすれば自《おの》ずと答えは出て来るじゃろうよ」

言い置いて歩み去る小さな背を、一向に勢いの衰えぬ夏の陽射しが煎りつけている。空の茶器を片付けながら、貞一郎は唇を嚙《か》みしめた。

自分の研鑽《けんさん》はすべて、方谷のような大学者にならんとしてだ。だがその志を思えば思うほど、現状への焦りが胸を衝《つ》く。いっそこの思いを包み隠さず、方谷に打ち明けてみるかとも考えはするが、それを実行するには貞一郎はあまりに思慮深すぎた。

しかたがない、とひとりごちれば、庭の木立から落ちる影は夏日を受けていよいよ黒く、空に一つだけ浮かんだ雲の白さを際立たせている。今ごろ方谷は、風のあまり吹き入らぬ御根小屋の御用部屋で、全身汗みずくとなって政務に励んでいるだろう。お戻りになったらすぐ行水を使えるよう盥を出しておかねば、と貞一郎は腰を浮かせた。

「ごめんくださいませ。元締役でいらっしゃる山田安五郎さまのお屋敷はこちらでございましょうか」

まるでそれを見ていたかのように、役宅の門の方角で、甲高い訪《おとな》いの声が上がった。

方谷の妻である進は病ゆえに、四年前から生家のある新見に戻っている。このため中間《ちゅうげん》や女中を別にすれば、この屋敷に寝起きするのは方谷と住み込みの門弟たる貞一郎の二人きり。貞一郎は抱えていた盆を広縁に置き、役宅の玄関へ急いだ。

「お待たせしました。申し訳ありませんが先生はただいま、御根小屋に出仕しておられてお留守でございます」

そう応えて式台に膝を突き、貞一郎は目をしばたたいた。

方谷を訪ねてくる客は、珍しくない。だが目の前に立つのは、年の頃は十四、五歳。巨大な風呂敷包みを背負い、剃《そ》り上げた頭も青々とした小坊主だった。身にまとっている墨染の直綴《じきとつ》は、あちらこちらに継ぎこそ当たっているが、さっぱりと洗い清められている。

どうやら近隣の禅寺から来たらしい。「はて、どちらかのお寺からのお使いでいらっしゃいますか」と貞一郎は続けた。

すると小坊主は両の頬をなぜか不機嫌に膨らませ、「使いではありません」とまだ声変わりせぬ声で応じた。

垂れがちの双眸《そうぼう》とぷっくりと丸い頬が、胡粉《ごふん》塗りの犬這子《いぬほうこ》を思わせる。怒り顔をしてもなお、妙な愛嬌《あいきょう》を漂わせた小坊主であった。

「おいら――いや、わたしは昨日、本町の高札場《こうさつば》に上がった元締さまのお触書に応じて参りました、安正寺の玉秀《ぎょくしゅう》といいます。御根小屋の作人《さくにん》のお役目を賜りたく、山田さまにお願いに上がりました」

松山川（高梁川）に面した本町は、備中松山城下一の繁華な町筋。堅牢な高石垣の上に土蔵や様々な商家が建ち並び、藩港である玉島から上ってきた高瀬船の船着き場や高札場が設けられている。

作人という思いがけぬ言葉に、貞一郎がひっかかりを覚えたのに気づいたのだろう。「お触れをご存じないんですか」と、玉秀は小馬鹿にした様子で鼻を鳴らした。

「何でも近々、お殿さまに百姓の暮しをお教えするために、御根小屋東のお茶屋に二反（約二十アール）の畑が出来るそうですよ。それでお茶屋に住み込み、田畑の世話をする者を求めるというお触書が、昨日、元締さまのお名前のもと、高札場に上がったんです」

知るわけがない。貞一郎は昨日も今日も、牛麓舎の塾生の世話に追われていたのだから。

お茶屋は別称を「水車」ともいい、藩の客人の滞在などの際に用いられる屋敷。貞一郎は当然、足を踏み入れたことはないが、川水を引き込んで園内に巡らしたその庭は御根小屋内のものよりも広大で、藩主の散策にもしばしば用いられていると聞く。

玉秀の物言いがあまりに不快で、「おぬしは坊主じゃないか」と貞一郎は相手が年下なのも忘れて言い返した。

「御根小屋の畑を世話するとなれば、藩庁から給金を賜ることになる。見習いとはいえ、僧侶の分際で銭を儲《もう》けようというのか」

「雇っていただけるなら、還俗《げんぞく》しますよ。当たり前じゃないですか」

打てば響く早さで応じ、「とにかく」と玉秀は背負っていた風呂敷包みを足元にどすんと置いた。

「元締さまがおいでにならないなら、こちらで待たせていただきます。よろしいですね」

「馬鹿を言え。だいたい方谷先生は備中松山藩元締役として、作人を募られたのだろう。それならおぬしが出向くべきはこの役宅ではなく、御根小屋だ。先生へのお目通りは叶《かな》わぬだろうが、中間頭さまか足軽を束ねる物頭さまが話を聞いてくださるに違いない。さっさとそっちに行け」

君主とは国を治めるのみならず、庶民の暮しに通じていなければならない。古しえの天皇である仁徳《にんとく》天皇は、ある夕刻、高殿から見おろした家々から炊煙が上がらぬことから庶民の窮状に気づき、三年間、税の徴収をやめさせた。

現在の松山藩主・板倉勝静は二十九歳。方谷は江戸の藩邸と江戸城、そして備中松山の御根小屋しか知らぬ若き主君に少しでも市井の暮しを教えるべく、藩庁に接した地に田畑を作らせようと企てたのだろう。耕作に当たる者を高札で広く募ったのは、住み込みで耕作に当たらせることで、農村の日常を忠実に御根小屋内に再現しようとの計画に違いない。

とはいえそれは、藩政の一環として企図されたこと。恐らく高札にも、募集に応じる者は御根小屋に赴くようにと記されていたはずだ。

貞一郎は裸足のまま式台に降りると、玉秀が置いたばかりの風呂敷包みを取り上げた。それを玉秀の胸元に叩きつけ、「去れ」と語気を強めた。

「藩のお役に立とうとするなら、手順と道理は弁《わきま》えろ。それでは到底、作人に選んでいただけぬぞ」

言い放って踵《きびす》を返そうとして、貞一郎は立ちすくんだ。真一文字に引き結ばれた玉秀の唇がわなわなと震え、垂れ気味の目に光るものが見る見る大きく盛り上がったからである。

「お、御根小屋にはとっくに出向いたさ。でも小坊主がなにを言うかと相手にしてもらえなかったんだから、しかたないじゃねえか」

泣くまいと食いしばった玉秀の下顎《したあご》が、わなわなと震える。言葉を失った貞一郎をそれでも気丈に仰ぎ、「御根小屋の門番どもめ。おいらが小坊主だっていうだけで、門にすら入れてくれねえんだ」と玉秀は悔しげに頬を強張らせた。

「高札には、作人となる者の身分は問わない、四季の耕作に長けて農業産業に通じていればなおよし、と書いてあったのにさ。そっちがそんな真似をするなら、おいらだって話を聞いてくれる手立てを取るしかねえじゃないか」

「とはいえ、出家の身ではどうしようもあるまい。だいたい安正寺のご住持のご許可は得ているのか」

「ふん。そもそも行き場がなくって放り込まれただけの寺なんだ。作人に選ばれたら、すぐに還俗するさ」

玉秀は拳で素早く目元を拭《ぬぐ》い、あさっての方角を向いた。その横顔を眺めながら、「もしかして」と貞一郎は呟いた。先ほど茶とともに飲み下した柚餅子の複雑な甘さが、口の中に淡く蘇った。

「おぬし、安正寺に最近入ったという小坊主か。境内で取れた柚子で、器用に菓子を作った」

「なんだよ。おいらを知っているのかい」

「ああ、たまたま先ほど、おぬしの作った柚餅子を土産にいただいたのだ」

玉秀は一瞬探るような目で、貞一郎を見つめた。風呂敷包みを抱く腕にぐいと力を込めてから、

「そうかい」と小さくうなずいた。

「それなら話が早えや。あの柚餅子は旨かっただろ？　けど寺にいたんじゃ、必要とされるのは

掃除の速さに丁寧さ、後は日に二度の粥《かゆ》を炊くうまさぐらいでさ。おいら、もともと寺にも仏さまにも興味はねえし、ご住持も他の坊主どもも、おいらをほとほと持て余しているのが丸わかりなんだ。なら寺を飛び出し、自分で生きていくしかねえと考えたわけさ」

みほとけの教えを法として生きる寺院は、本質的には世俗とは切り離された異界だ。このため幕府や藩の統治下に置かれながらも、寺は俗世で生きられぬ人々の住処《すみか》として機能しており、親兄弟を失った孤児や行き場のない者たちが最後に救いを求める場所でもあった。

おそらくこの玉秀もまた、何らかの事情があって安正寺に放り込まれたのだろう。そう気づいてしまうと、御根小屋の作人として身を立てたいとの願いも分からぬではない。かくいう自分とて、つい先ほどまでいかにして学問で身を立てるかと悩んでいたではないか。「菓子作りがうまいのは分かったが、田畑は得意なのか」と貞一郎は玉秀を見下ろした。

「ああ。おいらの母方の祖父さまは長らく、川面《かわも》村（高梁市川面町）で庄屋をしていてさ。昔はよく小作の衆の手伝いかたがた、畑仕事を手伝わせてもらったものさ。おっ母《か》さんが亡くなり、親父の店があの忌々《いまいま》しい駒形屋《こまがたや》に取られちまってからは、とんと縁が切れちまったけどな」

店、と呟いた貞一郎に、玉秀は上目を使った。

「あんた、本当に何にも知らねえんだな。備中松山、本町船着き場横の菓子商白浜屋《しらはまや》といえば、岡山のお城下でもちょっと名の通った菓子屋だったんだぜ。それが同業の駒形屋に陥れられ、職人はおろか身代、得意先まで奪われて店を閉めたときは、随分な騒ぎになったんだけどな」

「すまぬがそれは、いつ頃の話だ」

「去年の春先さ。聞き覚えぐらいあるだろう？」

なるほど、まったく知らないはずだ。去年の春と言えば、貞一郎はちょうど方谷の代講を命じられたばかり。学力も熱意も異なる塾生をどう教え導くか必死で、お城下のあれこれに目を配る暇なぞなかった。

「ただ商いを傾かせただけならともかく、昔っからの商売敵《がたき》の罠《わな》に落ちたのがよっぽど悔しかったんだろうな。親父は店の暖簾《のれん》を下ろした夜、あてつけとばかり砂糖蔵で首を吊っちまって、後に残ったのは年端もいかねえおいら一人。それで駒形屋の主の平次《へいじ》は、白浜屋の親族一同と相談の末、おいらを寺に放り込んだってわけさ」

だからさ、と続けて、玉秀は本町の方角に向かって顎をしゃくった。

「おいら、何としても寺を出てえんだ。お触書によれば、作人の給金は年に二両。田畑の生《な》り物はすべて、御根小屋の御賄方《おまかないかた》さまが買い上げてくださる。売り上げから畑の苗や肥《こえ》の代金を出しさえすれば、残りは作人の懐に入るって話だからさ。いずれはその銭を溜めて、駒形屋にひと泡吹かせてえんだ」

お茶屋に田畑ごと百姓の暮しを作って見せるとなれば、当然、馬や牛も飼い、作人の家も与えられるはず。その上、給金や収穫物の売り上げまで手に入るとすれば、身寄りのない玉秀にとっては、これ以上ない厚遇に違いなかった。

「しかし、それほどの待遇のよさとなれば、作人になりたい者はお城下に多いだろうな」

「だからこうして、元締さまのところにお願いに来たんじゃねえか」

分からない奴だな、と舌打ちして、玉秀は風呂敷包みの結び目に短い指を突っ込んだ。

「とはいえおいらだって、まったくの物知らずじゃねえ。図々しくも元締さまにお願いごとをするんだ。一つ、とびっきりの手土産を持ってきているんだぜ」

待て待て、と貞一郎はあわてて玉秀を制した。

「馬鹿な真似はやめろ。先生は真面目なお方だ。手土産なんぞお渡しすれば、かえってご不興を受けるぞ」

方谷は不正に厳しい。下手をすれば玉秀ともども、自分まで叱責を受けるかもしれない。

狼狽《ろうばい》する貞一郎にはお構いなしに、玉秀は風呂敷包みの中から一冊の書物を引っ張り出した。よほど古い品と見えて、題簽《だいせん》はぼろぼろに虫に食われ、表紙の到るところに小さな染みがこびりついている。

「これさ。白浜屋に先祖代々伝わる、菓子の製法書なんだ」

何だと、と手を伸ばそうとした貞一郎に、玉秀は「おっと、駄目だ」とあわてて書物を自らの背中の後ろに隠した。

「これは親父が縊《くび》れて死んだ夜、おいらが店の帳場から抜き取って隠しておいた本さ。白浜屋秘伝の餡《あん》の製法に、飴《あめ》の練り方、団子の蒸し方……あんたが食ったという柚餅子だって、ここに作り方が書かれていたのをおいらが工夫したのさ。駒形屋の野郎は、白浜屋さえ手に入れれば、売れていた菓子の作り方もすべて自分のものにできると思っていたんだろうが、そうは問屋がおろすものかい」

もし作人に選ばれれば、自分は作業の暇々にこれらの菓子を作り、お城下で商うつもりだ。売り上げの一部は苗や肥の買い付けに充ててお茶屋の田畑を更に豊かにするし、将来、自分が見事白浜屋を再興したあかつきには、元締さまに店で商う菓子に菓銘をつけていただきたい――と玉秀はひと息に語った。

「どうだい。元締さまにとっても、決して悪い話じゃないだろう？　おいら、間違いなく必死に働くぜ。店を取り戻せたら、御根小屋には菓子の上納を欠かさねえし、作人として雇っていただいた恩は孫子の代まで語り継ぐつもりさ」

「何が孫子の代までだ。僧形の癖に、大口を叩くな」

そう言い返しながら、貞一郎は玉秀の「手土産」が後ろめたい品ではないことに、心底安堵《あんど》していた。一介の小坊主の癖に、備中松山藩の要職である山田方谷の自邸に押しかけてきたことは、突拍子もない。だがどうやらこの少年の気性は極めてまっすぐと見える。ついつい値踏みする目で、貞一郎は玉秀を眺めた。

方谷は有為の人物であれば、出自を問わずに登用すべきと考える人物だ。それだけに実力のほどはともかく、これほどの熱意を持つ少年を追い返せば、彼はさぞかし残念がるだろう。

しかたがないなあ、と溜息《ためいき》をついて、貞一郎は土間に置かれたままの風呂敷包みに手を伸ばした。

「そんなところに長居をされては邪魔だ。さっさと上がれ。先生は多分、深更《しんこう》過ぎまでお戻りにはなられん。それまで教堂でおとなしくしていろよ」

「いいのかい」

玉秀の顔がぱっと明るむ。わざと渋面を作ってそれにうなずき、「ただし」と貞一郎は念押しした。

「お役宅に押しかけるなぞ、本来であればとんでもない所業だ。先生にお目にかかれば、まずそれをお詫びしろ。作人志願の旨を述べるのは、それからだ」

分かった、と勢いよくうなずいた玉秀に、「また、駒形屋にひと泡吹かせるだの、おぬしの父親が縊れ死んだだのという話は慎め」と付け加えた。

「つぶれた店を再興したいと願うだけなら、いい。ただいかに遺恨があるとはいえ、誰かに意趣返しをしたいとあからさまに口にするのは、人倫に背く行いだ。先生はそういう所業は好まれん」

「なんだい、そりゃ。おいら、うちのお国の元締さまは他国にまで名の知られたお偉い学者先生だと聞いてきたんだぜ。頭のいいお人たちの間じゃ、お偉いってのは甘っちょろいって意味なのかよ」

「口を慎め。嫌なら、ここで帰るのだな」

声を荒らげた貞一郎に、玉秀は唇を不機嫌に歪《ゆが》めた。叱責に納得していないのがはっきりと知れる面相のまま、ちぇっ、分かったよ、と毒づいた。

「そういうことならおとなしくしているさ。それもこれも白浜屋を取り戻すためだ。しかたねえや」

「言っておくが、わたしは別におぬしを作人に推挙したいわけではない。後になって文句を言うぐらいなら、今のうちに作人の件は諦めろ」

「分かった、分かった。それで、教堂ってのはこっちかい」

すり切れた草履《ぞうり》を脱ぎ捨てると、玉秀は母屋から伸びる廊下をどすどすと進んだ。離れとなっている教堂の真ん中に風呂敷包みを投げ出し、そのかたわらにどっかり胡坐《あぐら》をかいた。

日中、広い板の間に並べられている文机は部屋の隅に積み上げられ、茜色《あかねいろ》を帯び始めた西日が玉秀の半身を斜めに照らし付けている。この分では今ごろ御根小屋にも、作人志願の者が大勢押し寄せ、藩士たちを困惑させているのだろう。

だが日がとっぷり暮れた後になって貞一郎が知ったのは、御根小屋に集まった作人志願者たちにはお茶屋以外の働き口も開かれるらしいとの噂《うわさ》であった。

「なんとなれば山田さまは近々、撫育方《ぶいくかた》という役所を御根小屋に作られるそうで。才さえあれば、そちらで働くこともできそうな仕儀でございますぞ」

そう言いながら玄関先で帳面を差し出した老武士は塩田仁兵衛《しおたにへえ》といい、山田家の斜め向かいに屋敷を構える中小姓並十石三人扶持《ぶち》、塩田家の隠居だった。

今年七十歳になる仁兵衛は、勘定方の家督を息子に譲る以前は、藩内一の算術者としてほうぼうから厚い信頼を寄せられていた。方谷は元締兼吟味役を仰せつけられた一昨年より、藩財政を私《わたくし》しているとの不審を受けぬよう、山田家の家計をすでに隠居の身の仁兵衛に託し、収支の一切を仕切らせている。

このため仁兵衛は三日にあげず山田家を訪れては、酒屋や米屋への払いから旦那寺への布施、果ては牛麓舎で用いる紙や筆のかかりまですべてを記録し、山田から預かった財布で支払いをしている。女手のない山田家にとっては、もはやなくてはならぬ大切な勝手方だった。

「酒屋への支払いが最近妙に多いと思い、先ほど御根小屋の御用部屋に山田さまをお訪ねしたのです。なにせ山田さまが役宅にお戻りになられるのは、いつも真夜中近く。そんな遅くに押しかけ、帳簿の不審をあれこれ問うわけにもいきませぬでなあ」

「それはお手間をおかけしました。ただ酒屋の件は、先生の酒量が増えておいでなだけです。ご心配には及びません」

方谷は三度の飯は食わずとも、日に二合の酒は決して欠かさぬ酒好きだ。加えて元締に就任して以来の忙しさが、盃《さかずき》の数を増やさせるのだろう。毎夜、子《ね》ノ刻《こく》（午前零時頃）になってからようやく帰宅するにもかかわらず、そこから書見をしながら酒を飲み、一升を一夜で空ける折すらある。

おかげで最近、方谷の顔色は以前に増してどす黒く、胃の腑《ふ》が痛むとかで、朝から顔をしかめている折も多い。ただ酒は師の唯一の楽しみだけに、貞一郎からはなかなか口出しし難い。増え続ける一方の酒代に、仁兵衛が不審を抱くのも当然だった。

「ええ、久しぶりにお顔を拝見し、なるほど酒代が多いわけじゃと納得しましたわい。しかも拙者が訪うた折、詰所の外には作人を志願する者が大勢居並び、物頭の熊田さまが声を嗄《か》らしてそれをさばいておいででしてな。そこに撫育方新設の相談のために目付役さまがお越しになる、家老さまが撫育方の職務を下問に来られる、新しい志願者を足軽どもが案内してくる……山田さまもはや、四十七歳。そろそろ無理は慎まれた方がよろしゅうございますがなあ」

塩田仁兵衛によれば、今回新設が決まった撫育方とは、藩内で取れる年貢米以外の収益すべてを管理する役所。もともと備中松山は煙草《たばこ》や鉄、また大高檀紙《おおたかだんし》と呼ばれる紙の生産地として知られていたが、今後はそういった産物をこの撫育方が販売まで一手にまとめて扱うという。

「つまり御根小屋内の一部署が、商人の如く商いを行なうということですか」

武士とは決して、商業と無縁な存在ではない。たとえば備中松山から北西に四十里（約百六十キロメートル）の場所にある石見国銀山附御料《いわみのくにぎんざんつきごりょう》（石見銀山）は、江戸幕府直轄の銀の産地。ここで産出する銀は一粒残らず石見銀山代官所の支配のもと売買され、その収益はみな幕府に納められる。

ただ一方で銀山附御料内の産銀は、大半が山師《やまし》と呼ばれる民間経営者に委託され、代官所はそれを管理するのみ。いわば武士とは商業を間接的に支配するものであり、自ら直接、物品の売買に関わりはしないのが常識であった。

呆気《あっけ》に取られた貞一郎にうむとうなずき、「この撫育方とは、古くは長州《ちょうしゅう》藩（山口県）で始まった制度だそうでございます」と仁兵衛は応じた。

「今から百年ほど昔の宝暦《ほうれき》年間、長州藩の財政が逼迫《ひっぱく》した折、かのご家中では撫育局なる部署を新造し、御用心米《ごようじんまい》（非常時用の米の蓄え）や御勝手方から出た余剰の収支、更に藩内の様々な産物の売り上げをすべてそこに納めたとか」

この撫育局の蓄えは、本来の年貢米による収入とは異なった特別財政。ゆえに長州では現在、飢饉や凶作などの非常事態、はたまた開墾・開拓といった臨時の作事にこれらを用いることで、迅速な藩政を行なっている――と仁兵衛は語った。

「山田さまが今回お作りになる撫育方は、そんな長州に倣いつつも、根っこの部分は大きく異なっているそうです。長州の如く、臨時の蓄え作りに主眼を置くのではなく、藩内産物を一括して差配することで、藩の懐全体を増やそうとなさっているわけですな」

そんな撫育方に必要なのは、藩内の様々な商いに長けた人材。だがなにせ御根小屋に詰める藩士は、藩政そのものには通じていても商業に暗い。

「そんな最中に高札で募ることになったのが、お茶屋で働く作人でございます。思いの他、大勢集まったその志願者たちに、山田さまはもしその中に有為の士があれば、撫育方に抜擢したいとお考えだそうですよ」

もともと勘定所の役人だっただけあって、仁兵衛の口調には感嘆の色が含まれていた。

数ある備中松山の産物の中でも、大判の紙である大高檀紙はことに諸国に名が知られ、将軍家にもたびたび献上が行なわれている逸品。また藩内各村で生産される葉煙草は、「松山刻《まつやまきざみ》」の通称の元、江戸・大坂でも広く販売されており、煙草商が軒を連ねる新町筋を歩くと、そこここから葉煙草を煙草包丁で刻む軽やかな音がさっさささっさと聞こえてくる。

とはいえそれらの商いはみな、個々の商人に任せられており、藩はその売り上げから一定の税を取るばかり。だが備中松山藩が率先してそれらの産業を振興し、管理・売買を主導すれば、藩の懐は大きく潤うかもしれない。

ただそのためには各商家の理解と協力が必須であるし、撫育方の手腕も問われる。成功すれば利は大きいが、これまた手間暇のかかる方策を考えられたものだ、と思いながら、貞一郎はふと教堂を振り返った。

松山城下には、菓子屋はさして多くない。ただ隣藩たる岡山は古くより茶道が盛んなお国柄で、お城下では茶を喫し、菓子を楽しむ者も多いと聞く。だとすればもし今後、松山城下で珍しい菓子が作られることがあれば、方谷はそれを岡山藩内で売りさばくことも考えるだろう。ならばいっそ作人ではなく、撫育方の手伝いに名乗りを上げた方が、あの小坊主にも都合がいいのではないか。

「いかがなさいました、三島さま。もしや、客人がお越しの最中でいらっしゃいましたか」

仁兵衛が目ざとく、貞一郎の眼差しを追う。あ、いえ、と応じかけてから思い返し、「そういえば仁兵衛さまは、駒形屋なる菓子屋をご存じでいらっしゃいますか」と貞一郎は問うた。

「ええ、存じておりますよ。あの店の落雁《らくがん》は、亡き女房の好物でございましたからな。いまでも鍛冶町《かじまち》を通りかかる折は必ず買い求め、仏壇に供えております。たった一つだけの買い物にもかかわらず、主の平次みずから丁寧に紙に包み、どうぞ奥方さまによろしくと申してくれる愛想のいい店でございます」

仁兵衛は五年前に妻女を亡くし、いまは息子夫婦と当年十歳の孫との四人暮しである。仏壇から下げた落雁は孫が喜んで食べるため、おかげでめっきり最近虫歯が増えてしまったと語る仁兵衛に、貞一郎は虚を突かれた気がした。

「愛想がいい……のでございますか」

玉秀の話から、貞一郎はてっきり、駒形屋の主は羅刹鬼《らせつき》の如き強欲商人だと思い込んでいた。そんな貞一郎に、仁兵衛は皺《しわ》に囲まれた小さな目をきょとんとしばたたき、「ええ。そりゃあ平次はお城下では知られた有徳人でございますから」と続けた。

「物乞いを見れば、家に連れ帰って湯と食い物を与え、今後の身の振り方を一緒に考えてやる。親のない子がいると聞けば引き取り、自分もしくは親類縁者の店の小僧として雇って、読み書き算盤《そろばん》を学ばせてやる……お城下に商人は大勢おりますが、あれほど他人のために尽くす心優しき者はおりますまい」

「しばしお待ちを。それは間違いなく、駒形屋平次のことでございますか」

あわてて割って入った貞一郎に、塩田仁兵衛は当然だとうなずいた。片手に提《ちょう》げたままの提灯《ちん》が、その勢いに釣られて小さく揺れた。

「三島どのは牛麓舎での勉学にお忙しく、ご存じないのですな。駒形屋の菓子は饅頭《まんじゅう》にしても落雁にしても朴訥《ぼくとつ》で、飾り気はほとんどありませぬ。されどその分、身体《からだ》に染み入るように旨いとの評判でございます。今度、何か求めてまいりますゆえ、ぜひ山田さまとお上がりください」

「あ、いいえ。先生は甘いものは召しあがられませんので、どうぞお気持ちのみで」

とっさに断りながら、貞一郎は激しい混乱を覚えていた。

どういうことだ。玉秀は先ほど、白浜屋は商売敵の駒形屋に陥れられ、父親は砂糖蔵で首を吊ったと語っていた。だがこの生真面目な塩田仁兵衛が、白を黒と、黒を白と見間違えるはずがない。貞一郎は四囲をうかがってから、あの、と声を低めた。

「ことのついでにうかがうのですが、仁兵衛さまは白浜屋という菓子屋をご存じでいらっしゃいますか。何でも昨年の初め、故あって暖簾を下ろした店だそうなのですが」

「ああ、もちろん存じておりますよ。あれほど評判の悪い店は、松山お城下はもちろん、岡山にも稀《まれ》だろうと噂されておりましたから」

「評判が悪い……」

「ええ、それでも先代の頃までは、玉島に出店を置くほどの名店だったのです。されど昨年亡くなった当代が店を嗣《つ》いでからは、菓子の味はがたりと落ち、それを指摘した客にそちらの舌がおかしいのだろうと言い返したとも噂されました。間口三間の大店《おおだな》を本町の船着き場横に構えておりましたが、この五、六年はその店構えが哀れなほどの客足でございましたよ。うちの女房も一度、ずいぶん嫌な目に遭ったらしく、二度とあの店で菓子を求めてはなりませんと、娘夫婦に命じておりましたっけ」

迷いのない口調で語ってから、「いかがなさいました」と仁兵衛は貞一郎の顔を覗《のぞ》き込んだ。

「お顔の色がすぐれませんよ。悪いものでもお召し上がりになられましたか」

「いいえ、そういうわけでは。それより、確かに帳簿はお預かりいたしました。今月もお手間をおかけいたしました」

半ば強引に話を打ち切り、貞一郎は帳面を懐に突っ込んだ。怪訝な面持ちの仁兵衛に一礼すると、懸命に平静を装って身を翻《ひるがえ》した。

仁兵衛は月に一度、前月分の山田家の収支を帳簿に記しては、貞一郎のもとに持参する。貞一郎は方谷に成り代わってその記録を改めるのが慣例だったが、今日ばかりは到底そんな気になれない。

廊下の果てから目を凝らせば、行燈《あんどん》を一灯だけ点《とも》した教堂の縁側に小柄な影が見える。居眠りでもしているのだろうか。時々こくりと船を漕ぐ丸い頭を眺めながら、「どうすればいいのだ」と貞一郎は唇だけで呟いた。

撫育方新設を始めている以上、方谷は藩内の商家についてもあれこれ調べさせているだろう。だとすれば当然、白浜屋の悪評についても承知していると考えねばなるまい。そこに白浜屋の倅《せがれ》などを引き合わせれば、方谷はきっと貞一郎の人を見る目のなさに呆《あき》れかえるに違いない。

己の迂闊《うかつ》さに、両手で頭をかきむしった途端、

「おい、三島。おらぬのか。山田さまのお戻りだぞ」

という聞き覚えのある声が門の方角で轟《とどろ》き、貞一郎は思わずその場に飛び上がった。泳ぐような足取りで玄関に飛び出してくぐり戸を開ければ、物頭の熊田恰と中間を従えた方谷が、疲れた顔でたたずんでいる。

「め、珍しくお早いお戻りでございますな」

舌をもつれさせた貞一郎に、恰がぐいと一歩歩み出た。

「それがしが、どうか今日はお帰り下されと申し上げたのだ」

と、それが癖の噛みつくに似た物言いで告げた。

「こうも毎晩遅くまでお働きでは、お身体を壊してしまう。たまには早くお休みいただかねばと、無理やり供をしてまいった」

恰は昨冬、自らの片目の不調を明らかにし、剣術指南役を辞したい旨を願い出た。だが板倉勝静は家老衆と協議の上、それでもなお熊田恰以上の使い手は家中にいないとの理由でそれを許さぬばかりか、むしろ家禄を二十石加増してその怪我をいたわった。

幼少より剣術のみに打ち込んできただけに、根が真正直に出来ているのだろう。若き藩主から示された思いがけぬ温情に、恰はすっかり感じ入ってしまったらしい。結果、その敬意は板倉勝静ばかりかその股肱《ここう》の臣にも向けられ、最近ではとうとう方谷を「山田先生」とまで呼び始めた。

とはいえ今の貞一郎からすれば、そんな恰の単純さは厄介《やっかい》極まりない。軽い眩暈《めまい》すら覚えながら、「それはお気遣い、まことにありがとうございます」と早く帰って欲しい一心で小腰を屈めた。

「まったくだ。もっともお側《そば》におるおぬしが、先生のお身体に気を遣わずしていかがする」

「まあまあ、熊田どの。そこまでにしてくだされ。遅くまで御根小屋に詰めておりますのは、わたしが自分で決めたことでございますから」

まだ何か言いたげな恰を、方谷が制する。足元に提灯を差し出す中間に軽く礼を言ってから、

「今日は変わりはなかったか」と貞一郎に問うた。

「その……実は先生にお目通りを願いたいと、安正寺の小坊主が押しかけて参りました。なんで

もお茶屋の作人に志願しようとしたものの、御根小屋の門番に門前払いされたそうで」

「ほう、小坊主とな。それは珍しい」

「とはいえ、出家したのはつい先日。元はお城下にございました菓子商白浜屋の倅だったそうで、店が傾き、父親が亡くなったために寺に入れられたと聞きました」

事ここに至っては、下手な隠し事はかえって叱責されるもとだ。そう心に決めてひと息に語った貞一郎に、腰の大小を抜き取ろうとしていた方谷の手が止まる。白浜屋、と呟いて虚空に目を据えた師に、「あの、なにか」と貞一郎は恐る恐る問うた。

「いや、どこにあった店かと思い起こしていただけだ。それでその者、わたしの帰りを待っているのか」

「はい。教堂に待たせています。呼んできましょう」

「いや、いい。わたしが行こう」

ではそれがしはこれにて、と恰が踵を返す。それを見送ってから方谷ともども教堂に向かえば、煌々と灯が点《つ》いたままの行燈のかたわらで、玉秀がいつの間にか大の字で寝息を立てていた。

「こいつ、何たる無礼を」

あわてて揺り起こそうとした貞一郎に、方谷は小さく首を横に振った。自ら行燈の際に膝をつき、ふっと灯りを吹き消すと、そのまま足音を殺して教堂を出ていく。急いでそれを追った貞一郎を振り返り、「寝かせておいてやれ」と微笑した。

「熊田どのがうるさくせっつくのでやむを得ず帰宅したが、実は明日昼までにご家老さまに差し上げねばならぬ上書（上中書）がある。行水を使い、一、二刻仮寝をしたら、すぐまた御根小屋に戻らねばならん。明日の夜には間違いなく話を聞くゆえ、あの小坊主はそれまで待たせておけ。安正寺にはわたしから文を送っておこう」

「承知いたしました。ただご多忙とはいえ、さようなご無理はなさらぬ方が」

「そういうわけにもな」

と、方谷はまだ昼の熱気の残る庭に目を投げた。

「昨夏からの一年間は、殿が備中松山にご在藩だったため、藩士たちは渋々とはいえ殿の意を汲《く》み、諸事倹約に当たってくれた。だが九箇條の倹約令を発布して、じきに一年。その間、改革が順調だった分、更にここから気を引き締めねばならん」

三代将軍・家光《いえみつ》の時代より、江戸幕府は国内の大名全員に江戸とそれぞれの領地を一年おきに行き来する参勤交代を課している。備中松山板倉家の場合、江戸から国許へ、また国許から江戸への移動は、五月に出立し、六月に到着するのが慣例であった。

倹約令が発布されたのは、新藩主となった板倉勝静が初めてお国入りした直後の去年八月。それだけにこの一年、藩士たちは御根小屋に暮らす勝静を憚《はばか》り、表向きは藩政改革におとなしく従っていた。だがすでに勝静が江戸への参勤交代に発ち、来年の六月まで帰国せぬとなれば、なるほど今後、藩内には緩みが生じるかもしれない。

今般の撫育方の新設は、そんな気運を少しでも取り払うためなのだろう。とはいえそれで苦労を強いられるのはやはり方谷であり、同時に方谷が多忙であればあるほど、弟子である貞一郎もまた背負わされるものが増える。やはりこの分では当分遊学なぞ無理か、と内心嘆息した貞一郎を見やり、「すまぬな」と方谷が突然ぼそりと呟いた。

「おぬしの聡明《そうめい》をいいことに、牛麓舎をすっかり任せてしもうておる。だが今や、備中松山藩は帆も舵《かじ》も失った船同然だ。殿が国許においでの間はしっかりと錨《いかり》が下ろされていたが、肝心かなめの錨が江戸に上ってしまわれた今は、まずは次の六月までつつがなく船を守ることを考えねばならん」

分かっている。自分の遊学なぞ一藩の再建を前にすれば、大事の前の小事だ。だが頭ではそう弁えつつも心の隅では、現状への苛立《いらだ》ちが喉に刺さった小骨の如くちくちく痛む。そんな己がますます情けなく、「わたくしは平気です」と貞一郎はもつれそうな舌を励ました。

「それより先生こそお身体にお気を付けを。申し上げ損ねておりましたが、昼に奥田楽山先生がお越しになり、また山田は留守かと文句を仰せでした」

「さようだったか。はてさて、わたしが奥田先生の如く楽隠居が出来るのはいつになることやら」

そう苦笑いした方谷は、きっかり一刻半だけ仮眠を取ると、まだ夜明けの色すら見えぬ坂道を再び御根小屋目指して下って行った。

貞一郎は自室として与えられている教堂脇の四畳半から起き出し、眠い目をこすりこすりそれを見送った。夏の夜は短い。あと一刻もせぬうちに東の空は白んでくるだろうが、このまま起床すれば、今日は一日中生あくびをかみ殺しながら、代講を勤める羽目になる。そう考えて床にもぐり込んだ貞一郎の眠りはやがて、「ちょっと、若先生。起きてくださいな」というけたたましい声に破られた。

驚いて障子を開ければ、おきんという住み込みの老女中が、雨戸の隙間から射し入る朝日を背に縁側に座っている。白髪ばかりの小さな髷《まげ》を傾けるようにして、母屋の台所の方角を眼で指し、「知らない小坊主が勝手に台所で煮炊きをしているんです。若先生の許しは得ているって言うんですけど、本当ですか」と眉根《まゆね》を寄せた。

驚いて貞一郎が台所に飛び込めば、広い土間には妙に甘ったるい匂いが漂っている。直綴の袖を背中で結わえて竈《かまど》の前に座り込んでいた玉秀が振り返り、「ひどいじゃねえか」と口を尖《とが》らせた。

「そこの婆さんに聞いたぜ。元締さまは遅く戻られ、まだ暗いうちに出かけられたって話じゃないか。教堂で待っていたのに、どうして教えてくれなかったんだ」

「なぜも何も、おぬしが寝こけていたせいだ。それより、勝手に何をしている」

竈にかけられた小鍋では、直径二寸（約六センチメートル）ほどの球状のものがくつくつと音を立てて煮えている。駒下駄を突っかけて土間に降りた貞一郎に、「お庭に実っていた青柚子さ。三つほどいただいたけど、許してくれよ」と玉秀は平然と応じた。

「本当は冬に生る黄柚子の方がいいんだが、季節じゃないからしかたがねえや」

玉秀の足元にはあの風呂敷包みが置かれ、高さ半尺ほどの古びた瀬戸焼の小壺《こつぼ》が顔を出している。その木蓋《きぶた》を取り払うと、玉秀は白い小石のようなものを一つかみ、目の前の鍋に投げ込んだ。

「砂糖か」

「ああ。白浜屋からかろうじて持ち出した、虎の子の太白《たいはく》さ」

かつて砂糖は海外からの輸入に頼るしかなく、病人でもなければ口にすることができぬ高価な品であった。だが近年は讃岐《さぬき》（香川県）の高松藩、長門《ながと》（山口県）の長府《ちょうふ》藩など国内各地で生産が行なわれているため、もはや黒砂糖・白砂糖ともに昔のような贅沢品《ぜいたくひん》ではなくなっている。とはいえ玉秀の小壺に詰められた砂糖は恐らく、純度の高い氷砂糖。それを惜しげもなく放り込んだ鍋をかき回し、玉秀はにっと笑った。

「おいらがどれだけ役に立つかをお分かりいただくには、元締さまに菓子を食ってもらうのが一番だろ？　うちの親父は砂糖にはうるさくてさ。讃岐の砂糖なんぞ下の下の味だと言って、唐渡りの太白しか使わなかったんだ。あんたは食い物には頓着しなさそうだが、これを食ったらびっくりするぜ」

柚子を煮る玉秀の手つきは、素人目にも巧みだった。とはいえ時刻は朝。幾ら主たる方谷が留守とはいえ、家内の者たちの朝餉《あさげ》の支度や掃除に、屋敷が一番慌ただしくなる時刻だ。それにもかかわらず竈を一つ塞《ふさ》いで、急ぎでもない菓子作りにいそしむ玉秀に、貞一郎は危ういものを覚えた。

横目でうかがえば、おきんが薄い唇をいらだたしげに引き結び、玉秀を睨《にら》みつけている。貞一郎はあわてて、「わたくしの朝餉は昨日の冷や飯でいいですから」とおきんに向き直った。

「でも、若先生」

「ぐずぐずしていると、当番の塾生が来てしまいます。早く支度をお願いします」

おきんはもともと塩田家の女中。多忙を極める方谷家と牛麓舎を見るに見かねた塩田仁兵衛が、

「いずれお返しくだされよ」と貸してくれた働き者だ。それだけにおきん自身も、この家をつつがなく動かすことこそが務めと考えているらしい。いらだたしげに溜息をつくと、飯櫃《めしびつ》に残っていた飯を木椀に取り分け始めた。

牛麓舎の講義は、巳《み》ノ刻《こく》（午前九時頃）から始まる。急いで朝餉を済ませた貞一郎が教堂に向かえば、当番の塾生たちが早くも文机を並べ、大硯で磨《す》った墨をそれぞれの硯に注ぎ分けている。

そのうちの一人が貞一郎の姿を見るなり近づいてきて、「先ほどご門前にて、御根小屋の足軽からこれをお預かりしました」と切り封の施された文を差し出した。

「山田先生から若先生に宛ててのお文だそうです。なるべく早くお目通しいただくようにとのお言付けもうかがいました」

方谷が御根小屋から貞一郎に文を寄越すのは、珍しいことではない。そのほとんどは、役宅に忘れた書籍を詰所に届けろとか、机の上の文を飛脚屋に渡せといった小間用だ。それだけに貞一郎はまたかと思いながら文を開いたが、走り書かれた内容を一読し、目をしばたたいた。本日、講義が終わり次第、鍛冶町の駒形屋を訪うようにと記されていたためだった。

塩田仁兵衛は駒形屋を褒《ほ》め、玉秀は白浜屋を陥れた敵と誇る。そんな店に行けとの師の命に、貞一郎は困惑した。おかげでいざ講義を始めても身が入らず、読むべき箇所を間違え、塾生に指

摘される始末。だがくすくすという若い生徒の笑い声も、いまの貞一郎の耳には届いていなかった。

やっと菓子が出来上がったのだろう。午後の講義が始まった頃、大振りな椀を手にした玉秀が庭先から教堂の様子をうかがいに来た。だが貞一郎は講義を終えるや否や、大急ぎで立ち上がり、「すまぬが後にしてくれ」と誰にともなく怒鳴って、牛麓舎を飛び出した。質問をしようとした塾生が小腰を浮かしたまま呆気に取られている姿が、ちらりと視界の隅を過《よ》ぎった。

小高下谷川に沿って坂を下り、町人町と武家町を分ける新町筋にて道を南に折れる。玉島からの船が着いたところなのだろう。途端に賑わいを増す町辻には、旅人の姿が目立ち、彼らを当て込んだ宿屋の呼び声がけたたましく耳を叩いた。

やがてたどりついた駒形屋は間口が狭く、紺暖簾に控えめに染め抜かれた駒形模様さえ気づかなければ、うっかり通り過ぎてしまいそうな簡素な店構えだった。だがいざ店内に踏み入れば、小さな三和土《たたき》には四、五人の女客がひしめき、それぞれ注文の菓子が経木に包まれるのを待っている。店内を見回した貞一郎に、帳場の奥で四十がらみの大柄な男が立ち上がった。

「三島さまでいらっしゃいますか。この店の主、平次でございます。お話はうかがっております。どうぞこちらにお通りください」

その声は野太く、材木か鋳物《いもの》でも扱った方が似つかわしげな逞《たくま》しい体つきをしている。導かれるまま中暖簾をくぐって奥の間に踏み入り、貞一郎はえっと驚きの声を上げた。

床の間を背に座った方谷が、「やっと来たか」と言いたげな顔で貞一郎を振り仰いでいる。その傍らにはなぜか塩田仁兵衛が座り、頬張ったばかりと思《おぼ》しき饅頭をあわてて渋茶で飲み下していた。

「どうぞお座りください。いま茶を運ばせましょう」

立ちすくんだ貞一郎を、平次が背後から静かにうながす。自らは広縁にそのまま膝を折り、

「元締さまにはご足労をおかけして、申し訳ありません」と方谷に向かって深々と低頭した。

「いやなに、おぬしの店に産物の相談を持ちかけていたのはこちらだ。その店が要らぬ悶着《もんちゃく》に巻き込まれているらしいとなれば、知らぬ顔はできぬ」

悶着、と口の中で呟いた貞一郎を、方谷は静かな眼差しで顧みた。

「いま我が家に来ている、小坊主の件だ。実は今朝、安正寺に使いを送ったところ、住持がすぐさま御根小屋にすっ飛んできてな。それはさぞかしご迷惑をおかけしておりましょう、首に縄をかけてでも連れ帰りますと申したのだ」

住持によれば、玉秀は入寺以来、小坊主仲間や雲水《うんすい》たちと悶着が絶えず、役僧を困らせていたという。唯一おとなしくしているのは、来客に出す茶請けを拵えさせている時だけ。それだけに玉秀の姿が昨日の朝から見えなくなったことに、これはついに寺を飛び出したのではと、ほうぼうを探していたという。

「昨年以来、安正寺の御坊がたには秀太郎《ひでたろう》さん――いえ、玉秀さんのことをくれぐれもよろしくとお願いしていたのですが。御仏のお導きも御坊がたの説法も、玉秀さんにはとんと響かなかったのですね」

そう寂し気に息を吐いたのは、平次だった。厚い肩をすぼめてうなだれた彼に、「しかたがあるまい」と方谷がなだめる口調で向き直った。

「玉秀なる小坊主は、自分の父親がいかなる商いをしておったのかを知らぬのだからな。かの者の心根をすぐに正したいなら、白浜屋が何をしていたのかを包み隠さず告げればよかろう」

その途端、平次は太い眉をきっと吊り上げた。「いいえ、それだけはできません」と、方谷に向かってひと膝詰め寄った。

「どれだけ悪辣《あくらつ》であろうとも、子どもにとって親は親。玉秀さんをそんな残酷な目に遭わせるぐらいなら、わたくしがあのお子に憎まれ続けた方がよっぽどましです。親への親愛を守ってやりながら、それでもなお年若い者を真っ当な道へと導いてやることこそが、我々、周囲の大人の為すべき務めではありませんか」

白浜屋の敵、と双眸をぎらつかせる玉秀の顔が、貞一郎の脳裏を過ぎる。「では、駒形屋平次どのは——」と絞り出した声が震えた。

「あの玉秀が何を考えているか、すべてご存じでいらっしゃるのですか」

「ええ、もちろんですとも。そもそもあのお子を安正寺へ入れるよう勧めたのは、わたくしですから」

この時、失礼いたしますとの声がして、四十がらみの小柄な女が饅頭と茶を載せた盆を運んできた。その手足は華奢《きゃしゃ》で、うなじは丸髷が重たげに映るほど細い。彼女から受け取った茶菓を貞一郎の前に進め、「女房のお路《みち》です」と平次は引き合わせた。

「お路の身体が弱いこともあり、我が家には子がいません。だから白浜屋さんがお亡くなりの後、わたくしは玉秀さんをうちに引き取ろうとも考えました」

平次はかつて、白浜屋の先代のもとで奉公していた菓子職人。同じく白浜屋に奉公していたお路と所帯を構え、先代から暖簾分けを許された後も白浜屋を主家と仰ぎ、事あるごとに先代の元を訪れては様々な商いの相談を持ち掛けていたという。

「それだけに若旦那さま――いえ、亡くなられたご当代のことも、昔からよく存じ上げていたのです。それでもお城下一の菓子屋である白浜屋をお継ぎになれば、主の自覚も出て来られようと思っていたのですが」

言葉を濁した平次に代わり、方谷がかたわらから、「昨春自死した白浜屋幸吉《こうきち》は、若い頃から大坂の帳合米商《ちょうあいまい》いに手を出していたそうでな」と付け加えた。

帳合米商いとは、天下の台所たる大坂・堂島《どうじま》で行なわれる米の先物取引。「状屋《じょうや》」と呼ばれる情報屋が送って来る相場書に基づき、収穫前の米を帳簿上で売買する投資だ。

購入した銘柄が高く売れれば儲けが出る一方、旱天《かんてん》や蝗害《こうがい》に遭えば、当然莫大な損を蒙《こうむ》る。堅実な白浜屋の先代は跡取りのそんな投資好きを案じながら亡くなったが、幸吉は店を継ぐや否や、商いもそこそこに帳合米商いに血道を上げ、あっという間に店を傾かせてしまったのだった。

「とはいえ駒形屋にとって、白浜屋は実の親も同然です。いよいよ店が危ないとの噂を聞き、わたくしは急いで幸吉さんのところに参り、白浜屋を立て直す相談をいたしましょうと申し上げました」

幸吉の代になって格段に味が落ちたとはいえ、本来、白浜屋の菓子の評判は高い。店に伝わる製法を実直になぞり、かつて通りの菓子を作れば、必ずや店の暖簾は守れるはずと考えてのことであった。

「ですがそんなわたくしに、幸吉さんは白浜屋の蔵にある砂糖でひと稼ぎするつもりだと言い出されました。岡山はともかく、生坂《いくさか》や庭瀬、津山界隈《かいわい》の菓子屋の中には砂糖の上品下品もよく分からぬ店もあるはず。そこに古い砂糖を高く売りつければ、借財ぐらいすぐ返せると仰《おっしゃ》ったのです」

馬鹿な、と平次は思わず毒づいた。砂糖は湿気に弱く、虫の害を受けやすい。そんな砂糖を長年、蔵に蓄えているのも信じられなければ、それを半ば偽るように他の店に売りつけることも信じられない。

「ああ、このお人は親とも慕ったご先代とは違うのだ。わたくしは泣きたい思いと共に、席を立ちました。ですが幸吉さんは、わたくしが助力を拒むとは思ってもいなかったのでしょう。あわててこの店まで追って来られましたが、駒形屋には幾人もの奉公人がおります。それこそわたくしを親の如く信じてくれる彼らのためにも、道理に背く商いはできません」

白浜屋幸吉が砂糖蔵で自死したのは、その三日後。ひっそりと営まれた葬式の席での噂によれば、幸吉が帳合米商いで拵えた借財は七百両に及び、白浜屋の財物地所を売り払っても足りぬことは明白。そして残る借金はこのままでは、たった一人残された幸吉の息子・秀太郎が担うことになるという。

「お待ちください。玉秀はそんなことは皆目、口にしていません。ただ、駒形屋さんが白浜屋を乗っ取ったと言っていましたが」

震える声で割り込んだ貞一郎に、平次は「それでいいのです」と小さくうなずいた。

「わたくしは幸吉さんの頼みを断ったとき、これでこのお人も目を覚ましてくださるはずと思っておりました。それにもかかわらず幸吉さんが首をくってしまったのは、ひとえにわたくしの見込みが甘ければこそ。そのせめてもの償いと考え、残る白浜屋の借金はすべてわたくしが返させていただきました。とはいえその事情を玉秀さんに教えるためには、幸吉さんの心がけについても触れねばなりません。あのお子は当時、まだ十二歳。そしてどんなお人であったとしても、親は親です。ならばまだ小さいあの子に、わざわざ父親の愚かさを告げる必要はないではありませんか」

平次の口調は平明で、思慮に満ちている。だがそれにもかかわらず、貞一郎の胸にこの時、さざ波にも似た小さな反発が沸き起こった。

確かに玉秀はまだ少年だ。だが自分が今なお遊学への志を捨てきれぬように、年若な者には年若なりの考えや矜持《きょうじ》がある。それにもかかわらず、勝手に思いやりという名の真綿で玉秀をくるんでしまうのは、彼を大切に扱っているようで、実はひどく貶《おとし》めている行為ではないか。

「では駒形屋どのは、玉秀がこのままおとなしく寺で修行することを願っておられるのですか」

震え声で問う貞一郎に、平次は大きくうなずいた。

「玉秀さんが作人に志願なさった旨は、先ほど元締さまからうかがいました。禄を得て、一人で生きて行こうとする心構えは立派ですが、何といっても玉秀さんはまだ子ども。幸吉さんの二の舞にならぬためにも、まずは勉学に励むべきかと存じます。幸い、安正寺のご住持は、京にも名の知られた高僧でいらっしゃいます。その謦咳《けいがい》に接しながら学問を積めば、玉秀さんの将来はきっと開けましょう」

この男が玉秀のことを心底案じているのはよく分かる。だからこそ貞一郎は袴《はかま》の膝を強く摑《つか》み、「失礼ながら、それはあまりに勝手な言い分ではありますまいか」と言わずにはいられなかった。

店のどこかで餡でも練っているのだろう。甘ったるい匂いが微《かす》かに鼻先に漂い、それが先ほど、台所で玉秀がかきまわしていた鍋の中身を思い出させる。なんですと、と目を円《まる》くした平次に、貞一郎は身を乗り出した。

「確かに玉秀はまだ年若です。ですが年若には年若なりの理屈や思いがございます。白浜屋幸吉は道を誤った男かもしれませんが、先ほどご自身が仰った通り、それでも子どもにとって親は親。玉秀を傷つけぬ事実だけを伝え、都合の悪いことは隠しておいてやるとは、あまりに倅である玉秀をないがしろにしておいでではありませんか」

奥田楽山は昨日、貞一郎のためを思えばこそ、遊学なぞ止めておけと語ったのだろう。その理由は確かに道理に適《かな》っていたが、一方で若者ならではの学問への憧れを斟酌《しんしゃく》してはいなかった。

人は誰しも年齢を重ねるにつれ、要るものと要らぬものを的確に見分ける術《すべ》を学ぶのだろう。しかしだからといってそれを年少者に押し付けることは、日々、未知の経験に向き合う年若い者の生きる場をあらかじめ狭める行為でしかない。

遊学が利ばかりを産まぬことぐらい、貞一郎とて分かっている。作人に選ばれた先に様々な困難が待っていることぐらい、玉秀とて承知していよう。だがそれでもなお自分たちは、己自身の手で自らの道を選び取らずにはいられぬのだ。

「玉秀は玉秀なりにどう生きようかと悩み、方谷先生のもとにきたのです。それを勝手に、学問が要るとか、まだ子どもだとか決めつけないでいただきたい」

分かっている。これはただの八つ当たりだ。だがここで平次の言葉に知らぬ顔をしては、己の望みまでを溝《どぶ》に捨てる気がしてならない。

見れば方谷は茶菓にも手をつけぬまま、胸前で腕組みをして眼を伏せている。しばしお待ちを、と叫ぶや否や、貞一郎は座布団を蹴飛《けと》ばして跳ね立った。そのままの勢いで駒形屋を飛び出すと、先ほどより人の減った往来を山田家目指してひた駆けた。

「玉秀、玉秀はいるかッ」

叫びながら屋敷門をくぐり、そのまま庭先から台所へと回り込む。竈の前で舟を漕いでいたおきんが、眼を丸くして立ち上がる。「あの小坊主でしたら、教堂に」との声を皆まで聞かずに下駄を脱ぎ捨て、傾き始めた陽の射し込む廊下を急いだ。

生徒の引き上げた教堂はがらんと広く、微かに残る墨の香りだけが日中の賑わいを物語っている。その片隅に胡坐をかいてうなだれていた玉秀が、貞一郎の足音にはっと顔を上げる。その膝先に置かれた朱椀の中に、飴色に煮られた柚子が入っているのを一瞥《いちべつ》し、「それを持ってついて来い」と貞一郎は顎をしゃくった。

「おぬしの柚子菓子を、方谷先生に召しあがっていただく。同席の方もおいでだが、まあそこは気にするな」

本当かよ、と顔に喜色を浮かべて、玉秀が立ち上がる。だが貞一郎がまっすぐに坂を下り、繁華な新町筋へと踏み入ると、「ちょっと待てよ」と怪訝そうに四囲を見回した。

「どこに行くんだ。こんなところに元締さまがおいでなのかよ」

新町筋は安正寺にもほど近い。寺に連れ戻されるのではとの警戒を面上に走らせた玉秀の二の腕を摑み、「ここだ」と貞一郎は駒形屋の前で足を止めた。

「ふざけるな。ここはあの平次の店じゃねえか」

折しも買い物を終えて駒形屋から出てきた母娘連れが、足を踏ん張って喚《わめ》く玉秀を怯《おび》え顔で遠巻きにする。道を行き交う人々の好奇の眼差しからかばうかのように、貞一郎は一歩、玉秀に歩み寄った。

「ああ、そうだ。先生はただいま、駒形屋においでになる。どうもこの店の菓子を、備中松山藩の名産として売れぬかとお考えらしいな」

その途端、玉秀の丸い目が底光る。なんだって、と駒形屋の暖簾を振り返った。

方谷は先ほど、駒形屋に産物の相談を持ちかけていると語った。恐らくは撫育方の扱う名産の一つとして、駒形屋の菓子を扱おうと計画しているのだろう。饅頭や落雁といった菓子は他国でもありふれているが、たとえば柚餅子は備中松山ゆかりの特産菓子にして、保存性も高い。人々の耳目を集める由緒書きを添え、大々的に売り出せば、江戸・大坂でも買い求める者は少なくないはずだ。

「それともあんな大口を叩いていたが、やはり駒形屋平次の前では自分の菓子など差し出せんか。まあ、確かに平次はそもそも、おぬしの祖父から暖簾分けを許されたほどの菓子職人。ましてやこの先、備中松山藩の御用を受けて菓子を拵えるであろう男が相手では、いくら白浜屋の倅とはいえ太刀打ちはできまいなあ」

わざと苦笑いをした貞一郎に、玉秀の顔が赤らむ。「ふ、ふざけるなッ」と眼を吊り上げ、玉秀は麻布巾をかけて運んできた朱漆の椀を貞一郎に突きつけた。

「そりゃあ、おいらはただの素人さ。菓子作りは職人たちが拵えているのを近くで眺め、時々、手伝いをさせてもらったに過ぎねえさ」

けどな、と続ける玉秀に、往来の人々が物珍しげに足を止める。だが今の玉秀には、そんな周囲の景色なぞまったく視界に入っていない様子であった。

「それで端《はな》っから尻尾を巻くほど、おいらは腰抜けじゃねえ。親父が残した太白砂糖とおいらの腕で、平次に吠え面かかせてやらあ」

「よし、いい覚悟だ。行くぞ」

肩を叩いて共に駒形屋の三和土に踏み入れば、すでに玉秀の怒号が聞こえていたのだろう。店の奉公人たちが、顔を見合わせる。

一方で玉秀はといえば、まるでここが決闘の場であるかのような面構えでぐるりを睨みつけている。貞一郎は「無礼をするぞ」と誰にともなく言うと、そんな玉秀をうながして履物を脱いだ。

奥の間では、方谷や平次たちが先ほどと寸分変わらぬ姿で端座している。玉秀はどすどすと床を踏みつけるようにして廊下を進んできたが、もっとも上座に座る方谷をすぐにそれと見定めたらしい。「白浜屋の倅、秀太郎と申します」とわずかに声を上ずらせて、方谷の膝先に柚子菓子の入った椀を進め、布巾を取り払った。

「おいら、作人に選んでいただけたなら、畑を作る一方で菓子を拵え、いずれは白浜屋を再興したいと思っております。その覚悟の証《あかし》として、どうぞおいらの菓子をお召し上がりください」

玉秀の丸い顔はいつしか赤みを失い、緊張に青ざめている。廊下際に控えた平次を無視しながらも、その存在を意識せずにはいられぬのだろう。直綴の背中は、まるで厚い板を差し込んだかのように強張《こわば》っていた。

「なるほど、それは殊勝な心がけじゃな」

方谷が太い息をついて、眼を上げる。部屋の隅に座った貞一郎を一瞥してから、「これは柚子の甘煮か」と椀の中を覗き込んだ。

「はい。砂糖は白浜屋自慢の太白、柚子は勝手ながらお屋敷に実っていたものをいただきました」

「ああ、構わん。ろくに手入れもしておらぬ木だ。おぬしが実を使えば、あの木もさぞ喜ぼうて」

塩田仁兵衛が懐から懐紙の束を取り出し、方谷に差し出す。方谷は艶々《つやつや》と飴色に煮られた柚子を一つ鉢から摘まみ取り、左手に受け取った懐紙に載せた。

「仁兵衛、おぬしも相伴せよ」

は、と低頭した仁兵衛が、方谷が押しやって寄越した鉢を、両手で押し頂く。空になっていた饅頭の皿に柚子を取り分けてから、「残りはいかがいたしましょう」と方谷に向き直った。

「では平次に味見をさせよ。菓子屋の主として、我らとは異なる意見が聞けるかもしれぬ」

玉秀の背に更に力が籠《こも》る。平次はそれにはお構いなしに膝行《しっこう》すると、鉢を受け取って元の座に戻り、やはり懐から取り出した懐紙に柚子の甘煮を移した。

「それでは賞味させてもらおう」

との方谷の言葉を合図に、三人が同時に柚子に齧《かじ》りつく。神妙な顔のまま二、三口で甘煮を食べ、何事か言いたげに顔を見合わせた。

「い、いかがでございますか」

沈黙にたまりかねた様子で、玉秀が方谷をうかがう。

方谷は懐紙で静かに口元を拭ってから、「ふむ。まことに贅沢な味じゃな」とわずかに唇をゆるめた。

「舌が蕩けそうに甘いとは、まさにこういう品を申すのだろう。思いがけぬ珍味を味わわせてもろうた。礼を申すぞ。――平次はいかがじゃ」

「確かに、恐ろしく甘い蜜煮でございますな」

平次は言いながら、指先を強く懐紙で拭った。汚れた懐紙を癇性に幾度も折りたたんでから懐に押し込み、「ただし」と相変わらず平次を見ようとせぬ玉秀の横顔に眼を据えた。

「甘煮はただ甘ければいいというものではありません。恐らくは大量の砂糖を放り込んだのでしょうが、おかげでいったいこれは青柚子やら他の果物やら分からぬ有様となっております。一方で微かな苦みが舌に残るところから推すに、玉秀さんは柚子の渋み抜きの手間を惜しんだのではと思われます」

玉秀の肩がびくりと跳ねる。「ほう、渋み抜きとな」と方谷が興味をそそられた口調で問うた。

「はい。柚子や柑子《かんじ》、はたまた梅といった果物はいずれも灰汁《あく》が強いため、砂糖で煮る前に幾度も茹《ゆ》でこぼし、雑味を抜きます。場合によってはその後、半日、一日と水にさらしてから、ようやく砂糖を加えて煮始めるのです」

つまり玉秀の甘煮の味が濃いのは、手間を省いているためと言いたいらしい。それに、と続けかけてためらい、平次は湯吞の茶を一口含んだ。

「もう一つ、あえて言わせていただきますと、砂糖のざらつきが舌に残ります。玉秀さんは先ほど、白浜屋自慢の太白砂糖を使ったと仰いましたが、砂糖は上品であればあるほど水気を吸いやすく、置き場所に気を遣わねばなりません。玉秀さんは恐らく、そういったことをご存じなかったのかと」

「ふうむ、なるほど。さすがは駒形屋平次じゃ。我らには分からぬ些細《ささい》な点まで、気が回るものだな」

いつしか拳に変えられた玉秀の手が、小さく震えている。平次はそれに素早く眼を走らせてから、恐れ入ります、と軽く低頭した。

「ただ、皆さまお気づきでしたか。玉秀さんは青柚子の随所に切れ込みを入れ、種をみな取り除いておいでです。その細やかさにはこの平次、ほとほと感心しました。いや、さすがは白浜屋のご子息――」

ぼそりと小さな呟きが、玉秀の唇から洩《も》れた。平次が怪訝な顔になる間もあらばこそ、「ふざけるなッ」と叫んで、玉秀はその場に跳ね立った。

「お、おいらだって、自分の菓子の味ぐらい分かってら。それを下手な世辞なんぞ言いやがってッ」

平次の膝先に置かれていた鉢を、玉秀は乱暴に取り上げた。底に残っていた煮汁をぐいと飲み干し、「今に見ていろよ」と震える指を平次に突き付けた。

「いつか必ず、自分で稼いだ銭で真新しい砂糖を買い、おめえが旨いという菓子を作ってやるからな。その時になって、甘煮の作り方を丁寧に教えたことを悔やんでもしらねえぞ」

「――待ってください」

平次が不意に片手を上げ、強い口調で玉秀を遮った。信じられぬと言いたげに唇を震わせ、「今、何と言いました」と玉秀を正面から見据えた。

「真新しい砂糖と、確かにそう言いましたね。わたしは今、置き場所については述べました。ですが使った砂糖が古いからよくないとはひと言も申しておりません。それにもかかわらず玉秀さんはなぜ、ご自分の砂糖が置き場所のためではなく、古かったために質が悪いとご存じだったのです」

玉秀の表情が瞬時にして強張る。まさか、あなた、と呻く平次の顔もまた、それを水鏡に映したかの如く青ざめていた。

「幸吉さんがどんな商いをしていたのか、ご存じだったのですか。あの方が古砂糖を蓄えていたことも、それを高値で売ろうとしていたことも――」

耳が痛むほどの沈黙が、客間に満ちた。それに耐えかね、「玉秀、お前」と腰を浮かせかけた貞一郎を、方谷が片手で制した。普段は眠たげな厚い瞼《まぶた》の下で、黒眸《くろめ》の小さな目が黙れと険しく命じている。

その眼光に気圧《けお》されて貞一郎が尻を下ろした刹那《せつな》、玉秀の肩が小さくわななないた。青々とした禿頭《とくとう》の際まで血の気を失いながら、「――当然じゃねえか」と低く呻いた。およそまだ十三、四歳の少年とは思えぬ、劫《こう》を経た翁《おきな》にも似たしゃがれ声であった。

「幾らまだ餓鬼と言ったって、おいらは親父の倅だったんだぜ。店の番頭や女中頭は必死に隠していたみたいだが、それでも親父がまっとうな商いをしていたわけじゃないことぐらい、おおよその見当はつくに決まってら。子どもってのは親が思っている以上に、聡《さと》いものなんだよ」

だいたい亡くなる間際まで菓子職人と一緒になって餡や飴を練っていた祖父さんに比べりゃ、親父はほとんど工場に顔を出さなかったからなと早口に続け、玉秀はがっくりと肩を落とした。それでもなお、すくうように平次を仰ぐ眼差しには、怒りとも哀しみともつかぬ表情がないまぜになっていた。

「けど……けど、そんな親父でもおいらにとっちゃ父親だったんだ。だからしかたねえだろ。いくら親父に非があったとしたって、あんたさえ力を貸してくれてたら、親父は死なずに済んだんじゃねえかッ」

まくし立てるうちにその声は昂《たかぶ》り、まるで子どもが駄々をこねるかのように上ずっていく。

いや、違う。やはり玉秀はいまだ、子どもなのだ。だから父親の非道も惰弱《だじゃく》も承知の上で、なおも誰かを憎まずにはいられぬのだ。

しかしそれは決して、責められることではあるまい。なぜならそこには、幼ければ幼いなりの、ひたむきな理屈や考えがある。それらを年若だからといって抑え込むことは年長者の我意に過ぎず、傍目《はため》にはひどく幼く、稚拙《ちせつ》であろうとも、長幼男女を問わず、人にはみなそれぞれの意志がある。そしてこの世に生きるとは、すべての人々の出自や育ちごと彼らの意見に耳を傾け、それを理解しようとすることではあるまいか。

「あんたがおいらのために色々奔走《ほんそう》してくれたことぐらい、おいらだって分かってら。でもそれでもあんたはやっぱり、おいらと親父の敵だ。だから、今に見ていろよ。おいらはいつか立派な菓子屋を開いて、吠え面をかかせてやるからな」

青ざめていた平次の唇に、わずかな笑みが浮かんだ。えらの張った頤《おとがい》をわずかに引き、いいですよ、と目をしばたたきながら答えた。

「そういう覚悟であれば、受けて立ちましょう。ありがたいことにこの駒形屋平次の菓子作りの腕は、いまや備中松山お城下一との評判です。秀太郎さんのような若造に、負けるつもりはありません」

「言いやがったな。こん畜生」

苦々し気に吐き捨てた玉秀に、「秀太郎さんの覚悟を聞けてよかったです」と平次はうなずいた。

「わたしのことが忌々しいのでしょう？　だからわたしを憎んで憎んで、いずれ越えていきなさい。白浜屋を再興し、幸吉さんとは比べ物にならぬ立派な商いをなさい。それがわたしへの何よりの仕返しです」

「言われねえでもそうしてやらあ。今に見ていろよ」

ああ、平次は本当に有徳者なのだ。貞一郎はそう思った。並の人間であれば、誰かに憎まれているとのその一事を厭《いと》い、相手の憎悪を解こうとする。だが平次はいま、玉秀の幼さと己に憎悪を向けずにはいられぬ悲しみを諾《うべな》い、それを丸ごと抱きしめんとしている。

元締さま、と平次が方谷に向かって両手を突いた。

「先般承りました備中松山特産菓子の考案でございますが、今しばらくのご猶予をいただけませんか」

「ほう、それは何故《なにゆえ》じゃ」

湯呑の茶を啜《すす》りながらの方谷の問いに、「秀太郎さんが小坊主のままでは、決して公平ではないからです」と平次は応じた。

「白浜屋は本来、お城下一の菓子商。それが再興ならぬまま、駒形屋一店だけで特産菓子を考案し、諸国に広く売り始めてしまっては、決して駒形屋のためになりません。物事とは競う相手がいればこそ、更にいい品が生まれるのです。よりよい産物を作り出すためにも、あと五年、いえせめて三年を頂戴《ちょうだい》したく存じます」

「理屈は分かる。ただ最終的に作人を決めるのはわたしではなく、ご家老さまたちだ。玉秀が本当に作人に選ばれ、菓子作りを始められるかは分からぬぞ」

選ばれますとも、と平次はわずかに頰を緩めた。

「もし選ばれずば、それはご家老さまに人を見る目がおありではないだけです。それであればいくら元締さまが奮闘なさったとて、備中松山藩に今後はございますまい。ならばわたくしも菓子の考案をしても無駄になるという道理です」

「こやつ、不埒《ふらち》な口を利きよって」

言葉面では叱りつつも、方谷の口調に怒気はない。その刹那、貞一郎の眼裏《まなうら》に、高瀬船に積み込まれた菰荷《こもに》を船着き場から見送る平次の姿が明滅した。

平次のかたわらには町人髷を結った玉秀——いや秀太郎が立ち、船を操る水主《かこ》たちにあれこれ注意を与えている。荷を送り出し、肩を連ねて戻る町辻に、駒形屋・白浜屋双方の暖簾が揺れている様までが見えた気がした。

それは貞一郎のただの夢だろうか。いや、違う。きっと玉秀はいずれ平次をもしのぐ菓子作りの腕を身につけ、彼と競い合って備中松山藩の特産菓子を作り出すに違いない。貞一郎はそう自らに言い聞かせた。

「産物とする菓子につきまして、わたくしは小堀遠江守《とおとうみのかみ》（遠州）さま所縁《ゆかり》の柚餅子に工夫を加えたものはどうかとぼんやり考えておりました。そしてただいま秀太郎さんが作られたのも、やはり青柚子の甘煮。ですからいずれにしても名産の菓子は、柚子を使ったものになるかもしれません」

「ふむ。柚子は九年で成り下がると申すほど、実が付くまで歳月が要る。ならば家中の屋敷には今のうちから、柚子を植えるよう奨励すべきかもしれぬな」

「さようにしていただければありがたく存じます。藩外から柚子を買い付けて菓子を拵えるようでは、本末転倒でございますので」

慎み深くそう述べてから、平次はいたわり深げな眼差しで玉秀を振り返った。

「とりあえず秀太郎さん、今日のところは安正寺に戻りませんか。わたしも共に参ります。秀太郎さんの今後をご住持と話し合わねばなりませんから」

「ふん、勝手にしやがれ」

そうそっぽを向きながらも、玉秀の語気には先ほどまでの棘《とげ》はない。それを嬉しく思うとともになぜかわずかに寂しさを覚えながら、貞一郎は御根小屋に戻るという方谷に従って立ち上がった。

夏の日はまだまだ高く、一向に勢いが衰える気配がない。往来の衆の足元に伸びる影の濃さが、眩《まばゆ》い陽をますます際立たせていた。

貞一郎が方谷の許に入門して、今年で八年。柚子は九年で成り下がるとすれば、自分は今ちょうど小さく芳《かんば》しい柚子の花をつけたばかりだと貞一郎は思った。

学問の道は果てがない。これまで学んだことを糧に咲いた花を信じ、やがて実る果実を待つのもよかろう。だがたとえ無駄だと叱られたとて、やはり自分は己の花を更に大きく咲かせたい。そう、たった今、玉秀が自らの手で己の花を開かせたように。

「先生、実はお願い事がございます」

なんだ、と振り返る方谷の横顔を、降り注ぐ陽光が白々と染める。いずれ藩内の家々に咲くであろう柚子の花の白さを思わせるほど、明るく冴《さ》えた陽射しだった。

第三章　飛燕

腹の底に響く音を立てながら、荷車が土塀の向こうをひっきりなしに行き交っている。微《かす》かに赤子の泣き声まで聞こえるのは、荷車の余りのけたたましさに、どこかの屋敷でぐずっている子のものらしい。

女中のお秋《あき》は先ほど、往来から舞い込む砂埃《すなぼこり》が付いてしまうとこぼしながら、まだ生乾きの干し物をしまい込んだ。また万事綺麗《きれい》好きの祖母は木綿の前掛けに襷《たすき》をかけ、埃に汚れた縁側をみずから拭《ふ》き清めている。

祖母に命じられ、自分の単《ひとえ》の肩上げを解《ほど》いていたお繁《しげ》は、針を持つ手を休め、にぎやかな車の響きに耳を澄ませた。

肩上げとは着物の肩部分を縫い上げ、小さく縮めて子ども用に仕立て直した箇所のこと。すでに季節は四月も半ば、今年十三歳のお繁はこの半年で背丈が四寸（約十二センチメートル）も伸びた。一日も早く衣の肩上げを解いておかねば、この先、着るものがなくなってしまう。

だが頭ではそうと分かっていても、事あるごとに手は止まり、庭と土塀を隔てた往来の様子をうかがってしまう。それというのも、行き交う荷車がお繁が五年前から通っている牛麓舎《ぎゅうろくしゃ》の主《あるじ》・山田方谷《やまだほうこく》の転居の車だと分かっているためだった。

別辞はとうに告げた。なにせ方谷が屋移りをする先は、お城下から三里（約十二キロメートル）も山中に分け入った藩領北端の西方村《にしかた》長瀬《ながせ》。隣藩・新見と備中松山を結ぶ幹道にもほど近く、岡山へと下る高瀬船の船便の起点ともなる要衝の地だが、切り立った山と山に挟まれた小村ということに変わりはない。

牛麓舎の年長の塾生の幾人かは、新たに長瀬で開かれる塾にも通うべく、方谷に従って居を移すという。しかしお繁はまだ若年、しかも女の身でたった一人、牛麓舎への出入りを許されていた身の上だ。

母子ともに寄寓《きぐう》している剣持《けんもち》家の祖父母は、方谷の転居を知るや、これを機に塾を辞すよう勧めたし、そうするより他ないことぐらい、お繁自身もよく分かっている。しかしだからといって、長年通い詰めた塾との別れが辛くないかといえば、それはまたまったく別の話だった。

（耕蔵《こうぞう》さんも耕蔵さんよ。どうにか先生を翻意《ほんい》させて見せると、あれほど大口を叩《たた》いていた癖に）

養父である方谷とはまったく似ぬ丸顔。笑うと両頬におよそ男らしからぬ愛嬌《あいきょう》えくぼの刻まれる山田耕蔵の顔を思い出しながら、お繁は錆《さび》のついた針をいらいらと針山に突き刺した。

山田耕蔵は今年、二十一歳。その実父たる山田平人《へいじん》は方谷の弟で、お城下で医師として開業していたが、生来身体《からだ》が弱く、十年前に急な病で亡くなった。このため方谷は耕蔵を養子に取るとともに、長らく牛麓舎の塾生の一人として彼を遇していた。

五年前、お繁が入門した際に聞いた話では、牛麓舎にはもともと三島貞一郎《みしまていいちろう》なる塾頭がいた。聡明《そうめい》かつ人当たりのいい彼が方谷の代講を勤めていた折は、毎日、教堂に納まりきらぬほどの門弟が日々、学舎に押し寄せていたという。だがその三島はお繁が入塾する前年、更《さら》なる研鑽《けんさん》を積むべく、方谷の後押しを受けて伊勢国に遊学してしまった。

とはいえ方谷は当時、備中松山藩元締《もとじめ》兼吟味役《ぎんみやく》として、借財に喘《あえ》ぐ藩の再建に当たっており、塾生の面倒を見る暇なぞありはしない。しかたなく辞めたいと願う塾生には好きにさせ、山田耕蔵を始め、残った塾生同士で勉学を教え合うよう塾の仕組みを変えた直後に入塾したのが、幼いお繁だった。

そう思い巡らせるとこの五年、兄や父ほど年の違う男たちに手を取られ、『千字文』から『蒙《もう》求《ぎゅう》』、更に四書五経まで学んだ毎日がますます懐かしくなる。お繁はそそくさと針箱を片付けて立ち上がった。

剣持家は方谷邸の南隣に位置している。沓脱《くつぬぎ》の下駄をつっかけて裏木戸を開ければ、折しも顎《あご》先《さき》からぽたぽたと汗を滴らせた人足たちが、荷車を曳《ひ》いて山田家の門を出ていくところだった。

もともと備中松山藩は、「貧乏板倉」と呼ばれるほどに勝手元が困窮していた。そこで方谷は藩内に倹約令を出すとともに、費《つい》えの多い大坂蔵屋敷を廃止。領内の鉄山を新たに開削して集めた砂鉄で、農具や釘といった鉄製品を作らせたり、古くよりの備中松山名産品の増殖に力を入れ、それらを新設の「撫育方《ぶいくかた》」なる役所を通じて、江戸・大坂で売りさばかせた。その甲斐あって藩の財政は徐々に上向き、ついに一昨年《おととし》、方谷は元締を退任。かつて牛麓舎の塾生であった大石隼《おおいしはや》雄《お》を後任に据え、現在は自らは参政として藩政の補佐に当たっている。

無用なものは廃し、有用なものは進んで取り入れる方谷の改革は民政や軍政にも及び、昨年、方谷は藩士をお城下の東、野山西村《のやまにし》（現在の吉備中央町）に土着させる「野山在宅の制」を布告。このたび、藩士たちを率先するかの如《ごと》く、自身も長瀬への転居を決意したのだった。

方谷はとかく簡素な暮しを好むが、それでも諸国から集めた書物の量を思えば、転居がほんの一刻二刻で済むわけがない。案の定、まだ荷を積んでいる荷車のかたわらを通り抜けて山田家に上がり込めば、襖《ふすま》障子の類《たぐい》はすべて開け放たれ、年嵩《としかさ》の塾生たちが袴《はかま》の股立《ももだ》ちを取って走り回っている。

書物を行李《こうり》に詰め込む者、拝領屋敷を藩に返す支度として、畳の拭き掃除に勤《いそ》しむ者……そのただなかに紙の塵払《ちりばらい》を手にした耕蔵を見付け、お繁は小走りに駆け寄った。

「これは、お繁どの。今日は剣持家さまには、さぞご迷惑をおかけしておりましょう。すべての荷を長瀬に送り出した後、養父がご挨拶《あいさつ》にうかがうと申しておりました。何卒《なにとぞ》ご寛恕《かんじょ》くだされ」

頭《こうべ》を垂れた耕蔵の襟元を、汗がきらりと光りながら流れた。

「それにしても昨日も長瀬の新宅を見て参りましたが、かの地はいいところですよ。屋敷の目の前を松山川（高梁川《たかはしがわ》）が滔々《とうとう》と流れ、川向こうの街道を行く人々の姿が、まるで山水画の中の旅人たちの如く小さく見えます。お繁どののもぜひ一度、遊びにいらしてくださいい。養父もさぞ喜びましょう」

耕蔵の口調は明るく、もはやお城下での暮しには一分の名残もないかのようだ。

用意してきた文句が、途端にお繁の喉元で詰まる。両手を胸の前で握り合わせ、「寂しくなります」と、かろうじて絞り出した。

「なにを仰《おっしゃ》います。他領に行くわけでもないのに、大げさな」

耕蔵がそう苦笑する。それを待っていたかのように年長の塾生の一人が、「おおい、山田どの」と中庭を挟んだ縁側から耕蔵を呼んだ。

「奥の八畳間の唐櫃《からびつ》は長瀬にご持参なさるのだったか、それともお屋敷の備品として置いていくのだったか。我らでは分からぬゆえ、ちょっと見てくれるか」

「承知いたしました。すぐに参ります。——では、お繁どの。ごめんくだされ」

呼び止める暇すらない。塵払を袴の後ろ腰に突っ込んで駆け出す耕蔵を、お繁は唇を引き結んで見送った。

耕蔵はなにも分かっていないのだ。二十一歳の彼の足には容易な山道も、まだ十三歳の少女には険しく、そもそも祖父母や母の許しがなければ、お繁は武家町から出ることすらままならないことを。

お繁が女児の身で牛麓舎に入学したきっかけは、父である御徒士頭《おかちがしら》・福西伊織《ふくにしいおり》が三十二歳の若さで没したことだった。もしこの身が男なら、幼くともその家督はお繁が継げばよかった。だが女子《おなご》しかおらぬ福西家は跡目がいないとして家禄召し上げが決まり、お繁は母ともども、彼女の実家である剣持家に身を寄せねばならなくなった。

剣持の祖父母が嫌いだったわけではない。だが優しかった父を失い、涙が乾く間もなく住み慣れた生家を離れたお繁にとって、四代前の殿さまから賜ったという剣持の屋敷は、ひどい古屋と映った。いつも陽気で優しかった父が、西日が強く射し入る御前丁《おんざきちょう》の家が、懐かしくてならなかった。

言葉数は次第に減り、孫を案じてあれこれ話しかける祖父母にも滅多に笑顔を見せなくなった。そんなある日、母の飛天子《ひでこ》はお繁を招き寄せ、「さように気弱でどうします」と叱った。目の前に立たせたお繁の両腕をぐいと摑《つか》み、

「そなたがいまだ哀しいのは分かります。ですがそなたがこのまま長じ、凡庸で才なき娘となれば、私は彼岸の伊織さまにどうお詫びすればいいのです」

と、声を尖《とが》らせた。

「確かにそなたは女子です。それゆえ福西の家は家禄をお殿さまに返上せねばなりませんでした。しかし女子であろうが男子であろうが、人はみないずれ大人になり、暮しを立てて行かねばなりません。そのためには自らを律し、学問を身につけ、己にしかできぬ技を身につけるのです」

これまで見たことのない母の真剣な顔に、お繁はたじろいだ。二の腕に食い込む指があまりに痛く、身をよじることすらままならなかった。

「幸い、この家のお隣には元締兼吟味役をお務めの山田安五郎さまがお住まいです。山田さまは方谷との号を有され、お殿さまのご信頼厚い大学者。本日、そのお宅をお訪ねし、そなたを隣家の私塾に入れていただくお許しを得ました。女子の学問は珍しいものですが、山田さまはそなたが女児であることにはまったく頓着なさいませんでした」

世の女子がまず学ぶべきは、裁縫に掃除、料理に洗濯。武家の女子でもさして変わらず、せいぜい人並みの読み書きができれば十分との家が大半だ。それだけに翌日、お繁は信じられぬ思いで、母に連れられて隣家に赴いた。庭づたいに母屋を巡れば、二方に広い板縁を巡らせた離れが建っている。わいわいと騒がしく書物を読み比べていた十数人の男たちが、母子の姿に一斉に驚き顔で振り返った。

「やあ、お越しになられましたか」

もっとも奥の座で細筆を取っていた貧相な五十男が、落ち窪《くぼ》んだ目を上げて面白くもなさげにうなずく。それがお繁と山田方谷との出会いだった。

「塾といっても、わたしは多忙の身。直接、教えを授けられるわけではありません。分からぬことは年長の塾生に聞き、それでもなお得心が行かねば、これなる帳面にその旨をしたためてください。後日、わたしが自ら目を通し、返答いたします」

そう語る方谷の手元には厚い帳面が置かれ、塾生が師に宛てたと思《おぼ》しき質問が様々な筆跡で記されていた。その狭間に記された方谷の答えはいずれも長文で、眼を凝らさねば読めぬほど字が小さい。つまりあの帳面さえ繰れば、過去の塾生の疑問やそれに対する師の考えも学べる。それは同時に、同門の学識・思慮までがすべて分かるということだった。

聞きたいことは、と早口に方谷から促《うなが》され、お繁は膝上の手をぐいと握り合わせた。

「あの……わたくしは本当にこちらで学ばせていただいていいんでしょうか」

「何を言い出すのです、お繁。山田さまがそうお許しくだされればこそ、今日、ご多忙の中、こうしてお邪魔したのではありませんか」

　飛天子が丸い目をぎょっと見開く。方谷はそんな母を片手で制し、「なぜそう思うのです」と問うた。

　その声は老人の如くしゃがれ、猫背気味の背や色黒の顔は、古び、打ち捨てられた木偶《でく》人形を思わせる。だがこちらの問いに向き合おうとするその姿に励まされ、「だって、わたくしは女子です」とお繁ははきはきと答えた。

「わたくしが女子であったゆえに、福西の家は家禄召し上げとなりました。男子が学問を積めば、いずれひとかどの侍となってお殿さまにお仕えした折、それが役立つこともあるでしょう。ですがわたくしは違います。せっかく学ばせていただいても、活かせる場はありません。塾生の皆さまとて、そんな女子がご一緒では、嫌な思いをなさいませんか」

「ふうむ。確かにそれは一面、道理ですな」

　書きかけの帳面をぱたりと閉ざして、方谷は居住まいを正した。一瞬考え込むように虚空に目を据えてから「まず第一に、お繁どのは猫をご存じか」と相変わらずの早口で問うた。

「猫の親は鳥を捕らえ、虫を追い、仔猫はそんな親の姿を見て、餌の捕り方を覚えます。仮に親猫が餌を捕れずば、仔猫たちは長じた後、己の食い物すら手に入れられず、飢えて死ぬことになりましょう」

　意外と人は忘れがちなのですが、と方谷はお繁の顔を覗《のぞ》き込んだ。

「わたし自身がそうであるように、世の男子は一人残らず、お繁どののような女子の胎《はら》から生まれます。そして子とはみな、親の背中を見ながら育つもの。ましてや男親が外で働き、禄をいただいてくるとなれば、幼き子は母親の姿にこそ多くを学ぶのではありませんか」

「それは……確かにそうかもしれませんが」

お繁がまだ得心の出来ぬ顔をしていたのだろう。「それにもう一つ」と、方谷は声を張り上げた。

「学問とは本来、立身出世のために行なうものではありません。人がこの世で如何《いか》に生き、何を成すべきか。我らはそれを知るために知識を深めるのです」

たとえば、人々がみな己の欲しか考えなければ、世は悪徳がはびこり、上は将軍から下は百姓までが塗炭の苦しみを味わうことになる。武士が学問を積むべきなのは、世を正し、民を利するためであり、民が学問を積むべきなのは自らの身を守り、武士と共にこの世を支えるためだ、と方谷は続けた。

「そしてそれは男でも女でも関係はありません。確かにお繁どのは女ゆえ、武士にはなれますまい。ですが一人の人間として生きるためには、決して学問は不要なものではないのです」

見えぬ指で額を弾かれるに似たものを覚え、お繁は小さく息を飲んだ。長い沈黙の末に絞り出した声は、自分でも驚くほどに震えていた。

「学んでも――わたくしも学んでいいのですか」

もちろんですとも、とうなずく方谷の顔は無表情で、笑みの一片すら浮かんでいない。だがその下に息づく温かく豊かな学識によって、父が病みついて以来、幾度となく聞かされ、耳底にこびりついてきた「お繁さえ男であれば」という親類縁者の囁《ささや》きが、日向《ひなた》の氷の如くみるみる溶けていく気がした。

翌日からいざ牛麓舎に通い始めれば、方谷の教えが行き届いているためだろう。お繁を女と軽んじる塾生は、一人としていなかった。年嵩《としかさ》の塾生たちは、昼餉《ひるげ》の折、女中を手伝って茶を運ぼうとするお繁を制して自ら茶を汲《く》み、耕蔵を始めとする年の近い少年は、自らの学問そっちのけで、まだ千字文も覚束ないお繁の世話を焼いた。

それだけにこの五年、お繁は自らが女の身である引け目を覚えることなく、自由闊達《かったつ》に学問を続け得た。それが方谷の転居によっていともたやすく断ち切られる事実があまりに理不尽で、腹立たしくてならなかった。

分かっている。牛麓舎の教育がどうあろうとも、女は所詮《しょせん》、女なのだ。

新しい荷車が戻ってきたのか、坂の下からがらがらとけたたましい地響きが近づいてくる。急に重くなった足を引きずって、お繁は踵《きびす》を返した。

往来に立ち昇る土埃が、川辺に茂る柳の新芽を淡く霞ませている。雨が近いのか、燕《つばめ》が一羽、驚くほど爪先近くをかすめて飛んだ。その敏捷《びんしょう》さが今のお繁にはなおさら苛立《いらだ》たしかった。

あまりに蔵書が多かったためか、方谷邸からすべての荷が運び出されるまでには、結局それから丸二日が費やされた。山田家の中間《ちゅうげん》や女中はその後も、やれうっかり長押《なげし》に文筥《ふばこ》を忘れただの、部屋移りの際に誤って破いた襖《ふすま》を張り替えに来ただのとあわただしく出入りを続けていたが、暦が五月に入るとその訪れもぱたりと止んだ。

それまでの方谷邸がなまじ人の出入りの多い屋敷だっただけに、突然訪れた静けさはお繁の目にはひどく不可思議に映った。夜、土塀の向こうに一穂《いっすい》の灯も点《とも》らぬのが奇妙でならず、それと分かっていてもなお縁側に爪先立ち、隣家の様子をうかがいもした。

この五年、毎日の如く牛麓舎に通い続けたおかげで、お繁は昨冬には『論語』を筆頭とする四書五経をすべて学び終えている。それだけにもはや誰の手を借りずとも、大抵の漢籍は読めるし、すでに祖父母を始めとする親類縁者はほうぼうにお繁の縁談を頼んでいるらしい。

福西家は家禄と屋敷こそ召し上げられたが、断絶まで仰せつけられたわけではない。つまりお繁を妻《めと》に娶り、養子に入ってもいいという男さえ見つかれば、藩庁に再興願いを提出できる。そのためにはこれまで牛麓舎通いのために疎《おろそ》かにしていた裁縫や料理にも精を出さねばならないし、ますます塾を懐かしむ暇なぞない。だがそう自分に言い聞かせれば言い聞かせるほど、やはり自分は女だったのだ、とお繁は思い知らされる気がした。

方谷の転居に併せて牛麓舎通いを辞めるよう、祖父母が勧めたのも、お繁が負うべき最大の務めは福西家再興だと考えていればこそ。母の飛天子とて、口では女にも学問は要ると言いながらも、いざ近づいてくる縁談を後にしてまで、お繁に学問を続けさせる気にはなれなかったと見える。

すらりと上背《うわぜい》があった亡き父の伊織に似たのか、お繁は十三歳にしては背が高い。飛天子が娘時代に着ていたという麻葉柄の浴衣を仕立て直しながら、お繁は人気《ひとけ》のない隣家に目をやった。

近くに燕が巣でもかけたのか、両家を隔てる土塀をかすめ、黒く小さな影が空へと舞いあがる。やがてそれが教堂の方角へと降りていくのを眺め、先生、と唇だけで呟《つぶや》いた。

無表情で取っつきづらく、五年通っても軽口の一つとて遂に聞くことのできなかった方谷に、無性に逢いたかった。自分が養子を迎えねばならぬことも、それが母を含めた親類縁者の悲願であることも承知している。だからこそせめてひと言、方谷の意見が聞きたいと、お繁が針を持つ手に力を込めた、その時である。

「頼もう、頼もう。どなたかおいでになられぬのか」

腹の底に響く男の声が土塀の向こうで轟《とどろ》き、どんどんと何かを打つ音がそれに続いた。どうやら、方谷の旧邸を誰かが訪れているらしい。

今日は飛天子は祖父母とともに、玉島に出かけている。お繁に詳しく行き先を教えなかった点から推すに、どうせ自分の縁談に関わる話に決まっている。

お繁は一瞬ためらってから、膝の浴衣を手早く畳んだ。屋敷の脇門から顔を出せば、三十がらみの旅装の侍が拳で隣家の門を叩き立てている。四角く大きな顎と、続けざまに訪《おとな》いを請う口ぶりが、その気短さを如実《にょじつ》に物語っていた。

あの、とお繁が声をかけるや、ぴたりと動きを止めてこちらを振り返る。よほどの長旅の末なのか、真っ黒に日焼けした面上の中で、白目の色だけが妙にくっきりと際立っていた。

「山田安五郎先生をお訪ねでしたら、三月《みつき》前にお引っ越しをなさいましたよ」

「ご転居だと」

侍は太い眉《まゆ》を吊り上げ、大股《おおまた》にお繁に向かって近づいてきた。お近くなのか、と続けて、忙《せわ》しく四囲を見回した。

「ご城下内ではありません。ここから北西に三里ほど入った長瀬という地でいらっしゃいます」

途端に、何だとッと嚙《か》みつくような声が降ってくる。怯《おび》えよりも腹立ちがこみ上げ、「ご無礼でございましょう」とお繁はつい言い返した。

「人が親切に教えて差し上げましたのに、何だとはどういうご了見でいらっしゃいます。見たところ、いずこかのご家中のお方かと存じますが、そもそも山田先生に何の御用でおいでですか」

まだ少女のお繁に嚙みつかれるとは思ってもいなかったのか、侍は切れ長の目を見開いた。何かを言い返そうとするかのように一瞬口を開けてから、言葉を飲み込む。「あ、いや。確かにそれも道理だ」と北の訛《なま》りで呟き、存外素直に居住まいを正した。

「それがしは越後長岡《えちごながおか》・牧野玄蕃頭《まきのげんばのかみ》さまご家中、河井継之助《かわいつぎのすけ》と申す。このたび、板倉周防守《すおうのかみ》さまご家来、山田安五郎さまの元に遊学いたしたくまかり越した」

越後長岡（新潟県長岡市）は、確か石高七万四千石。昨年亡くなった牧野備前守忠雅《びぜんのかみただまさ》を含め、歴代藩主から多く老中を輩出している大名で、そういえばこの春まで寺社奉行を務めていた備中松山藩主・板倉周防守勝静《かつきよ》とは同じ幕閣の一員として、行き来がある家と聞いていた。

「山田さまは以前、江戸の佐藤一斎《さとういっさい》先生の私塾にて学問を積まれたことがおありだったとか。玄蕃頭さまご家中の高野《たかの》なる男が先年、佐藤門下における山田さまの人となりの素晴らしさを聞いてきてな。なにせ江戸には多くの学者がいるが、いずれもみな学問を生業《なりわい》の如く用いている者ばかりだ」

だが、山田安五郎は違う。わずか七年で藩の財政を上向け、「貧乏板倉」の汚名を返上した手腕は、今から約百年前に出羽《でわ》米沢《よねざわ》藩にて大改革を行なった上杉治憲《うえすぎはるのり》（鷹山《ようざん》）にも劣らない。

「いや正しく言えば、米沢藩の改革は成就まで五十余年の歳月を費やし、当時、かの藩が抱えていた二十万両の借財の一部は、いまだ細々と返済が続いているとか。つまりこの日本が開闢《かいびゃく》して以来、山田安五郎さまの如く、学問を実学と成し、政《まつりごと》に活かしたお人は極めて乏しい。それゆえそれがしはこのお方こそわが師になすお方と心に決め、こうしてはるばる参った次第だ」

「でもそのお覚悟の割には、先生のご転居をご存じなかったわけですよね」

意地悪く念押ししたお繁に、継之助はまあなと開き直った様子で胸を張った。

「しかたあるまい。越後長岡は北の遠国、備中松山は西の遠国だ。こういったことはままあろうて」

ひどく図々しい一方で、お繁に素直に我を折った点といい、まだ一面識もないはずの方谷を手放しで褒《ほ》める態度といい、どこか憎めぬところがある。

仮にこのまま方谷の門下に入ったとすれば、目の前の継之助は年齢こそ上だが、お繁の弟弟子となる。頭一つ分背の高い彼を仰《あお》ぎ、「ではこのまま長瀬に向かわれますか」とお繁は問うた。

「うむ。三里ぽっちの道のりなら、これから急げば昼頃には着ける。いやはや、教えてもらって助かった。礼を申すぞ」

よほど気が急《せ》いているのか、継之助は小脇に抱えていた編笠をひっかぶると、「では、御免」と踵《きびす》を返した。あっという間に遠ざかるその背に、あの、お待ちを、とお繁はとっさに声を張り上げた。

「わたくしも長瀬にお連れいただけませんか」

継之助の身体がつんのめるように止まったかと思うと、次の瞬間、土煙を蹴立《けた》てて坂を駆け戻って来た。それに、「しばし、しばしこのままお待ちください」と叫んで、お繁は剣持家に走り帰った。

三里の道のりといっても、長瀬は山中の小村だ。道中の険しさを考え、念のため台所の壁に吊るされている草鞋《わらじ》を引っ摑む。どうかなさいましたか、と目を丸くする女中を無視して再び屋敷を飛び出せば、継之助は往来の真ん中で太い腕を組み、睥睨《へいげい》するように四囲を見回していた。

「お待たせしました。さあ、参りましょう」

お繁が一人で長瀬に出向いたと知れれば、母や祖父母はさぞ怒るだろう。だが方谷の客人を案内するためだったと言い訳をすれば、腹の中はどうあれ、決して声を荒らげるわけには行くまい。渡りに船とはこのことだ。

ふと気づけば、継之助は弾むような足取りで道を下るお繁に、不思議なものを見る目を注いでいる。

「どうかなさいましたか」

「あ、いや。備中松山の女子は、みなおぬしの如き気性なのか」

「そういうわけではないかと存じます。申し遅れましたが、わたくしは山田先生の門下の一人にて、福西繁と申します」

おぬしがだと、と継之助が驚いた様子で足を止める。だがすぐにそんな自らをなだめるように曖昧《あいまい》に首を振り、「いや、待て。そうか。思えば倹約にしても改革にしても、本来、男子だの女子だのということは関わりなき話か」とぶつぶつと呟いた。

「とはいえやはり、女子が男子に混じって学問とは。山田さまの門下には、女子が多いのか」

「いえ、そういうわけでは。わたくし一人だけです」

旅装の継之助と明らかに武家の娘と分かるお繁の組み合わせは、離れて暮らす兄妹とも映るのだろう。お城下を離れ、山間《やまあい》を走る細道に踏み入ると、行き交う百姓や杣人《そまびと》たちが背中の荷を揺すり上げながら、二人に向かって小腰を折る。

それにいちいち、うむとうなずく継之助の眼光は鋭く、時には遠ざかる樵《きこり》の背をじっと見送っている時すらある。

「いかがなさいましたか」

と聞いたお繁に、「いや。この国はまことに豊かなのだなと驚いていたのだ」と薪《まき》を背負った樵に向かって、顎をしゃくった。

「先ほどからすれ違う杣人も炭焼きも、みな背にそれぞれが拵《こしら》えたものを担い、備中松山のお城下に向かって歩いていく。反対に我らと同じくお城下から領内の村に戻る者たちは、そろって背は空荷だ」

これはつまり、領内の者たちがそれぞれの産物をお城下に運び、銭に替えているわけだ、と継之助は続けた。

「それがしはここまでの道中、ざっと二十あまりの国々を通り過ぎてきた。しかしその中で、領内の者がこぞって藩内で物品を売ろうとする藩は、数えるほどしかなかった。商人にしても炭焼きにしても、武士にあらざる者たちはみな利に聡《さと》い。自らが拵えたものが少しでも高く売れるとなれば、隣藩でも構わず出向いていく。つまり備中松山お城下は領内の者たちから、豊かで富んだ地と信頼されているというわけだ」

「それは当然でしょう。山田先生がそのようにお改めくださったのですもの」

お繁は実のところ、備中松山藩が貧乏極まりなかった昔をよく知らない。お繁が物心ついた頃には、方谷はすでに元締兼吟味役として藩政改革に当たっていたためだ。

そのためお繁は、かつて女子たちがごく当然に身につけていたという絹物の肌触りを知らない。珊瑚《さんご》の根付、鼈甲《べっこう》の櫛《くし》、はたまたギヤマン（ガラス）の簪《かんざし》といった華やかな身の飾りも目にしたことがない。

だがその代わりお繁の知る備中松山城下は、領内はもちろん、近隣諸藩からやってきた商人や旅人たちで溢《あふ》れ、うずたかく荷を積んだ高瀬船が松山川を往来する殷賑《いんしん》の地だ。継之助の如く、方谷の知性を慕う者が来る。備中松山名産である葉煙草や鉄製品を直《じか》に買い付けようとする商人が来る。その賑わいこそが、お繁の知る備中松山だった。

「実は松山領内に入る直前、それがしは峠の茶屋で一服したのだ。そこで茶を二杯に団子一皿、合わせて二十文の支払いに寛永通宝《かんえいつうほう》を渡そうとしたところ、茶屋の老人にあからさまに嫌がられてな。この地では備中松山藩の藩札こそ、もっとも信のおける銭と見える。まさか天下御免の寛永通宝を、面と向かって鐚銭《びたぜに》と誹《そし》られるとは思わなかった」

それもまた当然ですよ、と笑って、お繁はたった今上ってきたばかりの坂道を振り返った。

東を臥牛山《がぎゅうざん》、西を稲荷山《いなりやま》に挟まれたわずかな平野を、松山川が悠然と流れ下っている。澄んだ陽光に家々の甍《いらか》が輝くお城下の対岸、川面を渡る風に芒《すすき》が波打つ河原を、お繁はまっすぐに指した。

「だって今、藩内の衆が使っている藩札は永銭《えいせん》札といって、出回り始めて十年足らずの新札ですもの。古い藩札はすべて集めて、先生があの近似《ちかのり》河原で焼き払わせてしまいましたから、ここでは永銭札さえ使っていれば、偽札を摑まされる恐れはないんです」

世の中には二種類の銭がある。金製の大判小判に、銀製の丁銀豆板銀、銅製の寛永通宝の三つで構成され、国内どこでも使うことができる貨幣と、諸藩が自領に向けて発行している藩札だ。

江戸にて将軍が政を執り始めてから、すでに二百五十年余り。その間に金銀銅の三貨は幾度も吹き替え（改鋳《かいちゅう》）が行なわれ、冷害や飢饉に伴う米相場の変動も相まって、価値の乱高下は激しい。

一方で藩札は主に紙で刷られている分、貨幣の如く質が低下することはない。だが必要になれば大量に発行できる簡便さはその価値の低下を招く上、偽札の作成も簡単だ。ことに備中松山藩ではこれまで、事あるごとに藩札を乱発してきたせいで、その信用は極めて低かった。藩財政向上には藩札の整理が不可欠と考えた方谷は、元締を仰せつけられた直後から、古い藩札と貨幣の交換を開始。三年がかりで集めた約一万二千両の藩札を近似河原で焼き払わせ、旧藩札を一掃したのだった。

お繁は当時まだ六歳。だが低い雲の垂れ込めた秋の日、川の向こうに朦々《もうもう》と立ち上った煙の黒さは、いまだはっきりと脳裏に焼き付いている。備中松山はとかく雲が多く、ことに秋から春にかけては、毎日夜明けから正午過ぎまで、灰色の雲がお城下を覆い尽くす。藩札を焼く煙はそんな朝雲が去り、陽射しが西に傾き始めてもなお消えず、お城下には翌日になっても煤《すす》の匂いが濃く漂い続けていた。

百文・十文・五文の三種類から成る新藩札・永銭札の発行が布告されたのは、その数日後。すべての旧藩札が焼き払われた直後となれば、新藩札には偽札の混じる余地などない。また方谷が新藩札と貨幣の引き換えを厳密に額面通り行なわせたこともあって、お城下での新藩札の信用は一度に増し、今では永銭札は近隣諸藩でも流通しているほどだ。

「芒の原の中で、一カ所だけ地面が剝《む》き出しのところがあるでしょう。あれが山田先生が最初に古い藩札に火を放たせた場所で、不思議に七年が経つのに、そこだけ芒が生えないんだそうですよ」

「その噂《うわさ》はそれがしも江戸で耳にしたが、藩札を焼かせたとはまことだったのか」

継之助が感慨深げに河原に目を注ぐ。もちろんですとも、と胸を張ったお繁に、深々と溜息《ためいき》をついた。

「いやはや、やはり山田さまとはすごいお方なのだなあ。国内諸藩は当節はどこでも、いかに国を整えるべきかと頭を抱えておる。それがしが禄をいただいておる越後長岡でもそれは同様でな。その癖、有為の士が何かを始めんとすれば、お偉方たちはそれをやっかみ、足を引っ張ろうとするのだ」

「似たことはどこでもおありでしょう。山田先生とて元締兼吟味役を仰せつけられたばかりの頃は、ずいぶんな嫌がらせに遭ったとうかがいます」

「だが山田さまはそれらを撥《は》ねのけ、藩の勝手許を見事に改められた。おかげで現在、国内諸藩で政事が万事行き届いているのは、備中松山侯と陸奥相馬《むつそうま》侯（陸奥国中村《なかむら》藩）だけとの噂だ。まあ、江戸の千代田のお城そのものが揺れに揺れている最中だけに、それもしかたがないのかもしれんがなあ」

牛麓舎に長年通ってきただけに、お繁は女子にしては藩内事情に詳しい。だがさすがに江戸表については、六年前、相模《さがみ》国・浦賀にペルリ（ペリー）なる総督率いる黒船が来たのを契機に、遠い海の向こうの亜米利加《アメリカ》という国と日本が通商することになったとか、その条約を強引に推進した大老・井伊直弼《いいなおすけ》に京の天皇が激怒したとか、大老に反発する大名・公卿が次々謹慎を仰せつけられたといった概略しか知らない。

加えて、お繁たちが殿と仰ぐ備中松山藩主・板倉勝静は、二年前から寺社奉行に任ぜられていたが、この二月、その職を解かれたとの噂が突然お城下を駆け巡った。

勝静が備中松山藩主となって、今年で十年。まだ三十路《みそじ》前の彼が、奏者番《そうじゃばん》、寺社奉行と順調な出世を重ねた理由の一つが、備中松山藩の再建にあったことは誰の目にも明らかだ。そしてその藩政立て直しの功労者が山田方谷である以上、藩主の立場はすなわち、方谷の立場と紙一重。それだけにお繁は勝静の寺社奉行解任の噂に激しい不安を覚えた。だが祖父母はもちろん、牛麓舎の年長者たちに聞いても、彼らはそろって「さあ、知らんな」「江戸表のことまではよく分からん」と口を噤《つぐ》むばかり。

当の方谷の生活が何ら変わらなかったことから推すに、さして心配することはないのかもしれない。だが自分が男であれば、周囲の者たちはきっと江戸で何が起きたかを教えてくれたはず。そうだ、この闊達な継之助であれば、勝静解任の理由を話してくれるのではあるまいか。

しかしお繁が「あの――」と継之助に問いかけようとした時、山道の向こうから身形《みなり》のいい武士が小走りに坂を下ってきた。お繁たちのかたわらを通り過ぎかけ、「なんと、福西のお繁じゃないか」と足を止めた。

「こんなところで何をしている。それにそちらの見慣れぬ御仁はどなただ」

言いざま、かぶっていた編笠の縁を撥ね上げた三十男は大石隼雄といい、国家老《くにがろう》・大石源右衛《げんえ》門《もん》の嫡男《ちゃくなん》だ。牛麓舎の開塾当初から三年間、方谷に学んでいたという彼は、現在は元締と郡奉《こおりぶ》行《ぎょう》を兼任して、備中松山藩政の一翼を担っている。

牛麓舎きっての古株、しかも代々家老の任にある大石家の跡取りとあって、隼雄は暇があれば牛麓舎に顔を出し、塾生たちと親しく交わっている。だがお繁は正直、このいかにも人のいい若き奉行が苦手でならなかった。

とはいえ、わざわざ名指しで呼び止められては、知らぬ顔もできない。「ご無沙汰申しております、大石さま」とお繁は丁寧に腰を折った。

「こちらのお方が山田先生への弟子入りを願われ、ご旧宅にお越しになられまして。長瀬までの道中、道を誤られてはならぬとご案内しておりました」

「越後長岡・牧野玄蕃頭さまご家中、河井継之助と申します。国許では外様吟味役の任にございましたが、わが殿より特にお許しをいただき、まかり越した次第でございます」

威儀《いぎ》を正した継之助に、「ほう、越後長岡。それはまたご遠方から」と隼雄は丸い顋をつるりと撫《な》ぜた。

「ならばここから先は、わたしがご案内しよう。お繁、ご苦労だったな」

言うが早いか、隼雄はくるりと踵を返した。そのまま継之助を促して元来た道をたどろうとする彼に、お繁はあわてて「お待ちくださいい」と追いすがった。

「ご案内ぐらい、わたくしでもできます。隼雄さまこそご多忙の身、どうぞお城下にお戻りください」

「いや、実は五日前、やはり山田先生に教えを受けたいという御仁がお二人、みちのく会津よりお越しでな。今はお城下の宿屋にご逗留《とうりゅう》いただき、御根小屋からの入門許可を待っていただいているのだ。山田先生のお許しさえ得られれば、河井どのもどうせ会津の衆と同様の手続きを取らねばならん。それならわたしが同道申し上げた方が、話は早いじゃないか」

それが親切ゆえとは分かっている。だが隼雄のこういうところが苦手なのだ、とお繁は内心歯噛みした。

隼雄は生来人が好く、誰《よ》にも分け隔てなく親切に接する。だがそれが備中松山藩きっての名家の子息にして、将来は国家老の職が約束されている人物とあっては、お節介を焼かれた側は内心はどうあれ、隼雄の言葉を受け入れざるをえない。

隼雄の眼には、父を早くに失い、女の身で牛麓舎に入門したお繁は、健気《けなげ》な少女と映っているらしい。だが事あるごとに手を差し伸べられるのは、ありがたいと同時に疎ましくもある。

ですが、とお繁が抗弁しようとした時、「ほう、会津からのお客人ですか」と継之助が身を乗り出した。

「あのご家中はかねがね藩内の若人を進んで各地に遊学させ、見聞を積ませているとか。それがしも江戸にてそのうちの幾人かに出会いましたが、ただいま山田先生のもとにお越しなのはどなたです」

「秋月悌次郎《あきづきていじろう》どのと土屋鉄之助《つちやてつのすけ》どのと申す御仁です。年はいずれもそなたさまより、三つ四つ上でしょうか。共に会津では秀才と名高く、江戸・昌平坂《しょうへいざか》学問所での勉学を経て、山田先生を訪ねて来られたとか」

知らんなあ、と首をひねってから、継之助はにっと唇を両頬に引いた。

「ともあれ、共に学べる仲間がいるのはありがたい限りです。会津藩は数年前に大殿さまが身まかられ、ただいまの藩侯たる会津侍従《じじゅう》（松平容保《かたもり》）さまはまだ二十三、四歳のお若さとか。若き殿を主といただかれた藩士同士、会津の衆は板倉周防守（勝静）さまご家中に親しみをお持ちなのかもしれませんな」

「わが殿はわが殿、会津侍従さまは会津侍従さまです。家督をお継ぎになったのが共にお早かったからといってひとくくりになさるのは、いささか軽率ではありませぬか」

隼雄が微かに眉をひそめる。継之助はさして悪びれもせず、「これは失礼」と軽く低頭した。

「いずれにしても、これほど諸国から人を集める山田さまにますます早くお目にかかりたく存じますな。では、ご案内を願います。――お繁どの、ここまでお手間をおかけいたしました」

継之助にまでそう言われては、更に追いすがりもできない。肩を連ねて坂を上る二人を、お繁は恨めしい思いで見送った。忘れていた汗が今更こめかみを伝い、草鞋履きの足の甲をぽたりと叩く。その生暖かさまでが苛立たしく、お繁は乱暴に踵を返した。

隼雄や継之助が自分を気遣ってくれたとは分かっている。だがもし自分が女でさえなければ、と考えれば考えるほど、その気遣いが身に痛い。

（わたくしだって）

方谷の如く、学問を世に活かしたい。江戸表で何が起きているかを知り、この国に役立つ者となりたい。だがどれだけ願っても、それは叶《かな》わぬ夢なのだ。

遠くに光る松山川の川面が、不意ににじむ。目元をぐいと拳で拭《ぬぐ》い、お繁は地面を踏みつける勢いで道を急いだ。お城下のもっとも北に位置する八重籬《やえがき》神社のかたわらを通り過ぎる頃には、足裏がじんじんと痛み始めていたが、そのまま小高下谷川《こうげだにがわ》にかかる小橋を渡る。まっすぐ家に戻れば、女中たちはきっとどこに行っていたのだとお繁を詰問するだろう。真っ赤に火照《ほて》っているであろう頬や瞼《まぶた》を見られるのが疎ましく、お繁は武家町を通りすぎ、繁華な町人町へと急いだ。間もなく玉島への荷船が発つらしく、そうでなくとも繁華な町辻には、船子たちの威勢のいい叫びがこだましていた。

お城下の中でもことに船着き場にほど近い本町筋では、松山川に面した堤の上に土蔵や商家が並び、各店の裏口の石段からそのまま船着き場に降りられる。それだけに往来からは、どの店の荷がどの船に積まれんとしているか、見ることはできない。だがそれでも一帯には、「撫育方さまよりお預かりの白浜屋製造の柚餅子《ゆべし》十俵、確かに積み込んだぞお」「同じくお預かりの駒形屋製造の柚餅子二十俵、確かに積んだぞお」というけたたましい叫びがこだましている。それをぼんやり聞きながら、お繁は肩で息をついてようやく足を止めた。

備中松山は小さな藩だ。表向きはさておき、実際の石高は二万石にも満たないし、藩士の数は千人あまり。お城下とて、端から端まですぐに駆け抜けられるほどに狭い。だが方谷のごとき学識とそれを活かす術《すべ》さえあれば、この山間の小藩にも継之助のような人々が続々と集まって来る。つまり学問とは、藩の大小や都鄙《とひ》の区別すら凌駕《りょうが》する。だがそれでもなお、男女の差だけは埋めることができない。

もしお繁が牛麓舎に通わなければ、こんな口惜しさは知らずに済んだ。そう思うと幼い日の母の計らいまでが、美味《おい》しい膳の匂いだけを嗅《か》がせて、「そなたは食べてはならぬのですよ」と告げるかのようで恨めしい。またも喉にこみ上げてくる熱いものから逃げるように、お繁が歩き出そうとした刹那、「あの、もしや。福西のお嬢さまではいらっしゃいませんか」という女の声が背後で弾けた。

え、と驚いて顧みれば、年の頃は三十三、四歳の商人風の女が大きな眼を瞠《みは》ってお繁を見つめている。

「やっぱり。お肩の形がお変わりになられませんね」

と嬉し気にお繁に駆け寄り、丁寧に小腰を折った。

「覚えていらっしゃいませんか、お繁さま。梅《うめ》でございます。お嬢さまがお小さい頃、福西のお屋敷にてご奉公申し上げていた、梅でございます」

福々しい丸顔とは裏腹に、その声はざらりと低い。そんな不調和がもはや遠くなった御前丁の生家の有様を思い出させ、うめ、とお繁は呟いた。

「本当に梅なの。小さい頃、わたくしとお手玉で遊んでくれた」

「はい、さようでございますとも。すっかり娘らしくおなりになって」

はしゃいだ声を上げる二人のかたわらを、人足たちが空の荷車を曳いて通り過ぎていく。立ち昇る土煙から庇《かば》うかのようにお繁を道の脇に促し、「お一人でございますか」と梅は四囲に目を配った。

「ええ。お梅こそ、どうしてここに」

「わたくしはお屋敷を下がりました後、下町の高田屋《たかだや》と申します材木商に後妻に望まれまして。ですがその夫にも四年前に先立たれ、今は店の女主として、慣れない商いをしております」

今日は岡山の得意先に送る荷を船会所に届けに来た、とほほ笑む目尻には、小さな皺が刻まれている。それが父が亡くなって以来の六年の歳月を物語っているかのようで、お繁はそっと目を逸《そ》らした。

お繁の記憶に間違いなければ、お梅はお城下はずれの村の神職の娘。行儀見習いを兼ねて福西家の女中となり、その甲斐甲斐しい働きぶりから、飛天子やまだ存命だった伊織のお気に入りだった。

だが伊織の急逝によって、お繁と母が二人して剣持家に身を寄せることとなると、屋敷奉公の中間・女中にはことごとく暇が出された。まだ七歳だったお繁自身はあまりに急な変化に戸惑うばかりで、お梅とどのように別れたのか、正直、記憶がない。それだけにかつての遊び相手だったお梅のことをすっかり忘れ果てていた自らが、お繁はひどくうしろめたかった。だがお梅の側はそれに頓着する様子もなく、「よろしければ、うちの店にお寄りください」と、お繁を誘った。

「せめて茶の一杯でも差し上げませんと、わたくしの気が済みません。お二方がお飛天さまのご実家に戻られたとは存じ上げておりました。ですがお訪ねするのも憚《はばか》られ、お元気だろうかとただただご案じ申し上げていたのです」

お梅は丸い面差しと色白の肌に似合わず、声が悪い。当人も昔からそれが引け目と見え、人と話す時はいつも気弱げにぼそぼそと応えるのが癖だった。

それだけに今にも袖を摑まんばかりに熱心に誘うお梅に、お繁は少なからず面食らった。だが無理やりそれを振り切るには、幼い日のお梅の記憶は優しげなものばかりだった。

「ではありがたく、一杯だけ」

と小声でうなずき、お繁はお梅に導かれるままに、まだ埃っぽい道を南へと進んだ。

案内された高田屋は、間口二間。下町といえば醤油屋や酒屋、宿屋といった店々が建ち並ぶ界隈《わい》《かい》だが、そんな雑然とした往来には珍しく、芳《かんば》しい木の香を三和土《たたき》から漂わせる店だった。

「さあ、どうぞお上がりくださいい。むさくるしいところで申し訳ありません」

商家に足を踏み入れたことがほとんどないお繁にも、高田屋が決して大店《おおだな》でないことは分かる。なにせ店の土間にところ狭しと積み上げられている木材は柾目《まさめ》が揃っていないし、素人目にも節のありかが見える。

材木商の暖簾《のれん》を揚げていても、すべてが普請《ふしん》（工事）用の木材を商うわけではない。どうやら高田屋は木炭や薪、はたまた曲物《まげもの》や下駄といった木工品に用いる端材を主に商っているらしい。

「あれからもう五年……いえ、六年にもなりますか。お飛天さまはお変わりございませんか。実は最初にお繁さまの横顔をお見かけしたとき、梅はあれはお飛天さまではないかしらんと思ったのでございますよ。それほどにまあ、母君さまにそっくりにおなりあそばして」

奥の間の上座にお繁を座らせた途端、お梅が堰《せき》を切ったように話し始める。女中が運んできた茶をお繁に勧めるのも忘れ果てた様子で、ついには袂《たもと》を目尻に押し当てて、「本当に大きくおなりですこと」と声を詰まらせた。

「そろそろご縁談の一つや二つもおありでしょう。伊織さまもさぞ、お繁さまの花嫁姿をご覧になりたかったでございましょうねえ」

「ええ。でもわたくしはまだ、そんなことを考える気になれなくて。それよりももっと学問を積みたいと思っているのに、お師匠さまがお城下を離れられてしまい、塾通いもままならなくなってしまったの」

懐かしい日を知る相手の気安さから、お繁はつい、ほうと溜息をついた。

「学問をなさっておいでなのですか、お繁さまが」

驚き顔になったお梅に、お繁は父を失って以来の様々を堰を切る勢いで語った。女であっても生きる手立てが必要だと語った母、山田方谷および牛麓舎との出会いと別れ、そして大石隼雄を始めとする年長者たちの態度……。

「そりゃあ、わたくしは女ですもの。これ以上学んでも、それをどこにも活かせぬのは分かるわ。でもだからといって逐一、女扱いしなくたっていいじゃない。何かを知りたいとか、誰かのために働きたいという心持ちには、男も女も関係ないはずよ」

息もつかずに言い放ったお繁に、お梅は呆気に取られた眼を向けている。しまった。幾ら懐かしいお梅とはいえ、あまりにあけすけに語り過ぎた。

だがそう悔やんだ次の瞬間、お梅はがばとひと膝詰め寄り、お繁の両手を強く取った。「分かります。よく分かりますとも」と、ふくよかな顎を幾度もうなずかせた。

「実を申しますと、お梅も同じことを思っておりました。お恥ずかしながらこの高田屋はわたくしの連れ合いが始めた店で、お城下の材木商の中では新参者。そうでなくとも株仲間（同業者組合）で格下に扱われていたのが、わたくしが女主《おんなあるじ》となって以来、陰に日向に邪魔者扱いされるばかりなのです」

深い山々が打ち続く備中松山は、古くより良材の産地として名高く、その材木は松山川の水運を用い、時には遠く大坂まで運び出される。だが株仲間を仕切る古くからの材木商たちは、累代《るいだい》、町役人として御根小屋から信頼されているのをいいことに、新参者の高田屋を何かにつけて邪魔者扱いにするのだと、お梅は語った。

たとえば一昨年、お城下の鎮守社である八重籬神社の神輿《みこし》が新調された折は、町人町の煙草株仲間や紙株仲間、綿株仲間に所属する商人たちが銭を出し合い、祝儀の幔幕《まんまく》を贈った。お梅も当然、材木株仲間から誘いの声があるものと信じていたが、神輿が披露される祭礼の日を目前にしても、同業者たちは知らぬ顔。しかたなくお梅は株仲間の筆頭である本町の材木屋・橘屋《たちばなや》にみずから赴き、「わたくしどももご祝儀に加えていただきたいのですが」と尋ねた。しかし結果、返ってきたのは、

「高田屋さんはほら、まだ商いを始めて、日が浅くていらっしゃるから。無理に銭を出させてご負担になるのも申し訳ないと、あえてお声をおかけしなかったんですよ」

という、橘屋の主からのそっけない断りだったという。

「他の材木商に比べれば新しいとはいえ、連れ合いがこの店を始めたのはもう二十年も昔です。しかし長年、商いを続けている橘屋さんたちには、わたくしが夫の跡を継ぎ、高田屋の暖簾を守っていること自体、遊び半分と映るのでしょう。寄合に出れば、女の身での商いは大変だだの、こんな情の強い女房をおもらいになって高田屋さんはご苦労なさったでしょうだのと言われるば

かり。確かに不慣れではありますが、わたくしとて懸命に店を切り盛りをしていますのに」

よほど我慢を続けてきたのだろう。まくしたてるお梅の頬は赤らみ、双眸《そうぼう》にはうっすらと涙まで浮いている。そんなお梅の手を、お繁は無言で強く握り返した。

商家の出ではないお梅が店の暖簾を守り続けるには、大変な苦労があるはずだ。それにもかかわらず女だというだけで侮る同業者たちが忌々《いまいま》しく——だが、そんな彼らに意趣返しが出来るわけでもない我が身が、情けなかった。

分かっている。男たちには決して悪気なぞない。だが御根小屋におわす殿さまが、それをお守りする藩士たちが代々男であるように、この世はとかく男が表に立つよう作られている。橘屋とやらを始めとする商人たちも、河井継之助や大石隼雄も、そんな世の風潮に従っているだけ。それを悔しいと思うお繁やお梅たちのほうが変わっているのだ。

「ですが、お梅は頑張っているのですよ。その甲斐あって、先日はご家中のとあるご要職さまの隠居所の用材をお任せいただくことになりました。うちの店は正直、普請用の材木は不得手なのですが、せっかくのご用命ですもの。頑張らなきゃなりません」

「それはありがたいお話じゃない。きっと、お梅がこれまでどれだけ奮闘してきたかをご承知の上で、お声がけくださったんだわ」

まるで自分が褒められたように嬉しく、お繁の声はおのずと弾んだ。だがお梅はなぜか心細げにそれに微笑《ほほえ》み、「ただ」と声を沈ませた。

「確かにありがたいご用命ですが、実は商いの上では、ほとんど利の出ぬ仕事でもあるのです。

だから店の番頭たちは、あまりいい顔をしなくって」

　材木商は山から切り出した木材を数年がかりで乾燥させ、用途に応じて買い主に納める。大店ならば独自の木場（貯木場）を構えて木材を備蓄できるが、高田屋のような小さな店は株仲間が所有する紺屋川《こうやがわ》近くの木場に、焼印を捺《お》した木材を預けるのが慣例。そこに払う木場代や普請場までの人足代を考えれば、六畳二間の隠居所程度の御用では間尺に合わない、とお梅はため息をついた。

「そういえば先ほどのお話では、お繁さまのお師匠はこのたび長瀬にご新居をお構えになったとか。そちらの普請は、もうすべて整っておいででしょうか」

「ええ。一年近くも前から、あれこれ手配をしていらっしゃったのですもの。すべての普請が終わられてからのご転居だったはずよ」

　そうですか、とお梅が小さく眼をしばたたいたのは、お繁の縁故で新しい仕事を得られないかと考えていたためらしい。

　他の者が同じ真似をすれば、さぞ不快に感じただろう。だがそれが懐かしいお梅となると、すべては商いへの必死さゆえと胸が詰まる。お繁は取られたままの両手に力を込めた。

「分かったわ。今後、近隣のお屋敷で御普請がおありの際は、高田屋に木材をご用命下さるよう、それとなくお勧めするわ。もしかしたらうちのお祖父さまだって、修繕や普請をお考えになる折があるかもしれないし」

「まあ、お繁さまにそんな真似なぞさせられません」

滅相もないとばかり、お梅が首を横に振る。だがすぐ何かに思い至った様子で、眼差しを天井の一角に据えた。「あの、それでしたら」と言いながら、ためらいがちにお繁に上目を遣った。

「こんなことをお願いするのは大変申し訳ないのですが、一つぜひ、お口添えをいただきたい話があるのです。……ああ、いえ。やはり駄目です。こんなことで、お繁さまにご迷惑はかけられません」

忘れて下さい、と手を放して、お梅が後じさる。お繁はあわてて、「迷惑かどうかは、聞いてみないと分からないじゃない」と身を乗り出した。

「わたくしに出来ることがあるなら、言ってちょうだい。お梅の役に立ちたいのよ」

「本当ですか。ありがとうございます。では、もちろん難しければお断りいただいても結構なのですが、最前、お繁さまは大石隼雄さまのお名前をお口になさいましたね。実は近々、大石さまがお屋敷の離れを建て増しされるそうなのです。ただなにせお城下一のご要職さまのご居宅とあって、普請に関わる一切は入れ札（入札）で決まるとか」

武家町の中心、御蔵坂に屋敷を構える大石家は、遡《さかのぼ》れば関東管領・北条《ほうじょう》氏に連なる名族。徳川家康の右腕だった藩祖・板倉勝重《かつしげ》によって登用されて以来、代々、四百石取りの家老として備中松山藩の政を担ってきた一家だ。

大石隼雄の父である源右衛門は現在、国家老の任にあり、実直かつ温和な人柄と評判が高い。藩の借財こそ一掃されたが、方谷の定めた倹約令はいまだ国内に敷かれ続けている最中だけに、人の噂になる作事をしてはならぬと考えているのだろう。このたび新造される離れは方三間。屋根は板葺《いたぶ》き、畳は一切敷かぬ粗末な普請になると、すでに定められているという。

「入れ札に加われるのは、株仲間から選ばれた数軒の材木商のみ。わたくしも当然、そこに加えていただきたいと思い、橘屋さんにお願いしたのです。ですが、言を左右にごまかされてしまいまして」

微かな不安がこみ上げ、お繁はわずかに身を引いた。

「ですから、もしご無理でなければ、どうか大石さまに高田屋を加えるよう、お口添えいただけませんか。いえ、うちのような店が普請をさせていただけるとは思ってもおりません。ですがご家老さまのお声がけで入れ札に参加できれば、橘屋さんたちも少しはうちの店を見直して下さるのではと存じます」

手助けなどと口にした迂闊《うかつ》を、お繁は悔いた。

藩政改革が始まって以来、方谷を筆頭とする藩内の要職たちは、それぞれの地位を私《わたくし》していると誇られぬよう、身を慎んで過ごしていると聞く。それは牛麓舎における方谷の一番弟子である隼雄とて同様で、だからこそ離れの作事は必要以上に簡素にし、わざわざ入れ札制を用いるに違いない。そんなところにまだ年若なお繁が口を挟んだとて、それこそ女子が口出しするなと叱られるのが関の山だ。

お繁の困惑に目ざとく気づいたらしい。お梅は、「いやですよ、そんなに考え込まないでください」と無理やりのように明るい声を張り上げた。大きな唇の両端をにっと吊り上げ、

「あのお小さかったお繁さまがそんなに案じて下さるだけで、お梅は十分でございます」

とお繁の顔を覗き込んだ。

「それより、すっかりお引き止めしてしまいました。あんまり遅くにお返ししては、お飛天さまがご心配なさいましょう」

確かに陽はいつしか大きく西に傾き、庭木の長い影が閉め切られた障子を斜めに切り取っている。

今日の飛天子たちの戻りは、夜になるだろう。とはいえ日が暮れなずむまで外を出歩いていては、女中たちにどんな告げ口をされるか分からない。お送りします、と下駄をつっかけるお梅に強引に別れを告げて、お繁は往来へと駆け出した。

紺屋川にかかる橋を急ぎながら見回せば、繁華な本町筋には珍しく、行く手にぽっかりと切り取られたような広場がある。これが橋屋とやらの木場なのだろう。腰に帳面を下げた番頭風の男たちが、広場のそこここに積み上げられた木材を数えては、人足たちに運び出させている。芳しい木の香りが夕風とともに顔を叩き、お繁は強く唇を引き結んだ。

その夜、なかなか帰宅せぬ飛天子たちを待ちかねて床に入っても、お繁の両手からはお梅の掌《てのひら》の熱さが消えなかった。どうにかして、お梅の役に立ちたい。だが隼雄は牛麓舎においては兄妹弟子だが、方谷が長瀬に移ってしまった今となっては、それこそ偶然往来で行き合いでもせぬ限り、言葉を交わす機会はない。——いや、待て。

お繁はがばと布団から起き直った。わずかにまどろんでいた間に、母たちが帰って来たらしい。障子の隙間からは隣室の灯が漏れ、微かな囁《ささや》き声が響いてくる。「宿屋だわ」と、お繁は吐息だけで呟いた。

そうだ。隼雄は昼間、会津藩からの客人たちがお城下に逗留していると語った。恐らくは河井継之助も彼らと同じ宿屋に入り、御根小屋からの方谷への入門の許しを待つことになろう、とも。

現在の御根小屋の要職の中で、隼雄はもっとも方谷に近い人物。このため隼雄はこれから先も、継之助の世話を焼こうとするはず。だとすれば継之助のいる宿屋を訪ねていけば、偶然、隼雄に会うこともあり得るのではないか。

「お繁はまだ十三歳です。すぐの婚礼はどうも……」

「……わしとしては年の釣り合いはよいし、人柄も」

襖から漏れる母と祖父の話し声がほんの一瞬高まり、すぐにまた聞き取りづらい囁きにと変わる。それから逃れる思いで無理やり眼を閉ざしたお繁は、翌日、朝餉を済ませるや、そそくさと剣持家を抜け出した。

紺屋川にかかる橋のたもと、橘屋の木場にもほど近い一角は、備中松山一の宿屋町。往来は折しも宿を発つ人々で賑わい、聞き慣れぬ様々なお国訛りがうわんと界隈をどよもしている。

隼雄の昨日の口ぶりでは、藩庁の許しが下りるまでは数日かかると見える。だとすれば遠来の客たちは宿で使いを待ち続けているか、さもなくば暇つぶしにお城下見物でもしていよう。いずれにしてもまずは彼らがどこに逗留しているかを調べねば、と辺りを見回したお繁は、雑踏の向こうから妙に背の高い武士がこちらに歩んでくることに気づいた。

その肩は肉を盛り上げたが如く厳《いか》めしい。加えて、一歩一歩地面を踏みしめて歩む癖のせいか、往来の人々もその侍にはなるべく近寄らぬように気を付けているようだ。だが何にも増して目立つことには、その男の右目は固く閉ざされ、それに合わせて口元までがわずかに歪《ゆが》んでいた。

直に言葉を交わしたことはない。だが道を行くだけで辺りを怯《ひる》ませる威と隻眼は、藩内の者なら七つの子どもでも知っている。番頭《ばんがしら》兼剣術指南の熊田恰《くまたあたか》の姿に、お繁はあわててかたわらの商家の軒下に身を寄せた。

恰は藩校・有終館では隼雄と同門で、牛麓舎の弟子でこそないが、山田方谷にも私淑していると聞く。そんな彼がなぜこんなところに――と不審を抱く暇もあらばこそ、恰はある一軒の宿屋の前で足を止めた。背後に従っていた中間がさっと宿屋に駆け入り、訪いの声を投げる。

待つ間もなく中間に導かれて宿屋から現れたのは、年の頃は三十がらみの二人の武士だった。あらかじめ訪いを告げられていたと見え、恰と丁寧な辞儀を交わすと、共に北の方角へと歩み去る。

そうか、きっと彼らは会津藩からの客人という秋月某《なにがし》たちだ。これから御根小屋に向かい、藩庁から方谷への入門の許しを受け取るのではあるまいか。

ならば継之助は、と宿屋の方角に伸び上がったその時、「どうした、お繁どのではないか」との声が耳元で弾けた。驚いて振り返れば、昨日と同じ旅装姿の継之助がきょとんと眼を丸くしている。

「いやはや、長瀬は随分遠いのだなあ。あの後、思ったよりひどい山道で大変な目に遭ったぞ。山田さまも思いがけぬ鄙《ひな》に越されたものだ」

どうやら継之助は昨夜、方谷の新居で一泊し、今朝早く長瀬を発ってきたらしい。埃まみれの顔をつるりと片手で撫ぜる彼に、「大石さまは」と思わずお繁は尋ねた。

「ああ、大石どのはご多忙とのことで、昨夜のうちにお城下に戻られた。何でも近々、婚家から戻って来られた叔母君のため、ご自邸の普請をなさるそうだな。家老職の屋敷での大がかりな作事は久々らしく、念のため江戸の殿にお許しを得るやら、勘定方に普請の費えに無駄がないと確かめてもらうやら、あれこれ忙しいと漏らしていらした」

そうでしたか、と呟いたお繁を道の端に促し、継之助は少しだけ腰を屈めた。「何かあったのか」と小声で問うてから、元来た道の方角を目顔で指した。

「いや、昨日おぬしと別れてから考えたのだ。山田さまは、お繁どのにとっても師。ならばやはり共にと誘った方がよかったのでは、とな。それに長瀬で対面叶った折、間違えて以前のお宅にうかがってしまい、福西繁どのなる女子にご転居をお教えいただいたと申し上げたのだ。すると山田さまはそうか、お繁が、と懐かしげに仰ったぞ」

「本当ですか」

ぱっと顔を明るませたお繁に、やはり自分の後悔は正しかったと感じたらしい。すまなかったな、と継之助は後ろ首に手を当てた。

「それがしはいつも思慮が足りんのだ。おかげで国許ではいつも、始末に負えぬ奴だと叱られてきた」

「いいえ、そんな。しかしそうなると、河井さまは当分、大石さまにはお会いになられませんか」

「ああ。今後は熊田さまと仰る番頭どのが、大石さまの代わりに面倒を見て下さるそうだ。なにか、大石さまに用だったか」

この機を逃してなるものかとばかり、お繁はうなずいた。だが、昔馴染みの材木商が株仲間にいじめられていること、大石家の普請の入れ札への参加を熱望していることを語るにつれ、継之助の眉間《みけん》に深い皺が刻まれた。遂にはお繁の言葉を遮って、「それは難しいだろう」と首を横に振った。

「長瀬までの道中にお話ししただけだが、大石さまは非常にお育ちがよく、品行方正な御仁だ。ご自邸の普請を入れ札で行なわせるのも、藩内から後ろ指さされてはなるまいとのご自戒ゆえだろう」

現在、隼雄が務める元締職は他藩では勘定奉行とも呼ばれ、藩内の財政すべてを掌握する要職だ。その気になれば収賄や不正すら自在に働き得るだけに、方谷は自身が元締在任中は、自宅の家計を近隣に住まう塩田仁兵衛《しおたにへえ》にすべて委《ゆだ》ね、米ひと粒、針一本の購入まで、自らは関わろうとしなかった。そんな方谷の薫陶を強く受けている隼雄もまた、師以上に身を慎み、藩内の商人とも可能な限り対面を避けている。

「それぐらい承知しています。ですが高田屋はただ材木商として、他の店々同様、入れ札に加わりたいだけで、大石さまに取り入りたいわけじゃないんです。それにだいたい元締さまであれば、株仲間が同業を邪慳《じゃけん》にしていることぐらい、ご存じでいらっしゃるべきではないですか」

お繁が牛麓舎に入塾叶ったのは、方谷が学問に男女の差はないと考えればこそ。ならば商いとてそれは同様で、女だからといって株仲間から疎んじられている高田屋に手を差し伸べぬのは、方谷の志にも背く行為。仮にも方谷の跡を継いで元締となった隼雄がそれに知らぬ顔をしていいのか、とまくし立てたお繁に、継之助はううむと腕組みをした。

「なるほど、それは一理ある。よし、実はそれがしは明日、御根小屋にまかり出て、国家老さまたちに藩内在留の願い書きを奉ることになっている。その折には大石さまにもお目にかかれようし、高田屋と株仲間の件についてはお伝えしてやろう。主の名は何と申す」

お繁とて、お梅の願いが道理に合わぬものであるぐらい承知している。もし入れ札に参加できなかったとしても、お梅はきっと継之助が理解を示したことだけでも心強く感じるはずだ。

「主はお梅と申します。ありがとうございます、河井さま。大石さまに何卒《なにとぞ》よろしくお伝えください」

丁重に礼を述べて自邸に戻れば、普段は滅多に自室から出て来ぬ祖父が、なぜかうっそりと玄関に佇《たたず》んでいる。美髯《びぜん》に覆われた口許をほとんど動かさず、「戻ったか」と呟いた。

「話がある。わしの部屋に来い」

すっと背筋に冷たいものが走る。震える指先を握り込んで祖父の後に従えば、中庭に面した六畳間にはすでに母の飛天子が控えていた。おずおずと敷居際に膝をついたお繁を招き寄せ、「おぬしの婿《むこ》が決まったぞ」と祖父はひと息に告げた。

「お相手は郡手代百五十石・井上平太夫《いのうえへいだゆう》どのの末子、助五郎《すけごろう》どのだ。いまだ無役ながら、母御が玉島の出という縁で、今は玉島庄屋たる柚木《ゆのき》家の手伝いをしていらっしゃる。昨日、それとなくご挨拶を申し上げたが、実に温和で物腰柔らかな御仁だ」

年はお繁よりも七つ年上の二十歳。まずは藩庁の許しを得て結納のみ交わし、お繁の成長を待って婚礼との運びになろう、と続ける祖父の目許には、わずかな笑みが浮かんでいた。

昔気質で、めったに喜怒哀楽を表に出さぬ祖父が、表情を崩すのは珍しい。横目でうかがえば、飛天子は膝の上で固く両手を組み合わせているが、その双眸にはうっすら涙がにじんでいた。

母の涙を目にしたのは、もしや父の伊織が薬効甲斐なく亡くなったあの日以来ではあるまいか。そう気づいた瞬間、お繁の胸にぽっかりと透明な哀しみがこみ上げてきた。己の子どもの日々はこれで終わるのだ、と思った。

だが、しかたがない。大人になったお繁が夫を得て、福西家を再興する。それは剣持の祖父母や母の飛天子、更には福西の親類縁者たちの一致した悲願。そして藩庁とて遠からずその日が来るはずと考え、御前丁の家は他の藩士を住まわせず、かつてのままにしていると聞くのだから。

お繁は膝に揃えていた手を、丁寧に畳につかえた。

「承知いたしました。万事、お祖父さまにお任せ申し上げます」

うむ、と頤を引く祖父のかたわらで、また飛天子が袂で涙を拭う。そんな二人の姿を眺めながら、お繁は自分がひどく落ち着き払っていると気づいた。

決して、嬉しくはなかった。夫を得れば、二度と牛麓舎には足を踏み入れられぬだろうし、待ち受けているのはきっと、せっかく学んだ四書五経より縫い物や掃除洗濯の方が大切な一家の主婦としての日々だ。

さりながらお繁が継之助や隼雄に対し、懸命に背伸びを続けられたのは、所詮は自分が子どもであればこそ。福西家再興という悲願を前にしてもなお駄々をこね続けるには、お繁はあまりに聡すぎた。

(だけど……)

自分はそれでいい。だが、お梅はどうなのだ。これから先も、女の身で高田屋の暖簾を守っていかねばならぬ彼女は。

この日以来、剣持家には急に人の訪れが増えた。それはあるいは婚礼調度の打ち合わせをする商人であり、あるいは婚儀の打ち合わせに来た井上家の者たちだった。

仲人には国家老・大石源右衛門を頼み、祝言はお繁が十七歳となる四年後の春、結納は来年の秋と決まるのにさして日はかからなかった。その迅速さにお繁は改めて、自分の婚礼が周囲から熱望されていたのだと悟らずにはいられなかった。

福西家はもともと、大小姓格九十石取り。備中松山藩の中では比較的高禄だが、その暮し向きは決して裕福ではなかった。だが間近に迫った福西家再興の知らせに、親類縁者たちはこぞって剣持家に祝いを贈り、飛天子やお繁を相手に祝辞を並べ立てた。

井上助五郎は今は無役だが、結納が交わされればすぐさま、勘定方書役（右筆）見習いに取り立てられるという。しばらくはそこで藩士としての様々を覚え、よほどの不始末でもしでかさぬ限り、いずれは亡き伊織と同じ目付方書役に任ぜられる運びのようだ。

「お繁、お前は幸せ者ですよ。助五郎さまはそれはそれは人当たりのいいお人です。お前のような跳ねっ返りにも、あのお方であれば辛抱強く添うてくださるに違いありません」

飛天子によれば、井上助五郎は武芸に優れ、一時期は熊田恰の勧めで、板倉家の分家である上野《こうずけ》安中藩にて修行をしていた。だが生来の生真面目さが祟《たた》り、胃の腑《ふ》を病んで帰国。母方の縁者である柚木家にて、療養かたがた、庄屋の仕事を手伝っていたという。

すでに病は癒え、最近では近隣の子どもたちを集めて剣術の指南をする折もある、と話す飛天子の口調は弾み、この縁談をどれだけ喜んでいるかが手に取るように分かる。だが周囲が浮き立てば立つほど、お繁にはそれが他人事《ひとごと》の如く思われ、笑みを浮かべようとする口許が強張った。

そんな中で心弾んだ出来事は、福西家再興の許可を藩庁から伝えに来た隼雄より、高田屋が普請入れ札への参加を許されたと教えられたこと。その日、藩主・板倉勝静の名代として、奉書紙にしたためた下知状を携えて剣持家に来た隼雄は、居並んで低頭するお繁たちに向かって朗々たる声で再興の許可を読み上げてから、お繁だけをかたわらに手招いた。

「井上の助五郎はよき男だ。よかったな、お繁」

「はい。ありがとうございます」

「河井どのもおぬしの縁談の話を聞き、それはよかったと仰せだったぞ。これも何かの縁ゆえ、国許に戻る前に一度、ぜひ祝いの品を持参したいともひとりごちていらした。ありがたくお受けしろよ」

かたじけなくも藩主の名代である上使には、応接の酒席を設けるのが慣例である。すでに飛天子はその支度のため席を立ち、祖父は三方《さんぼう》に載せられた下知状を亡き伊織の位牌《いはい》に捧《ささ》げるべく、隣室へと去った。酒肴《しゅこう》の用意が整うまでの間、座を取り持つべく残ったお繁に、「そういえば」と隼雄は思い出したように膝を打った。

「河井どのは旅慣れておいでだけに、お城下の噂にもいつの間にか通じていらっしゃるな。先だっても、下町の高田屋なる店が材木株仲間から故なく疎外されていると教えてくださった。驚いて内々に事情を調べさせ、間もなく行なわれる我が家の作事への入れ札にも加わらせるよう計ったが、河井どのの勧めがなければ、危うく気づかぬところだった」

なるほど、継之助はうまい作り話をしたものだ。胸の動悸《どうき》を覚えながら、「さようでしたか」とお繁はうなずいた。

「その入れ札は、間もなく行なわれるのでございますか」

「いや。少し先だ。年が明けてからになるだろう」

婚礼が決まってからこの方、あまりに身辺が慌ただしいために、もはや勝手に屋敷を抜け出すことは叶わない。それだけにまだ掌の奥に残るお梅の温《ぬく》もりを思い出しながら、本当によかった、とお繁は一人うなずいた。

隼雄によれば、河井継之助はひと月ほど前から、御根小屋東のお茶屋に宿舎を移しているという。お茶屋は方谷もまた、長瀬への転居以来、御根小屋への出仕の際に宿所として用いている。月の半分をお茶屋で、残る半分を長瀬で暮らす方谷に従って、継之助もまたお茶屋と長瀬を行き来しているわけだ。

「懐にこう帳面を突っ込み、山田先生の仰ることを逐一書き留めておいでだな。先だっても、先生が藩士の在住を進言なさった野山村にわざわざ出向いてみたり、かと思えば会津からお越しの秋月どのと夜通しそれぞれの見聞を語り合ったりと、まあとにかくひとところに落ち着いておられぬお人だな」

来月、方谷は藩務のため、江戸に出府する。継之助はその間、西国諸国を巡見し、方谷の帰国に併せて、再び松山に戻って来るつもりらしい。そう語る隼雄はどこか楽し気で、継之助の奔放を面白がっている気配があった。

「河井家は越後長岡では古き家柄で、河井どのは牧野玄蕃頭（忠恭《ただゆき》）さまの格別のお許しを受けて、わが藩に遊学なさったとか。さような経緯でなければ、ぜひわが藩にとお誘いしたいところだ」

油屋の倅《せがれ》だった山田方谷を登用した事実からも分かるように、備中松山藩家中の気風はおおらかで、有為の士は身分を問わず取り立てる伝統がある。この夏には、かつて牛麓舎で代講を務めていた三島貞一郎が、諸国での七年の遊学を終えて帰国。五十石取り大小姓格として召し抱えられ、有終館会頭に任命されたばかりである。そんなところに倜儻不羈《てきとうふき》なる継之助が加われば、藩の人材はますます豊かとなろう。すでに出仕を打診して断られでもしたのか、隼雄の口調はつくづく無念そうであった。

藩侯の許しが下りた今、お繁は正式に井上助五郎の許婚《いいなずけ》だ。武家にとって、婚礼は家を守るための手立て。それだけに本来、互いの美醜や気立てなど取り沙汰すべき事柄ではなく、かつては夫婦が婚礼まで顔を合わせぬ方が折り目正しいと考える向きがあった。だがすでに太平の世となって長い当節では、花見や社寺参詣《さんけい》、はたまたお城内での演能などにかこつけて、縁談の当事者同士をそれとなく引き合わせることも珍しくない。

このため暦が冬にさしかかり、お城下を吹き過ぎる風に冷ややかさが増し始めた頃、

「今年は安正寺《あんしょうじ》さまの庭に、美しく菊が咲いているとか。たまには見に行きましょうか」

と飛天子が言い出した時、お繁はすぐその意味に気づいた。

お城下の東南、鷹匠町《たかじょうちょう》に伽藍《がらん》を構える安正寺は、藩主である板倉家歴代の菩提寺《ぼだいじ》。福西家の菩提寺である玄忠寺《げんちゅうじ》や備中松山一の古刹《こさつ》である頼久寺《らいきゅうじ》であればともかく、歴代藩侯の位牌を預かる禅寺が、本来、物見遊山の先になるわけがない。

案の定、飛天子の手で普段より念入りに装われ、唇に紅まで差されて出かけてみれば、境内の長い石畳のかたわらに二つ、たたずむ人影がある。

被布の房を癇性に弄《もてあそ》びながら寺門の様子をうかがっている四十がらみの女には、見覚えがある。すでに二、三度、剣持家に婚儀の打ち合わせに来た井上家の妻女だ。ではかたわらに立つ大柄な男はやはり、と気づいた途端、かっと頬が熱くなる。

あわてて顔をうつむけたお繁にはお構いなしに、飛天子は今初めて気づいたと言わんばかり、二人に小腰を折った。

「まあ、これはお珍しい。いい陽気でございますね」

「本当に。こんなに菊の花が美しいもので、ついつい義弟《おとうと》とそぞろ歩きに来てしまいました」

言いざま妻女が眼を向けた先には、大輪の白菊の鉢が三つ、並べられている。一点の染みもな

いその花色は、確かに吸い込まれるほどに美しい。それに眼を取られているふりを装いながら、お繁はかたわらの男に素早く眼を走らせた。

男がそんなお繁に、目許を和ませる。背丈も面差しも、取り立てて目立つところはない。だがぽってりと厚い瞼と、黒目の目立つ細い眼は優し気で、野面で草を食《は》む牛を思わせた。

「娘の繁でございます。まだ年若ゆえに至らぬところもありましょうが、どうぞお見知りおきを」

飛天子の言葉に急いで頭を下げながら、お繁は井上助五郎の物静かさに心底驚いていた。顧みればお繁がこれまで言葉を交わしてきた男たちは、河井継之助にしろ、大石隼雄にしろ、みな自らの才覚一つを頼みにしてきた者たちばかりだった。それは山田方谷とて例外ではなく、必要がない折はむっつりと黙り込んではいるものの、横顔には常に頑《かたく》なな気性が透けて見えていた。

それに比べ、目の前の男の温和さと来たらどうだ。お繁を見つめる眼には何の気負いもなく、女たちのやりとりをにこにこと一歩退いて見守ってすらいる。

（——このお方が）

こんな優しげな男が、自分の夫となるのか。わずかな落胆が胸を過《よ》ぎり、お繁はそんな自分を慌てて叱りつけた。

井上家の家格は、福西家より高い。いくら末弟とはいえ、助五郎はそんな生家を離れて入り婿となってくれるのだ。贅沢を言える立場ではない。

だが、暇さえあれば議論に励み、天下国家を論じる牛麓舎の男たちに慣れ親しんできたせいだろう。あたりさわりのない挨拶を交わして安正寺を引き上げた途端、助五郎の容姿はおぼろげなものとなり、ただ優し気なお人だったとの記憶しか残らなかった。

誰かと夫婦になるとは、こんなものなのか。たとえば河井継之助と交わした言葉は、初めて方谷の旧宅前で出会った時のそれから、一言一句欠けることなく覚えているというのに。——と、そこまで考えて、お繁は思わず両手で自分の頬を押さえた。

まさか。そんなはずがない。だがそう己に言い聞かせるほど、ただでさえ火照っていた頬はますます熱を帯び、今にも掌を焦がしそうなほどだ。

その熱がどうにも消えぬと悟った瞬間、助五郎との婚儀を告げられた時にも覚えた、ぽっかりと虚《うつ》ろな哀しみがお繁の胸を再び横切った。

四季の移ろいが人の力では留《とど》められぬように、世の中にはどうしようもできぬことが数多《あまた》ある。伊織がお繁と母を残して早世したのも、自分が女ゆえに家督を継げぬのも、長じた後は婿を取らねばならぬのも、すべて誰にも動かしようのない事柄だ。継之助との関わりも、それと同じ。こんなことなど、気づいたところでどうしようもない。むしろ何も知らぬままでいられた方が、よっぽど幸せだった。

隼雄は、継之助が婚礼の祝いを持参する気らしいと語った。だが果たして自分はこんな気持ちのまま、継之助の顔を見られるのだろうか。いや、何があっても、平静を装わねば。それが出来なければ、自分は継之助に大変な迷惑をかけてしまうかもしれない。

縁談が本決まりとなったことで、長年の肩の荷が下りたのだろう。師走を迎え、お城下を覆う朝雲が日に日に厚さを増し始めた頃、母の飛天子が些細な風邪をきっかけに、病の床に就いた。決して、肺や心の臓を病んだわけではない。だが濁った咳《せき》を繰り返し、夜になると決まって、とろとろと煮られるような微熱を発する母の肩は、改めて眺めれば、使い込まれた木櫛そっくりに痩せていた。

そんな母の枕上で濡《ぬ》れ手拭を絞りながら、大丈夫だ、とお繁は自らに言い聞かせた。自分は必ずや、よき母、よき妻になれる。福西家を再興し、新しい一家の主となった助五郎を支え続けられる。いや、そうでなければならない。

妙に外が静かな気がして、わずかに障子を開ければ、綿をちぎったように大きな雪が濁った夜空からとめどなく舞い落ちていた。まだ降り始めてから間がないのか、庭の土は水気を吸って重苦しいほどに黒く、軒先を染めるわずかな白さが冷たい北風を更に寒々しいものに変えていた。

この分では、明朝は町辻のそこここに子どもたちのはしゃぎ声が弾けるだろう。それをもはや自分には縁なきものの如く思いながら障子戸を閉め切った翌朝、お繁は自分を呼ぶ女中の声に目を開けた。

そこに狼狽《ろうばい》の気配を感じて部屋を出れば、顔色の悪い小柄な男が玄関先でうっそりと背を丸めている。これから長瀬の自宅に戻るらしい。四角四面に威儀を正している普段とは似合わず、ぶっさき羽織に括《くく》り袴《ばかま》という軽装の山田方谷だった。

同じく女中に知らされたのか、奥の間から飛び出してきた祖父が、「これは山田さま。御用であれば、当方よりうかがいましたのに」と、平伏する。あわててそれに倣うお繁と祖父に、「いや、いきなり申し訳ない」と方谷は軽く片手を上げた。

「江戸表にて、殿が福西家に養子縁組の許しを賜った旨を聞き及びました。これはぜひ国許に戻ったなら祝いの品をお贈りしようと思ったのですが、何分御用繁多にて突然うかがうこととなってしまい、お許しくだされ」

山田方谷の多忙さは、藩内ではよく知られている。それだけに滅相もないと恐縮しながら、お繁と祖父は方谷を客間へと導いた。すると方谷は自ら背負っていた打飼袋《うちがいぶくろ》の中から真新しい巻子《かんす》を取り出し、「筆と墨をお借りできましょうか」と誰にともなく問うた。

「本来であれば、江戸表にて櫛なり鏡なり買うて来るのが道理でしょうが、いまだ藩内に倹約仰せつけている最中、わたしが率先してそれを破りもできませぬ。拙筆ではござるが、祝いとして書の一巻なとしたためさせていただければ」

「それはなんとありがたい仰せ。しばし、しばしお待ちくだされ」

祖父が狼狽気味に足袋の裏を閃《ひらめ》かせたのには、理由がある。方谷は幼い頃、わずか四歳で漢字を書いたほど早熟で、郷里の西方村（高梁市中井町）界隈の社寺には、今でも少年の日の方谷が揮毫《きごう》した扁額が数多く残されている。ただ一方であまりに多忙なためだろう。備中松山藩に仕官して以来、方谷は近隣諸藩はおろか、遠くは江戸・上方から揮毫の依頼が来ても固辞して受けない。

「それがしの書はすべて、他人と意を通じ、情を交わすがためのもの。わざわざ請うていただくほどの書ではございません」

一方で藩内各所や江戸表に対しては、必要となればどれだけ長い文でも辞さぬ態度は、実に堅実を尊び、虚飾を厭《いと》う方谷らしい。そんな彼が珍しくわざわざ書をしたためようと言い出したのは、それだけお繁の今後を思いやってくれればこそに違いない。

縁側を遠ざかる足音にちらりと目をやってから、方谷はおもむろにお繁に向き直った。

「先だっては河井継之助どのを拙宅の途中まで案内くださったとか。お手間をおかけしましたな。江戸の塩谷宕陰《しおのやとういん》どのには、お城下を離れる旨を文にてお伝えしていたはずなのですが。どうも継之助どのに添状《そえじょう》（紹介状）を持たせる際、けろりとそれをお忘れだったご様子で」

塩谷宕陰の名は牛麓舎に通っていた頃、幾度か耳にした。確か三島貞一郎が江戸に遊学していた頃、世話になったと聞く儒者だ。なるほど、継之助が隣家にやってきたのはそういう次第だったのかと得心すると同時に、あの残暑厳しかった道のりがひどく遠い日の出来事のごとく思われてくる。いいえ、と首を振ったその時、芳しい墨の香りがして、祖父が大きな朱の硯箱《すずりばこ》を捧げ持つように運んできた。恭しくそれを膝前に進める彼に軽く低頭し、「それでお繁どの。なにか好みの書はおありですか」と方谷は言葉を続けた。

「好みと仰いますと」

「経書（儒学の書物）でも漢詩でも何でも構いません。したためて欲しい文章がありましたら、お聞きしましょう」

藩の内外にその人ありと知られる山田方谷の書ともなれば、中身が何であろうとも家宝となる。

答えに窮したお繁に一つうなずき、方谷は祖父に向き直った。「暫時《ざんじ》、席を外していただけましょうか」と静かな声で告げた。

「今からしたためるのは、わたしからお繁どのへの祝いです。お祖父さまがご同席では、願い辛いこともありましょうほどに」

「お、おお。確かに。至りませず、申し訳ない」

見えぬ手で背を突かれたかのように、祖父が立ち上がる。軽く低頭してそれを見送ってから、お繁はおずおずと方谷に向き直った。両の手を膝の上で組み合わせ、「あの」と震える声を絞り出した。

「わたくしは……わたくしは何を書いていただけばいいのか、分かりません。先生、いかがすればよろしいのでしょうか」

長い縁側を備えた福西家の屋敷の母屋は、奥座敷から納戸まで全部で八間。古びた長屋門には中間が詰める番所が備わり、猫の額ほどに狭い北向きの庭には古びた井戸が設《しつら》えられていた。その一つ一つの有様を、お繁はいまだによく覚えている。山田方谷ほどの人物から、婚礼の祝いとして書を賜り、生家を再興するのだ。本来であればその書をどこに飾ろうか、さもなくばどこに大切にしまいこもうかと、心を浮き立たせるのが当然のはず。だが頭では方谷の申し出のありがたさが分かっているのに、いったい何をせがめばいいのか分からない。

当惑が胸にこみ上げ、息が荒くなる。もしここに祖父が留まっていればこんな口走りはしなかった、と思った途端、自らの心の弱りが情けなく、視界が水をくぐったかのように潤んだ。

さすがの方谷も、これは予想していなかったらしい。硯の陸が乾くほどの間、口を噤んでから、大きく一つ、息をついた。

「井上のご子息がお嫌いなのですか」

違う。そういうわけではない。未知の生活への危惧や、河井継之助への思慕は、確かに胸の中に滞っている。だが突き詰めればそれらは結局、一つの事柄に起因する感情でしかない。わたくしは、とお繁は震えそうな唇に力を込めた。

「耕蔵さんや他のお弟子たちが、うらやましくてなりません。たとえ先生が長瀬に行かれようとも、ずっと学問を続けたかったです。なのに、わたくしだけが人の妻となって、これからの日々を送らねばならないなんて」

ひと息に口走った次の瞬間、目の前が眩《くら》むほどの羞恥《しゅうち》がお繁の全身を貫いた。これはただの子どもじみた嫉妬《しっと》だ。それぐらいよくよく分かっていたのに、よりにもよって方谷にそれをぶつけるとは。

師はきっと、お繁の愚かさに呆れ返っただろう。これだから女は、と自分を牛麓舎に学ばせた事実を後悔しているかもしれない。

今すぐここから消えてしまいたいほどの恥ずかしさと、それでもなお強く胸を揺らす哀しみに、お繁は拳を握ってうな垂れた。だが叱責や失望の溜息に成り代わってお繁の耳を叩いたのは、

「白居易《はくきょい》の燕詩《えんし》を知っていますか」という静かな声であった。

大唐に生きた白居易は白楽天《はくらくてん》とも呼ばれ、李白《りはく》や杜甫《とほ》とも並ぶ大詩人。お繁は牛麓舎では漢籍

を多く学んだが、それらの大半は儒学の基たる経書の類《たぐい》。生涯に四千編もの詩を残したとされる白居易の作の中で知っているのは、せいぜい和裁の稽古の折に同輩たちから聞かされた、唐の皇帝・玄宗《げんそう》とその寵姫《ちょうき》である楊貴妃《ようきひ》の悲恋を描いた「長恨歌《ちょうごんか》」の一部程度だった。

いいえ、と困惑とともに首を横に振ったお繁に、「では、この巻子には燕詩を記しましょう」と方谷は硯箱の筆を取り上げた。手入れが悪いせいで、竹箒《たけぼうき》そっくりにささら立った穂先を入念に硯で整えるや、すぐさま巻子に向き直る。

梁上有双燕　翩翩雄与雌　（梁上《りょうじょう》に双燕《そうえん》あり　翩翩《へんぺん》たり雄と雌と）

と、流麗な草書で五言詩を記し始めた。

自らの感慨を漢詩に織りなすことは、儒者のたしなみ。方谷もまた若い頃から漢詩に親しみ、ことに十四歳の春には師の丸川松隠から自らの志について述べよと命じられ、「述懐」なる七言詩によって、世のために身を賭《と》す覚悟を語ったと聞く。

とはいえ方谷は詩文について、ほとんど塾生に説かなかった。それだけに一字の迷いもなく漢詩をしたためる方谷を、お繁は意外な思いで見つめた。

梁《はり》の上に二羽の燕がいる。身も軽く飛ぶのは、雄と雌。泥をくわえて、垂木の間に巣を作り、四つ子を産んだ——と続く漢詩はどうやら、燕の子育てについて述べようとしているらしい。

「あの、先生。これは」

お繁への叱責の詩にしては内容が長閑《のどか》すぎるし、さりとて自分の告白への返答とも見えない。だが思わず小声で問うたお繁にはお構いなしに方谷がしたためる漢詩は長々と続き、いつしか生まれた燕の四つ子は大きくなり、巣立ちの時を迎えつつある。

とはいえあまりに突然の仔らとの別れは、親燕たちには思いがけなかったのだろう。彼らの父母は声を嗄《か》らして啼《な》き、仔らを呼び戻そうとする。

燕燕爾勿悲　爾当返自思　思爾為雛日　高飛背母時　当時父母念　今日爾応知

（燕よ燕よ　なんじ　悲しむこと勿《なか》れ　なんじ　まさに返り自ら思うべし　思え　なんじ　雛《ひな》たりし日　高飛し　母に背きし時を　当時の父母の念　今日なんじ　まさに知るべし）

燕たちよ。嘆くのではない。振り返れば、自分もまた幼い時、高く飛び立って母に背いたではないか。あの時の父母の思いを、今、まさに思い知っているのだ――と二羽の燕に呼びかける詩文をしたため終え、方谷が筆を置く。

まだ墨の色も濡れ濡れとした巻子の端を持ってお繁に示し、「これをどう読みますか」と問う。その口調は、かつて牛麓舎で幾度となく聞いたものと皆目変わらぬ静かさであった。

「燕の……燕の親心に託し、親子の情のすれ違う様を詠んだ詩だと思いました」

「そうですね。まずは、お繁どのの言う通りです。この詩は正しくは『燕詩示劉叟《えんしりゅうそうにしめす》』といい、劉叟という翁《おきな》が息子に置き去りにされて悲しんでいたために、白居易が作ったものです。自身もかつて親を置き去りにしたことを劉叟に顧みさせ、子が親を裏切る世の中を諷《ふう》したものとされています」

自らも漢詩を能《よ》くし、本邦初の勅撰《ちょくせん》漢詩集『凌雲集《りょううんしゅう》』を編纂《へんさん》させた平安期の嵯峨《さが》天皇は、この「燕詩示劉叟」を己の皇子皇女に好んで読誦《ずきょう》させ、親子の情愛について学ばせた、と方谷は続けた。もっともその嵯峨天皇自身は、亡き父帝である桓武《かんむ》天皇の遺志に背いて、兄である平城《へいぜい》上皇と権力を争った。また嵯峨の娘である正子《まさこ》内親王や息子・仁明《にんめい》天皇もまた、父帝の死後には、政変によって敵味方に分かれた、ともつけ加えた。

「そうなると嵯峨天皇の子女たちもまた、親の願いに背き、その情愛を踏みにじったとも言えるでしょう。ですがね、実のところわたし自身は、決してこの詩を親子のすれ違いを戒めるものとは思えないのです。むしろ白居易は毎年毎年、春が来るたびに正しく巣を作り、仔を育てる燕たちを通じて、いかなる時も変わらぬ人の姿を表したかったのではないでしょうか」

え、と顔を上げたお繁に、「親子に限らず、男女、師弟、君臣……人と人の仲とは、決して思いのままにならぬものです。いえ、むしろそうあってはならぬのです」と方谷はゆっくりと告げた。

「誰かを自らの思いのままに為さんとはすなわち、世を従わせ、己を傲岸《ごうがん》に振る舞わせる行いです。いえ、無論、人はわたしを含め、みな神仏ならぬ輩ですから、心の中でそう願ってしまうとは仕方ありません。ですがだからこそ我々は、他人とは思いのままにならぬものだとの事実を常に忘れてはならぬのです」

そしてそれは同時に、人間とは究極的には、自らの声にのみ耳を傾けるべき存在であることを意味します——と続ける方谷に、お繁は我が耳を疑った。

「お待ちください、それはどういう。君臣の義や父子の親は、すべての人が学ぶべき理《ことわり》ではなかったのですか。先生のただいまのお言葉に従えば、五常五倫の道理ですら、人の世に不要となってしまいます」

「そう取られてもしかたがありません。ですが明《みん》国の儒者・王陽明《おうようめい》は、人が治めるべき道理はすべて個々人の中に備わっており、己の行動をその道理と合致させるために人は学ぶと説きました。これを知行合一《ちこうごういつ》と言い、王陽明の学問を陽明学と呼びます。儒学の学派の一つで、有終館の藩士子弟やお繁どのが学んだ朱子学とは異なる系統に属するものです」

陽明学という聞きなれない言葉を、お繁は口の中で転がした。確か方谷は常々塾生に、学問の徒がまず学ぶべきは宋《そう》代の儒家・朱熹《しゅき》が大成した朱子学であると説いていた。そして江戸の官立校たる昌平黌《しょうへいこう》も、歴代の江戸幕府の儒官である林大学頭《はやしだいがくのかみ》も、その学問の基礎はすべて朱子学に依っているのだ、と。

混乱のあまり言葉もないお繁に、方谷は「申し訳ありません」とうなだれた。

「朱子学に陽明学、古学……儒学とは様々な学派があり、どれが全き学問とは決めつけられません。ただ一つだけ明らかなのは、人の思いを重んじる陽明学は、官学たる朱子学とは趣きが異なります。わたしは京都に学んだ若き日、王陽明の書物『伝習録』に触れ、わが心の内を専《もっぱ》ら大切にする陽明学に目を開かれたのです」

しかしだからといって、朱子学が劣る学問というわけではない。そもそも両学派は共に根本の教本に『論語』を用いているし、身分や立場の秩序を重んじる朱子学は暗記や博学を良しとするため、個々人の才に依らずそれなりの学問を治めることができる。

「一方で陽明学は優れた点も多いですが、これのみを学ぶと偏りが生じます。また浅学の者が人や世の道理を知らぬまま陽明学に触れれば、学問の道を誤ることは確実です。ですからわたしは牛麓舎ではまず朱子学を教え、すべてを理解し、更に学ばんとする者にのみ陽明学を説くようにしていました」

通り一遍の学才を身につけるだけなら、朱子学だけで十分なのだ。方谷が備中松山藩の教育に関わって、すでに三十年。その間に陽明学に到達した者は、一握りに過ぎない。しかしもしかしたら自分が接してきた若人の中には、お繁の如く陽明学に触れるべき者が複数いたのではなかろうか。そんな志を見逃していた自らが悔やまれる、と語る方谷の肩は痩せ、わずかな間に十歳も老け込んだかのようだった。

「あの、先生。今から、わたくしが陽明学を学ぶことはできぬのでしょうか」

「まことに残念ながら、それはお教えしかねます。陽明学は諸刃《もろは》の剣です。下手に触れればかえって、御身を損ないます。そもそもこの先、井上――いえ、福西助五郎どのの妻女として一家を守らねばならぬお繁どのは、到底、学問のみに邁進《まいしん》はできますまい」

半ば予想していただけに、落胆はない。ただ万事生真面目な方谷は、断るにしろ筋を通さねばならぬと考えたのだろう。そもそも王陽明が著した書籍はあまりに膨大で、それを独習するのは難しいこと、またそれらの刊本の大半はいまだ日本国内では出版されておらず、長崎を経て輸入された明国版に基づいて学ぶしかないことを懇切丁寧に付け加えた。

「ですがいつか……いつかは必ず、お繁どのが自ら求める通りに学べる日が参るでしょう。もしかしたらそれは儒学ではなく、他の学問やもしれません。御仏や諸神の教えかもしれませんし、何かの伎倆《ぎりょう》ということもあり得ます」

分かりました、とお繁は頤《おとがい》を引いた。その瞬間、目の裏に今よりもはるかに大人になった自分が、小風呂敷を抱え、福西の家からどこかに通う姿がありありと見えた気がした。

自分は陽明学を学びはできない。だが女ゆえの口惜しさを噛み締めた自分は、方谷が感銘を受けたその教えの真髄が奈辺にあるかを知っている。その悲しみの果てにある心の動きが、いつか自分を新たな学びに導くことを知っている。

ならば牛麓舎を去ってもなお、自分は山田方谷の弟子だ。そしてその事実はこれから先も長らく、お繁を導き、その道に光を当て続けるに違いない。

「人の心とは、実に危うきものです。自らに足りぬものを知り、それを求めるのは正しき行いですが、それが何をもたらすかに気づかねば、要らぬ災いを呼びます。——高田屋お梅なる商人は、お繁どのが継之助どのに名を知らせた御仁だそうですね」

なぜ今、お梅の名が挙がる。あまりに急に変じた話頭に、お繁は応えも忘れて方谷を見つめた。

「お梅を……ご存じでいらっしゃるのですか」

「故あって調べさせてもらいました。元は福西家の女中だったのが、伊織どののご逝去に伴ってお暇を蒙《こうむ》り、四年前に本町の材木商・高田屋平兵衛《へいべえ》の後妻に。平兵衛が心の臓の病で亡くなってからは、女の身で店を必死に切り盛りしていたそうですね」

すらすらとお梅の来歴を述べる方谷の口調には、一分の淀みとてない。だが藩の重鎮として多忙な方谷が、どうして一介の材木商に過ぎぬお梅の身の上を調べたのか。

「平兵衛を失って以来、高田屋の商いはずいぶん左前。しかも女主とあって、株仲間からは嫌がらせをされていたそうですな。おかげでお梅はほうぼう金策に走るやら、かねての知己を頼って仕事を取るやら、ずいぶん苦労していたとか。大石家の普請にまつわる入れ札に関して、お繁どのが高田屋を加えさせたいと思われたのも、そんな事情を斟酌なさってのことでしょうが」

こうなれば隠したとて仕方がない。それに自分は、そしてお梅はなに一つ、恥じねばならぬことはしていないはずだ。はい、とお繁はきっぱりうなずいた。

「仰る通りです。お梅は昔から働き者で、気立てがよくて。それが女だからというだけで商いからはじき出されるなんて、わたくし、我慢がならなかったのです」

そんなお繁を、方谷は深い色の目で見つめた。相変わらず血の気の悪い唇をきゅっと引き結んでから、「高田屋は――」と低い声を落とした。

「このたび、家財召し上げの上、藩領所払いと相決まりました。今ごろ、町方がお梅のもとに赴き、その旨を告げておりましょう」

所払いとは刑罰の一つで、現在の居住地からの立ち退《の》きを意味する。決して重い罰ではないが、店の家財をすべて没収された上での所払いとは、無一文で松山藩領から出て行けと命じられたも同然だ。

思いがけぬ宣告に、刹那、何を言われたのか理解できない。え、と小さな声で問い返してから、やっと背中に冷たいものが走る。お繁は方谷に向かって、がばとひと膝詰め寄った。

「そ、それは何故《なにゆえ》でございます。お梅がいったい、どんな罪を犯したと仰るのです」

「倹約令です。お城下の商人、しかもかつて福西家にご奉公申し上げていた身となれば、九年前に発せられた倹約令は重々承知しているはず。ですが高田屋お梅はあろうことか、大石家の普請入れ札に際し、総檜柱《そうひのき》の六畳続き間に欄間飾り、繧繝縁《うんげんべり》の畳を敷き詰めた華美この上ない離れの普請の計画を立て、大石家にその書面を差し出したのです」

これで普請先が他家だったなら、問題にはならなかった。だが大石家は藩内屈指の名家であり、隼雄は藩内財政を一手に担う元締だ。

今回に限らず、作事の入札を行なわせるに際しては、参加する商人にそれぞれ入り用な材木や人足、瓦・畳の枚数などを勘案させた上で、必要経費を算出させる。それだけに隼雄は高田屋が提出してきた華美極まりない普請の詳細を見るなり、この店は何か勘違いしているのではないかと考えた。内々に用人を高田屋に遣わして、その書面の真意を問い質《ただ》させた。

「するとお梅は大石家の用人に、考え込む顔をしたそうです。そして少々お待ちくださいと立って行くや、袱紗《ふくさ》に包まれた小さなものを三方に載せ、これでよろしゅうございましょうかと小声で囁いたとか」

その中身が金子《きんす》であり、お梅は賂《まいない》で用人を籠絡《ろうらく》せんとしている。そう察した用人は物も言わずに店を飛び出し、隼雄に一部始終を告げた。そして隼雄は丸二日間、病と称して自邸に籠って黙考を続けた末、長瀬の方谷に元締職辞任を申し入れたという。

「無論、隼雄どのには後ろめたい点は一つとてありません。だが倹約令に背かんとする材木商をみずから入れ札に加え、その女主から賂を差し出された事実が世に知られれば、隼雄どのの——いや、備中松山藩元締の名は地に落ちます。そればかりか藩政への信頼すら霧消し、倹約令を始め、御根小屋や殿さまの触書を疎かにする輩が次々と現れることにもなりかねません」

莫大な借金こそ返済したとはいえ、備中松山藩の政はようやく着実な歩みを始めたばかり。今後五十年、百年変わらぬ国の礎を築くためにも、災いの芽は断たねばならぬ。そう語る方谷の声が、ふと潤んだ。透明なものが、ほたり、と小さな音を立ててその拳を叩くのに、お繁は震える声を絞り出した。

「わ——わたくしが悪かったのでしょうか。わたくしさえお梅を継之助さまに推挙しなければ」

お梅がいったい何をしようとしたのか、どれだけ思索を巡らした末、倹約令を無視した普請をしようとしたのか、まるで手に取るように理解できる。お梅はこの二年、株仲間からの嫌がらせのただなかに身を置き続けてきた。その嫉視《しっし》や妨害を普段のこととし、公平なはずの入れ札への参加すら叶わなかった彼女はきっと、国家老職家の普請とはいえ、表向きの顔と裏の実情は異なるはずと考えてしまったのだ。

だからこそお梅は書面に、およそ表沙汰に出来ぬ奢侈《しゃし》極まりない計画を記し、用人の訪れをも賂の無心だと勘繰ってしまった。大石隼雄にも用人にも、そんな邪心など皆無だったのに。

多くの悪意に晒《さら》され続け、それゆえに要らぬ僻目《ひがめ》を周囲に向けてしまったお梅が哀れでならない。――だが。

お繁は膝上で握り合わせた手に力を込めた。

お梅の行いは愚かで哀れで、そして誤っている。だが果たして自分は彼女の行いを、かように断じることが許されるのか。

お繁は女だ。ゆえにこれ以上、牛麓舎に通い続けることは叶わぬし、婿を取り、福西家を再興する宿命から逃れられもしない。しかし方谷は先ほど、燕詩に乗せて語ったではないか。人とは所詮思うがままにならぬ存在であり、自らの心の内を大切におもんばかり続ければ、いずれお繁もまた再び自らの学びを得られるはずだ、と。

だが結局のところお繁は方谷の転居以来、自らの境遇に対する怒り悲しみばかりに囚《とら》われ、その果てにあるものに目を向けることができなかった。その感情はきっと、周りの悪意に翻弄《ほんろう》され、大石家に対して愚かな推量をしてしまったお梅と同じ質のものなのだ。

「人とは……人とは愚かなものなのでございますね」

そう呟いて目を上げれば、方谷の頬に光るものが伝っている。常は無表情で何を考えているか分からぬこの師は、突如、堰を切ったかのように感情を露わにすると、牛麓舎の高弟たちから聞いたことがあった。とはいえ初めて目にしたその涙は静かで、地を潤す慈雨の如く優しい。

きっと方谷は常に、人を信じているのだ。だからこそお梅の愚かさや、職を辞さねばならぬと決めた隼雄の覚悟を我が事のごとく受け止め、落涙せずにいられない。それこそが山田方谷という男を方谷たらしめている真髄なのだ。

失礼、と断ってから、方谷は懐紙を取り出した。それで目元と顔を拭い、軽く咳払いをした。

「元締職には、わたしが復職せねばなりますまい。まことに無念ながら、隼雄どのには反省の意を示すため、当分、取次役あたりに就いてもらうかと」

取次役とは、一日じゅう御根小屋の広間に詰め、領内寺院の僧侶や神職、はたまた遠来の客を藩主に取り次ぐ役職。ただ藩主在府中は、そもそも藩庁に取次役を必要とする客人など訪れぬし、辞を低くして客人を導くその務めはおよそ、ゆくゆくは国家老職が約束されている隼雄にふさわしいものではない。

すでにこの一部始終は江戸出府中の藩主・板倉勝静にも報告し、処断の許可を求めている。ようやく改革の効果が表れ、藩士一同が安堵の思いを抱き始めていた矢先だけに、勝静はさぞかし激怒しようが、せめて血気にはやった厳罰だけはお許し下さるようにと申し上げている、と方谷は静かに続けた。

「それは高田屋お梅も同様です。藩領所払いとはいえ、それはあくまで本領にのみ限っての話。たとえば玉島などは埒外《らちがい》ゆえ、当人にその気さえあれば、かの地で一から商いを始めることもできるかと存じます」

江戸や大坂への荷船が多く立ち寄る要港・玉島なら、確かに高田屋が商いを始める余地はあるだろう。とはいえ身代をすべて奪われ、縁もゆかりもない海際の地で新しい生活を始めさせるのは、あまりに酷ではあるまいか。そこまで考え、お繁は、あ、と小さな声を漏らした。

玉島の名はこのところ、お繁には馴染みがある。そう、間もなく結納を交わす井上助五郎は現在、玉島の庄屋たる柚木家の手伝いをしていたではないか。

柚木家は累代、御根小屋から玉島奉行格の扱いを受けている。そんな柚木家に厚く信頼されている助五郎の口添えがあれば、お梅の今後の暮しも幾分、楽になろう。先生、と仰ぎ見たお繁に、方谷はゆっくり頤を引いた。

「お繁どのが仰る通り、人とは愚かなもの。それゆえ誰しも、過《あやま》つことはあります。ですが同時に人は命さえあれば、幾度でもやり直しができます。人を咎《とが》めるとは、決してその道を閉ざすための行いではありません。新しい道、生き直しの道に歩み出させるための一歩なのです」

お繁は女だ。だが女であるがゆえに、自分は井上助五郎と知り合い、彼ゆえに生家を再興できる。

生まれついた性ゆえの不遇は、世の中に数え切れぬほど存在する。しかし己が如何に生きるかという真実の覚悟は、男でも女でも関わりなく、自分自身の内から湧き出るものなのだ。

開け放たれたままの障子戸からのぞく庭は、朝方まで降り続いた雪に埋もれ、軒先からぽたぽたと滴る雫が、そのところどころに小さな穴を穿《うが》っている。

空はまだ厚い雲に覆われ、今日の天気すら分からない。だがお繁はその瞬間、雲一つない蒼天に駆け上がる燕たちの影を、確かにそこに見た気がした。

ひときわ目立つ大きな燕はお梅かもしれず、いささかはばたきの弱い燕は自分かもしれない。

ああ、そうだ。自分たちは何度でも翔《と》び直すことができる。ひそやかに羽音も立てず、しかし確実に風を捉えて大空へと翔《か》けられる。

お繁は方谷の膝前に広げられたままの巻子に、静かに手を伸ばした。墨の匂いが淡く鼻をくすぐり、その芳しさがまだ遠い五月の薫風を思い起こさせた。

第四章　銀花降る

薄日の差し始めた空から、名残の粉雪が舞い落ちている。明け方から降り続いた雪はもはや終わりに近づきつつあるらしいが、それでも江戸・千代田のお城の堀端を吹きすぎる風は、身を切るが如《ごと》く冷たい。

背にしていた土塀から滴ってきた雪解けの雫《しずく》が、ほたり、とうしろ首を叩《たた》く。その冷ややかさにひゃあと悲鳴を上げたいのを辛《かろ》うじて堪《こら》え、塩田虎尾《しおたとらお》は男にしては長すぎるうなじをすくめた。

国許を発った虎尾がひと月の長旅の末、桜田門外の備中松山藩上屋敷にたどりついたのは、一昨日の午後。その折は三月朔日《ついたち》の柔らかな春風が御堀の水をそよがせ、どこまでも果てなく続く江戸の賑《にぎ》わいとあいまって、十九歳の今年までお城下で生まれ育った虎尾を陶然とさせたものだ。

それが今はどうだ。本日は三月三日の雛《ひな》の節句。それにもかかわらず、辺りは昨夜遅くからの雪のせいで一面の綿を延べたかのように真っ白で、視界がちらちらと眩《まぶ》しくてならない。大名の登城時刻の四ツ時（午前九時頃）とあって、路上のそこここには江戸城に参上する大名行列を見物する江戸っ子たちが武鑑《ぶかん》を手に佇《たたず》んでいるのが、せめてもの賑わいだった。

江戸は備中松山より寒さが厳しいとは聞いていた。だがすでに晩春に差しかかりながらのこの大雪とは。

　虎尾はこれから先、何年かかるか分からぬ修業を江戸で積まねばならない。もし今後もこんな寒さが続くようなら、国許の実兄から綿入れの一枚でも送ってもらわないとやっていられない。そんなことを考えながら、虎尾は薄い小倉袴《こくらばかま》の足をすり合わせた。

　虎尾はもともと大小姓格七十石取り、田那村《たなむら》家の四男。三年前に是非にと請われ、中小姓並十石三人扶持《ぶち》・塩田家の養子となった。とはいえ養父の秀司《ひでじ》は長らく江戸詰めを仰《おお》せつけられて国許におらず、お城下での生活は義理の祖父たる塩田仁兵衛《にへえ》との二人暮し。仁兵衛はその実直な人柄から、備中松山藩の要職・山田方谷《やまだほうこく》一家の家計を長らく委《ゆだ》ねられており、虎尾のこのたびの江戸出府もそんな方谷のお声がかりによるものだった。

（とはいえ、おいらは別に、大したご下命なんぞいただかなくてもいいんだけどなあ）

　よりにもよって、四男坊。しかも別に聡明《そうめい》でも眉目秀麗《びもくしゅうれい》でもないまま背丈だけが遠慮なく伸び、虎尾自身を含む親類一同が、これはもう田那村家の部屋住みとして生涯を送るしかないと諦《あきら》めていた身の上だ。ご老職さまの信頼厚い塩田家の養子に迎えられたのは、心の底からありがたいと思っている。しかしだからといって江戸に遊学し、韮山《にらやま》代官・江川太郎左衛門《えがわたろうざえもん》のもとで最先端の砲術を学んで来いとの下命は、部屋住み根性が染みついた虎尾にはいささか荷が重すぎた。

　砲術とは火薬を用いる大小の銃器全般、つまり石火矢や火縄銃、はたまた阿蘭陀《オランダ》渡来の大砲などを用いる武術のことだ。とはいえ虎尾は藩道場にて指南役・熊田恰《くまたあたか》から剣術こそ習ったが、大砲や火縄銃にはそもそも触れたことすらない。

だが藩主・板倉勝静《かつきよ》の懐刀として重きをなす山田方谷の眼には、そんな藩士の有様こそ憂うべきと映っていたらしい。八年前の嘉永五年（一八五二）には領内各村から壮健な若者を選んで帯刀を許可し、銃と刀を学ばせて農兵隊を編成させた。一方で藩内に複数あった鉄砲の流派を統一させ、西洋式の砲術までを加えて、新たな御家流を創設。大砲を始めとする洋式武具を鋳造《ちゅうぞう》させ、西洋銃陣（洋式兵制）を基とする軍制を敷いた。

なにせ近年の日本内外の情勢は、今までの太平の御代が吹き飛んだかと疑うほどにあわただしい。六年前、亜米利加《アメリカ》艦隊の提督・ペルリ（ペリー）と和親条約を交わしたのをきっかけに、幕府は長年の鎖国の禁を解き、阿蘭陀・英吉利《イギリス》・露西亜《ロシア》などの諸外国と相次いで通商を決定。おかげで昨今、下田《しもだ》や箱館《はこだて》といった港には外国人が次々訪れ、土地の人々を戸惑わせているという。

一方で大老・井伊直弼《いいなおすけ》は京の朝廷の反対を押し切って、亜米利加との間に日米修好通商条約を締結。これを不服とする公家や各藩の家臣たちを相次いで捕縛させた上、一橋《ひとつばし》徳川家当主の徳川慶喜《よしのぶ》、福井藩主・松平春嶽《しゅんがく》など反対派の多くの大名を、隠居や押し込めに追いやった。その影響は備中松山藩にも及び、井伊直弼の強硬な弾圧を批判した板倉勝静は昨年二月、大老の勘気を蒙《こうむ》り、寺社奉行・奏者番《そうじゃばん》の両職を解かれた。あからさまな蟄居《ちっきょ》こそ命じられなかったものの、現在は江戸城への登城すら許されぬまま、上屋敷に逼塞《ひっそく》している。

先代藩主・勝職《かつつね》が酒乱の気があったことから、勝静は酒を厭《いと》い、宴の折にも決して酔いに身を任せなかった。だが寺社奉行ばかりか、足かけ九年にわたって務めていた奏者番まで免職されたとあっては、さすがに心穏やかならぬのだろう。一昨日、虎尾が出府の挨拶《あいさつ》にまかり出た折、勝静はまだ日も高いというのに酒盃を離さず、述べられる言葉に面倒そうにうなずくばかり。品のよいほっそりとした顔をしかめ、まずそうに酒をあおる姿は、虎尾の目にも痛々しく映った。

（上に立つお方ってのは、大変でいらっしゃるんだなあ）

虎尾は正直、政《まつりごと》に関心がない。徳川将軍家が江戸に幕府を置いてから二百六十年。その間、天災や飢饉《ききん》といった様々な災厄に見舞われながらも、どうにかこうにか同じ政が続いてきたのだ。ならばこれからだって日々は変わらず続いていくだろうし、そもそも海山を何千里も隔て、たどりつくまで半年一年もかかるという遠い遠い外国など、交誼《こうぎ》があってもなくても似たようなもの。そんなもののために開国だ攘夷《じょうい》だ、大老派だ水戸派だと争う人々が信じ難くてならない。

ああ、それにしても昨日は酒を過ごしてしまった。まだ火照《ほて》りの残る頬を、虎尾は片手で押さえた。

出府したばかりの藩士の逗留《とうりゅう》先は台町坂《だいまちざか》の下屋敷と定められており、本来なら一昨日のうちにそちらに荷を解くはずだった。だが初日は江戸家老に国許の様子を聞きほじられ、昨日は夕刻から、上屋敷の御長屋に暮らす養父の秀司の酒の相手をする羽目となった。

秀司は養祖父の仁兵衛に似て生真面目で、三年前からは勤めの傍ら、砲術家・下曽根金三郎《しもそねきんざぶろう》（信敦《のぶあつ》）のもとに弟子入りしている。幕府公設の武芸訓練所・講武館師範でもある下曽根は、伊豆韮山代官・江川太郎左衛門と並ぶ砲術家として知られており、つまり方谷は下曽根・江川双方のもとに藩士を送り込むことで、より包括的な西洋砲術を藩に取り入れようとしているわけだ。

とはいえ、虎尾は知っている。来月には国許から藩士がもう一人、江川家に入門すべくやってくる。しかもそれはあの山田方谷の養子で、幕府直轄の学問所・昌平黌《しょうへいこう》への入門も内々に決まっている英才との評判だった。

同じ養子同士と言っても、あちらは殿の懐刀の倅《せがれ》。こちらはその小間使いを果たしていた塩田家の息子。ならばなにも自分なぞ出府させる必要はなかろうに、と虎尾が胸の中でぼやいたその時、真っ白な光景の一角に突如、白い靄《もや》が立った。人の叫びのようなものが交錯し、一人の男が雪を蹴立《けた》ててまっすぐ駆けていくのが見える。その果てには今しも御堀端を桜田門に向かって進む、五、六十名ほどの大名行列があった。

「ありゃまた、特にご立派な行列じゃなあ」

この寒さにもかかわらず尻をからげ、脚絆手甲《きゃはんてっこう》に身を固めた町人風の男がわずかに訛《なま》りのある声で呟《つぶや》く。供らしき中年男がそんな彼に、「そりゃあ、あれは大老さまの御駕籠《おかご》じゃもの」としたり顔で語りかけた。

「それ、弁慶堀《べんけいぼり》（現在の桜田堀）の果てに、真っ赤な門を構えたお屋敷が見えよう。あれが井伊掃部頭《かもんのかみ》（直弼）さまがお暮しの彦根藩上屋敷じゃ。桜田門のすぐ外に大老さまがお住まいとは、上さまもさぞ心強くていらっしゃろうなあ」

なるほど、彦根藩邸から桜田門は目と鼻の先。とはいえ季節外れの雪が再び降り出すことを恐れてか、御駕籠に従う武士たちはそろって雨具を着込み、刀には柄袋《つかぶくろ》をかけている。

そんな一行の前に駆け出た人影に、御駕籠がつんのめるように止まった。行列の先頭近くにいた供侍が、男を制止しようと歩み出る。彼らを覆い隠すかの如く吹き上がっていた雪煙が、次の瞬間、目もくらむような鮮赤《せんせき》に染まった。

え、と虎尾が息を飲む間もあらばこそ、供侍の身体《からだ》が雪のただなかにどうと倒れ込んだ。雪空を切り裂く衝撃音が轟《とどろ》き、虎尾から少し離れたところで見物をしていた男たちが三、四人、言葉にならぬ怒号とともに、着込んでいた蓑笠《みのかさ》を投げ捨てる。そのまま待っていたとばかり、井伊一行めがけて走り出した。

みなそろって袴の股立《ももだ》ちを取り、両袖を白襷《しろたすき》でからげている。彼らばかりではない。いったいどこに身をひそめていたのか、行列はいまや二十名近い侍に取り囲まれ、それを防ごうとする彦根藩士たちとの間に斬《き》り合いが始まっていた。

ひええッと叫んで逃げ出したのは、行列の先頭にいた徒歩の中間《ちゅうげん》・筥持《はこも》ちたちだ。だが襲撃者たちはそれには目もくれず、御駕籠を守るように寄り集まった供侍めがけて斬りかかっている。

「な、なんてこった。こりゃどうしたらいいんじゃ」

見物を楽しんでいた旅人たちの顔は血の気を失い、周りの雪よりなお白い。だが悲鳴を上げたいのは、虎尾とて同様であった。

入念に支度を整えてきたのだろう。襲撃者の動きには迷いがなく、柄袋に妨げられてとっさに応戦できぬ彦根藩士に向かって振るわれる刃は鋭い。

雨合羽と刀の覆いをやっと脱ぎ捨てた藩士が一人、倒れ込んだ同輩に今まさに凶刃を見舞わんとする敵に、体当たりを食らわせる。右往左往する駕籠者（駕籠かき）を顧み、声も限りに叫んだ。

「御駕籠を、御駕籠を屋敷に戻せッ。早くッ」

侍たちの怒号、刀が抜けず鞘《さや》のまま敵を防ごうとする剣戟《けんげき》の音が、曇天の下にこだまする。あれほど寒々しかった北風には今やむせ返らんばかりの血の匂いが満ち、じわじわと赤く変じていく雪の色が、虎尾の目に異界の出来事の如く映った。

（な……何なんだ、これは）

当節、大老・井伊直弼ほど各所より恨まれている者はいない。彼が勅許《ちょっきょ》なきまま、亜米利加と通商条約を結んだと怒る京の帝や公家、それを奉じる尊皇派の侍たち、また幕府を批判した咎《とが》で獄舎に放り込まれた多くの学者や浪人、そして井伊と対立して隠居や押し込めを命じられた諸大名と家臣たち……いちいち数え上げればきりがないほどだ。

四代将軍・徳川家綱《いえつな》に仕えた大老・堀田正俊《ほったまさとし》、老中・田沼意次《たぬまおきつぐ》の嫡男《ちゃくなん》だった若年寄・田沼意知《おきとも》など、幕府の要職が命を狙《ねら》われた事件は過去に幾度もある。だがそれらは、幕閣の誰かが、彼らを江戸城内で襲った例が大半だ。大勢が数を頼みに、それも野外で大老を討ち取ろうとするなど聞いたことがない。

うわああッというひときわ高い悲鳴が、一帯に轟いた。襲撃者の一人が彦根藩士の囲みを破って御駕籠に走り寄り、先肩《さきかた》（駕籠の先頭を担ぐ役目）の駕籠者に斬り付けたのだ。

ただ、襲った側とて侍である。もののふならぬ下郎の命まで奪う気はなかったのか、恐怖に強張った顔で後じさる先肩は、二の腕からだらだらと鮮血こそ垂らしているが、その怪我はいかにも浅そうだ。

大名家の駕籠者の服装は、長い法被《はっぴ》の裾をからげ、冬でも剝《む》き出しの脛《すね》に草鞋《わらじ》履きが定め。脇差こそ帯びていても、剣術など皆目心得ぬ彼らからすれば、血刀を振り上げた不逞《ふてい》の輩《やから》に囲まれた恐怖は、供侍のそれとは比べ物にならないはずだった。

「ひ、ひえええッ」

怪我を負った駕籠者が、凍り付いた叫びとともに身を翻《ひるがえ》す。それを皮切りに、残る駕籠者たちもまた一斉に乗物を放り出し、蜘蛛《くも》の子を散らす勢いで四方八方へと走り出した。

「今だッ。大老を、大老を討ち取れッ」

乗物を担ぐ者を失っては、その中にいる大老は逃げる手立てがない。勢い込む襲撃者の好きにはさせじと、供侍たちが更《さら》に懸命に応戦する。

虎尾は震える膝を励まして、一歩、後じさった。滑りかける下駄を踏みしめて、目の前の道をよろめきながら南に駆ける。黒塀の続く外桜田の坂を上がって更に道を折れ、備中松山藩の上屋敷へと飛び込んだ。

「い、一大事、一大事でございます。何卒《なにとぞ》、殿にお取次ぎをッ」

上ずった声で叫ぶなり、長屋門もくぐり終えぬままへなへな座り込んだ虎尾に、これはただ事ではないと感じたのだろう。藩士の一人が屋敷の奥へと走り、やがて側用人《そばようにん》の辻七郎左衛門《つじしちろうざえもん》が忙《せわ》しく飛び出してきた。

辻七郎左衛門は元は桑名藩松平家家中。万之進《まんのしん》と呼ばれていた松平家の七男・勝静が備中松山・板倉家の養子となった際、その近侍として随行した、勝静の一の側近だ。

「どうした、塩田。先ほどから妙に外が騒がしいため、人を遣《や》ろうとしていたところだ」

「刃傷でございます。桜田御門外にてただ今、大老さまの乗物が不逞の輩に襲われておいでですッ」

七郎左衛門はいささか垂れ気味の目を「なんだとッ」と瞠《みは》った。まだ三十を出たばかりとは思えぬほど広い額の際で、太い血の筋がぴくぴくと魚そっくりに跳ねていた。

「敵は十六、七人。数の上では彦根の衆が勝っていますが、雪支度のせいで思うように太刀打ちできぬ上、駕籠者たちはすでに一人残らず逃げ去っております。このままでは大老さまの御身も危ういかと」

虎尾の言葉を証《あか》しするかのように、桜田門の方角で絶叫が轟いた。中間が二人、長屋門から駆け出してきて、物見高げに外をうかがい始めた。

そんな中間たちを、七郎左衛門は逞《たくま》しい腕を強く組んで、「おぬしら、出るなッ」と一喝した。

「ただいま外では、大喧嘩《おおげんか》が起きているそうだ。家中の者が巻き込まれて怪我でも負うては、殿に申し訳がない。すべての門を固く閉ざし、外が静まるまで、誰も外に出てはならぬ」

驚きの声を上げかけた虎尾を、七郎左衛門はぎょろりと睨《にら》みつけた。いいなッと嚙《か》みつくように畳みかけられ、虎尾はあわてて小さく顎《あご》をうなずかせた。

七郎左衛門は決して、大老を見殺しにしたいわけではあるまい。ただ、いま桜田門外で起きている乱闘は、あくまで彦根藩と不逞の輩の間のもの。そうでなくとも藩主・勝静が井伊直弼の怒りを受けている今、下手に備中松山藩がしゃしゃり出れば、後日、襲撃者の黒幕は板倉勝静だと勘繰られる恐れすらある。藩主の安寧《あんねい》を第一と考える側用人からすれば、刃傷に知らぬ顔を決め込もうとするのは当然だった。

「なにも心配は要らぬ。井伊家は藩祖・直政《なおまさ》公の昔より、代々武勇の家柄。大老さまとてお若き折は、部屋住みの気ままさに任せて、剣術や居合を存分に学ばれたお方だ。不意を突かれたとはいえ、そう易々とお討たれになるわけがない」

だがそう語る辻七郎左衛門自身、己の言葉に納得しているわけではないのだろう。桜田門の方角へと向けられた眼差しは、ひどく暗い。

「とにかくこの件は、当分口外無用だ。いいな」

そう念押しして、七郎左衛門は奥向きへ戻って行った。ただ登城行列見物の後は台町坂の下屋敷に戻ろうとしていた虎尾からすれば、これでは身の置き所がない。ばったり顔見知りに会った時、いま目にした見聞を黙っていられる自信もなかった。

ああもう、畜生、とがしがしと鬢《びん》を掻《か》いた時、またも獣の咆哮《ほうこう》を思わせる雄叫《おたけ》びが風に乗って響いてきた。それに背を叩かれた気分で、虎尾は長屋門の脇の番所へと駆け込んだ。驚き顔で腰を浮かせる中間たちをよそに、往来に面した出格子窓に顔を押し付ければ、様子見を決め込んだのは近隣の屋敷も同じらしい。真向かいに建つ長州藩松平家上屋敷もまた、先ほどまで確かに開いていたはずの表門を閉ざしている。

ただそれでいて、半纏《はんてん》姿の中間や雪合羽姿の武士が幾人も往来を急いでいるのは、そこここの屋敷から様子見の人が遣わされているためらしい。

大老とその臣下たちは、今まさに命の危機にある。だがその間近にいる諸藩は、これほどに自らの保身しか考えぬのか。

「――大老さまの首が」

「狼藉者《ろうぜきもの》どもはお首を持って、すでに東の方角へ」

「彦根の上屋敷より、ようやく人が」

往来の衆の交わす微《かす》かな声が、耳を叩く。ああ、と虎尾は両手で窓格子を握りしめた。

井伊直弼のやり方には確かに強引な点が目立つが、二年前、彼が大老の任に就いたことで、亜米利加との通商条約を巡る交渉や、当時、議論百出していた将軍の跡目争いが落着したのもまた事実だ。その結果、京都の公家や水戸藩・福井藩を始めとする諸家は直弼に恨みを抱き、勝静も寺社奉行職を追われた。しかしだからといって、それは今、多くの藩の注視を浴びながら、不逞の輩に首取られねばならぬほどの罪だったのか。

翌朝、ようやく開門が許されるのを待って、虎尾が上屋敷を飛び出せば、辺りを白く染めていた雪は一面どす黒いゆかるみと変じ、どれが泥やら古血やら見分けがつかない。首を奪われたという井伊直弼の亡骸《なきがら》はもちろん、乗物や倒れ伏していた供侍たちもすでに彦根藩邸に運び込まれた後と見え、辻に怖々《こわごわ》とたたずむ見物人たちの姿さえなければ、昨日の惨劇など想像しようがなかった。

野次馬たちの囁《ささや》きによれば、大老の首は襲撃者の一人によって奪われたが、追手に深手を負わされた彼が辰《たつ》ノ口《くち》近くで自害したことから、近所に屋敷を構える若年寄・遠藤胤統《えんどうたねのり》の家臣が回収。井伊家は彦根藩邸に戻されていた大老の身体と首をつなぎ合わせた上で、「直弼は桜田門外にて怪我を負い、ただいま登城叶いませぬ」との知らせを江戸城内に送ったという。

なにせ井伊直弼はまだ、働き盛りの四十六歳。子息たちはそろって弱年で、誰を嫡子とするかの届け出も出されていない。ここで直弼の死を明らかにすれば、譜代大名家であっても井伊家の断絶は免れぬはずだった。

（つまりはここもまた、お家大事というわけか）

備中松山藩の上屋敷では、昨日、邸外で何が起きているのかを薄々察しつつも、辻七郎左衛門の指示を破る者は誰もいなかった。井伊直弼が亡くなれば、板倉勝静は再び幕閣に返り咲けるかもしれない。そんな期待も露わに、ほころびそうな口元を懸命に引き結んでいる藩士も少なくなかった。

大老を襲った一党のうち約半数の八名はすでに自訴（自首）し、その出自が水戸藩浪士であると明らかになった。彼らはそろって、近年の大老の放埒《ほうらつ》を咎《とが》め、天下の政を矯《た》めんがために義挙に出た旨をしたためた文を懐中していたという。

とはいえ襲撃者たちはすでに水戸藩の禄を離れている。水戸藩もまた内奥はともかく、表向きは脱藩者たちの処断は幕府の裁量に委ねると告げ、恭順の意を示した。幕府としては、ここで更に水戸藩の反発を招いては、第二、第三の変が起きかねぬと考えたらしい。いまだ逃亡中の数名の追捕を急がせる一方、水戸藩には更なる追及を行なわず、老中・安藤信正《あんどうのぶまさ》を中心に幕閣の立て直しに取りかかった。

山田耕蔵《こうぞう》が江戸に到着したのは、そんな最中の六月朔日。十日あまりも降り続いていた長雨がやっと止み、ぽっかりと底が抜けたような青空が江戸の町を覆った日だった。

「いやはや、お江戸は広うございますなあ」

虎尾の顔を見るなり、間が抜けた挨拶を寄越した耕蔵は二十二歳。伯父にして養父である山田方谷にはまったく似ず、色白な丸顔が搗《つ》き上がったばかりの餅を思わせる物腰柔らかな青年であった。

「江戸にはとんと不慣れな山出しでございます。塩田どのにはどうぞよろしくお引き回しのほどを」

耕蔵より少し早く入府しただけで、不慣れは虎尾も同様だ。それでもなお年下の自分に辞を低くする耕蔵に、虎尾はあわてて辞儀を返した。

「いいえ、そんな。こちらこそよろしく」

「先ほど辻七郎左衛門さまにお目にかかり、明日、江川太郎左衛門さまの江戸屋敷にご挨拶にうかがうこととなりました。束脩《そくしゅう》（入門料）や江戸屋敷までの道のりは、塩田どのにお教えいただくようにとのご指示でございます。何卒よろしくお願いいたします」

江川太郎左衛門は相模・伊豆一帯の天領、計五万石を支配する韮山代官だ。代官とは本来、数年ごとに諸国の天領を転任するもの。だが江川家は家康公の御代より、代々、伊豆国韮山（静岡県伊豆の国市韮山町）一帯の支配を仰せつけられており、現在、当主として太郎左衛門を名乗る江川英敏《ひでとし》は、第三十七代韮山代官。五年前、父の急逝に従ってわずか十七歳で家督を継ぎ、現在は江戸・本所の役宅と韮山の代官所を行き来しながら、西洋流砲術の指南を務める若き英才だった。

ただ、すでに三月《みつき》前に江川家に入門を果たしているものの、実のところ虎尾はこの若き師匠が苦手でならない。役者にしたいほど涼し気な容貌《ようぼう》といい、歯切れのいい江戸言葉といい——そして三歳しか年が変わらぬとは思えぬ学才といい、なにもかもがあまりに自分と異なりすぎ、その前に進み出るだけでどうにも身がすくんでしまう。

おかげで虎尾は最近、表向きは本所の江川屋敷に通うふりで藩邸を出ながら、浅草や日本橋といった盛り場をうろつきまわって日中の大半を費やしている。小遣いがふんだんにあるわけではないので、酒の一本、娼妓の一人すら自由にできるわけではない。ただそれでもありがたいことに、江戸の繁華な町並みは、ただあてもなく歩き回っても決して果てがなかった。

江川家の教法は厳しい。韮山領内に設置されている韮山本塾、江戸に置かれている分塾を合わせ、塾生は約四千人。各々《おのおの》の習熟具合に合わせて、免許・目録・皆伝といった資格が与えられる一方、学ぶ気がないと見なされた者には、遠慮なく破門が言い渡されるとの噂すらあった。

この分では虎尾が破門される日も遠くなさそうだが、辻七郎左衛門の命とあってはしかたない。

翌朝、虎尾は渋々袴を着けて身形を整え、耕蔵とともに下屋敷を出た。

「早速に申し訳ありません。それにしても塩田どのは、今後も江戸分塾にしか通われぬおつもりなのですか」

江川家の江戸役宅は、大川（隅田川）東の本所南割下水。長い両国橋を渡り、参詣《さんけい》の老若男女で賑わう回向院《えこういん》を興味深げに右手に眺めながら、耕蔵はそれが癖らしいのんびりした口調で問うた。

「聞けば江戸の分塾では、江川さまが直々《じきじき》に教鞭《きょうべん》を執られるのは、月に五、六度のみ。後はすべて高弟衆の代講というではないですか。ならばいっそ江戸を離れ、韮山の塾に通った方が、心行くまでお教えを受けられましょうに」

「……山田どのは、いずれは韮山に出向かれるおつもりなのですか」

冗談じゃない、と内心首をすくめながら、虎尾は話を逸《そ》らした。

江戸分塾は、通称を縄武館《じょうぶかん》、別名を芝新銭座《しばしんせんざ》大小砲習練場とも呼ばれている。かつて英敏の父・英龍《ひでたつ》の功績を賞するべく、愛宕下《あたごした》浜御殿脇に与えられた約八百坪の土地を中心とした広大な調練場だ。

江川英龍は砲術家・高島秋帆《たかしましゅうはん》から西洋流砲術を学び、江戸湾一帯の海防の要を説いた。諸外国からの開国要請に直面した幕府に抜擢《ばってき》され、砲台を設置する品川台場の築造や、鉄砲鋳造のための鋳立場《いたてば》の建造に携わった先進的な人物だった。

英龍はその多忙ゆえか五十五歳の働き盛りで亡くなったが、後を継いだ英敏は父の高弟衆の補佐を受けながら、二十二歳とは思えぬ辣腕《らつわん》ぶりで、韮山塾・縄武館双方の経営に当たっている。

ただ、月のうちの二と七のつく日、欠かさず教鞭を執る英敏を前にするだけでも、身がすくむのだ。この上更に韮山塾に赴き、あのぎょろりとした英敏の目に睨まれながら毎日を過ごすなぞ、考えるだけでも気が遠くなる。

そもそものところ、江川英敏は韮山から出府してもほとんど本所の役宅には立ち寄らず、縄武館のある愛宕下の別宅に起き居している。それを承知の上で、虎尾がいま耕蔵を本所に案内しているのは、若き師となるべく顔を合わせたくないため。どうせ今日は束脩を納め、入塾に必要な誓紙を提出するだけなのだ。ならば役宅の留守居役が相手でも問題はあるまいと考えてのことであった。

「ええ。我らが殿さまと江川さまのお許しさえいただければ、すぐにでも。聞けばかの地には、江川家のご先代が建造を始められた反射炉（製鉄炉）もあるとか。備中松山は、古《いに》しえよりの産鉄の地。韮山の反射炉では、産した鉄を用いての大砲作りをなさっているそうですから、我が藩もそれに倣うこともできるのではと思うのです」

勧進相撲が行なわれているらしく、呼び込みの太鼓の音が川風に乗ってけたたましく響いてくる。だが虎尾はその瞬間、そんな辺りの喧騒が急に厚い帳《とばり》の向こうに遠のいたような感覚を覚えた。

（反射炉だと）

江戸に出てきた当初は、それなりに真面目に江川家に通っていたのだ。その存在は虎尾とて知っている。

韮山代官所のすぐそばに建つと聞く反射炉は、溶解炉を二つ備えた連双式。建造中に英龍が亡くなったため、英敏が父の志を継ぎ、七千両もの大枚をつぎ込んで完成させた最新式の溶鉄炉だ。

ただこれまで、この反射炉で鋳造された鉄製カノン砲や青銅製野戦砲に塾で接しながらも、虎尾は同じものを備中松山藩にも備えるなぞとは考えもしなかった。

自分はただ江川家の弟子にさえなればいい。一流の砲術家になれぬのは分かり切っているのだし、数年修業を積み、手土産に最新式の砲術書でも持ち帰れば、後は国許の頭のいい衆がよきようにそれらを使ってくれるはず。虎尾は端《はな》からそう決め、残る日々をどうつぶすかとばかり考えていた。それだけに自らの見聞を備中松山のために活かそうと公言して憚《はばか》らぬ耕蔵が、ひどく眩しかった。

「それにしてもお江戸はどこも大変な人出ですねえ。一年中、八重籬《やえがき》さまの祭礼の日みたいだ」

つい足を早めた虎尾にはお構いなしに、耕蔵がのんびり呟く。その口調すらが腹立たしく、虎尾が奥歯を食いしばったその時だった。

「ならん、ならんならんッ。なんだその珍妙な児島高徳《こじまたかのり》の解釈はッ」

という野太い怒声が、往来の喧騒を破って轟いた。

「児島高徳は南朝の忠臣、不屈の志を抱いた義憤の士だぞ。それをなよなよとした和歌しか詠めぬ腰抜けと説くとは、おぬし、それでも太平記読みか。恥を知れ、恥をッ」

江戸っ子は総じて物見高い。虎尾が驚いて声の主を探すまでもなく、半町ほど先の往来には早くも人垣が生じ、どうした、何があったと人々が厚い輪の奥を覗《のぞ》き込んでいる。おかげでもともとぎっしりと人の満ちていた道は滞留し、まっすぐ歩くこともままならない。

『太平記』は南北朝の動乱と足利幕府の興隆を描いた軍記。奇策をもって敵を攪乱《かくらん》する楠木《くすのき》正成《まさしげ》、戦《いくさ》上手の足利尊氏とその好敵手たる新田義貞《にったよしさだ》といった武将たちの鮮やかな活躍ゆえに、浄瑠璃や歌舞伎の題材にもしばしば取り上げられる他、講釈師たちによる読み聞かせも行なわれる物語だ。

ただ虎尾が備中松山お城下で目にした「太平記読み」は、年に一、二度、どこからともなく流れて来ては、芝居小屋で講読を行なう旅の一座だった。それに比べるとお江戸のそれは、深編笠に顔を隠した袴姿の男が道端に筵《むしろ》を敷き、一人で賑やかに太平記を読み解く辻講釈。大仰《おおぎょう》な身振り手振りを交え、作中に登場する武将たちをあるいは褒《ほ》め、あるいは面白おかしくこき下ろす大道芸だった。

児島高徳は備前国児島（岡山県倉敷市）の武将。後醍醐《ごだいご》天皇が足利尊氏との戦に敗れて隠岐島《おきのしま》に配流《はいる》と決まった折、帝を奪い返そうと後を追うも果たせず、その宿所に忍び入り、「天莫空勾践《てんこうせんをむなしうすることなかれ》　時非無范蠡《ときにはんれいなきにしもあらず》」との漢詩を庭の木に書きつけて、主君を励ました人物だ。

その出身地が備前であることに加え、児島が漢詩を書き記した帝の宿舎は、美作《みまさか》国津山（岡山県津山市）の院庄《いんのしょう》と伝えられている。このため備前や美作一帯では、児島の名は広く人口に膾《かい》炙《しゃ》しており、津山・森藩の家臣の中にはその遺徳を示す石碑を建立した者すらいる。

とはいえここは、西国から遠く隔たった江戸だ。帝奪還を目論《もくろ》みながら、すごすごと退くしかなかった児島高徳は、喧嘩ッ早いこの地の人々には、さぞ歯がゆい人物に映るのでは——と思いつつ人の輪の真ん中に目をやれば、羽織袴姿の大柄な武士が四角い顔を怒りで真っ赤に染めて仁王立ちになっている。虎尾はえっと目を瞠った。

「川田《かわた》さまではございませんか」

という驚きの声が、ついつい喉をほとばしった。

「まさか、我らが藩邸の学問所督学《とくがく》（塾頭）の川田竹次郎《たけじろう》さまですか」

さすがの耕蔵が、驚き顔で虎尾を振り返る。そのやりとりが聞こえたのだろう。川田の側《そば》でおろおろと四方を見回していた若い武士が、がばとこちらを顧みた。年は虎尾や耕蔵と、さして変わらない。瞼《まぶた》の薄い切れ長の目と、水煮の卵そっくりに広い額が聡明な印象を放つ青年だった。

「もしや、板倉周防守さまご家中のお方ですかッ」

人垣をかき分けて近づいて来るや、男は虎尾と耕蔵の袖を摑《つか》まんばかりの勢いでまくし立てた。

「申し訳ありませんが、川田先生をお止めいただけませんか。こんなところで諍《いさか》いを起こしたとて、先生のお名前に傷がつくばかりと申し上げているのですが、一向にお聞き入れいただけぬのです」

そう語る青年の言葉は、歯切れのいい江戸訛りだ。顔に見覚えのないところから推すに、備中松山藩の者ではないらしい。意外の念に打たれながら、はあと虎尾はうなずいた。

川田竹次郎は、備中松山藩江戸屋敷の藩儒。元は近江国《おうみ》（滋賀県）大溝藩《おおみぞ》のお抱え儒学者だったのが、山田方谷の高弟・三島貞一郎《ていいちろう》と親しくなったのが縁で備中松山藩に仕官し直した変わり者だ。

新参者でありながら江戸藩邸内学問所の差配を任せられている川田は、見た目は四書五経よりも刀や弓箭《きゅうせん》の方が似合いそうな大男。それがこめかみに青筋を立て、「だいたい、おぬしは児島高徳がいかなる出自か存じておるのかッ」とがらがら声で喚《わめ》き立てているとあって、人垣はどんどん厚くなり、真向かいに立つ回向院の寺男までが何事だと寺門のかたわらから身を乗り出している。

これが主《あるじ》の悪口を言われたとか、武士の面目を潰されたのなら、往来での悶着《もんちゃく》も意味がある。しかし、たかが辻講釈の説き方に文句を言うとは、おとなげないにもほどがある。

しかたなく虎尾は野次馬たちを押しのけ、川田に走り寄った。四方八方からの好奇の眼差しに身をすくめながら、「川田さま、どうか落ち着いてください」とその袖を背後から捉えた。

「なんだと。覚えのある顔だな。何者だ」

「上屋敷徒士頭《かちがしら》・塩田秀司が嫡男の虎尾でございます。この春に国許よりまかり越し、一度、ご挨拶を申し上げました」

塩田、と川田は太い眉《まゆ》の間に皺《しわ》を寄せた。

「ああ、山田方谷先生のお宅の会計を預かっている、あの」

「はい。それは我が祖父の仁兵衛でございます」

川田竹次郎は備中松山藩への仕官の後、まだ一度も国許に入ったことがない。このため方谷とは、彼が江戸に上った折に、ほんの数度、対面しただけのはずだ。それでも同い年の三島貞一郎から、方谷に関するさまざまを教えられているのだろう。塩田家と方谷の関わりも承知の面持ちで、大きな鼻翼をふんと膨らませて息をついた。

深編笠の縁を撥ね上げ、怯《おび》えた目でそんな川田を仰《あお》ぐ辻講釈は三十がらみ。累代《るいだい》の浪人でもあるのか、肉の薄い頬には生活の苦労がにじみ出ている。それを忌々《いまいま》し気に睨み下ろし、「しかし、だ」と川田は吐き捨てた。

「こ奴《やつ》はあろうことか、あの児島高徳を口ばかり達者な腰抜け侍と申したのだぞ。その癖、如何《いか》なる仕儀でそう思うに至ったと問えば、漢詩なぞをしたためたのがその証左だなぞと申しよる。あのわずかな語句の凄《すさ》まじさが、この者には分かっておらぬ」

児島高徳が古しえの中国・越《えつ》国の王太子たる勾践と、その忠臣・范蠡の名を挙げて詠んだ漢詩は、たったの二句。天は決して、勾践を見捨てはいたしません。きっと范蠡の如き臣下が現れ、あなたをお助けすることでしょう——という意味の十文字を呟き、川田は「嘆かわしい。まったくもって、嘆かわしい」と続けた。

「当節は誰しも分かりやすい忠節ばかり尊び、その者が如何なる深慮を抱いているかまで、思いを馳《は》せようとはせん。井伊大老を討った水戸の浪士たちも、同じだ」

「ちょ、ちょっと、川田先生。さすがにそれは」

成り行きをうかがう面持ちでたたずんでいた青年が、川田と虎尾の間にあわてて身を割り込ませる。しかし川田はそんな彼に、「なにがおかしい」と大きな目をすがめた。

「確かに井伊大老のやり口は僭越《せんえつ》ではあった。されどならば、水戸のご先代（徳川斉昭）の行状はどうだ。神国たる日本は断じて開国してはならぬ、ペルリ（ペリー）を暗殺せよ、亜米利加は力ずくで追い払えなどと、およそわが国の置かれている立場を弁《わき》まえておいでとは思えぬものばかりだったではないか。新島《にいじま》、おぬしとておよそ水府《すいふ》の学（水戸学）は受け入れがたいと常々漏らしていたな」

「いや、確かに仰せの通りです。とはいえ先生、このような場でそれは――」

新島と呼ばれた青年は、更に厚さを増す人垣を素早くうかがった。「ああ、もう。これだから西国の衆は血の気が多くて困るのです」と舌打ちをするや、川田の袖を引っ摑み、彼を引きずるようにして野次馬たちのただなかに駆け込んだ。

「待て、新島。おぬし、なにを致す。このような輩に後ろを見せて逃げろと申すか」

水戸藩は徳川御三家の一。ただ現在、隠居の身である先代藩主・徳川斉昭の治世の頃より、藩内には藩儒・藤田幽谷《ふじたゆうこく》やその弟子・会沢正志斎《あいざわせいしさい》といった人々を中心に、天皇の権威を背景に幕府の政を保つべしという独自の藩学が構築されている。徳川斉昭が井伊直弼と対立し、蟄居に追い込まれたのも、そんな水戸藩独特の理念を忌まれた点が大きい。加えて水戸藩士たちが井伊直弼暗殺に踏み切った事実は、近年、かの地の藩学の過激さを、如実《にょじつ》に物語っていた。

新島が川田を無理やりこの場から連れ去ったのは、そんな水戸の衆の耳を恐れてだろう。虎尾は耕蔵と顔を見合わせると、二人の後を追って駆け出した。

新島はこの辺りには詳しいと見えて、小さな道を幾度も折れ、人気《ひとけ》の少ない路地裏へと川田を引きずっていく。初めのうちは怒りの声を上げてきた川田も、段々馬鹿馬鹿しくなってきたらしい。竪川《たてかわ》に面した小橋のかたわらまで来たところで、「ええい、離せッ」と怒鳴って、新島の手を乱暴に振り払った。

「わしとて向こう見ずではないのだ。野次馬の中に侍がいるかどうか、どのようにこちらの言葉を聞いておるかぐらい、ちゃんと見極めて物を申しておるッ」

「ですから、それが迂闊《うかつ》と申しているのです。当節、攘夷を叫ぶ輩は、なにも侍に限った話ではありません。神職や僧侶、医師、どうかすれば商人などの中にも、水府の学を是とするお人は多いんですよ。まったく、これだから江戸を知らぬ御仁は」

両の手を拳に握り、新島はきっと川田を仰いだ。あの、と恐る恐る歩み寄った虎尾たちを凄まじい勢いで振り返ってから、「あなたがたでしたか」とあからさまに肩の力を抜いた。

「先ほどは失礼しました。ただご家中の方からも申し上げてください。このままではいずれ、川田先生を奸佞《かんねい》の輩と付け狙う奴が現れるやもしれません。そうなれば当然、板倉周防守さまにもご迷惑が及びましょうし、ひいてはわが殿にも要らぬ波が――」

「あの。失礼ながら、新島どのはどちらのご家中でおいでなのです。わが藩のお方ではないとお見受けしますが」

耕蔵の問いに、新島は一瞬、虚を突かれた顔になった。だがすぐに自らの額を掌《てのひら》で軽く叩き、「これは失礼」と居住まいを正した。およそ武家の子弟には似つかわしからぬ、剽《ひょう》げた仕草だった。

「わたしは上州（群馬県）安中藩、板倉主計頭《かずえのかみ》（勝殷《かつまさ》）さまご家中にて右筆見習いを勤めおります、新島七五三太《しめた》と申します。わが殿と板倉周防守さまがご一族でいらっしゃるご縁から、川田先生には月に二度、わが江戸屋敷の学問所にて教鞭をお執りいただいているのです」

「この男は困ったことに、蘭学や西洋航海術にも関心が強くてな。ゆくゆくは講武所にも入門したいと申すゆえ、相談に乗っているのだ」

上州安中藩は三万石。備中松山板倉家にとっては分家筋に当たるため、両藩はかねて江戸表で不便が生じると、人材や資材を融通し合う慣例だった。

川田竹次郎は儒者の割に、漢学のみには拘泥《こうでい》しない。先日も撫育方《ぶいくかた》による産物の販路を拡充すべく、西洋式帆船を購入してはどうかとの建白書を山田方谷に送り、藩内に大きな議論を巻き起こした。

藩の外港・玉島から各地への産物運搬には、弁財船や菱垣《ひがき》廻船といった和船を用いる。ただこれらの船は瀬戸内や近海の航行には優れているが、江戸や陸奥といった遠方への航海に用いるには足が遅く、外洋の荒波に耐えられぬことも多い。

船が一隻沈めば、積んでいた荷が失われるばかりか、船主や水主《かこ》たちへの償い、約束していた販売先への補塡《ほてん》など、生じる損失は本来の利益を軽く上回る。ならばいっそ、近年、横浜を始めとする諸港に多く来航している西洋帆船を購入し、藩の御用船として就航させるべきでは――というのがその主張だった。

とはいえ、西洋船はとかく値が張る。また藩内に西洋航海術に長《た》けた人材がおらぬ今、無理に船を買い求めても宝の持ち腐れになるとの主張も多く、結局、川田の策は棚上げにされた。

新島七五三太なるこの男が藩の垣根を越えて川田を慕うのも、そんな闊達《かったつ》さを信頼すればこそに違いない、と虎尾は思った。

川田によれば、七五三太は過去には藩の命を受けて蘭学を学びもしたが、肝心の師匠が途中で長崎に留学してしまった。その後も学問への思い断ちがたく、昨年には藩の許しを得ぬまま蘭方医・杉田玄端《すぎたげんたん》のもとに勝手に入門し、留守居役から散々な叱責を受けたという。

「それでもなお隙さえあらば、亜米利加や英吉利といった異国について学ぼうとする厄介な奴でな。中小姓をお勤めの父君や、ご隠居の身の祖父君も、こ奴の頑固には手を焼いておられるのだ」

「それはまたご熱心な。新島どのとやら、蘭学とはそんなに面白い学問なのですか」

耕蔵の問いに、七五三太は「それはもう」と形のいい目を輝かせた。

「政一つを取ってしても、たとえば亜米利加なる国には帝も将軍もおわさぬのです。そもそも亜米利加はちょうど日本における藩のように、小さな国が集まって一国を成した国。それを率いる主は、その小さな国の中で選ばれた人々が、みずからがいいと思ったお人を名指しし、その指名を一番多く集めたお人が、四年の間、政を担う仕組みで——」

「こんなところで長口上はよせ。それよりおぬしら、その身形から推すに、どこかに行く途中ではないのか」

どうやら七五三太は蘭学となると、周囲が見えなくなるらしい。舌打ちをしてそんな弟子を遮った川田に、虎尾はそうでしたと我に返った。

「実はこれなる山田耕蔵どのがこのたび、それがし同様に江川太郎左衛門さまの門に入られることとなりまして。本日は本所のお役宅に、そのお許しをいただきに上がるのです」

「山田どのだと。するとおぬしは、方谷先生の」

川田がはっと背筋を伸ばす。だがそんな師とは裏腹に、七五三太はひょろりと長い手を胸の前で組み、「それは妙ですねえ」と首をひねった。

「江川太郎左衛門さまでしたら、もうずいぶん前から芝で寝起きなさっておいでで、本所のお役宅には留守居役しかいらっしゃいませんよ。我らが安中藩はただいま毎月、二と七のつく日、神田佐久間町の中屋敷を、縄武館に通う徒組《かちぐみ》の教練場としてお貸ししておりますのでよく存じているのです」

しまったと叫びそうになるのを、虎尾はあわてて堪《こら》えた。

幕府のお声がかりで作られた縄武館には、虎尾のような各藩藩士や旗本の子弟のみならず、江戸城に詰める徒組や小十人組といった身分の低い侍たちも大勢入塾している。これは江戸の軍備を西洋化せんとする幕府の意図に基づくもので、総勢五百名近い彼らは、そのあまりの数の多さから、普段は虎尾たちとはまったく異なる訓練を受けていた。芝の習練場のみならず、日によっては徒頭やほうぼうの藩の屋敷を稽古場としているとは聞いていたが、まさかその一つが安中藩中屋敷とは。

眼を泳がせた虎尾に、川田の眉間《みけん》に皺が寄る。だが、「まさか、おぬし」と声を尖《とが》らせかけるのを、耕蔵が「わたしがお願いしたのです」と遮った。

「わたしは江戸に上って、日が浅うございます。この先、芝には嫌というほど通うのでございましょうが、一方で本所にはこの機を逃せばいつ出かけられることか。名高い回向院や深川の賑わいもぜひ見物いたしたく、渋る塩田どのに無理を申し上げたのです」

違うと言いたいのに、声が出ない。「耕蔵どのの仰せは本当か」と、川田はそんな虎尾を睨んだ。

「は……はい」

「おぬしも耕蔵どのも年若い。繁華な江戸に上り、つい気持ちが浮かれる折もあろう。だがおぬしらの出府はすべて、藩のこれからに備えてのお計らいだ。ゆめゆめ殿や方谷先生の期待を裏切るではないぞ」

「肝に銘じます。まことに申し訳ありません」

耕蔵が襟元に物差しでも差し込まれたかと思うほどに背筋を伸ばして、はきはきと答える。反省の色を示した若者に更に説諭を加えるのは、生一本な川田の肌には合わぬらしい。「ならばよし」と一つうなずき、東の方角を顎で指した。

「では、さっさと参れ。留守居役さまには黙っておいてやるが、次に同じ真似をすれば許さぬぞ」

「あ、ありがとうございます」

虎尾は小腰を屈めると、逃げるように川田の前を通り過ぎた。耕蔵がついてきているのを確かめてから道を折れ、更に半町ほど足を急がせた後、やっとふうと息をつく。その癖、「さしでがましい口を利きました」という背後からの言葉に応える気になれぬのは、わずかな間に彼と己のあまりの違いが骨身に染みればこそだった。

自分が藩の期待に応えられぬぐらい、己自身が一番よく分かっている。だがいま、昇り染めた朝日のように爽《さわ》やかな耕蔵を前にすれば、もはや諦めきった己の自堕落《じだらく》がますます情けなくなってくる。

事情は分からぬなりに、詮索《せんさく》はせぬ方がいいと判断したらしい。耕蔵は何も問わぬまま、おとなしく虎尾の後に従ってくる。その態度が更にいたたまれず、虎尾は小走りに本所の辻を走り抜け、江川家の役宅へ駆け込んだ。「もうし、お頼み申し上げます」と上ずった声で訪《おとな》いを告げると、留守番役の下士が出てくるのを待たず、くるりと踵《きびす》を返した。

「ここまで来れば、後はお一人でも大丈夫でしょう。わたしは先に戻らせていただきます」

お待ちを、と呼び止める耕蔵から顔を背けて往来を駆け、竪川を南へと渡る。建ち並ぶ御船蔵を右手に眺めながら新大橋のたもとまでひた走れば、生暖かい潮風がむっと顔を叩いた。「何をやっているんだ、俺は」との呻きが、おのずと口をついた。

目の前の大川を渡り、海沿いを少し南に下がれば、そこはもう芝。縄武館の門弟たちは波濤《はとう》を塞《ふさ》ぐあの土塁の奥で、今この時も習練に励んでいよう。そこに加われぬ己が情けない一方で、すべてを告白して留守居役に頭を下げる勇気も、自ら国許に逃げ帰るだけの覚悟も持ち合わせぬ事実が虎尾の身をちくりちくりと責めた。

耕蔵が今後、縄武館での虎尾の今までを知ることになるのは間違いない。そしてそれは彼の口を経て、すぐに藩邸じゅうに知れ渡ろう。間もなく始まる針の筵の日々を思い、虎尾の胸は重くふさがった。

だが、三日、四日と日が過ぎ、耕蔵が二日に一度の割合で芝新銭座の縄武館に通い始めても、藩邸の人々が虎尾に向ける眼差しはなぜか変わりがなかった。いや、むしろ側用人の辻七郎左衛門などはわざわざ上屋敷に虎尾を呼び、「正直、あまり学問に身が入っているように見えなんだが、縄武館では別人の如く熱心に励んでいるそうだな」と瘦せた頰に笑みを浮かべすらした。

「いや、感心、感心。山田耕蔵とお互い切磋琢磨《せっさたくま》しながら、よく学べよ。わが藩の将来は、おぬしらの如き若者にかかっているのだからな」

行状不心得を責められ、備中松山への帰国を命じられるとばかり思っていただけに、虎尾は狐《きつね》につままれた気分となったが、意外なねぎらいの理由はすぐに判明した。その翌朝、いつもの如くこそこそと下屋敷を出ようとした虎尾を、小脇に小風呂敷包みを抱えた耕蔵が呼び止め、

「今日は芝までご一緒いたしましょう」と明るく笑ったためだった。

「今日はとは、おぬし――」

そう呟いてすぐ、虎尾は息を飲んだ。今日は六月の十七日。二と七のつく日はすなわち、江川英敏じきじきの講義が行なわれる日だ。

「先日、太郎左衛門さまとあれこれお話をさせていただきました。お立場からお一人お一人の門弟に声をおかけにはなられませんが、太郎左衛門さまは塩田どののことを大層お気になさっておいでです。うかがいづらいお気持ちは分からぬでもありません。ですがこのままでは、せっかく学べるものも叶わなくなりますよ」

「馬鹿を言わないでください。あのお方がわたし如きに気を払われるものですか」

幕閣の信頼厚く、関東の海防を一手に担わんとしていた父の名を辱めてはならぬとの自負があるのだろう。英敏は女とも見まごうほどに細い体軀《たいく》とは裏腹に、始終、形のいい眉を吊り上げ、

父や祖父ほどに年の離れた門弟であろうとも、遠慮なく罵声《ばせい》を浴びせ付ける権高《けんだか》な青年だ。

英敏が年若いこともあって、縄武館の運営には先代・英龍の高弟が多く関わっており、ことに門弟の教練全般については、英敏の義兄である榊原鏡次郎《さかきばらきょうじろう》なる旗本が師範代として責任を負っている。だが英敏は時に、居並ぶ門人たちの目の前でそんな義兄の過ちをあげつらい、「門弟の分際で」と罵《ののし》ることすらあった。

そんな英敏が自分に、わざわざ目を留めるわけがない。おおかた耕蔵が要らぬ口利きをしたのだろう。

しかし耕蔵は唇を引き結んで藩邸を飛び出した虎尾の後をしつこく追い、「何でしたら、顔を出すだけでも」「新しい銃が英吉利より届いたと、師範代さまが仰せでした。今日あたり、みなに触らせてくださるはずです」とまるで子どものようにしゃべり続けている。そのやかましさと来たら、道行く棒手振《ぼてふ》りが目を丸くしてこちらを振り返るほどだ。

ついにたまりかねて、「ああ、もう。しつこいッ」と虎尾は足を止めた。

「分かったよ、行けばいいんだろう。けど本当に顔を出すだけだからな。わたしみたいな落ちこぼれの面なぞ、太郎左衛門さまはもちろん師範代さまたちだって、別に見たくなかろうし」

「そんなことはないと思いますがね。いずれにしても、とにかく急ぎましょう。ぐずぐずしていると、四ツ（午前九時頃）からの講義に間に合いません」

慌ただしく身を翻す耕蔵の足元を、燕《つばめ》が一羽、かすめ飛んだ。

ちっと舌打ちをして耕蔵の後を追いながらも、虎尾は胸の片隅にわずかな安堵を覚えていた。

自分がこのままで居続けるわけにいかないことは、よく分かっていた。江戸市中を巡って日を過ごすのも限度があるし、縄武館を辞めるのであれば正式にそう計らわねばなるまい。それだけに顔では怒りを示す一方で、虎尾は耕蔵の強引さを渡りに船とも感じていた。

江川英敏の補佐役だけあって、師範代の榊原鏡次郎は柔和な男だ。虎尾の困惑を包み隠さず打ち明ければ、今後の身の振り方について相談に乗ってくれるかもしれない。

だが江戸湾を望み、八十間（約百五十メートル）四方に長い築地塀《ついじべい》を巡らせた調練場の門をくぐれば、裁付袴《たつつけばかま》に襷をかけた手代《てだい》（下級役人）が二人、待ちかねたとばかり駆け寄ってくる。耕蔵と虎尾の左右を挟んで立ち、「さあ、奥へ。太郎左衛門さまはお忙しいのだ」と有無を言わさず二人を役宅へと押し込んだ。

否《いな》を言う暇なぞありはしない。耕蔵ともども、庭に面した六畳間に突き飛ばされるように転がり込めば、床の間を背に腕組みをしてうなだれていた青年がゆるゆると頭をもたげる。

「来たか。確かに久方ぶりに見る顔だ」

と眉間に深い皺を刻み、江川英敏は虎尾と耕蔵を見比べた。

「とはいえ、山田。それがしはもはや、こ奴の姓名も覚えておらん。それほど長らく無沙汰だった輩となれば、どうせ藩命を受け、しかたなくこの塾に通っていただけだろう。そんな輩、無理やり引きずってきたところで、今後性根を入れ替えるとも思えん。こ奴がいなくなれば、その分、縄武館は新しい門弟を一人受け入れられる。互いのためにも、さっさと退塾させた方がいいと思うがな」

「いいえ、先生。先日も申しました通り、我が備中松山藩から縄武館に入っておりますのは、これなる塩田虎尾どのとわたくし山田耕蔵の二人のみ。世に切磋琢磨という言葉がある如く、人は単身何かに打ち込めば、時に独りよがりとなりかねません。わたしが縄武館で勉学を究めるためにも、塩田どのは必要なお人です」

だがそれが口実に過ぎぬ証拠に、耕蔵は先ほどから横目で虎尾をうかがい、しきりに目くばせを送って来る。どうやら、とにかく謝れ、これからは性根を入れ替えますと詫びろと言いたいらしい。そのお人好しぶりに、虎尾は心底呆《あき》れ返った。

この世に生きる者すべてが、勉学好きなわけではない。世間にはとかく学問に向かぬ人間も、一定数いるのだ。しかし早くに山田方谷の養子となり、養父の門弟に囲まれて育った耕蔵には、そんな当然の道理が分からぬと見える。

虎尾が縄武館と江川英敏を避けている事実も、耕蔵の目には些細《ささい》なつまずきとしか映らぬのだろう。そして虎尾には不幸なことに、傑物だった父の薫陶を受け、若くしてその跡を継いだ英敏もまた、こと学問については虎尾と似た考え方らしい。

「よし、分かった」

英敏はそう言いざま、腕組みをしていた手を解き、強く両膝を打った。「鏡次郎、鏡次郎はいるか」と癇性《かんしょう》に呼び立てると、すぐさま縁側に膝をついた義兄に向かい、軽く顎をしゃくった。

「塩田とか言ったか。これからこの鏡次郎と、今後について相談しろ。わたしは講義に行かねばならん。話が終わったら、すぐに習練場に出て来い。本日は午後より、新式銃を用いた大角《だいかく》（大的）訓練だ。遅れるなよ」

　山田はわたしとともに来い、と命じられ、耕蔵が勢いよく立ち上がる。英敏の後に従いざま、安堵の笑みを投げて寄越す彼に、虎尾はふざけるなと怒鳴りたいのを飲み込んだ。

　拳を強く握りしめながら振り返れば、榊原鏡次郎が日焼けした四角い顔に気づかわしげな表情を浮かべている。

「確か、この三月に入門なさったお方でしたな。お国許は備中松山の――」

と記憶をたどる口調で述べる彼に、ええと虎尾はうなずきかけた。

「板倉周防守さま家中、塩田虎尾でございます。実を申さば、縄武館の教法に馴染めず、退塾を願えないかと思っておりました。ですが、江川先生のあのご様子では」

「無理ですな。到底、お許しくださいますまい。ここは腹をくくって、もうしばし精進なさいませ」

　諭す口調で言って、鏡次郎は懐から矢立と帳面を取りだした。塩田どの、塩田どの、と呟きながら、細かな字がびっしり書き入れられた帳面を繰った挙句、「ああ、なるほど」と指先で軽く紙を叩いた。

「なるほど、ずいぶん以前から無沙汰が続いておいでですな。とはいえ、今からでも遅くはありません。本日より心根を入れ替え、しっかり学ばれればよろしいでしょう」

　そのしっかりが出来ぬため、長らく習練場に足が向かなかったのだ。とはいえこの分では何を言っても聞き入れてはもらえまい。縄武館を穏便に辞める手立てなぞ、やはりどこにもないのか、と虎尾はつい溜息《ためいき》をついた。だが耕蔵はそんな内奥を見透かしたかのように、翌々日より毎朝、日の出とともに虎尾の長屋を訪れ、「さあ、芝にまいりましょう」と明るくうながし始めた。

「勘弁してくれ。一昨日の教練でも見ただろう？　わたし一人、銃を渡されてもまごまごして、挙句、太郎左衛門さまから雷を落とされたじゃないか」

「長らくお休みをしていらした後ですから、しかたがありません。だいたいあれで見事に大角を撃ち抜かれては、他の門人衆の居心地が悪くてしかたがありませんよ」

蛙《かえる》の面に小便とのたとえがふさわしいほど、耕蔵はなにを言っても堪《こた》えない。さあさあ早く早く、と虎尾を引きずるようにして藩邸を飛び出すその横顔は、いつも新しい知識を学べる喜びに輝いていた。

備中松山藩がそうであるように、国内諸藩では長らく、銃と言えば火縄を用いて火薬に着火する火縄銃を指していた。だが縄武館では英龍の代より、火縄ではなく燧《ひうちいし》石を用いるゲベール銃やヤーゲル銃などの最新式の銃を数多く買い付けている。先だっては、まだ国内でも数丁しか存在せぬとされるミニエー銃なる新式銃の仕組みを、英敏みずから門弟に説きもした。

弾込めが容易で射程が長く、しかもどれだけ撃っても銃身が汚れぬという新式銃の利点は、不勉強な虎尾にもよく分かる。しかしこの太平の世のいったいどこで、そんな銃を使う機会があるのだろう。

（同じ西洋式の学問なら、むしろ航海術の方が役に立つんじゃなかろうか）

備中松山藩下屋敷から縄武館までは、男の足で一刻あまり。日の出からまだ間がないにもかかわらず、左手に広がる江戸の海は今日の暑さを予告するかの如くぎらぎらと海面を光らせている。油を流したにも似たその明るさを眺めながら、虎尾は一昨日、調練場の土塁越しに眺めた西洋船の船影を思い起こした。

一日の教練を終えた虎尾たちが、井戸端で汗を拭《ぬぐ》っていた時、芝の南、品川の海に現れたその船は、四方に鉄板を巡らした西洋式の艦艇で、虎尾の目には巨大な牛が海上に現出したかにも映った。榊原鏡次郎によれば、今年一月、亜米利加に赴く幕府の公使を乗せて大海原を渡り、五月五日に浦賀に帰着したばかりの咸臨丸《かんりんまる》なる船らしい。

しかも咸臨丸は亜米利加に向かう往路こそ、乗り込んだ米軍水夫たちが中心となって運用されたが、帰路は九十名あまりの日本人水夫が力を合わせ、外国人の手をほぼ借りずに航海を成し遂げたという。あのように巨大な西洋艦を日本人だけで動かしたことも信じがたければ、大海原をはるかに隔てた異国より、無事に帰国したことも信じがたい。

四囲を山々に囲まれた備中松山育ちとあって、虎尾は長らく、船と言えば松山川（高梁川《たかはし》）を行く高瀬船しか知らなかった。江戸に出府以来、品川を出入りする異国船を目にする機会は驚くほど増えたが、空を貫くかの如く掲げられた帆や、高々とそびえ立つ優美な船首を同じ日本人が操ったと聞かされると、胸の底が大きく波打つ。

幕府が長崎に海軍伝習所を設立し、幕臣旗本らに西洋式航海術を学ばせ始めたのは、わずか五年前のことと聞く。たった五年。懸命に学びさえすれば、人はそんな短い歳月であれほど巨大な西洋艦を操れるようになる。そんな厳然たる事実が、眩《まばゆ》く輝く夏の海と相まって、虎尾の胸を大きく揺らした。

「そういえば、塩田どの。あの新島とかいう安中藩のお人のその後を、お聞きになられましたか」

半歩先を歩んでいた耕蔵が、ちらりと虎尾を振り返った。虎尾が首を横に振るや否や、まるでこちらの胸の中を言い当てたかのように、「あのお人と来たら、いまだ西洋への憧れを抑えきれぬそうです。この間は安中藩お留守居役さまに、どうか築地《つきじ》の軍艦操練所に通わせて欲しいと願い出て、こっぴどく叱られたそうですよ」と続けた。

「おぬし、よくもまあ、そんな他藩の話を知っているな」

「先日、上屋敷にうかがったところ、川田竹次郎さまが呆れ返っておられました。あ奴はどれだけ時節を待てと申したとて、先に先にと前のめりになってしまう、と。あの気性のままでは、いずれ藩内でひと悶着起こすのではとも漏らしておいででした」

安中藩の先代藩主・板倉勝明《かつあきら》は明君として名高く、蘭学の導入にも積極的だった。しかし三年前にその後を継いだ当代は学問への関心が乏しく、藩内での蘭学習得を禁止。新島七五三太はそんな藩の態度に、ますます意固地になって蘭学を志しているきらいがあるという。

現在、築地に置かれている軍艦操練所は、長崎に置かれていた海軍伝習所の跡を継ぐ学問所。江川家からも高弟が数名、その師範役として出仕しているが、入塾は幕府直参に限られており、七五三太のような藩士には見学すら許されていない。

つまり七五三太は蘭学を手放した自藩の留守居役に、軍艦操練所の規則を枉《ま》げてまで、入学を願い出たわけだ。そりゃ叱責の一つや二つも当然だろうと呆れる一方で、自らの目指すものにかくも直向《ひたむ》きなあの男が、羨《うらや》ましくも思われる。

はるばると広いあの海の向こうに、自在に漕ぎ出せて行けたなら。見渡す限り陸の姿はなく、海と空の境目さえも溶け合うという大海原に身を置くことができれば、こんな自分の鬱々《うつうつ》たる悩みなぞ、あっという間に吹き飛んでしまうのかもしれない。

とはいえ虎尾にとって、所詮《しょせん》それは叶わぬ夢だ。だいたい備中松山藩は、いまだ洋船を持たない。そんな最中に、藩命による西洋砲術の習得すらままならぬ自分が、西洋航海術を学ぶことなぞ出来ようものか。そんな屈託をごまかすかの如く、「しかしまあ、あれだ」と虎尾は無理やり声を張り上げた。

「新島どのは無駄なことをしているな。長崎の海軍伝習所がそうだったように、お上は軍艦操練所の門戸を我ら諸藩の士にまで開くつもりなぞ、おありじゃなかろう。それにもかかわらず駄々をこねても、かえって辛くなるだけだろうに」

だがその翌月、思いがけぬ話が虎尾の耳に飛び込んできた。幕府が今までの方針を一変させ、国内諸藩藩士に軍艦操練所入学を許可するというのだ。

幕府の政において、直参である幕臣と陪臣《ばいしん》である諸藩藩士の間には、常に厳密な区別があった。かの昌平坂学問所とて、近年でこそようやく諸藩藩士の入学が許されているが、これは浪人や町人など幅広い身分に門戸を開放したことに伴うもの。そんな常識を覆してまで、幕府が軍艦操練所に多くの人材を容《い》れんとしたのは、先だっての咸臨丸の亜米利加航海において、長崎海軍伝習所出身の幕臣の限界が否応なしに明らかになってしまったためという。

　確かに咸臨丸は、復路、ほぼ日本人だけで航海を成し遂げた。だがたった一隻の船を航海させるために、軍艦操練所の教授方頭取以下、西洋航海術を学んだ者の大半の手を必要としたのだ。今後、更に多くの西洋艦を備えるには、これではまったく人材が足りないと幕府は考えたのだった。

　虎尾はてっきり、七五三太はこの知らせに喜び勇んでいようと考えた。だが耕蔵に尋ねれば、安中藩主・板倉勝殷は幕府の布告にもかかわらず、相変わらず蘭学に腰が重く、再三の七五三太の請願にも言を左右にしているという。

　望んでもいない学問を学ばされる自分と、望む学問を学べぬ七五三太。果たしてどちらが幸せなのか、と虎尾は思った。

　縄武館の教練は相変わらず厳しく、担がされる西洋式銃は足がもつれるほどに重い。江川英敏の怒声にはどれだけ経っても慣れないし、出来の悪い虎尾に呆れつつあるのか、最近では温和なはずの榊原鏡次郎の眼差しまでがどことなく冷たい。

　そんな虎尾にとって数少ない心の慰めは、縄武館のある芝から、時折、沖を行く咸臨丸の雄姿を望めることだった。咸臨丸は現在、品川・浦賀両港を拠点に相模一帯の警備に当たっているらしく、天気がいい昼下がりなどははるか沖合の海と空の狭間に漂う優美な船影を見られる折もあった。急に色褪《いろあ》せはじめた秋の陽射しが、その輪郭をひどくくっきりと際立たせていた。

「おい、塩田ッ。なにをぼんやりしている。さっさとこちらに来いッ」

雷鳴の如き怒号に飛び上がれば、竹の笞《むち》を手にした江川英敏が土塁際に並べられた的の脇から、苛々《いらいら》とこちらを睨みつけている。そんな師を遠巻きにする弟子たちの輪に、虎尾はあわてて駆け寄った。

英敏の足元には筵が敷かれ、一昨日届いた新式ミニエー銃が二十丁も並べられている。縄武館は表向き、江川家が幕府から地所を賜って開いた私塾。だが幕府がその開設に尽力し、徒組や小十人組といった千代田のお城（江戸城）常駐の軍勢が揃って入塾している事実からは、この塾が軍艦操練所にも等しい性質を持っていることを物語っていた。

江川英敏はまだ年若だけに、そんな縄武館の重任に気負いがあるのだろう。虎尾に限らず、出来の悪い塾生は遠慮なく怒鳴りつけ、その威圧的な姿でもって、他の塾生たちを奮起させようとしているようだ。

「そんなに余所見《よそみ》をしていたとは、さてはこの銃に関わるそれがしの言葉はすべて諳《そら》んじているのだな。それなら最初の一打ちは、おぬしに任せてやる。弾を込め、あれなる小的を打ってみろ」

細い顎をつんと上げ、英敏が足元の銃を目で指す。その言葉が軽口ではない証拠に、肉の薄いその頬には苛立たし気な色が濃くにじんでいた。

ミニエー銃は縄武館に置かれている様々な西洋式銃の中で最新の品。それだけに、今まで塾生は英敏たち教官が説明するこの銃の様々を懸命に書き取るのみで、実際に手に取るのは本日が初めてだ。

居並ぶ塾生たちの眼差しに、一様に哀れみの色が浮かぶ。促《うなが》されるまま一歩あゆみ出ながらも、虎尾の足は小さく震えた。

「どうした。さっさとやれ。それともおぬしはただこの塾におるだけで、その実は何も学ぶ気のない怠け者なのか」

江川英敏の舌鋒《ぜっぽう》が、ますます鋭くなる。それを避けるように俯《うつむ》いた虎尾の視界の端に、耕蔵の気づかわしげな表情が引っかかった。

その両の拳は握りしめられ、草鞋履きの爪先は今にも前に出そうなほどに浮いている。馬鹿な真似をするな、と虎尾は急いで耕蔵を睨みつけた。

ここであの男が、では自分が代わりになぞと進み出ても、英敏は耕蔵と虎尾双方に怒号を浴びせつけるだけだ。そして二人が叱責を受けたという事実は、下手をすれば備中松山藩への評価にも及びかねず、藩の面目を思えば、ここは虎尾一人が叱られるに越したことはない。

(畜生——)

もちろん悪いのは、勉学に身が入らぬ自分だ。だがその事実を踏まえても、英敏の叱り方はあまりに悪《あ》しざまで、同じ武家に対するものとは思い難い。

それとも、虎尾とさして年の変わらぬこんな若造に頼らねばならぬほど、この国の人手は足りておらぬのか。そんな。いや、まさか——と虎尾が己に言い聞かせたその時、「失礼いたしますッ」との声がして、絣《かすり》の着物に白襷をかけた江川家の高弟が一人、役宅の方角から駆けてきた。

「何事だ。今は忙しい。後にしろ」

片膝をつく高弟を振り返りもせぬまま、英敏が権高に言い放つ。だが門弟はわずかな怯えを顔に走らせながらも、「は、しかし」と食い下がった。

「どうした。言いたいことがあるなら、ここで言え」

苛々と頬を震わせる英敏に、門弟は日焼けしたうなじを深く俯けた。

「その……ただいま千代田のお城より、お使者がお越しになられました。外国奉行・堀織部正《ほりおりべのかみ》（利熙《としひろ》）さまが、昨夜お役宅にてお腹を召された由にございます」

英敏が凄まじい勢いで、門弟を顧みた。大きく双眸《そうぼう》を見開いたその手から、竹笞が軽い音を立てて落ちる。高弟はそれに首をすくめながら、「堀さまは」と早口に続けた。

「このところ長らく、普魯西《プロシア》（ドイツの前身）使節との通商条約締結に当たっておられました。されどその内容につきまして、昨夕、ご老中の安藤対馬守《つしまのかみ》（信正）さまよりお叱りを受けられたそうでございます」

「馬鹿な。あの方がご叱責程度で切腹なさるものか」

英敏の語尾は震え、普段の荒々しさが嘘のように頬が強張っている。「幕閣がたも、突然のご切腹にまだ戸惑っておいでのご様子です」と、高弟はますます深く顔を伏せた。

「安藤さまのご叱責も、決して堀さまに死を決意させるほどのものではなかったとのこと。いずれにしましても――」

「うるさい。もう分かったッ」

英敏は、門弟の言葉を乱暴に遮った。足元の砂を蹴散らして踵を返すや、そのまま大股《おおまた》に役宅に向かって歩き出した。

「あ、あの太郎左衛門さま。本日の講義は」

師範の一人があわてて、その後ろ背に叫ぶ。しかし英敏はそれにますます足を速め、なかば駆けるように去ってしまった。

肝心の英敏がこれでは、新銃の試し打ちどころではない。結局この日、虎尾たちは急遽《きゅうきょ》、代講を買って出た榊原鏡次郎から、再度ミニエー銃の構造について教えを受けたが、その間にも役宅の方角では馬の嘶《いなな》きが響き、あわただしいことこの上ない。

縄武館からの帰路、山田耕蔵に教えられたところによれば、昨夜切腹したという堀利熙は外国奉行兼神奈川奉行。かつて老中である阿部正弘《あべまさひろ》のもと、海岸防禦御用掛《かいがんぼうぎょごようがかり》として沿岸警固や諸外国への対応に当たった折には、英敏の父・江川英龍と相役だった人物だという。

「それだけに太郎左衛門さまが早くに父君を亡くされた後は、その後ろ盾のお一人となり、縄武館の創設にもご尽力くださったお方のはずです。あの方がかほど狼狽なさったのも、恐らくはそのせいかと」

「おぬしは本当に何でもよく知っているなあ」

「塩田どのがご存じなさすぎるのですよ。縄武館に通うとは、わが国の守りや諸外国との折衝を間近にすることでもあるのです。もう少し周りにも眼を向けてください」

すぐに人の世話を焼く気性は、生まれついてのものと見える。やれやれと溜息をつきながら、耕蔵は「そもそも西欧とは」と語を継いだ。

「日本で言えば藩ぐらいの大きさの小国が、数え切れぬほどひしめき合っている地だそうです。普魯西はその中ではかなり大きな国と聞きますが、かの国と通商を結ぶとなれば、周辺の諸国もきっと我も我もと名乗りを上げましょう。諸外国の事情に通じていらした堀さまでも、そんなお国とのやり取りはご苦労が多かったのではと拝察申し上げます」

耕蔵によれば、欧州の諸国は日本で言えば天皇のような王を主君といただく国、そんな王から支配を許された貴族が治める国、はたまたかつての上方《かみがた》・堺《さかい》の如く商人によって自治される国など、統治の形も様々という。

「つい先日まで王をいただいていた国が、何かのきっかけで商人衆が協議して政を行なう国に変わることもあると聞きます。政なぞ、たった一国を相手にするだけでも大変なもの。それが今の日本はまるで大勢の蟻《あり》にたかられる饅頭の如く、様々な海外諸国が一斉に押し寄せてきているのです。これを乗り切るのは、並大抵の苦労ではありませんよ」

「やっぱり、人手が要るというわけか」

ぽつりと呟いた虎尾に、耕蔵はええとうなずいた。

「この国はいま、まったく手が足りていません。西洋の文物を取り入れるには、それを使いこなす者が大勢必要ですのに、それを今こうしてあわてて育成している始末ですからね。ですがそうこうする間にも、諸外国の風聞や政の様々は次から次へと嵐のように押し寄せてきます。これではいずれわが国は、外国からの波に飲み込まれてしまうのではないかと恐ろしい限りですよ」

「なるほどなあ。山田方谷さまの養子であり、漢籍に埋もれた暮しを送ってきたであろうおぬしがなぜ西洋砲術を学ぶのか不思議だったが、つまりそういう危惧を抱いたがゆえだったのか」

だがそんな感慨を漏らした虎尾に、耕蔵はあっさりと「違いますよ」と首を横に振った。

「わたしが太郎左衛門さまのもとに入門したのは、養父の勧めあらばこそです。確かに養父は儒者です。しかしだからこそあの人は、漢籍が世に問える限度も、西洋諸国と対峙《たいじ》せねばならなくなったこの国に足りぬものも、よくよく分かっているのです」

川田竹次郎が献策した西洋船購入についてもそうだ、と耕蔵は暮れなずむ海に目をやった。まるでそこにまだ見ぬ備中松山藩の船が浮かんでいるかのような眼差しのまま、「養父は幕府のお許しさえ得られるのであれば、ぜひ船を買うべきだと口添えをしたのです」と続けた。

「確かに西洋の船は値が張ります。莫大な借金こそ返したとはいえ、実際の石高が二万石にも及ばぬわが藩が買うには、あまりに高価すぎる買い物でしょう」

だが方谷は川田の献策に戸惑う備中松山の家老衆に、「入用なものを買い求めんがためにこそ、藩の勝手（財政）はございます」と言い放ったという。

普段は勝手方の支配のもと、江戸や大坂への藩の産物運搬に用い、いざという時には軍船として用いることができれば、それは一度の出資で二隻の船を買ったのも同然。それが山田方谷の意見だったという。

ただなにせ、西洋船を所有している藩は国内にごくわずか。また海外からの船の購入には幕府の許しが必要で、当時は板倉勝静を更迭《こうてつ》に追いやった大老・井伊直弼が存命中だったこともあって、そもそも許可が下りるとも思い難かった。備中松山藩では珍しいことに、かくして方谷の意見は取り上げられなかったが、「養父はまだ諦めてはおらぬようです」と耕蔵はきっぱりと言った。

「一度動き出した流れは、もはや止められません。この国と諸外国との関わりは、増えていく一方でしょう。ならば西洋船がどれだけ役立つかは今後おのずと明らかになりましょうし、国許の家老がたも意見を翻さざるを得ぬ日が来るはずです」

ですから、と耕蔵は形のいい唇の両端をにっと吊り上げた。

「もし塩田どのが西洋の船にご興味がおありなら、それを学ばれるのもよろしいのではと存じます。もしかしたらその方が西洋砲術よりも早く、藩のお役に立てるかもしれません」

「山田どの、なぜそれを」

決まり悪い思いで目を泳がせた虎尾に、耕蔵は「そりゃあ」と口元の笑みをますます深くした。

「縄武館への往き来の都度、船が見えるたびにずっと目で追っていらっしゃるのですもの。それで何も気が付かないようでは、砲術を志す者失格です」

砲術にはとかくよく利く目が必要ですから、と耕蔵は付け加えた。

「そうそう、お伝えし忘れていました。例の新島どのですが、遂に留守居役さまを説き伏せ、一日おきに軍艦操練所に通うお許しを得られたそうですよ。我々は藩命を受けて縄武館に入門した身ですから、自分の勝手で他の学問所に行きたいとは願えません。ですがたとえば友人知人の元に参り、その見聞を教えてもらう分には、誰もお咎めにはなられぬのではありますまいか」

それはつまり新島を介して、西洋航海術を学べということか。声を上げそうになった虎尾を制するように、「ただ」と耕蔵は人差し指を一本、自分の目の前に立てた。

「それはあくまで縄武館での研鑽《けんさん》を重ねながらの話ですよ。本来為すべきことを疎かにしながらのよそ事は、ただのわがままというものです」

「分かった、分かった。それぐらい我慢しよう。だがおぬしは最近、まるでわたしの目付役みたいだな」

「塩田どのがそれだけふらふらしておいでだからですよ。藩命で学問ができる御身を、少しはありがたいと思ってください」

だがそんな耕蔵の提案に誰よりも反対を唱えたのは、意外にも新島七五三太だった。

父親や祖父の反対を押し切り、粘り強く留守居役を説き伏せた七五三太からすれば、虎尾に軍艦操練所での知識を伝えるなぞ、鳶《とんび》に油揚げをさらわれるにも似た気分になるのだろう。川田竹次郎が間に立って説得してもなかなか首を縦に振らず、結局、いつか備中松山藩が西洋船を購入したなら、最初の航海に必ずや七五三太を乗せるとの条件で話が折り合ったという。

いつしか暦は正月も三日を迎え、備中松山藩上屋敷から望む江戸の空には、そこここに烏賊《いか》幟《のぼり》（凧《たこ》）が揚がっている。

板倉勝静は昨年六月から国許に下っており、藩主不在の江戸屋敷の新春はひそやか、かつ柔らかな気配に満ちている。川田は年始の挨拶のため、耕蔵と連れ立って上屋敷を訪れた虎尾に七五三太との一部始終を告げ、「こうまでわたしの手を焼かせたのだ。おぬし、ちゃんと学ぶのだぞ」

と相変わらず大きな唇を引き結んだ。

この数日は、年賀の客の応対に追われているらしい。床の間の青磁壺《せいじつぼ》に活けられた紅梅の華やかさとは裏腹に、川田の仙台平の袴の熨斗目《のしめ》は新春には不釣り合いによじれていた。

「申し訳ありません。精進いたします」

「わが藩の西洋船購入がいつになるかは分からぬが、その時までに新島が航海術を身につけていたなら、こちらから請うてでも手を借りたいほどだ。互いにとって、決して悪い話ではない」

「それまでには塩田どのも、随分な航海術の使い手になっておられますよ。その日が楽しみだなあ」

女中が運んできた香煎《こうせん》をすすりながら、耕蔵が夢見るように目を細めた時、若侍が川田の名を呼んで縁側に膝を突いた。

「む。分かっておる。すぐに参ろう」

年賀の客がまだ後につかえているらしい。あわてて香煎を干す虎尾たちに、川田は「ああ、かまわん。おぬしらはゆっくりしていけ」と言いざま腰を浮かせた。だがすぐに何やら思い直した面持ちでその場に胡坐《あぐら》をかき直し、

「いずれ知れることゆえ、今のうちに話しておくが」

と、大きな顔を虎尾たちに向かって突き出した。

「一昨日、つまり元日の朝、国許におわす我らが殿あてに、急ぎ登城すべしとの徴命書《ちょうめいしょ》（呼び出し状）が千代田のお城より発せられた。辻七郎左衛門さまがすぐに早飛脚を送ったゆえ、知ら

せはそろそろ殿のお手元に届いていよう。となると月内にも殿はご出府あそばされるし、こたびは方谷先生もご随行なさるはずだ」

一年おきに江戸と国許を行き来する参勤交代は、諸国大名に課せられた責務。あまりに遠方である対馬の対馬藩、蝦夷《えぞ》（北海道）の松前《まつまえ》藩のように在府期間がごく短期に限られる例はあるにしろ、一旦帰国した藩主が早々に呼び戻されるなぞこれまで聞いたことがない。

「もしや、何かしらのお咎めが殿に下されるのでございますか」

声を上ずらせた虎尾に、「馬鹿を言え。逆だ、逆」と川田は苦笑した。

「大老の井伊さまが亡くなられて、じきに一年。我らが殿と同じく、井伊さまのご勘気を受けて幕閣を追われた久世《くぜ》大和守《やまとのかみ》（広周《ひろちか》）さまは、とうに老中に返り咲かれ、ご相役の安藤対馬守さまとともに八面六臂《はちめんろっぴ》のお働きだ。となるとやっと殿にも、出番が回ってきたということであろう」

確かに井伊直弼が桜田門外で討たれた直後、藩邸にはそんな風説が囁かれもしていた。縄武館通いの間に、すっかり忘れ切っていた風評を思い出し、なるほどと虎尾は小さく膝を打った。

「しかし、なぜまた養父までが出府を。国許からの文によれば、このところあまり身体《からだ》の具合がよくないと聞きますのに」

眉を曇らせた耕蔵に、「うむ。わたしも三島からそのように知らされておる。されど、しかたがあるまい」と川田は腕組みをした。

「なにせ備中松山藩の御勝手を立て直した方谷先生の名は、いまや諸藩に轟いておる。幕府のご要職がたはそんな先生にもご関心をお持ちらしくてな。元旦の徴命書には、藩儒たる山田安五郎方谷を必ず供として伴えとしたためられていたそうな」

ただでさえ丸い耕蔵の目が、大きく見開かれた。

山田方谷は本来、商家の出。並々ならぬ学才ゆえに取り立てられ、藩校の会頭《かいとう》を振り出しに、藩主の股肱《ここう》の臣に昇っただけでも目覚ましいのに、ついに千代田のお城に上がることすら許されるとは。

藩主たる板倉勝静の返り咲きは、臣下として喜ばしい。だが同時に養父までが江戸城に召されるとあっては、喜びより怯えの方が先立つらしい。耕蔵は失礼と断ると、懐から洗いざらした手拭を引っ張り出した。茹《ゆ》で卵に似た丸い額を幾度も拭い、やっと落ち着いた様子で肩をすぼめた。

「いずれにしても、わが藩はこれから大きく変わるぞ。おぬしらもその覚悟をしておけ」

そんな川田の言葉を証しするかの如く、国許から板倉勝静一行が到着した一月二十日は、春先には珍しい大嵐となった。地をどよもすほどの風が逆巻き、大粒の雨が礫《つぶて》の如く降り注ぐ。荒天は日が傾いてもなお続き、夜空に向かってそびえ立つ藩邸の庭の木々が、荒れ狂う風に揉《も》まれ、壊れた笛に似た音を立てていた。

江戸出府の大名は通常、ご府内にほど近い川崎宿の本陣に宿を取り、そこで身形を整えてから翌日、ゆったりと江戸藩邸に入る。だが徴命書に応じての出府では少しでも道を急がねばならない。とっぷりと日が暮れた時刻になってから上屋敷に着いた一行は、御先払の足軽から御乗物（駕籠）を囲む中小姓たちまでいずれも疲労の色が濃かった。

中でも、御乗物の背後に従って藩邸に踏み入った山田方谷の顔は、もともとどす黒い肌が艶《つや》を失い、塗りの陣笠からぽたぽたと滴る雨滴が紙のように薄い肩をしきりに濡らしていた。

「先生、ご無事のご到着、まずは重畳《ちょうじょう》にございます。それ、あちらに江戸詰めの衆に混じり、耕蔵どのも控えております」

御乗物が奥の間へと運ばれるのを待って、川田が小走りに方谷に近づく。だが方谷はそれには無言で、忙しく笠の緒を解いた。半ば蹴とばすように草鞋を脱ぐと、そのまま御乗物の後を追って屋敷の奥へと走り入る。代わって一行の最後尾に従っていた目鼻立ちの涼しい三十男が、「今はあまりのお怒りで、それどころではいらっしゃらぬよ」と立ちすくむ川田の肩を叩いた。

「江戸までの道中、殿と先生は夜ごと遅くまで、お二人だけで話し込んでいらした。わたしはもちろん、小姓どもすら遠ざけられてのやりとりだったが、殿の険しいお声が外まで漏れ聞こえ、みな身のすくむ思いだったのだ」

「お怒りとはどういうことだ、三島」

川田がそう問うところから推すに、この男が川田を備中松山藩に招くきっかけとなった三島貞一郎らしい。

濡れそぼった一文字笠を小脇でひと振りして雫を払い、「先生はどこまでも儒者でいらっしゃるからな」と三島は辺りを憚る小声で呟いた。

「わが藩の禄こそ食《は》んでいらしても、そもそも天下の安寧《あんねい》を図り、国の営みを守り、世の万民を助けるのが、先生の目指される道だ。それだけに先生は世のため人のためになるのであれば、大《たい》樹公《じゅこう》（将軍）が幕府を率いて政を執るただいまの体制に、決してこだわるべきではないとお考えと見える」

およそ聞き捨てならぬ言葉に、虎尾は思わずかたわらの耕蔵と顔を見合わせた。

虎尾たちは備中松山藩の侍だ。藩が藩として、侍が侍として在り得るのは、江戸におわす将軍によって天下の政が行なわれればこそ。誰の禄も受けぬ市井の学者が、百姓のために天下の体制を放擲《ほうてき》すべきと主張するなら分かる。だが元締《もとじめ》として、また藩主の懐刀として備中松山藩に重きを為す山田方谷が口にするには、あまりに穏当ならざる考えであった。

「四、五年前の話だが、隣藩である津山より水術（水泳）の上手を招聘《しょうへい》し、藩士たちに学ばせたことがあってな。その上手をねぎらうべく開かれた宴の席で、先生は徳川の命運ももはや長くないとはっきり仰《おっしゃ》って、居合わせたご家老たちを狼狽させたのだ」

他藩の人間を招いての酒宴の場だったため、要職たちはあわてて方谷を叱責し、その場は取り繕われた。だが方谷は彼らの狼狽そのものが不可解だった様子で、宴席の帰路、「今の徳川の世は――」と供をしていた三島にぽつりぽつりと漏らしたという。

「東照権現家康公が材料を揃え、二代将軍たる秀忠《ひでただ》公が布に織り、三代の家光公が仕立てて着用した衣のようなものだ、と先生は仰った。歴代の将軍がみな着用を続け、八代・吉宗《よしむね》公と寛政の老中・楽翁《らくおう》公（松平定信）が洗濯をしたものの、汚れとほころびがひどく、もはや新調せねばこれ以上着続けること能《あた》わぬ古い衣同然だ、と」

「ふうむ。さすがは方谷先生だ。分かりやすいたとえを用いられる。諸藩ばかりか幕府のたび重なる困窮、金子《きんす》の改鋳……当節の世をつぎはぎだらけの衣同然と言われるのは、確かに道理に適《かな》っておる」

川田が太い腕を組んで、溜息を落とした。

いつの間にか雨は小止みとなり、こればかりは収まる気配のない強風が轟《ごう》と音を立てて吹き荒れている。藩主の供をしてきた者たちは、すでに三々五々、それぞれの控え部屋に退き、燃え崩れ始めた篝火《かがりび》が虎尾と耕蔵、それに川田と貞一郎の影を濡れた地面に長く引いていた。

「ですが、破れそうな衣であれば、ふたたび洗濯し、繕えばいいではないですか」

つい声を上げた虎尾を振り返り、「わたしも実はその時、さように申し上げたのだ」と三島は細い顎を引いた。

「すると先生は、すでに生地は傷んで古び、これ以上、糸針を通すのは難しいと仰せられた。つまりこの国を守り続けるには、一度すべてを丸ごと仕立て直すしかないとお考えというわけだ」

「――尊王か」

川田が、三島の言葉を遮るように呟いた。

「もともと将軍の地位とは、京の帝より政をお預かりするに際して賜っているものだ。つまりこの日本の国体の基は帝にこそあり、幕府がどれだけ長く政治を執っていようとも、それは所詮、借り物に過ぎん。つまり先生は、幕府や将軍という衣が破れつつある今、新しく国をまとめるための形として帝を奉るべきとお考えということか」

「ああ、さすがは川田だ。よく分かったたな。念のため申しておくが、これは決して当節の過激な衆の如く、将軍をすぐに排して帝を奉れというものではない。あ奴らは朝廷を旗印として掲げることで、自らの主張を通そうとしているが、先生は変容を迫られる日本を立て直すために、よりよい国の形として帝を奉るべきではとお考えなのだ」

馬鹿な、と叫び出したいのを、虎尾はかろうじて堪えた。江戸に幕府が開かれて以来、長らく保たれてきたこの国の形を崩すべきとは、およそ藩儒たる人物が口にすべき話ではない。

だが江戸表までの道中のやりとりをうかがう限り、方谷は恐らく自らの考えを包み隠さず主君たる板倉勝静に披瀝《ひれき》し続けてきたのだろう。だとすればあの男はよほどの愚か者か、それとも他者が及びもつかぬほどの実直かつ無私の男なのか。

「養父は殿さまに、幕閣での叙任はお断りすべきと申し上げたのでしょうか」

耕蔵の震える声に、貞一郎が「漏れ聞く限り、恐らくな」と応じた。

「とはいえ先生は一方で、決して藩儒の分を忘れぬお方だ。殿がどうしても千代田のお城にてお役を蒙《こうむ》るとお決めになれば、ご自身のお考えはお考えとして、殿を懸命に支えんとなさろう。ならば我らはこれまで通り、それぞれ一人の藩士としてご奉公を続けるのみだ」

いいな、とぐるりを見回した三島の言葉を宜《うべな》うかのように、その五日後、久方ぶりに江戸城に登城を果たした板倉勝静は、丸二年ぶりに奏者番兼寺社奉行に再任された。

老中首座の久世広周、井伊大老亡き後の幕閣の舵取《かじと》りを単身続けてきた安藤信正の二人が帝鑑の間まで直々に勝静を出迎え、向後の長い助力を請うたとの風聞に、備中松山藩上屋敷には快哉《かいさい》の声が満ちた。中でも勝静の正室や昨年生まれたばかりの嫡男の暮らす奥御殿の賑わいようは凄まじく、側用人の辻七郎左衛門が「近隣の屋敷への聞こえもございますれば」とあわてて執り成しに走る騒ぎもあった。

だが耕蔵によれば、そんな中で山田方谷だけは、上屋敷の一角に与えられた座敷で書見に励み、浮き立つ邸内とはとんと無縁に過ごしているという。当節の方谷は、諸国に名の知られた藩儒。そのため彼の元には、財政に関する意見をうかがいたいという諸藩の江戸家老たちが次々と対面を請うているが、方谷は可能な限り面会を断り、それでもなおという相手には懇切丁寧な書状を送るばかりの日々との話だった。

もっとも藩主がどんなお役に就こうとも、虎尾のような下士の暮しはさして変わりはないし、縄武館の稽古もそれは同様だった。方谷は今日は板倉勝静に従い、江戸城に上がるという。耕蔵はそんな養父の供を命じられ、珍しく縄武館を休んだ。久方ぶりに一人で長い坂を下りれば、空にはうららかな霞《かすみ》がたなびき、彼方に光る海までが淡い空の色を映したかのように穏やかだ。

そのただなかを行き交う大小の漁船をぼんやり眺めながら、虎尾は胸の中で、人手、と呟いた。

諸外国が日本を目指して押し寄せ、否応なしにこの国が変わらざるをえぬ当節、学問にしても武術にしても、最先端の知識を身につけた者はさして多くない。気性に難のある江川英敏が重用され、蘭学嫌いの安中藩主が我を折らねばならぬほど、世に人材のおらぬ昨今。自分たちの主君もまた、その足りぬ人手を埋め合わせるべく、はるばる国許から呼び召されたのだろうな、と唐突に思った。

相変わらず、政はよく分からない。だがこの数年、日本が逆巻く早瀬の勢いで変貌を強いられていることだけは肌で感じられる。そんな最中に周囲から必要とされ、手を貸せと強いられることは、果たして幸せなのだろうか。あの小雪が舞う朝、桜田門外に咲いた鮮やかな血の色が、久々に脳裏をよぎった。

井伊直弼の施策は、確かに苛烈に過ぎた。彼の大老在任中に弾圧され、獄舎や刑場で命を落とした者は百名以上とも言われている。だがあの時、井伊直弼が亜米利加との通商を結び、混乱の最中にあった将軍の後嗣問題を半ば力ずくで解決すればこそ、自分たちはいま、今日という日を迎えているのだ。

他者の行いに文句をつけることはたやすい。しかし、その時点での彼ら彼女らの行動がいずれも後の世に続くのであれば、それはともすれば安全な高みからの野次に過ぎぬのではあるまいか。

(もしかしたらわが殿も、今後は同様の目に遭われるのでは)

お江戸は桜の多い町だ。社寺仏閣の境内やちょっとした商家の庭には、ほぼ必ず桜が植えられており、今が盛りとばかり人々の目を楽しませている。

抜けるような青天から降る陽光が桜の花弁を輝かせ、花見に出かけるのだろう。愛らしく着飾った六、七歳の女児が二人、祖父と思しき老爺《ろうや》にまとわりつきながら、歓声を上げている。

だがそんな微笑ましく明るい光景をよそに、虎尾の背には小さな粟粒《あわつぶ》が浮き始めていた。

幕閣は、この国の舵を取る要職だ。そして今回、板倉勝静が再任された寺社奉行は、幕府最高職たる老中に至る出世街道の半ばに位置する責務。

そもそも勝静は寛政の改革を行なった松平定信の孫であり、家康公以来の譜代大名・板倉宗家の主。「貧乏板倉」を立て直し、膨大な借財を返済した今、勝静がいずれ老中に抜擢されることは間違いない。しかしこの混沌《こんとん》たる世相の最中において、それは果たして幸せなのか。もしかしたら我らが殿は足りぬ幕閣の人手を埋めるべく駆り出され、さあ、この傾きそうな船で働けと命じられているだけではないのか。

拭おうとしても拭いきれぬ不安に駆られたせいだろう。この日の縄武館の稽古で、虎尾は同輩から渡された鉄砲を取り落とすという大失態を犯し、江川英敏から大喝を喰《く》らった。武具であるがために頑丈に拵《こしら》えられてはいるが、鉄砲は銃身が少しでも曲がれば、暴発や爆発の恐れがある。それだけに縄武館では人から人の手に渡す際、「お渡しいたす」「受け取ったり」と声を掛け合うよう定められていた。それを、上の空で応えを返しただけでぼんやりしていたのだから、咎《とが》は九《く》分九厘《ぶくりん》まで虎尾にある。

「また塩田虎尾かッ。やる気がないなら、さっさと辞めろッ。これ以上、おぬしみたいな奴が留《とど》まっておっては、他の塾生にも迷惑だッ」

江川英敏の怒号はいつも、この細い身体のどこから出るのかと思うほどけたたましい。それにしてもこの師は五百名を超える門弟を抱えている癖に、自分の名前をきちんと憶えてくれていたのかと場違いなことを考えながら、「大変申し訳ありません」と虎尾は頭を下げた。

「ただ、本日はどうにも気分が優れません。勝手を致しますが、これにて御免仕ります」

「なんだと。おぬし、そんな気ままが許されると思っているのかッ」

普段の虎尾なら英敏の怒りにすくみあがり、身を小さくして詫びを繰り返したのだろう。だがあまりに激し過ぎる世の転変と、備中松山藩に降りかかるやもしれぬ火の粉に思いを馳せれば、年若な師匠の怒りなどよそ事同然に思われてくる。

「待てッ。許さぬぞ、塩田。おぬしなぞ破門だッ」

それならそれでちょうどいい。新島七五三太を通じて学び始めた西洋航海術は、鉄砲術とは比べ物にならぬほど面白いし、自分がここで破門を喰らっても何の問題もないほど、山田耕蔵は出来がいい。

虎尾が縄武館に入門して、ちょうど一年。これだけの月日をかけて使い物にならなかったとなれば、辻七郎左衛門も諦めてくれるだろう。

だが自分にそう言い聞かせながら、日脚の伸び始めた道を下屋敷に戻ってみれば、邸内がひどく騒がしい。はて、いったい何がと首をひねっていると、上屋敷にいるはずの辻七郎左衛門が奥から出て来て、「おお、早い戻りだな。ちょうどよかった」と忙しく虎尾を手招きした。

「おぬし、山田耕蔵ともども、今宵より元締さまのお側仕えを務めてくれ。下屋敷は人手が足りん。身の回りのお世話を務める者がおらぬのだ」

「お待ちください。それは何故。本日、山田方谷さまはこちらにお泊りになられるのですか」

上・中・下と三種類ある諸藩江戸屋敷の中で、上屋敷は江戸在府中の藩主の住まい。江戸家老や留守居役といった要職も常駐しており、言うなれば江戸における藩の中枢である。これに対して、中屋敷・下屋敷は上屋敷の控え屋敷の性格が強く、備中松山藩の場合は撫育方が送って寄越した藩内の産物を蓄える蔵屋敷の役割も兼ねている。

虎尾が耕蔵ともども下屋敷に起き居しているのは、二人が藩政には直接関与しない遊学の身だからこそ。反対に言えば、藩主の懐刀である方谷が下屋敷に座を移すなぞ、前代未聞の珍事だった。

「うむ、それがなあ」

長い顎をしきりにさすりながら、辻七郎左衛門は言い淀《よど》んだ。だがやがて、「まあ、黙っておっても、いずれおぬしの耳に入るだろうが」と四囲を見回し、庭の植え込みの陰に虎尾を誘った。

「本日、元締さまは殿の勧めを受けて、千代田のお城を拝観なさった」

「はあ、それはうかがっております。耕蔵どのが供をしたというあれでございましょう」

「うむ。そして殿は今日、朝からひどく上機嫌でいらしてな。上屋敷に戻って来られた元締さまを待ち構え、天下の大城は定めておぬしの目を驚かせただろう、とお尋ねになったのだ」

今年三十九歳の板倉勝静は、一介の藩儒だった山田方谷を元締兼吟味役《ぎんみやく》という顕職に抜擢した事実からも分かるように、自らの信じたことについてためらいを持たない。方谷に江戸城拝観を勧めたのも、己の活躍の場となるこの日本の中枢を、長年の忠臣に見せてやりたいとの純粋な思いに依るものだったのだろう。

ところが脇息《きょうそく》を膝前に抱え、どうだったと子どものように身を乗り出した主君に、方谷は静かな口調でたったひと言、「大きな船でございますな」と応じたという。

江戸城は天正《てんしょう》十八年（一五九〇）の徳川家康入城以来、数え切れぬほどの普請《ふしん》と天災に伴う焼亡を繰り返している。中でも将軍の御座所たる本丸御殿は、一昨年《おととし》冬の焼失を経て、昨年、再建されたばかり。それだけに勝静は自らも先日の寺社奉行就任の際、初めて踏み入った新造御殿のきらびやかさを、方谷がさぞ褒めそやすだろうと思っていたらしい。怪訝《けげん》そうに眉をひそめ、

「それはどういう意味だ」と問うた。

すると方谷は相変わらず落ち着き払った態度のまま、「下は千尋《せんじん》の波でございますれば」と答えたのだった。

船はその大小を問わず、いずれも板子一枚下は地獄。方谷は幕府の権威の象徴たる江戸城を巨船にたとえ、千尋の海を漂うその危うさを指摘したのだろう。とはいえそれが勝静にとって不快な返答であることは、考えるまでもない。

「殿はむっと唇を引き結ばれるや、そのまま席を蹴り立ってしまわれてな。元締さまは平伏してそれを見送られた。ただ、これ以上同じ上屋敷に起き居をしては、殿もお腹立ちが治まりますまい、かくなる上はそれがしは下屋敷に移りましょう——と拙者に仰せになったゆえ、こうしてお連れしたわけだ」

虎尾はつくづく呆れ返った。幕府が今、大きく揺らいでいることは、誰の目にも分かる。しかしその危うさを正面から主君に諫言《かんげん》したとて、怒りを買うことは明々白々ではないか。

「とはいえ、さして長い話ではあるまい。どうせ半月かひと月も経てば、殿の方が折れ、方谷を召せと仰せだろうよ。それまで、よろしく頼むぞ」

側用人たる辻七郎左衛門からすれば、勝静と方谷の仲を取り持つこともまた、務めの一つになるらしい。万一、方谷が我を折りそうな気配を見せればすぐに知らせろ、反対に勝静への不平を漏らした場合もこっそり知らせを寄越せ、方谷は酒好きだがあまり飲ませるななどと、しつこいほどの注意を与えると、あわただしく上屋敷へ戻って行った。

下屋敷は蔵とその出納を管理する撫育方の詰所、後は虎尾のような藩士たちが寝起きする御長屋が中心で、山田方谷のような顕職が暮らすにふさわしい座敷などはない。だが通りがかった足軽を捕まえて尋ねれば、方谷はなんとたまたま空いていた御長屋の一室を居室と定め、すでに布団や小机を運び込ませているという。

(おいおい、冗談じゃないぞ)

江戸詰めの藩士は、塩田秀司のように国許に妻子を置いてきているか、もしくは虎尾や耕蔵の如く、まだ嫁取りをしておらぬ若盛りばかり。日々の務めの辛さ厳しさはあるにしろ、休みともなれば誘い合って女を買いに出かけたり、往来を行く煮売り屋から総菜を求めたりと、みなそれぞれ、独り身の気楽さと江戸の賑わいを謳歌《おうか》している。薄い板壁一枚を隔て、朝ともなれば一つの井戸を囲んで顔を洗うそんな長閑《のどか》な暮しに、堅っ苦しい元締さまなぞ混じっては、息が詰まってならない。

だが御長屋の最奥、厠《かわや》と隣り合った六畳間に座を占めた方谷は、何か御用はと進み出た虎尾と耕蔵を、「側仕えなど要りません。朝夕の飯とて自分で炊けるのでお気になさらず」と慇懃《いんぎん》に退けた。

「わたしは殿のご勘気を蒙ったゆえ、身を慎んでこちらに居を移したのです。おぬしたちの世話になっては、何のための蟄居やら分かりません」

筋の通った説諭に、虎尾はならばこれ幸いと腰を浮かせかけた。だが耕蔵からすれば、すでに六十の坂も間近な義父を一人で寝起きさせることが不安らしい。されど、と呟いたまま、狭い長屋の端に膝を揃えて動こうとしない。

「山田どの。元締さまがそう仰るんだ。失礼しよう」

「いえ、そうは参りません。国許よりの知らせによれば、養父はこのところ胃を病み、日によっては二度の飯もろくに喉を通らぬ折があるとか。上屋敷であれば勝手所（台所係）がおり、粥《かゆ》なり、滋養のある卵の水煮なり拵え申すことでしょう。ですがこの御長屋ではそれぞれが慌ただしく自らの飯を作り、勤めの狭間に掻き込むばかり。男所帯ばかりゆえ、あちらこちらで蚤《のみ》が湧き、虱《しらみ》が跳ねまわるところなんぞに養父上《ちちうえ》を一人にしておけましょうか」

散々な言いようだが、実のところ万事生真面目な耕蔵はともかく、虎尾を含めた大半の藩士の部屋では、洗わぬままの下帯が土間の端にむさ苦しく山積みにされている有様だ。だが、「せめてわたくしと同じ部屋での寝起きを」と詰め寄る耕蔵に、方谷ははっきりと首を横に振った。

「気持ちはありがたいですが、これはわたしにもよき機会なのです。備中松山藩士約千のうち、江戸詰めの藩士は二百名余。それがどのような暮しをしているのか、不便なことはないのか、飯は、病に臥《ふ》せった時はどうしているのか……わたしも若き頃は上屋敷の御長屋に寝起きした時期がありますが、それからおよそ三十年を経て、変わっている事柄も多いでしょう。それを包み隠さず知れるのですから、どうか好きにさせてください」

「それは仰せの通りかもしれませんが――」

独り暮しの余波だろうか、江戸詰めの侍の中には、年齢を問わず、病を得る者が多い。耕蔵も半年ほど前から江戸患い（脚気）を病み、時折、手足に灸《きゅう》を据えているし、冬の朝、藩士が厠で中風（脳梗塞）の発作を起こして倒れる騒ぎも、数年に一度は起きると聞く。

ただ方谷は現在、幕府による政は行き詰まりつつあると考えているのではないのか。それにもかかわらず幕府と諸藩があってこそ成り立つ、藩士の江戸暮しを知ろうとするのは、ひどい矛盾と見える。溜息をつく耕蔵のかたわらから、「あの」と虎尾は口を挟んだ。

「一つお尋ねしてもよろしいでしょうか。山田さまは今後も長らく、ただいまのような暮しが続くとお考えなのでしょうか。その……殿さまが毎年江戸と国許を行き来し、我々のような藩士が江戸で学んで国許に帰るような」

その途端、方谷は驚くほどきっぱりと、「いいえ」と言い放った。

「そんなことは皆目考えておりません。遠からずこの国は大いなる変革を迫られましょう。さすれば参勤交代の制は真っ先になくなるでしょうし、そもそも幕府も藩もこの日本から消えてしまうやも」

知っていますか、と方谷は虎尾と耕蔵の顔を交互に見比べた。

「海の彼方にある清国は昨年、英吉利と仏蘭西《フランス》という西洋の二国に攻め込まれ、ほうほうの体《てい》で講和条約を結びました。加えてかの国では十年以上前から、皇帝の支配をよしとせぬ輩が大乱を起こし、ほうぼうで皇帝軍との戦いを続けているとか」

清国は、徳川家康が征夷大将軍に任ぜられた十三年後、大陸の北部に建国された国。その後、宗主国の明国を滅ぼし、都を北京に移したかの国の治世は、江戸幕府二百六十年の歴史とほぼ等しい。

「千代田のお城におわす方々を含め、本邦の人々のほとんどは、徳川の世は二百六十年も続いたのだから、この先も世々不滅に違いないと考えておいでてしょう。ですが日本とは比べ物にならぬ広大な国土を誇る清国ですら、内憂には大乱、外患には欧州からの戦という火種を抱え、気息《きそく》奄々《えんえん》たる有様なのです。盛者必衰《じょうしゃひっすい》、会者定離《えしゃじょうり》は世の習い。この世に不滅のものなぞない以上、ほころびかけた衣の如き今の政がいつまでも続くわけがありません」

ですがその一方で、と方谷は虎尾たちが口をさしはさむ余地のない勢いで続けた。

「世の中が如何に移り変わろうとも、人は飯を喰らわねばなりません。糞《くそ》をひり出し、働き、憩い、今日という日を過ごし続けねばならぬのです。ならば万が一、明日、わが藩や幕府が倒れると分かっていようとも、わたしは藩士の今日を、百姓の今をよくすることを考え続けます。なぜなら世が大きく様変わりした後、新たなる明日を切り開くのもまた、我ら人なのですから」

「人――」

かすれた声でうめいた虎尾に、「そう、人です」と方谷は小さくうなずいた。

「政も国も、幕府も朝廷も、すべては一人一人の人がより良く生きるための仕組みにすぎません。そして人とはすべからく心を鏡の如く磨き、私利私欲を捨てて天の理を受け、世を、他者を善へと導く存在であるべきなのです」

つまり方谷は世が変わりつつあるからこそなお、人が如何に生きるかを問わねばならぬと考えているらしい。そんな思索を踏まえて考えれば、板倉勝静に忌憚《きたん》のない意見を述べた理由もよく分かる。

方谷にとっては、藩主は主君であると同時に生身の人間なのだ。だからこそこの男は決して自らの意見を曲げはしない。だがそれは天下国家とあまねく百姓を共に導かんとする、頑《かたく》なとも言える覚悟に基づくものなのだ。

そう気づいた刹那《せつな》、虎尾が真っ先に思い浮かべたのは、なぜか頬を紅潮させ、地団駄を踏まんばかりの勢いで自分を罵倒する江川英敏の姿だった。

虎尾はいまだあの権高な男を、師として敬えずにいる。だが勝静に対する方谷の如く、師であると同時に一人の人間として英敏を眺めてみればどうだ。ああ、そうだ。もし自分が英敏の立場だったとすれば。

父の急逝によって韮山代官職を若くして継ぎ、多くの門弟と私塾を担うこととなった時、果たして自分は冷静でいられるだろうか。己よりも年嵩《としかさ》の弟子やもう何十年も砲術の訓練を続けてきた高弟衆を前に、落ち着き払っていられようか。

(もしや、あの方は)

虎尾ははっと息を飲んだ。

生身の人として考えてみれば、英敏の傲慢《ごうまん》な態度も居丈高な口調も、みな自らの若さや立場を糊塗する虚勢ではと見えて来る。そう思って顧みると、自分とさして年の変わらぬ師の数々の罵《ば》詈雑言《りぞうごん》の、なんと青臭いものであったことか。

「あの、山田さま。わたしは少々、用事を思い出しました。申し訳ありませんが、これにて失礼を」

見えぬ腕で背中を叩かれた思いで、虎尾は板の間に両手をついた。そうですか、とうなずく方谷と驚き顔の耕蔵を後目《しりめ》に御長屋を飛び出すと、だらだらと長い台町の坂を足をもつれさせながら駆け下りた。

英敏は苦手だ。だが自分はこれまで彼を縄武館の師として一方的に仰ぐだけで、あの男について何一つ知ろうとしてこなかった。英敏の側は数多いる弟子の中で、ちゃんと虎尾の姓名を覚えていたというのに。

「夜分に失礼いたしますッ。板倉周防守さまが家臣、塩田虎尾でございます。江川太郎左衛門さまに申し上げたきことがあり、参上いたしました」

戌《いぬ》ノ刻《こく》（午後八時）過ぎの芝は深い闇に覆われ、習練場の果てに広がる海から腹底を揺らす潮騒が響いて来る。縄武館の屋敷門を叩き立てながらの虎尾の喚きに、やがて門の内側に人の気配が生じた。

「何をしに来た」

不機嫌な英敏の声が、低く虎尾の耳を打った。

「塩田、おぬしにはすでに破門を申し渡したはずだ。さっさと帰れ」

「いえ、帰りません。わたしは今まで、先生を見誤っておりました。破門はもはや、しかたありません。ですがこの一年の非礼を、何卒お詫び申し上げたく」

「おぬし如きが、わたしの何を分かっているというのだ。見誤っているだのそれに気づいただのと、勝手にわたしのことを斟酌《しんしゃく》するな」

ああ、やはり。虎尾は門扉に置いた手を、拳に変えた。乱暴な物言いや傲岸な態度のせいで、すっかり目を晦《くら》まされていた。そもそも、縄武館塾頭に韮山代官を兼ねる江川英敏は多忙の身。こんな夜更けに押しかけて来た弟子と直に言葉を交わす立場ではないし、そもそも塾生一人一人の名を記憶する必要とてありはしない。

板倉勝静が藩主にして生身の人間であるように、この師もまた自分とたった三つしか年の変わらぬ一人の青年なのだ。だが虎尾は英敏の生まれ育ちや肩書ばかりに目を取られ、その事実に気づこうとしなかった。その怒号にただただ身をすくませ、いかにこの塾から去るかばかりを考えていた。

申し訳ありませんでした、と声を張り上げながら、虎尾は大小を腰から抜き取った。草履《ぞうり》をあわただしく脱ぎ捨てると、固く閉め切られたままの門に相対して膝をついた。

「もはやお許しいただけまいとは承知しております。ただ、わたしは江川先生にまことに失礼を働いておりました。そのことをお伝えできた以上、もはや長居はいたしません。縄武館と先生のご健勝を、今後も心よりご祈念申し上げます」

応えはない。当然だと自分に言い聞かせながら身支度を整えて立ち上がり、虎尾は再度、門の向こう側に深々と頭《こうべ》を垂れた。

思えば自分は英敏に反発ばかり抱き、師に対する敬意を抱けぬままだった。人として、また弟子としても愚かだった虎尾が、許されるなどと思う方が間違っているのだ。

「――待て」

ぎぎ、という軋《きし》みとともに、鋭い制止の声が虎尾の背を叩いた。振り返る間もあらばこそ、「破門は解かんぞ。他の塾生どもに示しがつかんからな」といつも通りの権高な声がそれに続いた。

頭を転じれば、細い眉の間に深い皺を刻んだ英敏が、片開きの門の傍らに立っている。慌ててその場に膝をついた虎尾を瞬きもせずに見下ろし、「ただし」と言葉を継いだ。

「今後、塾生ではなく、ただの侍としてここに出入りする分には見逃してやる。言っておくが、大小砲は決して触らせぬぞ。ただ山田耕蔵によれば、おぬしは最近、西洋の操船術を学んでいるそうだな。そちらは師範代の鏡次郎がいささか詳しい。分からぬことがあれば、あ奴に聞け」

ひと息に言うが早いか、江川英敏は素早く身を翻した。再度、鈍い軋みを立てながら閉ざされる縄武館の門に、「あ、ありがとうございます」と虎尾は声を震わせて低頭した。

自分はこれまで、英敏の良き弟子ではなかった。だが英敏はあの高飛車な挙措に紛らわせつつも、一人一人の弟子について向き合おうとしていた。

己は何たる愚か者だ、と虎尾は胸の中で歯噛みした。今まで自分は江川英敏についても、山田方谷についても、ただ自らの尺度でしか推し量らず、その癖、彼らを生身の人間だとは考えなかった。だが虎尾の中に喜怒哀楽さまざまな感情が――矛盾や葛藤がある如く、この世を生きるすべては老若貴賤を問わず、本質においてはみな同じ人間なのだ。

新島七五三太は当初こそ文句を言っていたが、最近では十日に一度、備中松山藩下屋敷を訪れては、軍艦操練所で学んできたあれこれを虎尾に教えてくれる。とはいえ操練所の如く、船の模型や図巻が豊富に手元にあるわけではないし、七五三太自身もやっと念願の洋学に触れ始めたばかりとあって、その教授は時にひどく覚束ない。

それに引き換え、榊原鏡次郎は江川英敏と共に軍艦操練所の砲術方師範役を務めており、船具運用（造船）方や蒸気汽船方といった他の分野の学問にも関心を寄せていると聞く。

数日後、例によって台町坂の下屋敷にやってきた七五三太にことの次第を打ち明けると、「そりゃあ、ありがたいなあ」と彼は歯切れのいい江戸言葉とともに膝を打った。袴の裾が乱れるのもお構いなしに、表戸を開け放したままの御長屋の上がり框《かまち》に足を組んで座る姿は、虎尾が幾年この町に暮らしても身につかぬ、江戸育ちならではの快活さに満ちていた。

「榊原鏡次郎さまのお姿は、軍艦操練所でも時々、お見かけいたします。わたしが不慣れな教授をするより、そりゃああの方の教えを受けて下さった方が、塩田どのの御為になることは間違いなし――」

この時、忙しい足音が立ち、顔を青ざめさせた数人の藩士が虎尾の部屋の前を走り抜けた。その厠の隣の御部屋だ、との叫びが一瞬遅れて聞こえてきた。

御長屋のもっとも奥、長らく空いたままだった厠の隣の部屋は、現在、山田方谷が仮暮しをしている。ただ確か今日の方谷は朝から、若き頃に学んだ師の墓所に参詣しているはずだ。

「いかがなさいました。山田さまであれば、お出かけになっておられますぞ」

下駄を突っかけて顔を出した虎尾に、「その山田さまがお倒れになったのだ」と藩士の一人が方谷の部屋の障子戸を開けながら怒鳴り返した。

部屋に上がり込んだ同輩に、他の藩士が矢継ぎ早に指示を出す。途端にあわただしさを増す御長屋に、「どうやら大変なことが起こったご様子ですね」と新島七五三太が袴の裾をさばいて立ち上がった。

「山田さまといえば、川田先生の師、貴藩にその人ありと言われるお方。この様子では、今日は勉学どころではないでしょう。榊原さまの件はまた日を改めましょう」

「あ、ああ。すまんな」

お気になさらず、と笑って出ていく七五三太を見送りつつも、虎尾の頭は熾火《おきび》を詰め込んだかのように火照っていた。倒れただと。あの山田方谷が。

先だって方谷は江戸城を巨船にたとえたが、その例になぞらえれば備中松山藩は三十石船程度の小さな船。そして方谷は時勢の風を巧みに捉え、船に穏やかな航海をもたらす船の帆に等しい。今ここで方谷が倒れれば、備中松山藩という船は日ごとに表情を変える海に容易に飲み込まれてしまうだろう。その恐怖は誰もが抱いているものと見えて、行き交う藩士たちの顔は紙のように白い。

「上屋敷から御医師がお着きでございますッ」

「様子を見に遣わした者が戻りました。ただいま先生は四谷御門外までお戻りとのことでございます」

薬籠《やくろう》を抱えた藩医が来る、側用人の辻七郎左衛門が飛んで来る……上を下への大騒ぎの中、やがて戸板に乗せられて運ばれてきた山田方谷の胸元は、真っ赤な血にべっとりと汚れ、強く閉ざされた瞼だけが時折ぴくぴくと動いていた。

「養父上ッ」

誰かが縄武館に知らせを走らせたのだろう。襷がけに鉢巻きをしめた稽古着姿の耕蔵が、まさに御長屋に担ぎ込まれようとする方谷に駆け寄った。

すると方谷は色の悪い瞼をゆっくりと押し開き、「大げさな」と目だけで四囲を見回した。

「少し休めばよくなります。みな、それぞれの勤めに戻りなさい」

されど、と食い下がった耕蔵に、「聞こえませんでしたか。おぬしも自らの為すべきことをいたしなさい」と方谷は吐息に近い声で命じた。

「ですが、山田さま。殿も御身を案じておいでです。せめて藩医にだけは診ていただいてください」

部屋を整えていたのだろう。下駄をつっかけて出てきた辻七郎左衛門が、方谷の顔を覗き込む。

方谷はしばらく、戸板に横たわったまま空を仰いでいたが、「しかたありません」と諦めた様子で目を閉じた。

「では診るだけは診ていただきましょう。おおかた酒の飲みすぎかと存じますが」

七郎左衛門に目顔で促され、戸板の前後を支えていた足軽たちが方谷の部屋へと上がり込む。

そんな彼らを心配そうに見守っていた耕蔵に、ひょろりと背の高い男が近づき、「なに、心配は要らぬよ」と肩を叩いた。方谷が国許から出府した夜に上屋敷で見かけた、三島貞一郎だった。

「愛宕下の酒屋からの知らせにわたしが驚いて飛んで行くと、先生は店先の床几《しょうぎ》に横たわったまま、鮮血をしきりに吐いていらした。その癖、わたしの姿を見るや、詩を思い付いたと仰ってな。書き取るようにと命じられ、したためたのがこれだ」

「漢詩でございますと」

声を上ずらせる耕蔵に、虎尾は駆け寄った。三島が渡して寄越した懐紙は、赤い指の跡が点々とこびりつき、よほど急いでしたためたと見え、走らされた筆はそこここがよじれている。

「賊、心中に拠《よ》りて勢い未《いま》だ衰えず――」

と小声で読み上げながら、耕蔵は懐紙に忙しく目を走らせた。

賊拠心中勢未衰（賊、心中に拠《よ》りて勢い未だ衰えず）
天君有令殺無遺（天君、令有り殺して遺《のこ》すなかれと）
満胸迸出鮮鮮血（満胸に迸出《へいしゅつ》す鮮々の血）

正是一場鏖戦時（正に是《こ》れ一場、鏖戦《おうせん》の時）

自分の心の中には賊が潜んでおり、その勢いはいまだ衰えない。そこに天から、賊を殺せとの命が下った。いま迸《ほとばし》る鮮血は、その賊を討ち取った証。まさにこれは鏖《みなごろし》の戦であることよ――という詩意は猛々《たけだけ》しく、およそ病人の作とは思い難い。

耕蔵はてっきり、方谷が自らの死を悟り、辞世の詩を詠んだと思い込んでいたのだろう。その肩から、目に見えて力が抜けていった。

「これはまったくの聞きかじりだが、人が鮮やかな赤色の血を吐いた場合、それらのほとんどは胃の腑からのものという。なにせ他の楽しみには一向に顧みられぬのに、酒だけは飲めば飲むほど求められる先生のことだ。おおかた胃に潰瘍《かいよう》でも生じたせいで、あれほどの血を吐かれたのだろうよ」

三島の言葉が聞こえているのかいないのか、耕蔵は漢詩の記された懐紙を抱きしめるようにして、へなへなとその場にしゃがみこんだ。「おい、しっかりしろよ」と慌てて腕を摑み上げた虎尾によろめきかかり、

「よ、よかった――」

と、身体の息をすべて吐き尽くすかのような安堵の息を吐いた。

「わたしが江戸にてご一緒しながら養父に何事かあれば、国許の衆にどう詫びればいいかと案じておりました。しかし三島さま、養父のこの詩は王陽明の『与楊仕徳薛尚誠書』を踏まえたもの

ですね」

「おお、恐らくな。今まさに血を吐かれながら、こんな詩句を思い付かれるのだ。わたしもいささか驚いたが、まあご病状を案じることはあるまい」

多くの書簡を残した儒者・王陽明は、門人である楊仕徳《ようしとく》に宛てて、「破山中賊易、破心中賊難（山中の賊を破るは易く、心中の賊を破るは難し）」――すなわち、山の中に実際にいる賊を討ち取るのは簡単だが、心の中にある邪念に打ち勝つことは難しいとの言葉をしたためている。

だとすれば方谷が鮮血を吐きつつも、鏖殺を誓った賊もまた、自らの裡《うち》にひそむ邪心を指しているのだろう。とはいえ虎尾の目から見れば、方谷は時に藩儒や元締である自らの立場すら放擲し、天下万民のために尽くさんとする人物にしか見えない。それともそんな方谷であればこそ、かえって自らの心の曇りを一分たりとも許せぬのだろうか。

おおい、と呼ぶ声に振り返れば、方谷の部屋の戸口から辻七郎左衛門が忙しく手招きをしている。

「山田さまがおぬしらをお召しだ。早く来い」

かしこまりました、と応じて歩き出したのは、三島と耕蔵だった。すると七郎左衛門は苛立たし気に、「おい、塩田。おぬしもだ」と虎尾を指さした。

三島貞一郎は方谷の直弟子、耕蔵は養子。枕頭に二人が呼ばれるのは当然だが、なぜ自分までが。虎尾がよほど間抜けな顔をしていたのだろう。七郎左衛門は「いいから来い」と顎をしゃくり、駆け寄った虎尾の背をどんと突いた。

藩士たちが着替えさせたらしく、床に臥した方谷は麻の浴衣に身を包み、顔や手に飛んでいた鮮血も綺麗《きれい》にぬぐわれている。辻七郎左衛門が上屋敷から持参したのか、枕上に置かれた香炉からは一筋の香煙がくゆり立ち、血の臭いをかろうじて覆い隠していた。

「来ましたか。まず三島、いま御医師から話を伺ったのですが、わたしの胃には巨大な穴が開きかかっており、しばらくは酒を絶ち、養生をせねばならぬそうです。ついては床上げが出来次第、殿のお許しを得て、国許に戻ります。手間をかけますが、帰藩の供をしてくれますか」

「もちろんですとも。承知いたしました」

両の拳を板の間に突き、三島が深々と頭を垂れる。それに小さくうなずき、「次に耕蔵」と方谷は倅《せがれ》に目を転じた。

「おぬしが江戸に上り、すでに一年。ただこの地で身につける知識はすべておぬし自身ではなく、備中松山のためのものです。ですが江戸の如き繁華な地に長く留まれば、いずれは国許の気風や自らが為すべき行いを忘れ果ててしまうでしょう。かようなことにならぬよう、江戸での学問は長くとも五年と相定め、その末には必ず国に戻るよう」

「かしこまりました。心いたします」

そして塩田、と虎尾に投げかけられた目は疲労に重く澱《よど》んでいる。だがそれに続いた言葉は、およそつい先ほど血を吐いて倒れた男とは思えぬほどの力が込められていた。

「川田から聞きました。おぬし、西洋航海術を学ばんとしているそうですね」

は、と頭を垂れた虎尾の耳を、「亜米利加より、船を買うことになりました」という声が静かに叩いた。

「これより横浜の商人を通じて細かな話を詰め、かの国より船を回してもらいます。それゆえ、実際にわが藩に届くのは来年以降になるでしょう。ですがいずれにしても、遠からずわが藩にはおぬしの知識が要りようとなります。それまで精進してください」

「船ですと。殿のお許しが出たのでございますか」

三島の驚きの声に、「ええ、川田がこのひと月、言葉を尽くして殿を説き伏せました」と方谷は応じた。

「この数年で、千代田のお城の中もずいぶん変わりました。ことに三年前より老中さま支配のもと、外国奉行と外国方が置かれたとなれば、場合によっては殿がそのお役に就かれることもありましょう、と」

外国奉行とは諸外国との交渉が増加した昨今の情勢を鑑《かんが》み、遠国《おんごく》奉行の上位に位置する役職として置かれた新職だ。それだけに一度は西洋船購入を退けた板倉勝静も、川田竹次郎の上申に思い直すところがあったらしい。国許の要職たちとも盛んに書翰《しょかん》を交わした末、ついに西洋船購入の下命を川田に下したという。

海沿いに領地を有する国内諸藩には昨今、西洋船の購入・建造に関心を抱く藩が増えている。仙台藩では三年前、藩校を拠点に西洋式帆船・開成丸《かいせいまる》を建造させたし、佐賀藩に至っては六年前、木炭で動く最新の蒸気船を阿蘭陀に発注し、到着した船に電流丸《でんりゅうまる》という名を与えている。

井伊直弼に幕閣を罷免されていた二年間、勝静は世の趨勢《すうせい》をただ眺めることしかできなかった。それゆえ久方ぶりに政の世に返り咲いた今、少しでも遅れを取り戻さねばとの焦りがあるのかもしれない。

「わが藩の勝手許を思えば、新しい船を亜米利加で造らせるわけにはいきません。ゆえに求める船は少々古きものとなりましょうが、だからこそ来年の末までには届くはずです。おぬしはそれまでにわが藩一の航海術の名手となるのですよ」

以前に新島七五三太から聞いた話によれば、佐賀藩の電流丸の価格は約七万両だったという。古い帆船を改造させる以上、備中松山藩が求めんとしている船はそれより遥《はる》かに廉価だろうが、仮に電流丸の一割の値だったとしても七千両。生家は七十石取り、養子先である塩田家ですら十石三人扶持に過ぎぬ虎尾からすれば、目の玉が飛び出るほどの高値である。

そんな高価な船の操練を、来年にもこの手に委ねられるなど、考えるだけでも身がすくむ。

(だが)

虎尾は両の手をぐいと握りしめた。思えば江戸に来てからの一年あまり、自分はいわば心中の賊に振り回され、できぬことの言い訳ばかりを探してきた。だがその一方で己の欲するがままに突き動かされる七五三太を、実直な耕蔵を、そしていついかなる時も天下国家のために生きんとする方谷を、眩しい思いで仰ぎ見はしなかったか。

今しかない、と虎尾は思った。これほどに眩しく、直向きな男たちに囲まれてもなお、心の賊に従うしかできぬのであれば、自分は生涯、山中の賊にすら対峙することできまい。

あまりの重責のせいで、背中には冷たい汗が伝い、握りしめた両手指の節は血の気を失って白い。その白さを強く目に焼き付けながら、「承知いたしました」と虎尾は板の間に両手をついた。

「長くとも残り一年半。それまでの間に能う限りの航海術を身につけ、必ずやお家のためにお尽くし申し上げます」

「よくぞ言ってくれました。申すまでもありませんが、我らが備中松山藩の如き小藩にとって、西洋船は大変高価な買い物です。それを見事活かすためにも、これからのおぬしの学び、期待しています」

静かな方谷の声音が、ますます全身をすくませる。だが、もはや後戻りをするわけにはいかぬのだ、と自らに言い聞かせると、虎尾は早速翌日、縄武館へと向かった。

「確かに来てもよいとは申したぞ。しかし破門からほんの数日で、こうものこのこと現れるとはな」

なぜその熱心さが砲術には現れなかったのだと言いたげに、江川英敏は溜息をついた。珍しく書き物をしていたと見え、両手の指には墨がこびりついている。だが疲労に落ち窪んだ目をしきりにこすっていた英敏は、実は、と虎尾がおずおず打ち明けた西洋帆船購入の件に、「それは周防守さまも思い切ったことをなさったな」と驚きを隠せぬ面持ちとなった。

「鏡次郎は所用のため、昨日から韮山に戻っている。戻り次第、貴藩の件を告げ、どうにかおぬしを一年で使い物になるよう仕込めと命じておこう」

「相すみませぬ。何卒よろしくお願いいたします」

航海術を学ぶなら、築地の軍艦操練所に通うに如《し》くはない。だがつい先だって、幕臣以外にも門戸を開いたばかりとあって、現在、軍艦操練所には諸藩から入門志願者が殺到している。新参者は三月、いや半年待っても入門が許されるかどうか分からぬとも聞くだけに、ここは図々しいのを承知の上で、榊原鏡次郎を頼るしかなかった。

「それにしても、西洋帆船か――」

虎尾は今日、英敏からどんな怒号が飛んで来るかと覚悟を決めて、縄武館に足を踏み入れた。だがそう呟く英敏の面上にはなぜか、空ゆく鳥を仰ぐ子どもにも似た稚気が漂っている。

そういえばこの男は自分とさして年が変わらない。今さらそんなことを考えながら、「船にご関心がおありですか」と虎尾は恐る恐る問うた。その途端、英敏は薄い唇を強く真一文字に引き結び、

「韮山の役所からは、沖行く船がよく見える。それに江戸湾（東京湾）の防備を説いた父に従って安房《あわ》（千葉県）や伊豆の島々を巡った際にも、大小和洋、様々な船を目にしたからな」

とおっかぶせるように答えた。ほんの一瞬、目を虚空にさまよわせ、「もっとも」と小さく肩で息をついた。

「実際に乗ったのは、ほんの数度。それも決まって和船ばかりだ。なにせ我が父は西洋砲術に長け、諸外国から押し寄せる船をいかに防ぐかとの海防に力を入れていたお人だったのでな。船に関心を持つ暇があれば、それを防ぐ台場（砲台）をどう作るか考えろと叱られたものだ」

「お役目に熱心なお方だったのですね」

「まあな」

と応じる英敏の声はどこか虚《うつ》ろであった。

「若輩者のわたしが無事に家督を継ぎ、これほど見事な習練場を営むことができるのも、すべて父の厳しい教えのおかげではある。とはいえ白帆を眩いほどに高く揚げる西洋船に、一度ぐらいは乗ってみたかったものだな」

ああ、と喉を突きそうになる吐息を、虎尾は辛うじて飲み込んだ。この男がどうして自分にあも権高に当たったのか、ようやく理解できた気がした。

江川家の嫡男に生まれ、否応なしに父の跡を継がされた英敏はきっと、腹立たしかったのだ。自らは有無を言わさず叩き込まれた砲術を、明らかに嫌々学んでいる虎尾のことが。だからこそ英敏は砲術よりも西洋航海術を学ぼうとする虎尾に怒り、破門し——しかしそれでもなお許しを与え、こうして縄武館に出入りさせている。

幕命のもと、大小砲習練場にて五百人にも及ぶ門下を抱える韮山代官としては、その挙動は驚くほどに子どもじみている。だがそれがまだ二十歳にもならぬ先から、江川家の家督を継がされた英敏という男なのだと思いながら、「いつか」と虎尾は声を落とした。

「いつか是非、わが藩の船にお乗りください。遅くとも来年の末までには、船が亜米利加から届くはずです。韮山代官さまにお乗りいただければ、わが殿もさぞ喜ばれましょう」

「ああ。それはありがたい。ただおぬしの操船と思うと、おちおち船に命を預ける気になれんな。その時はぜひ、鏡次郎にも手伝わせてやってくれ」

軽口を叩く江川英敏に、虎尾はかしこまりましたとうなずいた。

女とも見まごうばかりに細く白いその顔に穏やかな笑みがにじむのを初めて見た、と虎尾は思った。

胃の腑を病んだ方谷が三島貞一郎に付き添われて国許に発ったのは、江戸の桜木がことごとく新緑に変じた四月の半ばだった。それから間もなく、方谷が元締職を辞し、新たに辻七郎左衛門がその任に就くとの知らせが、藩邸に触れ出された。

とはいえ決して方谷は藩政から退くわけではなく、今後は御勝手掛に任ぜられるという。これは元締よりも上座に位置し、元締の決定を藩内要職に取り次ぐ職務。考えてみれば、側用人として常に藩主のかたわらに侍《はべ》る辻七郎左衛門に、藩財政を一手に担う暇があるわけがない。方谷を形だけでも多忙な責務から解き放って養生させるとともに、いつでも再び藩政に戻れるようにとの板倉勝静の計らいであることは明白だった。

(殿は結局、山田さまがおらずば日も夜も明けぬのだなあ)

江戸城を板子一枚下は地獄の船にたとえた方谷に激怒しつつも、勝静は彼を手放すことが出来ない。その事実に虎尾は深い安堵を覚えた。いつも直向きで、人を人として信じるあの男さえ藩主の側にいれば、この備中松山藩という小さな船は、どんな荒波に遭おうとも困難を乗り切れるはずだ、とも思った。

だが文久《ぶんきゅう》元年(一八六一)の年が暮れ、再び江戸の桜がほころび始めた三月、思いがけぬ知らせがまたも江戸の藩邸を駆け巡った。板倉勝静が老中に任ぜられ、外国掛および勝手掛——すなわち幕府の外交と財政を担当するに至ったのだった。

寺社奉行からそのまま老中に任ぜられるとは、近年類を見ぬ栄転だ。このため藩邸にはその日、海にも似たどよめきが満ちた。

「さすがは、わが殿。とはいえ板倉本家の御主にして、松平定信公の御孫ともなれば、この程度のご出世は当然じゃ」

「ご老中がたも我らが家中の勝手許をご覧あそばし、これほどの人物ならばと舌を巻かれたと見える。いや、めでたい、めでたい」

藩士たちがそう声高に言い合う中にあって、たった一人、山田耕蔵だけが露骨に顔を曇らせていた。「おい、どうした」と肩を叩いた虎尾に、言い淀むように薄い唇を震わせた。

「先ほど側用人さまにうかがったのですが、養父《ちち》が近々、またも江戸に上るそうです。殿さまの老中ご就任に併せ、向後は顧問として殿のおそばに侍るとか」

「なんだと。お身体は大丈夫でいらっしゃるのか」

噂によれば、方谷の病は帰国後も一進一退を繰り返し、昨冬には半月もの湯治に出かけたと聞く。当年とって五十八歳との年齢を思えば、たび重なる江戸への出府はそれだけで身体に障ろう。つい声を荒らげた虎尾に、耕蔵はそれに曖昧《あいまい》に首を振った。

「身体もさることながら、当節の世情の方がわたしは不安です」

と深い息を落とした。

「養父はご存じの通り、誰に対しても節を曲げぬお人です。わが殿はそんな気性をご承知の上で、養父を顧問にお取り立てくださったのでしょう。ですが江戸市中の人々や諸藩の浪士たちは、果たして養父の意図をちゃんと汲《く》んでくれましょうか」

江戸ではこのところ、水戸藩浪士がイギリス公使館を襲撃したり、老中・安藤信正が坂下門外で襲われたりと、血なまぐさい事件が相次いでいる。いや、江戸だけではない。天皇のおわす京都では、各地の浪士・志士が公家の屋敷に公然と出入りして尊皇および攘夷論を説き、意見の異なる者を刀で屠《ほふ》ることも頻繁という。

方谷はかつて、幕府による政はもはや手当てが出来ぬほどほころびており、かくなる上は新しく国をまとめるために天皇の権威を借りるべきと語ったという。だがそれはあくまで日本を穏便に成すための尊王であり、水戸浪士などが声高に叫ぶ倒幕尊皇とは大きく異なる。また耕蔵や虎尾たちに洋学を学ばせ、西洋帆船を購入せんとする姿勢も、攘夷を主張する浪士や京都の朝廷と大きく異なっており、いわば方谷の国政論は佐幕・倒幕の狭間に位置するものだった。

物事とは中庸に在る方がかえって、右派左派双方から恨まれる。いくら山田方谷の名が諸藩に広まっても、これまでの彼は所詮、西国小藩の藩儒に過ぎなかった。だがそれが老中の顧問に任ぜられれば、国の安寧を第一と考える方谷の主張は、幕閣からは不埒《ふらち》と睨まれ、京にたむろする浪士からは弱腰と憎まれるに違いない。

実際、二か月前の正月十五日に水戸浪士に襲撃された老中・安藤信正は、朝廷に向後十年以内の鎖国攘夷を約定し、公武融和の象徴として、ただいま帝位におわす孝明《こうめい》天皇の妹・和宮《かずのみや》の将軍・徳川家茂《いえもち》への降嫁を約束させた人物。だが尊皇攘夷を主張する水戸浪士は、幕府側は和宮を人質に孝明天皇の廃帝を目論んでいると邪推し、婚礼をまとめた安藤を襲った。

　襲撃者がたった六人と乏しかったことに加え、井伊直弼の横死以来、老中の警固が厳重にされていたため、安藤信正は軽い怪我だけで済んだ。だが狙われたのが山田方谷だったら、どうだ。どれだけ警固を手厚くしても限度はあり、五人、十人もの不逞の輩に取り囲まれれば、その命を守り通すことは難しい――と語る耕蔵の頬は、寒風に吹きさらされたかのように強張っていた。

「並の儒者なら己の危難を察し、顧問の職を辞してしまうのでしょう。ですが、養父はそんな惰弱な人ではありません。自らの主張は決して枉げず、当然、誰に媚《こ》びることなく、堂々と自身の存念を貫き通すでしょう」

「よし、分かった」

　耕蔵の言葉を、虎尾は勢いよく遮った。

「ここでわたしたちがどれだけ案じても、山田さまは山田さまの好きなようになさるだろうし、殿もまたあのお方を手放されるわけがない。それでおぬし、剣術はどの程度覚えがある」

　は、と一瞬問い返してから、耕蔵は肉付きのいい顔に戸惑いを浮かべた。

「正直、ほとんど腕に覚えはありません。なにせ今でこそ養父の籍に入っていますが、わたしは本来、医師の倅。藩道場にも幾度かは通いましたが、どうしても荒事は苦手で――」

「分かった、分かった。それならまだわたしの方が役に立ちそうだな。命知らずの浪士を防ぐには心もとないが、それでも用心棒がいないよりはよかろう。ご出府後は、当分わたしが警固を務めよう」

「お待ちください。そんなお暇があるのですか」

それまでの暗い表情が嘘の如く、耕蔵は声を筒抜かせた。その勢いにたじろいだ虎尾の鼻先を封じるように、「駄目です。塩田どのには塩田どのにしかできぬ務めがおありではないですか」と眉を吊り上げた。

「だいたい西洋帆船購入が定まってから、すでに一年。もはやいつ、亜米利加より船が届いたとて不思議ではありません。そんな最中にお手を煩《わずら》わせては、わたしが養父に叱られます」

「しかしなあ。あれからそれこそ一年も経つのに、藩邸内はもちろん、国許からも西洋帆船に関する話は聞こえて来ぬのだぞ。本当に船はわが藩に届くのだろうか」

「届きますとも」

と耕蔵は間髪容《い》れずに言い返した。

「そこまで言うとは、おぬし、何か養父君から聞いているのか」

「いいえ、何も。養父は血縁であろうとも、お役目に関わることは何も申さぬ人ですから。ただ、愛宕下で喀血《かっけつ》して倒れたあの日、養父は間違いなく塩田どのに、いずれ来たる帆船を操れるよう、しっかり操練を積むようにと申したでしょう。もしこのまま船が来ず、塩田どのの学んだことがお家のために用いられずば、それはわが藩は有為の士を一人、あたら無駄に用いたこととなります」

耕蔵のような真面目な男から有為の士と呼ばれるのは、くすぐったい。だが茶化しがたいほどの真剣さで、「養父は人を信じます」と耕蔵は続けた。

「あの養父がかように申したのは、塩田どのがいずれ操船を任せるにふさわしいと信じればこそ。そして養父は自ら抱いた信頼を裏切る真似は、決していたしません。間違いなく、船は参ります。ご懸念はもっともですが、どうかお信じ下さい」

わ、分かったと気圧《けお》されつつ、虎尾は頤を引いた。だが虎尾が西洋帆船の到着に不安を抱いたのは、必ずしも自分のためだけではない。

韮山代官の責務に加え、縄武館五百人の門弟の教導、更に軍艦操練所大小砲術指南の任という多忙が堪えたのだろう。このところ江川英敏は体調を崩し、高熱を発して床に就く日が増えていた。

榊原鏡次郎が漏らしたところによれば、もともと江川家は頑健な血筋ではないらしい。英敏には二人の兄がいたが、どちらも早くに病没しているし、当の本人も幼い頃は季節の変わり目ごとに熱を出し、家の者を狼狽させる少年だったという。それが父亡き後、突如、家督を継がねばならなくなったことで、相当な無理を強いていたのだろう。今年の春先、些細な風邪を引き込んだのをきっかけに、秋の野面が北風に吹きさらされてみるみる枯野となるかの如く、その頰からは瞬く間に肉が削《そ》げ落ちていった。

だが年若な英敏には、そんな己がどうしても許せぬらしい。少しでも熱が下がれば縄武館の習練場に現れ、門下にみずから砲術の指南をする。師範代たちがどうかお休みをと言っても一向に聞かず、その癖、翌日はまた高い熱を発して寝付くかつての師を、叶うならば一日も早く、西洋帆船に乗せてやりたかった。

それだけに耕蔵の言葉にすがる思いで、虎尾はますます西洋航海術の学習に打ち込んだ。幸い、四月の訪れとともに出府した山田方谷は、どす黒い顔色はいつも通りだが、肉づきや足取りは昨年よりしっかりしている。加えて虎尾たちを何よりも安心させたことには、方谷に従って江戸に上った藩士の中には、番頭《ばんがしら》の熊田恰が含まれていた。

備中松山藩剣術指南を兼ねる恰は、剣を取らせれば領内に右に出る者はいない遣い手だ。板倉勝静への目通りもそこそこに、翌日から方谷に影のように従って離れぬ恰は、すでに三島貞一郎辺りからこの藩儒に降りかかるやも知れぬ災いを知らされているのだろう。油断なく辺りに配られる隻眼には、常に油を流したような光が宿っていた。

ただ当の方谷はといえば、臣下の身で護衛を伴わねばならぬことが、どうにも不服でならぬと見える。かたわらに従う恰を事あるごとに振り返っては、

「熊田どのとてご多忙の身、かような老臣に手間を取られる必要はないのですよ。それに賊たちとて、わたしのような者を付け狙ったとて、何の意味もありますまいに」

と、小声で囁いていた。

「そうは参りませぬ。人に仇《あだ》なさんとする輩は、とかく狭量なものです。自らの考えばかりに囚われ、己が如何に道を踏み外しているか分からぬ奴は、どんな無謀を企むか分かりません」

妙に迷いのない口振りで言い放つ恰は、方谷が厠と風呂に入る時以外、側から離れず、眠る時も隣の間に布団を延べさせているという。なにも藩邸内でそこまでせずとも、と虎尾は呆れた。ただ備中松山藩はともかく、西国の諸藩ではこのところ、尊皇攘夷を叫ぶ藩士が相次いで脱藩し

たり、藩内の同輩を煽動《せんどう》して混乱を巻き起こす例が増えている。

たとえば西国屈指の大藩である薩摩（鹿児島県）・島津《しまづ》家は現在、年若い藩主の後見役である
その実父・島津久光《ひさみつ》が実権を握っているが、彼は頑固な攘夷論者であるとともに、公武の融和を試みる穏健派。だが藩士の一部はそんな藩の意図とは裏腹に、約九十万石にも及ぶ薩摩の軍事力を頼みに挙兵倒幕を画策。この四月には、久光の意を受けて彼らの鎮撫に向かった上使が、京都の寺田屋《てらだや》において急進攘夷派の藩士六名を殺害する騒動が起きた。

一方で備中松山からほど近い長州（山口県）・毛利《もうり》家は、早くから家中藩士が水戸の尊攘志士と頻繁に交わり、ついには藩主の信頼厚い穏健派の直目付を弾劾《だんがい》し、藩政から放逐するに至っている。おかげで近年、長州藩の藩論は大きく攘夷に傾倒し、幕閣の中にもそれを危ぶむ者が多いとの噂だが、同様のことが備中松山藩に起こらぬとは言い切れない。恰が常に方谷の身辺に目を光らせるのは、当然の話だった。

（まったく、いつの間にこんな物騒な世の中になってしまったんだろうな）

飢饉だの地震だのといった天災はあったものの、虎尾が物心ついた頃、世の中は至極平穏だった。誰もが昨日と似たような今日、今日と似たような明日が来ることを、信じて疑わなかった。

だがそんな日々はあれよあれよという間に彼方に去り、気が付けば備中松山藩という小船までが世の転変のただなかに巻き込まれている。

それは決して虎尾が出府し、政の推移を間近に見ているからではあるまい。徳川の治世はすでに二百六十年。しかしその二百数十年の間にほころび、擦り切れた政をどうするのか、この国は

今、かつてない選択を迫られているのだ。

　虎尾が辻七郎左衛門から、「明朝、山田さまに従って、横浜の貿易商のもとに参れ」と命じられたのは、薩摩藩主の国父・島津久光が朝廷の勅使《ちょくし》とともに江戸にやってくるとの知らせが届いた五月半ば。

「横浜でございますか」

　と怪訝な顔になった虎尾に、「うむ。西洋船購入に関わる正式な証文が、明日横浜にて取り交わされるのだ」と七郎左衛門は答えた。

「船の名はごうのる・うぉれす号。四か月後には亜米利加から品川に届けられる。おぬしにも念のため約定の場に立ち会わせよとの、山田さまのご下命だ」

「ごうのる、うぉ……」

　新島七五三太は操練所で英語などの諸外国語に触れているらしいが、残念ながら虎尾はまったくそちらの心得がない。目を白黒させていると、七郎左衛門はほっそりした頰に苦笑を浮かべた。

「わが藩での名も、すでに殿がお付けくださった。快風丸《かいふうまる》だ」

「それは良き名でございますな。なにより分かりやすい」

「長さは十八間（約三十三メートル）、幅は四間（約七メートル）。仲介の労を取った横浜の北辰《ほくしん》屋《や》なる商人によれば、二枚の帆を持つ美しき船らしい」

　幕府所有の軍艦・咸臨丸は、確か長さ二十七間半、幅四間。それに比べれると快風丸はひと回り小型だが、それでも江戸湾内では滅多にお目にかかれぬ本格西洋帆船であることに変わりはない。

恐怖とは異なる大きな震えが、全身に走った。いよいよ船が来るとの歓喜に両の拳を握りしめ、「承知いたしました」と虎尾は畳に額をこすりつけた。

翌朝、まだ暗いうちに藩邸を発《た》ったのは、方谷を中心に七名だった。警備役の熊田恰や川田竹次郎、また江戸表の財政を預かる江戸吟味役が加わっているのはともかく、下屋敷でしばしば顔を合わせる軽輩の藩士が三人も供をしている厳重さに、虎尾は内心、舌を巻いた。

方谷の乗った駕籠を取り囲んでの道中で川田に問えば、ごうのる・うぉれす号の価格は七千両から八千両。すでに三千両が前金として、亜米利加の船商人に支払われているという。

「正式な価格は本日、仲介に立った北辰屋との相談で決まる。ただそれであれば吟味役どのが赴けば十分なはずだが、北辰屋は間違いなく取引が済むか案じている様子でな。天下に名高い山田方谷さまにぜひご臨席いただきたいとうるさいゆえ、しかたなくお運びいただくわけだ」

川田は編笠の下で、眉根を強く寄せた。

江戸から陸路八里の場所にある横浜は、もともとはほんの百軒ほどの家が立ち並ぶ半農半漁の村に過ぎなかった。だが八年前、東《ひがし》インド艦隊司令長官・ペルリ（ペリー）の応接の場として選ばれたのをきっかけに、一躍、諸外国の開港場として発展。現在では神奈川奉行管轄のもと、運《うん》上所《じょうしょ》（外交事務所）に亜米利加を筆頭とする諸外国の領事館、更に居住地に暮らす外国人を相手にする商家や貿易商が軒を連ね、異国の新風が吹き込む港町に生まれ変わっていた。

入り江を囲んで広がる街区には、欧米文字の看板を掲げた商家が並び、今まさに港に入ったばかりの船に乗り込んでいたのだろう。眸《ひとみ》の青い水夫たちが、賑やかに笑い合いながら、辻を横切っていく。早くも傾き始めた陽射しが、そうでなくとも明るい彼らの髪に、燃え立つような輝きを添えていた。

「あの四辻《よつつじ》の店が北辰屋でございます」

駕籠の先からそう告げた江戸吟味役は三田掃部《みたかもん》と言い、長年江戸在府を命じられている老臣だった。

界隈《かいわい》の店々に比べると北辰屋の間口は狭く、土蔵造の店の構えも江戸市中の商家とほとんど変わらない。だが駕籠を降りた方谷に従って、一歩、店内に踏み込めば、上がり框には一面、目も覚めるような緋色の毛氈《もうせん》が敷かれている。番頭と思しき半白の男が、「どうぞ、お履物はそのままでお上がりを」と一行に向かって小腰を折った。

「異国の方々は家の中でも履物を脱がれぬため、表店《おもてだな》はこのようにしております。ずいっと奥までお通りください」

「話には聞いておりましたが、そういうものですか」

方谷が見回した店内には大小の木箱が雑然と積み上げられ、前掛け姿の奉公人たちがその中身を忙し気に改めている。蘭学書であろうか、荒縄で束ねられた書物の束に目を走らせ、「異国の衆に、床に膝をつく習慣がないのも道理ですね」と方谷は呟いた。

「我々は家内では履物を脱ぎますから、床にひざまずくことにためらいを持ちません。ですが屋内でも靴を履いたままとなれば、異国の衆は人に挨拶をする折、わざわざ膝を屈したくはないでしょう。他国を知るためには、こういう些細なことを知っておかねばなりませんね」

なるほど、とうなずいた川田が、懐から取り出した帳面に矢立の筆を走らせる。熊田恰がそれを邪魔そうに一瞥して、奥の間へと向かう方谷の背後に従った。

番頭に導かれた一間には、巨大な西洋風の机が置かれ、紋付き袴に身を改めた四十がらみの町人が下座の椅子に腰かけている。方谷たちの姿にさっと立ち上がり、「このたびはごうのる・うぉれす号をお買い上げいただき、ありがとうございます」と深々と頭を下げた。

「亜米利加の船商人も、天下に名高い山田さまがいらっしゃる備中松山藩に船が入ることを、大変お喜びでした。この北辰屋松之助《まつのすけ》も鼻が高うございます」

「それは恐れ入ります。ではまず証文を拝見いたしましょう」

追従を右から左へと聞き流した方谷に、北辰屋の主は鼻白んだ顔になった。しかし気を取り直した様子で、床の間に置かれていた証文をうやうやしく机に運び、「すでに江戸吟味役さまにはお伝えしたのですが」と色白の顔を愛想よくほころばせた。

「先方は船の価格を、一万四千三百弗《ドル》でお願いしたいと仰せです。ただいまの日本の金子にして約七千百五十両。とはいえそれを言い値でお支払いいただくのは、間に立ちましたわたくしとしてはあまりに申し訳がありません。せめて端数の三百弗……いえ、どうせなら千三百弗、先方には値引きをしてもらえまいかと考えています。詳細な交渉は船の引き渡しの時に行なうとして、ついてはこれから取り交わす証文も、金額は書き入れぬままでいかがでしょうか」

「いいえ、安くしていただくには及びません。先方がそう申しておいでなら、一万四千三百弗、耳を揃えてお支払いいたしましょう」

方谷の応えに、松之助が目を丸くする。方谷はそれにはお構いなしに、三田掃部を振り返った。

「残金はすべて、ごうのる・うぉれす号と引き換えに。決して値引きをしていただいてはなりません。殿が外国掛の任にある当節、西洋船に支払う銭を惜しめば、備中松山藩と幕府はわずか数百両と引き換えに、大きな信頼を失うことになります」

今後、亜米利加の船商人が更なる費《つい》えがかかると言い出せば、それもすべて支払うように、と付け加えて、方谷は北辰屋松之助に目を転じた。

「銭を惜しむのは人の常です。されど我ら侍は銭よりもまず、名こそ惜しまねばなりません。かつて貧乏板倉と罵られた家中であれば、なおのことです。船が着くまでもうしばしかかりましょうが、それまでの間、諸々《もろもろ》よろしくお願いいたします」

戦国の遺風がいまだ去らぬ昔ならばいざ知らず、当節の侍の中には刀や武家としての誇りよりも、利財を尊ぶ者も数多い。ましてや十万両もの借金を返済した藩儒ともなれば、数千両もの買い物を言い値で買うわけがないと考えていたらしい。松之助は睫毛《まつげ》の濃い目をしきりにしばたたき、「お、お待ちを」と声を上ずらせた。

「先方の船商人とて、一万数千弗もの値をそのまま板倉家さまが飲まれるとは思っていないはずです。山田さまのようなお方にはお分かりになられぬかもしれませんが、商いとはそういう駆け引きを必ず伴うものなのです」

北辰屋どの、と軽く片手を上げて、方谷は松之助の言葉を遮った。

「商人には商人の道理がおありだとは、わたしも承知しております。ですが侍は――いえ人はみな信義を重んじ、他人に誠《まこと》を尽くして向き合わねばなりません。ならば先方が商人としてわが家中に対峙したとしても、我らは我らの義を以《もっ》てそれに応えます。わたしが本日自ら横浜まで出向きましたのは、それを北辰屋どのに伝えんがためでした。何卒ご斟酌ください」

熊田恰と川田が何か言いたげに目を見交わす。そんな彼らの間で居心地悪げに身を縮める三田掃部の姿に、虎尾は内心膝を打った。

吟味役は本来、勝手許を預かる役職。幾ら長年の借財を返し終えたとはいえ、藩の費えは少ないに越したことはないし、出来ることであれば五十両、百両でも安く船を買いたいのは人情だ。方谷はそんな三田掃部の懊悩《おうのう》を理解するとともに、自らの信じる義を貫かんがために――そして何より君主たる板倉勝静の名を守らんがために、値引きの必要はないと言い放ったのだろう。

（まったく、驚くほどに筋の通ったお人だ）

そんな人物によってごうのる・うぉれす号が自藩にもたらされる事実が晴れがましい。快風丸の名は、まさに方谷の行いに添うものだと虎尾には感じられた。

北辰屋松之助はもしかしたら、千両にも及ぶ値引きを方谷たちに持ちかけて恩を売り、備中松山藩と長い縁故を結ぶつもりだったのかもしれない。酒席のご用意が、と引き留める彼を振り切って店を出れば、往来には薄い暮靄《くれもや》が漂い、一つまた一つと店々の軒先に灯《とも》が点り始めている。

「今宵は確か、運上所にほど近い宿屋に泊る手筈《てはず》でございましたな」

駕籠の先に立って歩き始めた三田掃部に駆け寄り、熊田恰が問いただす。さよう、と首肯すると、掃部は半白の頭を転じて、港の方角を目で指した。

「お役目によって横浜に来られた各藩の方々が、頻繁にお使いになる宿屋です。山田さまのご姓名は万一のことを考えて明かしておりません。その上、他の客人が近寄らぬ離れを一棟、手配いただいておりますので、まず宿にて何か起きるということは――」

獣の咆哮を思わせる雄叫びが、三田掃部の言葉を遮った。暮れなずむ辻を揺らすその響きの出どころを顧みるのと、北辰屋の真向かいに建つ商家の軒下から、黒い影がまっすぐにこちらに突進してきたのはほぼ同時。ぎらりと剣呑《けんのん》な光がその腕の中で弾けるのを確かに見たと思った瞬間、虎尾はとっさに腰の刀を抜き放っていた。

とはいえ、所詮は道場での試合にしか慣れておらぬ身の哀しさだ。構えんとする先から切っ先は震え、ぐいと低く踏ん張ったはずの膝が中途半端に揺れる。

「出るなッ。おぬしはお駕籠を守れッ」

そんな虎尾の肩をどんと突いて駆け出したのは、熊田恰だった。隻眼とは思えぬ敏捷《びんしょう》さで刀を抜くや、恰は走り寄る影に裂帛《れっぱく》の気合とともに斬りつけた。

だがそんな恰の動きは、すでに承知していたのだろう。人影はざっと砂を撒《ま》き散らして背後に飛びしさり、間合いを外した恰に上段から斬りかかった。それを鎺元《はばきもと》で受けた恰が、鍔迫《つばぜ》り合いをしながら忙しく四囲を見回したのは、目の前の人物以外に暴徒がいないかを確かめたと見える。

その刹那、虎尾の脳裏をよぎったのは、二年前の大雪の朝、桜田門外にて水戸藩浪士に取り囲まれた井伊直弼の御乗物だった。あの時、不逞の輩たちは御乗物の行く手を塞ぐことで、大老の退路を断った。同じことを考えたのだろう。川田が北辰屋に向かって駆け出し、早くも閉ざされていた表戸を叩き立てた。

「北辰屋、北辰屋ッ。ここを開けろッ」

「は、はい。いかがなさいました」

あわてて顔を出した先ほどの番頭が、往来の真ん中で斬り結ぶ恰たちにぎょっと立ちすくむ。それを待っていたかのように上がった悲鳴は、提灯《ちょうちん》を片手に通りすがった二人連れの町人のものだ。

彼らの手にする灯りにぼんやりと照らし出された暴徒は、深く傾けた塗笠に顔を隠し、白襷がけに袴の股立ちを取っている。相手同様、刀を正眼に構えながら、「川田ッ、塩田ッ」と熊田恰が喚いた。

「いいか。山田さまのお側を決して離れるな」

「うるさい。おぬしに言われずとも分かっておる」

そう怒鳴り返し、川田は方谷の駕籠に駆け寄った。右往左往する駕籠かきを一喝して駕籠を下ろさせると、「失礼いたします」とその戸を開け放った。

「先生、賊でございます。ここは急ぎ、北辰屋に難をお避け下さい」

虎尾以上に腕に覚えがないのか、三田掃部は刀の柄に手をかけたまま、おろおろと周囲を見回している。方谷は駕籠の中に端座したまま、そんな掃部と川田を仰いだ。

「されど、あの賊はわたしを狙っているのでしょう。ならばここで熊田どのに後を任せて逃げては、武士の面目に関わります」

「馬鹿なッ。――あ、いいえ、申し訳ありません。ですが今は先生の御身こそが、第一でございます」

「川田、おぬしの申すこともよく分かります。とはいえ、常々申しているでしょう。人は常に誠心を以て、他者に向き合わねばなりません。賊が刃でわたしに対峙せんとするのであればなおのこと、わたしはわたしの義で、あのお人に向き合わねば」

「仰ることはよく承知しております。それが先生の生き様でいらっしゃればこそ、それがしも三島もあなたさまを師と仰いでございます。されど今ばかりは、それどころではないのです」

声を荒らげる川田とは裏腹に、方谷の面上は水の如く澄み切っている。とはいえ今は確かに、川田が正しい。そもそも刀を用いて方谷を襲う一点において、賊が言葉の通じる相手とは思い難い。

失礼いたします、と駕籠の傍らに膝を突き、虎尾は無理やり方谷の腕を摑んだ。川田と二人がかりで方谷を駕籠から引きずり出した刹那、恰の激しい気合が先ほどよりも夜の色を濃くした往来に轟いた。

顧みれば辛うじて、恰の剣を避けたのだろう。足をよろめかせる賊の塗笠が斜めに断たれ、かっと目を見開いた若い男の顔が、藍色《あいいろ》の夕闇の中で白い花のように露わになっていた。

「おぬし――」

川田の叫びに、曲者は片手ではっと己の顔を隠した。その隙を見逃さず、恰が二の太刀を男に浴びせ付けんとする。その途端、方谷が虎尾の腕を振り払い、「斬ってはなりませんッ」と日ごろのくぐもった物言いからは思いもつかぬ大声を上げた。

恰の眼差しと切っ先が、ほんの一瞬、揺らぐ。曲者は素早く四囲に目をやると、往来の真ん中に尻餅をついたままの町人たち目指して駆け出した。

お、お助けをッと喚いて顔を伏せる彼らのかたわらを走りすぎざま、その肩をどんと蹴る。悲鳴とともに倒れ伏した彼らに、曲者の後を追おうとした恰がたたらを踏んだ。ちっと乱暴な舌打ちとともに、眉を吊り上げて方谷を顧みた。

「なぜです。なぜ斬ってはならぬのですッ。あの者は山田先生のお命を奪わんとしたのですぞ」

騒ぎが治まったと見たらしく、北辰屋のくぐり戸から番頭が提灯を手に顔を出す。それに目顔で礼を述べてから、方谷は恰に向かって、首を横に振った。

「わたしがこれまで、あるいは元締として、あるいは御勝手掛としてわが殿に申し上げてきた様々は、すべて御家のためを思っての私心なき言葉でした。ですが刃を以てわたしに異を唱えんとする者に、同じく刃を以て応じれば、それは力で他人を打ち負かしたのも同じとなってしまうではありませんか」

「それは分かっております。されど」

方谷の眼差しは、たった今、命を狙われたばかりとは思えぬほどに澄んでいる。

先ほどの男の仲間が、まだ近くに潜んでいるやもと考えているのだろう。恰は油断なく辺りをうかがいながら、小走りに方谷の側に戻った。

「あ奴の顔には見覚えがあります。先般、殿に従って出府した馬廻組《うままわりぐみ》五十石取り、東権兵衛《あずまごんべえ》ではありませんか」

馬廻組は小姓組と並んで、藩主の警固に当たる役職。虎尾は塩田家の養子となって間もなく江戸に上ったため、東なる男と面識はない。しかし国許にて番頭兼藩道場師範を務める恰には、よくよく見知った相手らしい。藩主のお側近くに仕える者が方谷を狙うとはとばかり、顔を歪《ゆが》めた。

「先生もいい加減、ご自覚ください。こちらが幾ら道理を説いたとて、世の中には端からそれに耳を傾けぬ輩が数多おるのです」

「それは承知しております。傍《はた》から見れば、わたしは勝静さまのご信頼をいいことに多くの要職を歴任し、果てはどれほどの役に立つか分からぬ西洋船を買い求めんとしている君側《くんそく》の奸《かん》と見えるでしょうから」

ですが、と方谷は東が駆け去った方角を静かに振り返った。まるで旧知の者を懐かしむように小さく眼をしばたたいてから、「そもそも世の中とは道理に合わぬことだらけなのです」と語を継いだ。

「人はみな、正しき行いの者が天寿を全うし、悪がことごとく挫《くじ》かれることを望みます。ですが実際にはこの世では、善良なる者が辛酸を舐《な》め、忌々しき輩が栄耀栄華を極めることが珍しくありません。わたしのような儒者はそんな世の矛盾をどうにか正さんがため、学を究めておりますが、だからこそ己がかようなな腹立たしき世に生きていることを常に忘れてはなりません。ならばすなわち、あのような輩の手にかかることもまた、わたしは強いて拒んではならぬのです」

訳が分からぬとばかりに太い息をつき、恰は刀を鞘に納めた。とにかく一度、北辰屋にお戻りを、と方谷をうながす川田に近づき、「東は覚悟の上の行いだったのだろうな」と低い声を落とした。

「恐らくな。もはや国許にも江戸屋敷にも戻らぬであろうし、討手をかけたとて捕えられるかどうか」

関東一円の天領や諸藩にまで追手を遣れば、方谷が命を狙われた事実は、広く衆目の知るところとなる。板倉勝静が老中に任ぜられたばかりの今、藩内での悶着すら収拾できぬと世に喧伝《けんでん》することは、決してお家のためにならない。

「殿や藩目付さまには当然ことの次第を告げるにせよ、ここは穏便に納めるしかあるまいな」

川田が呟いた通り、翌日、上屋敷に戻るなり、虎尾たちは側用人の辻七郎左衛門から一人ずつ呼び出され、横浜での一件は他言無用と厳命された。

それとなく同輩たちに尋ねれば、東権兵衛の妻女の兄は、ご家中にて御普請方五十石扶持をいただいていた岡田玄蕃《おかだげんば》なる男。かつて方谷が元締兼吟味役として備中松山藩内の大改革に大鉈《おおなた》を振るった当時、出入りの商人相手の専横を咎められ、謹慎を仰せつけられた人物という。

岡田玄蕃自身は方谷の処断にすっかり牙を抜かれ、現在は弟に家督を譲って隠居している。だが東権兵衛は玄蕃の謹慎以来、遺恨からか方谷が藩内に取り入れんとする蘭学を嫌い、ここ数年は尊皇攘夷論に激しく傾倒していたらしい。

川田によれば、方谷襲撃の報に板倉勝静は激怒し、東家の閉門を命じようとした。だが方谷はそんな君主を冷静に諫《いさ》め、「それよりもまず為すべきは、蘭学が如何にわが国に有用であるかを、家中に詳細に説かねばなりますまい」と進言したという。

確かに東権兵衛も、蘭学がただ先進的なだけではなく、古しえからの漢学に比べて優れた点の多い学問だと理解していれば、ここまで激しい恨みを抱かなかったかもしれない。ただそんな方谷の進言のおかげで煽《あお》りを喰らったのは虎尾と新島七五三太で、二人は早速翌月から、月に二度、備中松山藩上屋敷で西洋軍術について藩士たちに講義を行なうよう命じられた。

とはいえ、七五三太は同じ板倉家とはいえ他藩の家臣。虎尾とてやっと西洋航海術の基礎を身につけたばかりの身の上だ。

「それなら、山田耕蔵どのの方が適役でございましょう。今では芝新銭座大小砲習練場でも、周りの塾生から一目置かれるほどの秀才ぶりと聞いております」

あわてて抗弁した虎尾に、「いや、山田ではならんのだ」と講義の命をもたらした辻七郎左衛門は胸の前で腕を組んだ。

「なにせあ奴が方谷さまのご養子であることは、家中の皆が知っておる。ならばあ奴が洋学の利点を説けば説くほど、どうせ方谷さまがしゃべらせているだけと取る者も出よう。ここはおぬしらがつっかえつっかえ、下手な説明をする方がいいのだ」

自分が耕蔵に比べて万事不出来なぐらい、言われずとも承知している。とはいえそれでも、つっかえつっかえという言い方はひどい。上役の前であることも忘れ、虎尾はつい唇をへの字に結びそうになった。

そんな虎尾の姿に、言い過ぎたと気づいたらしい。辻は一瞬、考え込むように目を虚空に据えてから、「実はな」と声を落とした。

「山田に砲術について語らせたくない理由は、他にもあるのだ。おぬしはこのひと月ほどの間に、江川太郎左衛門さまにお目にかかっているか」

「いいえ。山田さまがご出府なさってからというもの、なかなか芝までうかがう暇がなく」

そうか、と応じる辻の声は硬い。この春以来、事あるごとに床についている英敏の細い体軀を思い出し、「まさか」と虎尾は息を飲んだ。

「そのまさかだ。これは殿よりうかがった話だが、三日前、江川太郎左衛門英敏さまよりご公儀に、末弟である英武《ひでたけ》どのを後嗣と決めたい旨、願い出があったらしい。とはいえ、英武どのはまだ十歳。これが末期養子とすれば、太郎左衛門どののお加減はよほどすぐれぬのではと、ご老中がたも案じていらっしゃるそうだ」

末期養子とは跡取りのいない武家の当主が死に瀕《ひん》した際、家の断絶を防ぐべく、緊急に縁組される養子を指す。とはいえ英敏は、まだ二十四歳。いくらこのところ臥せりがちとはいえ、本来なら養子はおろか、次の家督を考えるべき年齢ではない。

「まだ年若な英敏さまが芝新銭座の砲習練場、もとい縄武館の差配に任じられたのは、幕閣のご要職がたの亡き坦庵《たんあん》（英龍）さまへのご信頼厚ければこそ。ただ跡取りとはいえ、当時まだ二十歳にもなっていらっしゃらなかった英敏さまに幕府の大小砲術指南を任せることにはやはり不安の声もあったと聞く。その上更にまた、幼い英武さまが韮山代官となれば、幕府の砲術方はさほどに人材がおらぬのかと案じる者も出て来よう」

一方で北辰屋からの知らせによれば、快風丸は間もなく亜米利加を発ち、九月にも横浜に入る手筈という。ならばここは先行きの怪しい西洋砲術ではなく、備中松山藩の産物運搬にも大きく関わることとなる西洋船について語り聞かせた方が、藩士たちもその有用性を理解しよう、との辻七郎左衛門の考えはよく分かる。とはいえ今の虎尾には、辻の言葉は半分も耳に届いていなかった。

英敏は頑なな男だ。そんな彼が末期養子を願い出るとは、およそただ事ではない。まだ何事か言いたげな辻の前から無理やり下がると、虎尾は夏の陽射しが弾ける往来をまっすぐ芝へと向かった。

ちょうど教練の最中と見えて、土塁に囲まれた習練場には襷がけに袴の股立ちを取った門弟が居並び、それぞれ手にした小銃で人の背丈ほどの高さの棒の先に結わえ付けられた的を狙っている。だが竹の笞を握り、門弟に射撃の合図を送っているのは、いずれも顔見知りの師範代ばかりで、英敏の姿は見当たらない。

辺りに漂う硝煙の臭いが、しきりに胸を騒がせる。習練場の端を経て、塾舎の軒下を駆け抜け、虎尾は縄武館の南端に位置する役宅へと向かった。

どうやら客人が訪れているらしく、玄関先には一丁の駕籠が据えられ、供と思しき下男が退屈そうに傍らにしゃがんでいる。ただそれが大身《たいしん》の武家の用いる乗物や主命を受けた侍が用いる権門《けんもん》駕籠ではなく、医師がしばしば用いる切棒《きりぼう》駕籠と気づき、虎尾の背に小さな粟粒が立った。

「では、お大事に。くれぐれも無茶をさせてはなりませぬぞ」

穏やかな声とともに、式台に人影が差す。明らかに医師と分かる三十がらみの束髪の男が、塗りの薬籠を小脇に抱えた若者を従えて現れた。はっと応じて膝をついた榊原鏡次郎におっとりとうなずき、若者が戸を開けた駕籠に慣れた様子で乗り込んだ。

それを見送る鏡次郎の目は落ちくぼみ、濃い隈《くま》が瞼の縁を彩っている。邸内に戻ろうとする師範代に、虎尾は慌てて駆け寄った。

「おぬしか」

式台から虎尾を見下ろし、鏡次郎は太い息をついた。英敏の容態を問おうとする鼻先を叩く勢いで、「帰れ」と短く言い放った。

「よほどやむを得ぬお相手以外、見舞い客は断るよう命じられておる。特に塩田、おぬしは何があろうとも入れるなとのご厳命だ」

「何でございますと」

もともと英敏と虎尾は、師弟として巡り合った。しかし表向き縄武館を破門され、一人の侍として芝新銭座に出入りし始めて以来、虎尾は年の近い英敏にそれまでとは異なる淡い親しみを抱き始めていた。英敏とてそれは同様であればこそ、亡き父の教導の厳しさを――かつて触れることが許されなかった西洋船への憧憬《しょうけい》を口にしたのではないのか。それとも英敏は、たまたま手近にいた虎尾に胸裏を明かしただけで、本当は自分のことなぞただの出来の悪い門弟崩れとしか思っていなかったのか。

血相を変えた虎尾を一瞥し、「分からぬのか」と鏡次郎は一語一語区切るかのように言葉を続けた。

「あのお方は、おぬしにだけは痩せ衰えた姿を見られたくないと仰せなのだ。おぬし、備中松山藩が買い求める西洋帆船に、太郎左衛門さまをお乗せすると申し上げたそうだな。あのお方はな、臥所《ふしど》の中で幾度もそれがしに、塩田めがかようなことをぬかしよったと話して下された。縄武館では小銃の扱いすら満足にこなせなかった奴が大口を叩きよってと、それはそれは嬉しそうにお笑いになった」

わずかに声を上ずらせ、鏡次郎はぐいと天井を仰いだ。強く握りしめられたその拳の節は白み、強い力が込められているのがはっきりと分かった。

「あのお方は、神君家康公より韮山代官のお役を賜った江川家のご当主。そしてご公儀の軍艦操練所鉄砲方指南にして、この縄武館の塾頭でいらっしゃる。わずか十七歳で父君を亡くされ、歯を食いしばってこれらの重責に耐えて来られた若《わか》のお辛さを——それにもかかわらず病に倒れたご無念が、おぬしには分からぬのか」

鏡次郎はこれまで英敏のことを、江川家当主が代々襲名する太郎左衛門の名で呼んでいた。あの甲高い声で怒鳴られようが竹の笞で打擲《ちょうちゃく》されようが、一回り以上も年の異なる彼に恭しい態度を崩さなかった。

それだけに若という初めて聞いた呼び方が、虎尾の胸を真っすぐに貫いた。そんなに、と喉を突いた声は、自分でも驚くほどにかすれていた。

「ご病状はそれほどにお悪いのですか。すでにご養子の願い出をなさった旨を、噂に聞きました」

「ああ。先ほどお運びくださった医学所の松本良順《まつもとりょうじゅん》先生によれば、若の肺臓はすでに病に侵され、並みの男の半分ほども働いておらぬとか。それでもいまだ事あるごとに習練場に出ようとなさるのは、最期までこの縄武館の塾頭であらねばとのお覚悟のなせる業《わざ》に違いない」

鏡次郎の双眸は涙を孕《はら》み、その癖、虎尾をここから一歩も通さぬと言いたげな気迫に満ちている。

習練場で大砲の稽古が始まったと見え、どおんと腹の底に響く鈍い音とともに、草履履きの足の裏がじんじんと揺れた。硝煙の臭いが更に強く虎尾の鼻先をくすぐり、潮風とまじりあってすぐに空の高みへと消えて行った。

鏡次郎は正しい。英敏は幕府によって設立された縄武館の主。それだけに彼はか細い顎を臥所でも昂然と上げ、師範代たちの号令が正しいものであるか、聞き分けんとするのだろう。息を引き取る瞬間まで、門弟たちの大小砲の稽古の音を聞き、硝煙の臭いを嗅《か》ぎ続けるのだろう。

だが果たしてそれは、江川英敏という男のすべてなのか。虎尾の言葉に苦笑を浮かべた姿は、臥所で嬉し気に西洋帆船への誘いを語ったという姿は、江川家当主の立場の前にはなきものとせねばならぬのか。――いや。

「ご無礼つかまつります、榊原さま」

虎尾は強引に草履を脱ぎ捨てた。待て、と伸ばされた鏡次郎の腕を振り払うや、無理やり役宅の奥へと歩を進めた。

これで虎尾が一介の縄武館の門弟のままだったなら、強引に役宅に踏み入るなぞ考えもつかなかった。だが幸い虎尾はこの半年あまりの間に、役宅の一室で鏡次郎から操船術の教導を受けている。それだけに英敏の病間がどこにあるのかは、漠然と想像が出来た。

「ふざけるな、塩田。おぬし、自分が何をしているのか承知なのか」

榊原鏡次郎の怒号を背に、昼なお薄暗い廊下を奥へと忙しく歩む。微かに漂ってきた煎《せん》じ薬の香を頼りに、濃紺に雲母を刷いた唐紙襖《からかみぶすま》の前に膝を折った。

「ご無礼申し上げます、太郎左衛門さま。塩田虎尾でございます」

応えはない。しんと耳が痛くなるほどの静けさは、役宅の門を挟んで江川英敏と向き合った夜にどこか似ている。あれからたった一年しか経っていないとの思いに、膝に置いた拳が小さく震えた。

「お加減が優れぬとうかがい、せめてひと目とお見舞いにうかがいました。実は以前お伝え申し上げましたわが藩の船が、来月にも横浜に届くと決まりました。船の名は快風丸と申し、ご公儀の咸臨丸よりひと回り小さくはありますが、二枚の帆を持つそれはそれは美しい船だそうでございます」

塩田ッという叱声とともに、廊下を追って来た鏡次郎が虎尾の襟髪を摑む。まるで犬の仔でも連れ去るかの如く、力任せに襖の前から引き剝《は》がそうとする師範代に、虎尾は四肢をもがかせた。

「お放しください、榊原さま。わたしは太郎左衛門さまに申し上げねばならぬことがあるのです」

「分からんのか。いい加減に聞き分けろ」

「いいえ、嫌です。聞き分けなぞしてなるものですかッ」

虎尾は鏡次郎の足首に、両手でしがみついた。足を取られ、身体をよろめかせたその腕の力がわずかに緩む。隙を見逃さず、更に両手で鏡次郎の腹を突くと、どうと仰向けに倒れた彼には目もくれず、四つん這《ば》うように先ほどの襖の前に戻った。

仮に虎尾が縄武館の門弟なら、鏡次郎の言葉におとなしく従っただろう。だが虎尾はすでに英敏の西洋船への憧憬を――江川家の当主として、韮山代官として、縄武館の主として生きねばならぬその苦しみを垣間見てしまった。ならばいま、従順に師範代の言葉を聞き分けることは、一人の人間としての英敏その人に知らぬ顔を決め込むことと同義ではないか。

「船が、船が間もなく参ります。きっと最初の航海は、江戸より国許である玉島に向かう旅となりましょう。その時にはどうか、太郎左衛門さまもご随行ください。韮山代官さまが十日も半月も関東を離れられれば、ご公儀もいささか苦い顔をなさるかもしれません。ですがなあに、海上から本邦を眺めることはすなわち、わが国の海防にも役立つはず。そう仰せになられれば、きっとご老中がたも得心くださるはずです」

重く濁った咳《せき》が、襖の向こうで響いた。息を飲んだ虎尾の鼻先を封じるように、「いつもおぬしは道理に合わぬことを言う」という英敏の声が続いた。まるで身体のどこかに穴が開いているのかと思うほどに弱々しく、それでいて昔と変わらぬ権高さを漂わせた音吐《おんと》だった。

「そんなことはありません。あとひと月、たったそれだけお待ちくだされればいいのです。わたしは――わたしは太郎左衛門さまをお乗せできるその日を、いつまでもお待ち申し上げております」

地響きにも似た足音が、廊下の果てで響く。次の瞬間、袴の股立ちを取った門弟たちが四、五人がかりで虎尾の身体を抱え上げた。その騒ぎが聞こえぬわけがなかろうに、目の前の襖はただただわずかな生薬の香りを漂わせるばかりで、一分たりとも開きはしない。

「連れて行け。裏口から放り出すのだ」

鏡次郎の苦々し気な声が頭上で響き、唐紙の濃い紺色がくらりと回る。見る見る遠ざかる英敏の寝間を見つめながら、ああ、海だ、と虎尾は思った。

あの深い深い青はきっと、快風丸がやがて漕ぎ出す海の色なのだ。ならばこれはきっと、別れではない。いつか、自分と英敏は必ずやいつか、息が詰まるほどに深い海の上で巡り合えるに違いない。

「若のお気に入りと思って、いい気になるな。最後まで江川家の主であろうとなされるあのお方の矜持《きょうじ》を踏みにじるつもりか。若がお許しになられても、わたしは決しておぬしを許さぬ。二度と縄武館の敷居はまたがせぬゆえ、かよう覚悟しておけッ」

役宅の裏門から放り出され、泥だらけの身体を引きずるように下屋敷に戻る道中も、虎尾の瞼の裏からはその紺の色が消えなかった。

門弟ともみ合った際に痛めたのだろう。右足が鈍くしびれ、ひと足歩むごとに身体が大きくかしぐ。だが今の虎尾にはその痛みすらが、病の床にある英敏に通じるものであるような気がしていた。

虎尾は凡人だ。当然、山田方谷のようにこの世の者すべてを善なる道に導くことなぞ、出来ようはずがない。だがそれでも自分はあの英敏に生身の人間として向き合い続けた。あの広い海へと英敏を誘い、誰にも交わせぬ約束をした。

西に傾き始めた陽が、彼方に広がる江戸の海を輝かせている。その底に沈む深い紺青を覆い隠そうとするかのような、目に痛いほどに眩いきらめきだった。

江川英敏が亡くなったのは、それから半月が経った八月十五日。数日前から続いた嵐がようやく去り、雲一つない高い空が江戸の町をぽっかり覆った朝であった。

英敏が願い出た末期養子の件はいまだ許しが下りず、当然ながら江川家の継嗣手続きとて取られてはいない。それだけに英敏の死は表立っては伏せられ、菩提寺《ぼだいじ》である浅草・本法寺《ほんぽうじ》の住持を役宅に招いての通夜があわただしく行なわれただけで、遺骸《いがい》は駕籠にて、本領たる韮山へと送られると決まった。表向きは英敏は韮山にて療養を続けていることとし、弟である英武に正式な跡目相続の許しが出た後、ようやく正式に病死と触れ出される運びだった。

「とはいえ我ら門弟は、韮山へのご出立の折、縄武館の習練場にてお別れを申し上げることが許されました。榊原先生にはわたしからも、お詫びを申し上げます。塩田どのもどうぞ旅立ちの日にはお運びくださいｰ」

「山田どのの気遣いはありがたいが、わたしは縄武館を破門された身だからな。更にその上、榊原さまのお怒りまで買ったのだから、出向くわけにはいかんさ」

されど、と畳みかける山田耕蔵の目は赤く、隠そうとしても隠しきれぬ涙の跡が目尻に残っていた。

「ならばせめて、韮山に下る道中でもお別れを」

「気にするな。そんな真似をしては、むしろ太郎左衛門さまのご遺志に背くことになってしまう」

あの日、役宅に押しかけた虎尾を叱らず、それでいて決して襖を開こうとしなかった片意地な英敏だ。門弟たちに悼まれるのは仕方がないとしても、虎尾までが湿っぽく見送りに立っては、むしろ腹を立てるに違いない。

さようでございますか、と腫《は》れぼったい目をしばたたいたものの、耕蔵には虎尾の意図が十分に汲めなかったらしい。英敏の死から三日後、その骸《むくろ》がいよいよ韮山に発つという朝には、虎尾の御長屋の部屋を再度訪い、「まことによろしいのですか」と念を押した。

「ああ、いいんだ。それに今日はこれから新島どのとともに、浦賀奉行所に鳳凰丸《ほうおうまる》の見学に行かねばならん。太郎左衛門さまがお役宅を離れられる前に、わたしの方がひと足先にお江戸を出させてもらうというわけだな」

相模国浦賀（神奈川県横須賀市）の奉行所は、大坂奉行所や奈良奉行所などと並ぶ遠国奉行所の一つ。江戸湾を出入りする藩船および商船の積み荷を検査する船検《ふなあらた》めを担う一方、ペルリ来航以降は日本に寄り来る異国船の監視にも当たる重要な役所だ。

そんな浦賀には八年前から、鳳凰丸なる西洋式帆船が配備されている。長さ二十間（約三十六メートル）、檣《ほばしら》（帆柱）の数は三本と、快風丸よりひと回り大きなこの船は現在、浦賀奉行所与力とその配下約三十人の水主によって、関東と上方、あるいは長崎を行き来しており、滅多に浦賀に戻らない。備中松山藩では快風丸の購入が本決まりとなって以来、幕府軍艦所を通じて鳳凰丸の見学を請うており、ようやく昨日、正式な許可が下ったのだった。

「それは――」

耕蔵は養父とまったく似ぬ丸い目に、複雑な色を走らせた。ほんの束の間、自らの足元に目を落としてから、「確かに太郎左衛門さまがご存命であれば、そりゃあさっさと浦賀に行けと仰せられるでしょうね」と自らに言い聞かせるように呟いた。

「分かりました。太郎左衛門さまのご遺骸には、その分、わたしが幾重にもお別れを申し上げて参ります。塩田どのは何卒ご自身の為すべきお務めをお果たし下さい」

指揮を執る者のみ操船に長けていても、巨大な船は動かない。このため備中松山藩では来たるべき快風丸到着に備え、藩港である国許の玉島より腕のよい水主をすでに五十名、江戸表へと呼びよせていた。

今回の鳳凰丸の見学は、普段は玉島と備中松山お城下を結ぶ高瀬船や、玉島から江戸へ藩の産品を運ぶ弁財船に乗り込んでいる彼らに、西洋船の扱いを覚えさせる目的も兼ねている。板倉勝静が現在、外国掛に任ぜられていることもあって、短くとも十日あまりは鳳凰丸に日参を続ける予定だった。

「ああ、もちろんだとも。ここで手抜きをしては、太郎左衛門さまがあの世でどれだけお怒りになるか分からんからな」

軽口を叩いて御長屋を後にすれば、すでに下屋敷の馬場には旅支度を整えた水主衆が勢ぞろいをしている。江戸表でのお役目については、事前に玉島にて説明を受けていたはずだが、それでもいざご公儀の西洋帆船に乗り込むとなれば、平静ではいられぬのだろう。全身を赤銅色に日焼けさせた水主たちの面上には、そろって緊張の色がみなぎっていた。

「いやはや、遅くなりました。申し訳ありません」

のんびりとした詫びとともに現れた新島七五三太が、そんな水主を見回して目を丸くする。

「なるほど、さすがは山田方谷さまがご差配なさる備中松山藩の水主。まるで戦場に赴くもののふの如き面構えではありませんか」

わざわざ違うと告げるのも面倒だ。応えの代わりに、「行くぞ」と先頭に立って藩邸を出た虎尾に、七五三太はひょろりと高い身体を前後に揺するように駆けて追いついた。「ところで、聞きましたか」と後に続く水主たちの耳を憚るように、声をひそめた。

「聞いたって、何がだ」

「そのご様子じゃご存じないのですね。この一年余り、上方が実に騒がしいそうではありませんか。ことに京都では天子さまを奉じんとする不逞の輩が寄り集まり、果てはこの四月の伏見・寺田屋の一件の如く、諸藩の尊攘派と佐幕派が悶着を起こす始末。ゆえにご老中がたと上様は先だって、京都の安寧を守護するべく、京都守護職なる新職を置かれ、会津中将（松平容保《まつだいらかたもり》）さまをご任命なさったそうですよ」

古しえより帝のおわす京都は、幕府開闢《かいびゃく》よりこの方、江戸表と朝廷を結ぶ役割を兼ねる京都所司代がその治安を守り、非常時には隣国たる近江（滋賀県）彦根藩を領する井伊家が、藩兵を率いて都を守護すると定められていた。だが二年前、桜田門外にて大老だった藩主・井伊直弼が殺害されて以来、井伊家の力は激衰し、もはや都に兵を出すどころではない。そこで設置された新職に抜擢されたのが会津藩主・松平容保だった。

「確か会津中将さまは、高須《たかす》（岐阜県海津市）松平家さまから会津にご養子に入られたお方。その弟君もまた先だって高須から、周防守さまのご実家でいらっしゃる桑名松平家さまにご養子に行かれたのではありませんか」

「よく知っているな。おぬし」

今日も空は雲一つないほどに晴れ上がり、雁《かり》の列がその高みを悠然と飛んでいく。塗笠の縁を傾けて呟いた虎尾に、「そりゃあ、わが藩には他人事《ひとごと》ではありませんから」と七五三太はあっさりと答えた。

「こんな世情騒がしき最中、藩兵を率いて遠い京に赴くなど、火中の栗を拾わされるようなものです。分家とはいえ我らが殿は、京都所司代を累代仰せつかった板倉家のご連枝。周防守さまが老中の任におわす今、わが家中に京都守護職が仰せつけられる恐れも皆無ではないと、この十日ほど江戸家老さまは毎日、青い顔をしていらっしゃいましたし、わたしも飯が喉を通らぬ思いでおりました」

「つまりおぬし、安中藩が火の粉を浴びずに済んでほっとしたと言いたいわけか。そりゃあ全国譜代大名家が似たことを考えているだろうが、おぬしはまあひどいことをよくもぬけぬけと」

「嘘偽りを申すのが、嫌なだけですよ。今回ほど、わが殿が暗愚の君でよかったと安堵したことはありません」

およそ主家の禄を食む藩士らしからぬ悪態をついてから、「それにしても」と七五三太は急に口調を転じた。

「そもそも会津中将さまはご生家もご養子先も、遡れば神君家康公につながるお方。板倉周防守さまとてそれはご同様で、祖父の松平楽翁（松平定信）公は場合によっては将軍の座についていても不思議ではない正しきお血筋でいらっしゃいました。はたと気づいてみれば、ご公儀は急にこのところ、将軍家に連なるお血筋を登用なさるようにおなりですな。政のほころびを救うのは、結局、お身内しかないとでもお考えなのでしょうか」

そういうわけではあるまい。たとえばこの春先、勝静と前後して老中に抜擢された出羽山形藩主・水野《みずの》和泉守《いずみのかみ》忠精《ただきよ》は、松平家や将軍家とはほとんど血筋の関わりを持たぬ男。だが七五三太がそんな邪推をしてしまうほどに、幕府の政はこのところ混迷を極めている。

幕府をほころびた衣にたとえた山田方谷の言葉を、虎尾は思い出した。人はただの古びた衣であっても、長らく着古したものをすぐに捨てられず、袖を縮め、丈を削ってなおも用いる手立てはないかと思い悩むのだ。ましてやそれが一国の政ともなれば、丸ごとの仕立てなぞ容易に行なえるわけがない。

虎尾が江戸に出府して、すでに二年あまり。きっとこれから先もこの国の政は、ますます混迷の度を深めるのだろう。目の前の七五三太とて、会津中将の抜擢を他人に降りかかった火の粉だと胸をなでおろしたことを懐かしく思う日が来るのかもしれない。

（だが……）

人はそれでもなお、生きて行かねばならない。世の泥濘《でいねい》に塗《まみ》れようともなお人を信じ、この世を少しでも善くし得るはずだと信じ続けねばならぬのだ。

吹く風にはいつしか潮の香が混じり始めている。紅葉の始まった愛宕山の麓《ふもと》を抜けて更に道を南に取れば、やがて左手に縄武館の土塀が見えてきた。

役宅の門は普段通り大きく開け放たれ、知らぬ者が見ればそれは常の縄武館の日常と皆目変わらぬと映るだろう。しかし空より降る雪がすべて等しく見えながらも、その実は一つとて違わぬものがないように、人の暮しもまた一日として同じものはありはしない。そしていまだ命ある自分たちは、その差違を——変わりつつあるものをすべて胸に抱え、なおも生き続けねばならぬのだ。

山田方谷を討たんとした東権兵衛の横顔が、雪の桜田門外にて大勢の浪士に囲まれていた井伊直弼の御乗物が胸の底をよぎる。最後に江川英敏の末期の声を耳に蘇らせようとして、虎尾は軽く首を横に振った。違う。それだけではいけない。自分はすべて覚えていなければならない。如何なる時も自らの責務を忘れなかった師の誇りを、彼がその胸裏深くに押し込めねばならなかった一人の若き男としての煩悶《はんもん》を。己が快風丸に乗るとはつまり、もはやそこに亡き者たちの思いとともに在り続けることなのだ。

あまりに澄んだ陽射しのせいか、縄武館の敷地の向こうに広がる芝の海と空の境目は溶け合い、判然としない。鏡のように凪《な》いだ海のところどころでわずかにのぞく波頭が、かろうじてそこが空ではないと物語っていた。

快風丸が品川に届くのは、九月末。水主たちを新しき船に慣らし、江戸湾で幾度も演習を行ううちに冬は深まり、やがて初めて国許たる玉島へと回航する頃には、銀色の花弁の如き雪が海に降りしきっていることだろう。

間もなく英敏の遺骸が役宅を出るのか、縄武館の土塀の向こうで、腹の底に響く陣太鼓が鳴った。かつて小銃の稽古の折、英敏の指示に合わせて鳴らされたその音が、今はひどく遠い。

いずれ自分が見るだろう、ひそやかな紺色の海に降る雪を、虎尾は思った。英敏がもはや二度と目にし得ぬ銀花はきっと、音もなく静かに海に溶け入り、そのはかなさに自分は今日の日のことをまたも思い出すに違いない。

「少し急ごう。早く浦賀に着かねば」

そう七五三太を促した虎尾の声を破って、またも陣太鼓が響く。虎尾はそれに合わせて、足を速めた。

揺らぎなき眼差しで前だけを見つめる道の果て、眩しいほどに澄明《ちょうめい》な海に、雪に似た色の波の頂《いただ》きがまたも砕けた。

第五章　まつとし聞かば

かつて牛麓舎《ぎゅうろくしゃ》に通っていた福西お繁とその許婚《いいなずけ》が、この三月に婚礼を挙げる。養父の山田安五郎方谷《ほうこく》からそう知らされた時、耕蔵の口をまず突いたのは、「今、この時局にでございますか？」との驚きの声だった。

お繁が現在、勘定方書役（右筆）見習いである井上助五郎と結納を交わしたのは、八年も前。二人の婚礼が、早くに先代を亡くした福西家の再興を意味するとは承知している。しかしそれが慶事と分かっていればこそなお、何もこんな時節にとの思いが胸にこみ上げた。

だが方谷はそんな耕蔵にはまるで知らぬ顔で、「お繁どのもすでに二十一歳。むしろ遅すぎるくらいでしょう」とまだ雪の消えぬ屋敷の庭へと目を向けた。

「ありがたいことに昨日、足元の悪い中、二人そろってこの家までお越し下さり、婚礼へのお招きをいただきました」

備中松山お城下から四里あまり山間《やまあい》に分け入った長瀬は、備中松山藩領の北端。それだけに正月も半ばを迎えてもなお梢にかかる雪は解けず、夕刻ともなれば曇天の空からちらちらと白いものが落ちて来る。

五年前の文久二年（一八六二）冬、五十八歳の方谷は藩主・板倉勝静《かつきよ》のたび重なる慰留を振り切って隠居し、家督を耕蔵に譲った。とはいえ当時は勝静が老中に任ぜられて、わずか半年余り。九月に品川に届いたばかりの西洋帆船ごうのる・うぉれす号、改め快風丸の試験航海すら終わらぬ先の致仕《ちし》だけに、家督を継いだ直後の耕蔵は、藩船の繋《つな》がれた品川と桜田門外の上屋敷を毎日往復する羽目となった。

「なにせこの数年、井上助五郎どのは殿に従って西へ東へと飛び回り、婚儀も延び延びになっていました。ようやく国許に戻られた間に急ぎ祝言を、との運びになったそうです」

「お繁どのたちのお考えも、分からぬではありません。とはいえ、大樹公《たいじゅこう》（将軍）に続いて天《てん》朝《ちょう》（天皇）さままでが亡くなられ、世情が一向に改まらぬ最中にとは」

「それは間違っていますよ、耕蔵。こんな時なればこそ、人は常と同じ暮しを営まねばならぬのです」

方谷の口調は相変わらずぼそぼそと聞き取りづらいが、そこには鋼《はがね》にも似た強い意志が含まれている。こんな時、と耕蔵は腿《もも》に置いた手を拳に変えた。

板倉勝静が幕政に復帰してから、すでに六年。世情は平穏に向かうどころか、ますます混迷の度を深めている。

方谷の隠居から三か月後、十八歳の若き将軍・徳川家茂《いえもち》は、天皇および朝廷と攘夷《じょうい》について協議すべく、京への上洛を決行。勝静を始めとする幕閣たちも約三千名の随員に加わって都に入り、将軍ともども天皇への拝謁を果たした。

ただ、徳川将軍の上洛は、寛永《かんえい》十一年（一六三四）の三代将軍・家光の例以来、実に二百二十九年ぶり。しかも天皇に懸命に攘夷の難しさを説く家茂や幕閣を他所《よそ》に、帝はこれまで以上に強硬に外国人排除を主張した。結局、家茂は渋々、朝廷に攘夷の実行を奏上せざるをえなかったが、その弱腰は将軍の久方ぶりの上洛と相まって幕府権威の心もとなさを天下に知らせ、帝を奉じる討幕派をますます勢いづかせた。

一方、かねて攘夷に藩論が傾いていた長州（現在の山口県）では、藩内の強硬派が藩主のためらいを押し切って、馬関《ばかん》海峡（関門海峡）を通過する亜米利加《アメリカ》商船や仏蘭西《フランス》艦などを砲撃。これに激怒した諸国公使は翌年、計十七隻から成る艦隊によって下関を攻撃し、結果、長州は海沿いの砲台をことごとく失って降服せざるをえなかった。ただ長州藩に言わせれば、馬関における外国船攻撃は、将軍が京都にて天皇に約束した攘夷運動を受けたものに過ぎないという。幕府はしかたなくこの主張を容《い》れ、亜米利加を始めとする諸外国への賠償を担うこととなった。しかしその始末もまだ始まらぬ元治《げんじ》元年（一八六四）秋、長州藩は京都守護職就任以来、多くの攘夷派浪士の捕縛を続けていた会津藩主・松平容保《かたもり》らの排除を目論《もくろ》んで、京都にて挙兵。禁裏の西側に位置する蛤御門《はまぐりごもん》を中心に、会津藩を中心とする幕府方諸藩兵との死闘を繰り広げるも敗走し、ここに長州藩は天下の朝敵の烙印《らくいん》を捺《お》されるに至った。

（まったく、ここ数年のあわただしさと来たら）

幕府は長州藩が朝敵となるや否《いな》や、西国二十一藩に長州出兵を指示。元尾張藩主・徳川慶勝《よしかつ》を征長総督とする軍勢の先鋒《せんぽう》には板倉勝静率いる備中松山藩が任ぜられ、耕蔵は小隊頭として、銃隊を率いて戦に加わった。方谷もまた勝静より備中松山藩内の留守兵を任せられ、隠居所である長瀬を離れ、お城下の頼久寺《らいきゅうじ》に寄寓《きぐう》することとなった。

長州藩内では禁門の変（蛤御門の変）の敗北後、「正義派」と呼ばれる武力派の勢力が衰退し、代わって幕府に恭順の意を示さんとする「俗論派」が藩政を担い始めていた。このため長州藩は、禁門の変に深く関わった家老たちの切腹や山口城の破却を含めた降伏案をあっさり飲み、討伐そのものはわずか五か月足らずで終わった。

ただ一兵たりとも損なわぬまま軍備を解いたとはいえ、三千余の藩兵と千二百名を超える農兵を備中松山から送ったのだ。その費《つい》えだけでも並々ならぬところに加え、かねて耕蔵を江川太郎《えがわたろう》左衛門《ざえもん》（英敏《ひでとし》）の門に、塩田虎尾《しおたとらお》の養父・秀司《ひでじ》を下曽根金三郎《しもそねきんざぶろう》（信敦《のぶあつ》）の門にそれぞれ学ばせていた方谷は、征討軍出兵に際して最先端の大小銃を用意させ、惜しげもなく藩兵に持たせた。

それは家老たちの反対を押し切って、約七千両もの大枚を支払って快風丸を購入したのと同様、必要な金は決して惜しまぬ方谷らしい行いだった。ただ大砲と言えば、黴《かび》の生えたような大筒（カルバリン砲）、鉄砲と言えば戦国の世以来の火縄銃しか知らぬ沿道の住人には、横浜の北辰屋を通じて買い入れた最先端の四斤山砲《よんきんさんぽう》やミニエー（エンフィールド）銃は、驚くべき備えと映ったらしい。

——見る人驚く板倉の　大筒小筒を打ち並べ　あっぱれかいな

征討軍本陣が置かれた広島への往復の際、耕蔵は折に触れて、そんな流行り歌を耳にした。

耕蔵が少年だった頃、つまり方谷が元締《もとじめ》に就任する以前の備中松山藩は、参勤交代で通る街道の衆から、「貧乏板倉」と蔑《さげす》まれるほどの貧乏藩だった。それだけに年を経た藩兵の中には、備中松山藩の人目を惹《ひ》くほどの軍備を褒《ほ》め讃《たた》える歌を小耳に挟み、涙ぐむ者までいた。

ただ、江川家の縄武館《じょうぶかん》にて西洋砲術を学んだ耕蔵には、自分たちが手にしている小銃や惜しげもなく配られた弾薬がどれだけ高値なのか、手に取るように分かった。いざ戦となった際に備えてということか、備中松山藩兵が広島に駐留する間にも、国許からは続々と武具が送られてくる。それだけに征討が終わり、備中松山に引き上げる途次も、耕蔵は今回の役のために藩の勝手許(財政)が悪化しているのではないかと心配でならなかった。

同様の懸念は、軍兵の兵粮《ひょうろう》を管理する小荷駄《こにだ》奉行として従軍していた三島貞一郎《みしまていいちろう》も抱いていたのだろう。いざ国許に帰り着き、御根小屋の中庭で任を解かれると、耕蔵と三島はもつれあうように城門外の坂道を駆け下った。だが臥牛山《がぎゅうざん》の麓《ふもと》に伽藍《がらん》をそびえさせる頼久寺に飛び込んだ二人が目にしたのは、陣羽織を着込んで広い板間に胡坐《あぐら》をかき、そのぐるりに山ほどの帳面を積み上げさせた方谷の姿だった。

「おやおや、これは二人してどうしましたか。殿のご無事のご帰着、お出迎えに参らねばと思ってはいたのですが、撫育方《ぶいくかた》から急ぎの書状が届いてしまいまして」

かつて方谷の提案で新設された撫育方は、「松山刻《まつやまきざみ》」とも呼ばれる備中松山産煙草を筆頭に、藩内のさまざまな産物の生産から販売・管理を一手に担う部署。隠居の身となった現在、方谷が撫育方の運営に関わる必要なぞないはずだが、その痩せた膝先に目をやれば、積み上げられた帳面の題簽《だいせん》には「撫育方江戸廻送産物控」だの「江戸釘及鉄器価覚書」だのと、明らかに撫育方の書類と分かる文字が連ねられている。

「なるほど、そういうわけでしたか」

言いざま、どっかりと座った三島の顔は、この四か月の間に前後が分からぬほどに日焼けしている。

「先生は留守居の兵卒のみならず、銃後の勝手許までお世話くださっていたのですね」

と、白目ばかりが妙に目立つ双眸《そうぼう》に苦笑を漂わせた。

「最初からそうと分かっていれば、兵粮がいつ足りなくなるかと心配せずに済みましたのに。おかげで藩兵たちからわたしは、ひどい吝嗇《りんしょく》奉行だと陰口を叩《たた》かれてしまいましたよ」

「とはいえ三島が切り詰めてくれたおかげで、出兵の費えは他藩より随分軽く済んだとか。おぬしを小荷駄奉行に推挙した甲斐があったものです。――そうそう、この後に御根小屋に戻るのであれば、殿にこれをお渡しください。非常時ゆえと思うて、お許しをいただかぬまま、吹屋《ふきや》の吉《よし》岡《おか》銅山を藩支配にさせていただきました」

「なんですと。まことですか」

三島が目を丸くしたのも無理はない。備中松山城下から西に五里、川上《かわかみ》（岡山県高梁《たかはし》市成羽《なりわ》町《ちょう》）の地に位置する吉岡銅山は、大同《だいどう》二年（八〇七）に開坑されたと伝えられる古い銅山。戦国の世には近隣の尼子《あまご》氏・毛利氏の間で支配を巡る争いが続き、江戸に幕府が開かれた後は幕府直轄の銅山とされていたはずだ。

「お待ち下さい、義父上《ちちうえ》。確か吉岡銅山の鉱石産出は、石見《いわみ》国（島根県）の大森《おおもり》銀山（石見銀山）を始めとする各地の鉱山同様、この百年近く、激減するばかりだったのでは。おかげで請負《うけおい》人《にん》として採掘を任せられていた上方《かみがた》の商人たちもすべて手を引いてしまい、近年は近郷の衆が細々と銅を掘っていただけと聞いていましたが」

江戸のご公儀は諸国に直轄の鉱山を有しているが、その運営の大半は入札などで選ばれた商人に委託され、江戸表が直接、支配に介入することはない。それだけに吉岡銅山の如《ごと》く鉱石が減った山は利がないとされ、自《おの》ずと商人たちからも見捨てられる。「そこに目を付けさせてもらいました」と続ける方谷の口調は、相変わらず淡々としていた。

「商人衆が請負人として掘らぬのなら、備中松山藩が名乗りを上げればいいのです。幸い、上方の商人とは異なり、お城下から吉岡銅山は目と鼻の先。人をはるばる遣わす費えは当然要りませんし、何よりわがご領内には鉄山が多いおかげで、腕利きの掘子《ほりこ》（鉱石掘り）や吹師《ふきし》（鉱物鋳造《ちゅうぞう》の技術者）が大勢いるではないですか。ありがたいことに、思いがけぬ鉱脈をいくつも見つけてくれましたよ」

備中はもともと砂鉄が多く取れる土地。このため備中松山領内には複数の鉄山が存在し、撫育方の支配の元、鍬《くわ》や鋤《すき》、はたまた釘などといった鉄器類を製造している。方谷はそんな鉄山の人々と廃坑寸前の吉岡銅山を結び付け、備中松山藩ならそこに利を生み出すことが出来ると考えたらしい。

三島は垢《あか》じみた襟元を掻《か》きむしり、呆気《あっけ》に取られる耕蔵を振り返った。

「やれやれ。まったく、はるばる広島まで出かけて行った我らが武功を立てられぬまま戻ったのに、国許にお留《とど》まりの先生がこれほどの手柄を挙げていらっしゃると来たものだ。我らが先生を超えられる日は、どうやら随分先のことになりそうだな」

――峻険《しゅんけん》な山に東西を挟まれた長瀬の地は、日が短い。薄墨色を刷《は》き始めた障子を背に白湯《さゆ》を啜《すす》る養父の身体は、この数年でひと回り小さくなった。そんな薄い方谷の肩を眺めながら、「結局、このお方は世や人の苦難に知らぬ顔が出来ぬのだ」と耕蔵は胸の中で独りごちた。

誰に対しても至誠を尽くし、藩臣として、また儒者として世のため人のためだけに生きる養父のことは尊敬している。しかし二十九歳と働き盛りを迎えた耕蔵には、時にその私《わたくし》なき生きざまが甘いと映った。

確かに方谷が常々語る通り、人間は戦場であろうが、荒れ狂う嵐の中であろうが、食い、眠り、髭《ひげ》をあたり、人としての営みを続けねばならない。それは分かる。だが耕蔵からすれば、戦場であればまずは戦《いくさ》に邁進《まいしん》し、嵐の中にいれば蓑笠《みのかさ》を備え、屋根の破れをつくろうべきではないかと思われてならない。

福西お繁の婚礼とてそうだ。三年前の幕府の長州征討の際、恭順の意を示した長州藩では、直後、またも起こった藩内の抗争により、倒幕を主張する一派が藩政を掌握《しょうあく》。たび重なる幕府からの召し出しに背き続ける長州藩に、昨年六月、将軍・家茂は再び長州征討を開始した。だが攘夷よりもなお現実的な倒幕を掲げる長州は、最新の洋式兵器を以《もっ》てこれに交戦。しかも幕府の敗色が濃くなりつつあった七月には、家茂が二十一歳の若さで大坂城にて病死し、十二月になってようやく一橋家の当主・慶喜《よしのぶ》の着任が決まるまで、五か月もの間、将軍位が空位となる異例の事態まで勃発した。

家茂の死によって、長州征討はなし崩しに終わりとなった。とはいえ幕府の権威の失墜は、もはや誰の目にも明らかだ。おかげで老中たる板倉勝静は江戸に在る間は、ほとんど上屋敷に戻れぬ多忙の最中にある。また昨年以来、諸国では天候不順に伴う不作が続き、農民一揆や打ちこわしが頻発している。幸い、備中松山領ではまだそこまでの騒ぎにはなっておらぬが、次の秋もまた実りが乏しければ、何らかの手を打たねばなるまい。

加えて半月前の十二月二十五日には、都にて孝明天皇が疱瘡《ほうそう》（天然痘《てんねんとう》）のために崩御。攘夷・討幕派の旗印でありながらも、京都守護職である会津藩主・松平容保を深く信頼し、長州藩を嫌い続けた帝の死が、今後の政《まつりごと》をどう動かすのか。そして我らが殿は、老中としてその難局をいかに乗り切るのか。備中松山家中の侍がこぞって固唾《かたず》を飲んでいる最中に、婚礼とは。よくもまあそんなのどかなことが出来るものだ。

方谷がどれだけたしなめようとも、やはり耕蔵はお繁にも、婚礼への出席を決めたという義父にも腹立たしさを抑えられなかった。

（考えてみれば、わたしの嫁取りの時もそうだったな）

あれは、最初の長州征討が幕府側の勝利に終わった年の暮れ。長瀬の方谷邸に呼ばれた耕蔵は、養父とともに待ち構えていた家老・大石隼雄《おおいしはやお》から「おぬしに縁談がある」と告げられた。

当時、耕蔵は二十七歳。年だけで見れば遅すぎる婚儀だ。ただ長州征討の魁《さきがけ》として銃砲隊を率いる中で、耕蔵は己の砲術の限界をつくづく思い知らされた。己が大小銃の扱いに長《た》けていたとて、それを配下に伝える技量がなくてはどうにもならない。そのためにと藩庁から再度の江戸遊学の許しを取り付けた直後だっただけに、すぐに「お待ちを」と反駁《はんばく》の声が口を突いた。

「ご存じの通り、わたしは来春には江戸に向かいます。勉学にどれほどの歳月がかかるか知れぬ以上、縁談はその後にしていただきたく存じます」

妻を娶《めと》り、子を生《な》すは男子の務め。とはいえそれはあくまで、主家のお役に立つ一人前の侍となった後に考えるべき話だ。

縄武館の同門には、国許に妻子を残してきたとか、江戸遊学直前に許婚と祝言だけ挙げてきたという男が複数いた。だが真面目な耕蔵の目に、郷里の妻について懐かし気に語る彼らは、いささか浮薄とも映りもしていた。

耕蔵の反論に、大石隼雄は人好きのする丸い目を見張った。「あの、先生。わたしが思っていた話と少々異なるようですが」と、下座に控えた方谷を戸惑いがちに振り返った。

「わたしはてっきり、耕蔵自身が遊学前の嫁取りを望んでいると思っておりました。ですが当人がかよう申すのなら、何も急ぎの縁組なぞなさらずともよろしいのでは」

かつて牛麓舎に学んでいた隼雄の口調には、家老とかつての元締という立場を超えたものがにじんでいる。だが方谷はぴしりと熨斗目《のしめ》のついた紋付き袴《はかま》に身を包み、「いえ、ご家老さま」と両手をついた。

「かようなことを申していては、この男はいつまで経っても独り身でしょう。ここはいささか遊学を延ばしてでも、婚儀を整えたく存じます」

「ふむ、なるほど。先生がさよう仰《おお》せられるなら」

冗談ではない、と耕蔵は思った。しかし養父と国家老の二人がかりで縁組を用意されては、それ以上拒みもならない。結局、江戸への出立は五月に延期され、耕蔵はお城下を取り巻く山々が新緑に覆われた頃、隣藩である浅尾《あさお》蒔田《まいた》相模守《さがみのかみ》家中、中島伝七郎《なかじまでんしちろう》の娘・早苗《さなえ》とあわただしく祝言を挙げた。

耕蔵より七歳年下の早苗は口数が少なく、柔らかな餅肌と相まって、木目込み人形を思わせる女だった。義父となる方谷が如何《いか》なる人物か、実家で十分に教えられてきたのだろう。真剣な顔で方谷にかしずくその姿を、耕蔵は愛《いと》おしいと感じた。ただそれでも半ば無理やり婚礼を挙げさせられた不快は、二年を経た今でも心の隅にわだかまっている。

そうでなくとも耕蔵は砲術の修練に忙しく、祝言以来、ほとんど国許に居はしない。浅尾から見知らぬ備中松山に嫁ぎ、その上、夫はほとんど江戸詰めとなれば、早苗はどれほど心細いことか。そんな後ろめたさが耕蔵をして、新妻への態度をますますぎこちなくさせていた。

長瀬を辞し、お城下に戻るうちに、頭上を覆っていた雲はぽっかりと晴れた。現在の耕蔵の住まいは、かつて方谷が牛麓舎を営んでいた御前丁《おんざきちょう》の屋敷。まだ芽吹きの兆しすら見えぬ柳が枝を揺らす小高下谷川《ここうげだにがわ》沿いの坂を急いでいると、「おい、山田」との声がした。供の中間《ちゅうげん》を従えた熊田《くま》恰《たあたか》がゆったりとした足取りで近づいてきて、軽く頭を下げた。

「うちの妻女が昨年末のお茶屋の煤払《すすばら》いにて、おぬしのご内室にずいぶんな世話になったそうだな。礼を言うぞ」

恰は方谷の推挙を受けて、昨年冬、四十二歳で藩の年寄役に抜擢《ばってき》された。

この数年、恰は江戸に京都にと忙しい板倉勝静の警護役として東奔西走し、藩主の信頼によく応える勤めぶりを見せていた。それだけに耕蔵などはその登用を当然と受け止めたが、松山藩では家老職は代々、板倉・大石両家が世襲し、家老の意を受けて藩政を助ける年寄役には、尾崎《おざき》・井上《いのうえ》・桑野《くわの》といった家々がやはり世襲で就くのが慣例だ。それだけに恰の登用には、藩内の一部から不平の声があったが、四十を超えてもなお抜き身の刀に似た鋭さを湛《たた》えた恰の面上には、そんなことを気に病む気配は見受けられなかった。

「はて、我が家の早苗がでございますか」

と耕蔵は首をひねった。

「なんだ。聞いておらんのか」

「ええ、まあ。我が妻は口数が少ないもので」

かつてまだ若い板倉勝静に農村の有様を見せるべく、田畑が営まれもした別業・お茶屋の一角には、五年前から藩主の側室である「お愛さま」が暮らしている。

お愛さまは備中松山藩の要職を代々務める名家、尾崎家の遠縁。その美貌《びぼう》を板倉勝静に見初められて側室となった彼女は、万事にぎやかなことが好きで、事あるごとに家中藩士の妻女を水車に集めては、やれ月見だ、やれ歌会だと宴を催していた。

「この数年、お茶屋のお愛さまのお屋敷では、煤払いにかこつけて家中藩士の子女を集め、掃除の後に酒宴を設けるのが慣例だろう。その席上で我が妻女の峰《みね》がご要職がたの奥方さまより、煤払いの折の働きぶりが悪いと嫌味を言われたらしいのだ」

ああ、なるほど、と耕蔵は小声で相槌《あいづち》を打った。恰は意外に妻子思いで、勝静の供をしての出府中も、国許へ戻る藩士にしばしば留守宅への文《ふみ》を託していた。

恰が年寄役に取り立てられれば、当然、その妻である峰もまた、お茶屋に出入りする妻女から一目置かれるようになる。かねてお茶屋で幅を利かせていた家老や年寄役の妻たちがそれを忌々《いまいま》しく思っていようことは、男の耕蔵にも容易に想像できた。

「果ては数人がかりではやし立て、天袋にしまわれているものを峰に取らせようとなさってな。実は我が妻は今、臨月なのだ。おぬしの内室が代わりにと申し出てくださらなければ、踏み台から転げ落ち、子を流してしまっていたかもしれん」

「なんと。うちの早苗がさような出過ぎた真似を」

他藩の出との境遇に加え、もともとの大人しい気性もあるのだろう。早苗は近隣の武家屋敷の妻女とも親しく交わらず、お茶屋に呼ばれた折とて、片隅でぽつねんと座っているばかりと聞いていた。それだけに妻の思いがけぬ挙動に、耕蔵は心底驚いた。

「いやいや、本当に助かった。並み居るご妻女がたもさすがに、山田家の嫁御が相手では分が悪いと思われたのだろう。それ以上の嫌味も言えず、黙ってしまわれたそうだ。女子《おなご》同士の諍《いさか》いの大半は我らのお役に端を発しているが、だからといってその悶着《もんちゃく》に男が首を突っ込むこともしがたい。ご内室にくれぐれも、熊田が礼を申していたと伝えてくれ」

まだ立ち寄り先があるらしく、恰はしつこいほどに礼を述べ、川辺の道を南へと折れて行った。

それを見送って屋敷に戻ると、耕蔵は玄関に出迎えに出た早苗に、「今そこで、年寄役の熊田さまにお目にかかったぞ」と口早に告げた。

「お茶屋の煤払いの折、ご内室さまがおぬしに大変助けられたと仰《おっしゃ》っておいでだった。まったく、そんなことがあったなら、なぜわたしに話さなかったのだ」

耕蔵の刀を自らの袖で受けながら、早苗は無言で夫を仰《あお》いだ。しばし考え込むような間を置いてから、「ご多忙かと存じ上げましたもので」と静かな口調で答えた。

「それにいくらお茶屋での出来事とはいえ、所詮《しょせん》は女子同士の話でございます。旦那さまのお耳に入れるほどのことではありますまい」

これが並みの夫婦なら、水臭いことを言うなと笑い合うなり、はたまたなぜ隠し事をしたと叱責するなり出来るのだろう。しかし耕蔵と早苗がこれまで一つ屋で寝起きした日数は、延べで数えれば三月《みつき》にも満たない。それだけに耕蔵は言葉にならぬ吐息をもぞもぞと口の中でもてあそんだだけで、早苗に背を向けた。

「ところで先ほど御根小屋より、お使いがお越しになられました。かねてお申し付けがございました旦那さまの京へのご上洛は、今月二十三日と決まったとのこと。遺漏なく支度を整えておくようにとのお言葉をお預かりしてございます」

早苗の言葉に、そうか、と背中で返す。またしばらくはこの家に戻れぬだろうと口にしたかったが、それをどう言葉にしていいか分からず、そのまま足早に自らの部屋へ向かった。

昨十月、幕閣老中は交代で京・二条城に滞在することが定められた。なにせ昨年末に将軍となった徳川慶喜は、日夜大坂や京を行き来して、朝廷との盛んな折衝を行なっているし、中途半端となった長州征討の始末もまだついていない。そのため板倉勝静もまた、かれこれ一年近くも京都に滞在を続けており、今回の耕蔵の上洛はそんな藩主の警護のためだった。

（そういえば、このたびは熊田さまも京都に向かわれるとの話だったな）

文久二年（一八六二）の閏《うるう》八月、幕府は実に二百年以上続いていた参勤交代の制を大幅に変更した。それまで一年おきの定めだった上府を三年ごとに緩和し、江戸屋敷から出ることが許されなかった大名の妻子も自由に国許に戻れるようになった。

ただ、老中としての立場を慮《おもんぱか》ってだろう。勝静はいまだ正室・玉姫《たまひめ》や嫡男《ちゃくなん》・万之進を江戸藩邸に留め、藩士たちにもこれまで通りの出府を命じている。おかげで京に割ける人手は多くないため、備中松山藩では在京の藩兵を半年ごとに入れ替え、かろうじて勝静の身辺を守らせていた。

今月末の出立となれば、耕蔵や恰が国許に戻るのは、早くとも秋。ならば恰の妻は夫がおらぬ間に、身二つとなるのだろう。熊田家は確か、今年十歳の長女を筆頭に三男三女と多くの子がいる。まだ頑是《がんぜ》ない子の面倒を見ながらの出産は、さぞ気苦労が多いに違いない。

失礼いたします、との声がして襖《ふすま》が開き、早苗が織部の湯呑《ゆのみ》に淹《い》れた焙《ほう》じ茶を運んできた。

山に囲まれた備中松山は寒暖の差が激しく、山間の谷地では古くより良質の茶が栽培されている。質のいい一番茶、二番茶は撫育方の手を経て、藩の重要な産物として江戸に運ばれる。このためお城下に出回るのは、残りの茎から成る安い茎茶だが、早苗はそんな安い茶で焙じ茶を拵《こしら》えるのが上手く、からりと晴れた日などは台所の土間の隅に七輪を持ち出し、焙烙《ほうろく》で根気強く茶を焙じていた。

伏し目がちに茶を置こうとした早苗に、「おぬしはかねてから、熊田のお峰さまを存じ上げていたのか」と耕蔵は問うた。

「存じ上げているとと申せるほどではございません。ただ養父上《ちちうえ》のいらっしゃる長瀬にうかがう折、熊田さまのお屋敷の前を通ると、いつもお子がたの楽し気な声が聞こえて来るとは思っておりました」

子か、と耕蔵はこみ上げそうな溜息《ためいき》を喉の奥でかみ殺した。早苗がこの家に嫁《か》いで、丸二年。嫁《か》して三年子なきは去るとの言葉もあるが、なにせ耕蔵がほとんど国許におらぬのだから、子宝に恵まれる気配がないのはしかたがない。

これで子どもがいれば、少しは早苗も寂しくないのではと思う一方で、こんなよそよそしい夫婦が父母では、生まれて来る子どもが気の毒とも感じる。自分の妻女にいつまで遠慮をせねばならぬのだと内心舌打ちしながら、「お峰さまは臨月でいらっしゃるとか」と耕蔵は極めてさりげなく続けた。

「熊田さまはわたし同様、このたびの上洛に加わられる。まだお子がたがお小さい最中、お留守を守りながらのご出産はさぞかし気苦労も多かろう。そなた、時折手伝いにうかがってはどうだ」

「よろしいのですか」

早苗の声にわずかな弾みがにじむ。自身もそれに狼狽《ろうばい》したのだろう。おやと目を上げた耕蔵にわずかに身を引き、早苗は「いえ、その」と薄皮瞼《まぶた》の目をあわてて伏せた。

「お茶屋で時折お目にかかるばかりですが、お峰さまはいつも物静かで、他のご妻女がたの背後にいつもひっそり隠れているようなお方です。他藩から嫁いできたわたくしにあれこれ話しかけられるわけでもなく、かといってまったく素知らぬ顔もなさらず、ただ同じ藩士の妻として接してくださるのを、常々ありがたいと思うておりました」

耕蔵は世の中がまだこれほどあわただしくなかった頃、藩主臨席の御前能《ごぜんのう》に恰が妻女を伴ってきたところを目にした。年は恰より、七つ八つ年下だろうか。浅黒い肌とほっそりとした体軀《たいく》が目を惹くお峰は、兄妹かと疑うほどに恰と似ていた。ただ恰がいつも隻眼で人を睨《にら》みつける癖があるのに対し、お峰はその背後に慎ましく控え、形のいい目を細めておっとりと夫の背を見つめていたものだ。

「そうか。ならばますます、お峰さまのお力になって差し上げるといい。熊田さまにはわたしからもそのように申し上げておこう」

夫が相役同士である武家の女房たちは、おおむね仲がいい。婚礼や葬式はもちろん、家人の出産や病臥などの際は、襷《たすき》と鉢巻きを一本ずつ携え、互いに手伝いに赴くのが慣例だ。ただ恰が年寄役に抜擢された今、それを面白く思わぬ要職とその妻たちは、お峰の出産に手を差し伸べはすまい。加えて早苗がお峰にかねて親しみを抱いているとすれば、自分の留守中のいい気晴らしになるはずだ。

耕蔵たちが京へと出立する一月二十三日は、春先にしては早すぎるほど、陽射しの強い朝となった。御根小屋の前には、家族を見送りに来た老若男女が十重《とえ》二十重《はたえ》の人垣を築き、そこここで列をなして御門から出てきた藩士を呼び止める姿が見られた。

勝静が老中に任ぜられて、すでに五年。その間、備中松山城下からは二度にわたる長州征討を始め、藩兵がしばしば隊伍を成して出陣していった。ただ幸い、備中松山藩士が実際の戦に臨んだことはこれまでなく、当然、落命した者も皆無。このため四斤山砲をがらがらと曳《ひ》き、小銃を肩に負った藩士や熊田恰を先頭に鎧《よろい》具足に身を固めた一隊も、それを見送る人々も、表情は共にからりと明るい。半年もすれば、誰もが無事に戻るはず。そんな気楽さが春の御門前に漂っていた。

「父上、父上ッ」

「みなで見送りに参りましたッ。こっちです」

複数の甲高い声が、見送りの列のただなかから沸き起こった。大小入り混じった六つの影が人垣をかき分け、今まさに御根小屋の御門を出てきたばかりの熊田恰に走り寄ろうとした。

「みな、なりませんよ。父上は御門を一歩出られた時より、すでにお役目として藩兵を預かっておられるのです。ここは六人とも大人しく、父上のお戻りをただご祈念するのです」

耕蔵が大小砲隊の殿《しんがり》を進みながら目を向ければ、熊田家の峰が肩で息をつきながら、今にも往来の真ん中に飛び出しそうな子らを叱りつけている。その腹は西瓜《すいか》を押し込んだように膨れ上がり、後から後から押し寄せる見送りの衆に押されて、足元が覚束ない。だが四囲の人々はそんなお峰にちらりと目を見交わすばかりで、助けようとする者は一人とていなかった。

緞子《どんす》の小袴に麻胴着、陣羽織を着込んで藩士の列の先頭に立った恰が、そんな妻女を一瞥《いちべつ》し、唇を強く引き結ぶ。耕蔵はつと恰に肩を並べ、「ご案じなさいますな、熊田さま」と囁《ささや》いた。

「差し出がましいことながら、我が妻にお峰さまへのご助力を申しつけました。まだ不慣れなところも多いゆえ、かえってご迷惑をおかけすることもあるやもしれませんが」

そんな耕蔵の声が届いたわけではあるまいが、早苗が人垣の彼方からお峰に近づき、その肘《ひじ》を背後から支えた。驚き顔で早苗を振り返るお峰のかたわらから、まだよちよち歩きの女児の手を引いた少女が往来に飛び出した。そのまままっすぐ恰に駆け寄り、「父上、これを」と片手に握りしめていた短冊を差し出す。どうやら歌らしきものがそこに記されているのが、遠目にもかろうじて分かった。

「四人の弟妹たちに成り代わり、今朝、千歳《ちとせ》が金太郎《きんたろう》と精いっぱい書きました。この歌をお持ちくだされば、何があろうともいつぞやの黒介《くろすけ》同様、無事にお帰りくださるはずです」

手本の草紙を横にしたためたのか、草書を真似たと思《おぼ》しき筆はあちらこちらがよじれている。恰は歩みを止めぬまま、不恰好に墨の散ったそれを丁寧な手つきで受け取った。「古今集か」と器用に片目だけを細めた。

「はい。どうかお側《そば》にお持ちくださいい」

千歳と名乗った少女の言葉に合わせて、お峰のかたわらに立つ六、七歳の少年が大きくうなずく。こちらが長男に当たる金太郎だろうと、耕蔵は察しをつけた。

「よし、分かった。持って行こう。とはいえ父がこれから赴く京の都は、千年の余にわたり帝がおわします平安王城の地だ。何も案じることはないぞ」

さあ、戻れ、と顎《あご》をしゃくる恰に、千歳は一瞬、泣き出しそうに目をしばたたいた。それでも気丈にうなずいて踵《きびす》を返す少女に、「しっかりしたお子ですね」と耕蔵はつい呟《つぶや》いた。

「まあな。ことに女子はどうも男子に比べてこまっしゃくれている。どうせこの古今集の歌も、あれが弟を急《せ》き立ててしたためたのだろう」

そんなやりとりの間にも、隊列は御根小屋前の坂を過ぎ、松山川の船着き場に差しかかった。高瀬船の支度が整うまでの間に、恰は腰の小刀を使い、短冊の上部に小さな穴を開けた。こよりを二本そこに通し、陣羽織の腰に結わえる。「立ち別れ」というぎこちない仮名文字が、柔らかな川風に翻《ひるがえ》った。

――立ち別れ　いなばの山の　峰に生ふる　まつとし聞かば　今かへり来む
「それは有名な歌なのですか。いえ、先ほど古今集と仰られたのが聞こえたもので」

耕蔵は和歌にはとんと暗い。古今集、もとい古今和歌集が都が平安に置かれ始めたばかりの古《いに》しえ、醍醐《だいご》天皇の勅令《ちょくれい》により編まれた歌集であることを、かろうじて知っている程度だ。

おずおずと問うた耕蔵に、ああ、と恰は切れ長の目元をわずかになごませた。

「よく知られた歌らしいな。中納言でいらした在原行平《ありわらのゆきひら》が、因幡《いなば》国（鳥取県）に下向する際、見送りの者たちに向かって詠んだものとか。とはいえそれがしもこれは峰の受け売りだ。あれは娘の頃から、歌の道に明るいからな」

長く連れ添う間に、一首、二首とつい覚えてしまったと臆面もなく語る横顔に、松山川の水面が明るい光を投げかけている。風がまた短冊を静かに揺らした。

あなたとはお別れしますが、因幡の山の峰に生える松のように、待っていると聞けば、すぐに帰ってきますよ――との歌意は、明確かつ強靭《きょうじん》な意志に満ちている。恰によれば、この歌は戻らぬ者を呼び返すまじないにも使われており、一年ほど前、熊田家で飼われていた黒介という名の黒猫が戻ってこなくなった際には、峰がこの歌をしたためた懐紙を猫の皿《さら》の下に敷いた。そのためかどうか、猫はその翌日、けろりとした顔で戻り、千歳たちを大喜びさせたという。

備中松山から京に向かうには、まず藩港たる玉島まで高瀬船で下り、その後、大坂への船に乗り換える。更に大坂から先は、大川《おおかわ》（淀川）を遡る三十石船を用いるとあって、藩兵二百名を含む一行の上洛の途は、ほとんどが船路となった。

まだ風の冷たい早春だけに、歩かずとも京都に着くのはありがたい。ただ、火薬はとかく潮風に弱い。このため船を乗り継いでの七日間の道中、耕蔵は火薬の桶《おけ》や、藩兵に持たせた大砲・小銃の管理に忙しく、船端からの光景に目をやる暇なぞなかった。

ようやく一息つけたのは、備中松山藩が京の本陣として寄寓する千本中立売《せんぼんなかだちうり》の古刹《こさつ》・常慶寺《じょうけいじ》に落ち着いてから。二条城に詰める板倉勝静に到着の報告に行く熊田恰を見送り、白砂の敷き詰められた庭をぼんやり眺めていると、「山田どのじゃないか。久しぶりだな」という明るい声がした。

振り返れば全身を真っ黒に日焼けさせた塩田虎尾が、これまた彼に負けず劣らず色黒な足軽数名を率いて、庭の籬《まがき》の向こうに立っている。足軽に何事か短く命じると、庭の端を過《よ》ぎって近づいてきた。

虎尾は五年前の冬、快風丸《かいふうまる》を見事、品川から玉島まで試験航海させた功により、二十四歳の若さで足軽頭に任ぜられた。近年は水主《かこ》や船頭が西洋航海術に長けてきたため、普段の航海は彼らに任せているらしい。ただそれでも波の荒い冬などは虎尾自ら快風丸に乗り込み、遠い蝦夷地《えぞち》まで船を走らせる折もあると聞いていた。

「国許から誰が来るかと思っていたが、おぬしが含まれていたとはな。他の衆はともかく、わたしはまだしばらく国許には戻してもらえなさそうだ。本陣暮しの身同士、よろしく頼むぞ」

耕蔵が知る限り、虎尾が近年、備中松山に帰国したのはたった一度。それも三年前、彼が乗り込んだ快風丸が蝦夷《えぞ》・箱館《はこだて》への航海から玉島に戻った際、寄港先でのとある出来事についての勘問のため、藩目付に呼びつけられた折だ。

ただ養父である山田方谷を始めとする藩の要職たちは、なぜ虎尾を呼び召したかについて、頑として周囲に漏らさなかった。後日、藩内を駆け巡った噂《うわさ》を思い出した耕蔵の顔を、虎尾はどうしたと言わんばかりに覗《のぞ》き込んだ。

かつて江戸下屋敷にて同じ長屋に起き居した際、虎尾は何事にも自信がなさげな気弱な男だった。だが師だった江川英敏の死や、快風丸の航海に接する中で、何か思うところがあったのだろう。日焼けしたその顔には、からりと晴れた冬の空にも似た闊達《かったつ》さが漂っていた。

「言いたいことがありそうな面《つら》だな。短い間とはいえ、縄武館で同門だった身だ。遠慮は要らんぞ」

「いや、その……新島《にいじま》どのからその後、文などは来ていますか」

頭に浮かんだままをつい口にした耕蔵に、虎尾は一瞬、面食らった顔になった。だがすぐに大きな唇をにっと片頬に引き、「来るものか」と快活な口調で言い放った。

「新島どのは今や、安中《あんなか》藩脱藩のみならず、海外渡航の禁まで犯した身だ。そろそろ亜米利加に着いた頃かとは思うが、それ以上はわたしも分からんさ」

耕蔵が幼い頃、脱藩といえば藩内に身の置き所を失った藩士が取る最後の手立てであり、郷里を二度と顧みぬ行為だった。近年でこそ、水戸藩を始め、尊皇や攘夷を叫ぶ者たちの脱藩が各地で相次いでいるが、その言葉にはいまだ身内に氷を差し込まれるような怯《おび》えを覚える。

そんな途方もない手段を、あの陽気な新島七五三太《しめた》が選んだことも信じられなければ、脱藩と海外渡航を企てた彼を箱館まで送り届けたのが目の前の塩田虎尾というのも信じがたい。本当に、と耕蔵は声を上ずらせた。

「お城下の噂は、まことなのですか。塩田どのは企てのすべてを承知の上で、新島どのを快風丸に乗せたのですか」

「噂とやらについては皆目知らんが、新島どのはわたしに咎《とが》が及ぶことを恐れていらしたんだろうな。亜米利加に行くつもりだとか、そのために箱館の港に来ている商船に乗り込むなどとは口になさらなかったさ。でもまあ、ひどく思いつめた顔で訪ねてくるなり、箱館に行く快風丸に乗船させてほしいと言われれば、おおよそ察しが付くものだ」

新島七五三太は、上州安中藩・板倉主計頭《かずえのかみ》（勝殷《かつまさ》）家中。備中松山藩のお抱え儒者・川田竹次郎《かわたたけじろう》の弟子でもあった彼が、海山はるか隔たった西欧諸国に憧れを抱いていたことは、確かに耕蔵も知っていた。とはいえ誰がいったい、あの陽気な彼が国禁を破ってまで異国に赴くと想像できただろう。

七五三太が蝦夷地での交易に向かう快風丸に同船して箱館に向かったのは、三年前の夏。船が港に入るなり、誰にも告げぬまま箱館の町に姿を晦《くら》ませ、亜米利加に向かうべるりん号なる商船に乗り込んで、脱国を遂げたという。

備中松山藩主である板倉勝静にとって、安中藩を領する板倉家は分家筋。それだけに新島七五三太の脱藩と、彼を箱館に運んだのは藩船・快風丸との知らせを安中藩より受けるや、備中松山藩ではすぐに塩田虎尾を国許に呼び、厳しい勘問を加えた。幸い、世間の耳を憚《はばか》った安中藩側が秘密裡の処分を望んだこともあり、虎尾は表向きは咎めを受けず、品川に戻る快風丸に乗り込んで国許を離れた。だが以来、虎尾は一度として備中松山への帰国を許されぬまま、江戸藩邸と船上を行き来して日々を過ごしている。

そんな彼が珍しく、京都の備中松山本陣に留まっているのは、現在、大坂で快風丸の修繕が行われているためという。

「いやはや、江戸屋敷以外の陸にゆっくり上がらせてもらうのは久しぶりだ。もっとも、新島どのの件があの程度のお叱りで済むとは、正直意外だったのだがな」

と笑う虎尾に、なぜ、と耕蔵は声を絞り出した。

「初めからそれと勘付いていて、どうして新島どのの頼みを引き受けたのです。仮に断ったとて、あのお方はしかたないと思って下さったでしょうに」

「そういうわけにはいかんさ。わたしの手助けで誰かの望みが叶うなら、お叱りの一つや二つ、安いものだ。世の中にはどれだけ叶えて差し上げたいと思っても、もはやどうにもできぬ望みもあるからな」

虎尾の双眸を、くすんだ影がよぎる。二十四歳の若さで亡くなった江川英敏のことを語っていると気づき、耕蔵は唇を結んだ。

「人と人の縁とは、流れゆく川に似ているな。一見するといつまでも変わらぬと映るが、はたと気が付けば二度と取り返しのつかぬものが、手の届かぬ遠くに流れ去っていることも珍しくない。後になって、ああしておけばこうしておけばと悔やむのは、もう懲り懲りだ」

以前の虎尾なら、迷惑事からそそくさと逃げ、七五三太を落胆させただろう。この御仁は変わったな、と耕蔵は思った。いや、それとも変わらなさすぎるのは自分の方なのだろうか。ふとそんなことを思った耕蔵に、「ところで」と虎尾は少々強引に話題を転じた。

「国許の皆は変わりないか。山田方谷さまはいかがしていらっしゃる。お役目を退かれて以来、ほとんど長瀬からお出になられぬと小耳にはさんだが」

「ええ。とはいえ、他ならぬ殿がご多忙でいらっしゃいますから。長瀬には十日にあげず、殿からの文が届くらしく、その返信を書くだけでも大忙しの様子です」

今回の上洛に際しても、耕蔵は方谷から殿にお渡ししてくれと長い書翰《しょかん》を預かってきた。それ

はすでに熊田恰の手を通じ、二条城の板倉勝静の手に渡っているだろう、と付け加えた耕蔵に、

「なんと。今回は熊田さまもご上洛か」と虎尾は眼を瞠《みは》った。

「とはいえ確かに、昨今の京洛の騒がしさを思えば、熊田さまがお越しになるに如《し》くはないな。これでも会津中将（松平容保）さまお預かりの新撰組《しんせんぐみ》と、浅尾相模守（蒔田廣孝《ひろたか》）さまと松平出雲守《いずものかみ》（康正《やすまさ》）さま率いる京都見廻組《みまわりぐみ》のおかげで、ずいぶん洛中も平穏になったらしいが」

京都が尊皇攘夷を目論む者たちの巣窟《そうくつ》となって以来、この地は尊皇派・佐幕派を問わず、多くの人々が闇討ちに遭う町と化していた。それは耕蔵にとっても他人事《ひとごと》ではなく、四年前の七月には山田家の遠縁である国学者・藤井高雅《ふじいたかつね》が上洛中に襲われ、奪われた首が三条大橋のたもとに晒《さら》された。

藤井高雅は元は、備中・吉備津《きびつ》宮の神職。親類のよしみから方谷に漢学を学ぶ一方、国学者としてひたむきな研究を重ね、異国船を追い払うための海防論にも血道を上げた。ただ熱心なあまり、方谷の仲立ちを得て板倉勝静を始めとする幕閣に接近した点が、尊攘派の憎しみを買ったと見える。

学問一筋であった高雅の無残な死にざまに、長瀬の家は深い悲しみに包まれたが、更に翌年、兵学者・佐久間象山《さくましょうざん》が京都・木屋町《きやまち》で殺された時には、方谷は丸二日ものあいだ自室に籠《こも》り、家の者たちを心配させた。

信州松代《まつしろ》藩士だった佐久間象山は、方谷が若き日に入門していた佐藤一斎《さとういっさい》塾の同門。方谷より六歳年下の象山は若き日より西洋諸学に関心を持ち、漢学を深く学ばんとする方谷とはとかく反

りが合わなかったという。とはいえ一斎塾の龍虎と並び称され、連日連夜激論を戦わせた相手の非業の死は、還暦を迎えた方谷に激しい衝撃を与えたらしい。耕蔵の眼には、象山の訃報以来、かねて痩せぎすであった方谷の身体《からだ》は更にひと回り縮んだと映っていた。

「わたしなんぞは潮風に磨かれたこの色黒のせいで、どうもまともな侍と思ってもらえぬらしい。都のどこを歩いても、これといって危うい目には遭わんのだがな。山田どの、おぬしは気をつけろよ。板倉伊賀守さまの影に山田方谷ありとの評判は、もはや諸国に知れ渡っている。おぬしがそんな方谷さまの倅《せがれ》と知れれば、命を狙《ねら》う奴も現れよう」

方谷はこれまでも勝静に従って、幾度となく京都を訪れている。その際も刺客の害は受けていないはずだと思い出し、「大丈夫ですよ」と耕蔵は笑った。

「確かに養父《ちち》の名は、遠い会津や薩摩まで轟《とどろ》いていると聞きます。ですが養父当人であればともかく、所詮わたしはその倅。わざわざ命を奪おうとする酔狂なお人がいるとも思えません」

「その油断がよくないと言っているんだ。わたしも先日、二条城詰めの足軽から聞いたのだが、尊皇派の侍どもはとかく疑い深く、ちょっとでも怪しいと思った相手はよく調べもせずに命を奪うそうだ。数年前にはあるやまと絵の絵師が、京都所司代さまご所蔵の絵巻を拝見に出かけたというだけの理由で、佐幕派だと言われて殺されたらしいぞ」

確かに藤井高雅もそうだったように、都で命を奪われた者たちの中には、政とは無関係の者も数多い。「とにかく気をつけろよ」という虎尾の口調の硬さに、耕蔵は表情を引き締めた。

とはいえいざ備中松山本陣での生活を始めれば、常慶寺と二条城を行き来する板倉勝静を警護する日々は拍子抜けするほど穏やかだった。将軍となったばかりの徳川慶喜は二条城に留まったまま朝廷と緊密なやりとりを重ね、京に呼び寄せた板倉勝静を筆頭とする幕閣たちとともに幕政改革に勤《いそ》しんでいるという。

ことに著しいのが軍制の再編で、ロッシュなる仏蘭西公使の助言に従って新式陸軍を整備し、仏蘭西から軍事教官まで招こうとするやり方に、幕府の財政を預かる勘定奉行は費用の捻出に大忙し。一方で近年、どんどんと増加する対外貿易を各地の商人の手から幕府の支配のもとに掌握せんと、江戸・大坂の豪商たちとの交渉を重ねているという。

方谷による藩政改革を経験した備中松山藩士からすれば、それは決して目新しいものではない。だが京都守護職である会津藩や京都所司代・桑名藩を始めとする諸家の藩士には、開国以来の荒波を必死に泳ぎ渡らんとする慶喜の改革は、驚きを以て受け止められたらしい。勝静に従って二条城に上がる都度、耕蔵は他家の藩士たちの噂話からそんな気配を感じ取っていた。

「卒爾《そつじ》ながら、板倉伊賀守さまご家中の山田どのとは、そなたさまのことでございますかな」

二条城内の供溜まりで、耕蔵が見知らぬ侍から声をかけられたのは、都の日々にも慣れた四月半ば。城内の若葉の色を吸った陽が、鮮やかな緑に染まったかと思われるほど晴れた昼下がりだった。

「は、さようでございますが」

耕蔵が肩に力を籠《こ》めたのは、塩田虎尾の忠告がとっさに脳裏を過ぎればこそだった。だが年の頃四十半ばの侍は、意志の強そうな大きな唇をむっと引き結んで耕蔵の顔を覗き込み、「失礼ながら、あまり方谷どのには似ておられませぬな」と北国訛《なま》りで呟いた。

「養父をご存じでいらっしゃるのですか」

「十年近くも昔になりましょうか。備中松山お城下にうかがった折、親しくご面談の機会をいただきました。申し遅れましたがそれがし、会津・松平中将さま家中、秋月悌次郎《あきづきていじろう》と申します」

秋月なる男の名に覚えはない。ただ方谷が長瀬に転居した直後、越後長岡の河井継之助《かわいつぎのすけ》を始め、諸国の藩士が相次いで方谷を訪ねてきたことがあった。言われてみればあの折、会津松平家からの客人もいたようなと思い出していると、「方谷どのは息災でおいでですか。水鳥の方も、もしや相変わらず」と秋月は切れ長の眼をなごませた。

水鳥とは、水を意味するサンズイと鳥に通じる「酉」から成る「酒」の字を指す。むくつけに酒と口にせぬ秋月の奥ゆかしさに好感を抱きながら、「いえ、今はきっぱりと断っておるかと」と耕蔵は答えた。

「六年ほど前に胃の腑《ふ》を痛め、ずいぶんな血を吐きまして。それまではご存じのうわばみぶりでございましたが、さすがに懲りたようです」

「それはよろしゅうございました。水鳥如きでお命を縮められては、板倉さまご家中には大いなる痛手。こう申しては何ですが、方谷どのは一見、鄙《ひな》の老爺《ろうや》としか見えぬお人ですのに、話が政に及ぶやその弁舌は爽やかで、しかも布や米の価格はもちろん、茄子胡瓜《なすきゅうり》の時価にまで通じていらっしゃる。まことの有為の士とはかようなお人であるべきだと、つくづく感じ入った次第でございます」

そう語る秋月は、元は会津藩公用方《こうようがた》。五年前、京都守護職を仰せつけられた松平容保とともに上洛し、主に薩摩藩との渉外に当たっていたという。

「もっともその後ゆえあって左遷され、長らく蝦夷におりまして。このたび当節の世情を受けて呼び戻され、久方ぶりに都の地を踏んだ次第です」

「なるほど。それは大変なお役目でございますな」

耕蔵がつい同情の声を漏らしたのは、近年、薩摩藩の幕府に対する姿勢が強圧的になりつつあるためだ。まだ弱年の藩主に代わって、長らく藩政を主導している国父《こくふ》（藩主の父）・島津久光《しまづひさみつ》は元は、公武合体と幕政改革を主張する穏健派。そのため、三年前の禁門の変の際、薩摩藩は会津藩による長州藩追い落としに加担した。だがその後の幕府の弱体化や島津久光と幕閣の対立のためだろう。薩摩藩はこの数年、幕閣ではなく、土佐《とさ》藩主の山内容堂《やまうちようどう》、福井藩主の松平春嶽《しゅんがく》といった有力諸侯との接近が著しい。

都では間もなく、島津久光・山内容堂・松平春嶽などにより、今後の長州処分や京にほど近い兵庫に港を開くか否かの会議が行なわれる。薩摩藩はすでにこの会議においても、開港の勅許《ちょっきょ》を与えぬ朝廷の意向を楯《たて》に、幕府もとい徳川慶喜を困らせるのではないかと噂されていた。

「お気遣いありがとうございます。とはいえ世の趨勢《すうせい》を思えば、これしきの苦労、さしたるものではありません」

大きな口に秋月がにっと笑みを浮かべた時、小柄な侍が供溜まりの入口から東北訛りで彼を呼んだ。おうとそれに応じてから、「ではこれにて失礼いたします」と秋月は耕蔵に小腰を折った。

「実を言えば、薩摩藩はどうやら、それがしが知ってておるかつてから藩是を大きく変じているようでしてな。近々、何のお役にも立てぬまま、都を離れねばなるまいと思うておりました。その前に山田先生のご子息にお目にかかれ、幸甚でございます」

くれぐれも先生によろしく、と立ち上がる秋月を、耕蔵はあわてて引き留めた。

「お待ちを。薩摩藩の藩是が変わっているとは、いったい」

秋月は一瞬、表情の読めぬ目で耕蔵を見つめ返した。だがすぐに、目の前の男がつい最近、国許から出てきたばかりと思い出したらしく、「これは在京諸藩士の間でひそかに囁かれていることなのですが」と耕蔵を人の少ない供溜まりの奥へと誘った。

「薩摩藩は昨年の春、内々に長州藩と手を結んだとの風評がございます。昨夏の二度目の長州征討の際、薩摩が出兵を拒んだのがなによりの証拠、と」

「なんでございますと」

大声を上げかけた耕蔵を、秋月はしっと制した。

「その件、わが板倉家中の者たちもすでに存じているのでしょうか」

「ええ、もちろん。とはいえ反幕一辺倒に凝り固まった長州とは異なり、薩摩は幕府そのものを叩き潰したいわけではないようです。かの藩が敵と見なしているのは、ただいま都に留まっている一会桑《いちかいそう》の三者のみ。それゆえ新しい風がひと吹きすれば、薩摩が再び佐幕に変じることもあり得ます。ゆえにご老中がたもあわてず騒がず、ここは注意深く成り行きを見守ろうとなさっているのですよ」

一会桑――すなわち一橋家当主である徳川慶喜、京都守護職たる会津藩主・松平容保、京都所司代である桑名藩主・松平定敬《さだあき》は、江戸から遠く離れた京都において、この数年、朝廷の信頼を得ながら幕政を支え続けてきた三者。中でも慶喜は十四代将軍・家茂の急逝を受けて将軍となった後も一度も江戸に入らず、会津・桑名を後ろ楯に京で独自に政を執っている。

つまり、かねて幕政改革を主張していた薩摩藩は、当節の政治体制への反発から、長州と手を組んだわけか。なんとまあ、と耕蔵は胸の中で溜息をついた。

幕府と朝廷、そして諸藩。黒船来航以来、それぞれの思惑が複雑に絡まり合っていることは承知していた。攘夷を叫ぶ不逞《ふてい》の輩《やから》、幕藩体制の中に在りながら倒幕を藩是とする長州に苛立《いらだ》ちを覚えたことも数知れない。だがどうやらこの国は今、佐幕か倒幕か、白か黒かなどと簡単に分けられぬところに立っていると見える。

「まだお若い山田どのには、得心しづらいところもおありやもしれません。されど世の中には、人の数だけ道理があるものです。そしてどれが正しく、どれが間違っているということは、実は誰にも言えませぬ。ここはお互い、時節の推移に目を凝らし、お家を守ってまいりましょう」

松平容保は現在、京都守護職として、蒔田廣孝ら幕臣より成る京都見廻組や主に関東の浪士から成る新撰組を幕府より預けられている。いわば長州藩を始め、倒幕を志す者たちからの憎しみを一身に集めている人物だが、秋月はだからこそ時勢を見極め、主《あるじ》を守らねばと考えているのだろう。では、と深々と一礼して踵を返す背中には迷いがなかった。

道理、と耕蔵は唇だけで呟いた。自分は老中たる板倉勝静の臣だ。それだけに当然、幕府を覆さんとする輩は憎い。だが一方で耕蔵は、海外渡航の禁を破って異国を目指した新島七五三太の――それを手助けした塩田虎尾の直《す》ぐなる思いを知っている。

真実、幕府による政を守ろうとするなら、耕蔵は虎尾や七五三太を罪人と見なさねばならない。だがそれはある意味では、西洋砲術を学び、虎尾と机を並べた自分自身をも否定する行いでもある。

七五三太には七五三太の、虎尾には虎尾の道理がある。ならば憎き長州の藩士にもまた、通すべき道理があるのだろう。とはいえそれをすべて理解し、受け入れることは、この世の誰にもできはしない。

秋月が去ってほどなく、本日、板倉勝静に将軍より二条城の宿直《とのい》を命じられたとの知らせが、供溜まりに届いた。板倉家中の者は近習《きんじゅ》数名のみを残して本陣に引き上げよとの命を受け、耕蔵は城内から戻った藩士ともども、西陽の射し入り始めた二条城を出た。お堀端を西に過ぎ、千本通を北へと折れたその時、常慶寺の方角から数人の足軽を供に連れた熊田恰が、なだらかな坂を下ってきた。

「なんだ。おぬしらのみで戻ってきたのか。殿はいかがなされた」

これから勝静を訪ねるつもりだったと見え、恰は珍しく裃《かみしも》に身を包み、足軽の一人に挟箱《はさみばこ》を持たせている。宿直の件を聞き取るや、「まったく、大樹公は」と小さく舌打ちをした。

「わが殿の生真面目さをいいことに、また急な宿直のご命令か。ご多忙は分からぬではないが、いい加減にしてほしいものだ」

そのまま歩き出そうとした恰の目が、ふと耕蔵に注がれる。「ちょうどよかった。山田、ついて来い。話がある」と、返事も聞かずに道を東に取った。

二条城のぐるりには武家屋敷が多く、商家の多い千本通から一本入っただけで、辺りの景色は一変する。折しも日暮れ間近とあって、足元に伸びた長い影がお堀端の静けさを一層際立たせていた。

「先ほど国許より文が届いてな。方谷先生が近々、京に上られるそうだ。どうも我らの知らぬうちに、殿は先生に上洛を促《うなが》していらしたらしい」

勝静が長瀬に文を送っているのは承知していたが、その中身までは分からない。「さようでしたか」と目を丸くした耕蔵に、ただ、と恰は畳みかけた。

「先生のお身体の具合は、実のところいかがなのだ。なにせこの時局だ。お運びくださるのはありがたいが、それでまたお身体を損なわれては申し訳ない」

方谷はこの春、六十三歳となった。胃の腑を病んで以来、酒を減らしたのがよかったのか、今のところ身体は息災で、無理さえせねば長旅にも耐えられよう。そう思ったままを述べると、

「それはよかった」と恰はわずかに頬をほころばせた。

「ご体調が優れぬのなら、殿をお諫めせねばと思っていたのだ。安心したぞ」

恰はこれまで物頭《ものがしら》・番頭《ばんがしら》を歴任し、足軽や藩内諸士を束ねてきた。ただ剣術指南の家に生まれた彼と方谷は、決して深い関わりがなかったはず。そんな恰の懇ろな配慮に、耕蔵はふと、

「そういえば熊田さまと養父のご縁は深いのですか」と何気なく問うた。

「……いや、特に深くはない。それがしは大石さまとは異なり、牛麓舎にも通っていなかったからな」

その返答は常の恰には似合わず、なぜか歯切れが悪い。怪訝《けげん》なものを覚えて、耕蔵が恰の横顔を仰いだ刹那《せつな》、視界の端をきらりと硬質な光がよぎった。そちらに目をやる暇もあらばこそ、恰が腰の刀に手をかけ、がばと往来の端に向き直る。

「お――夫の仇《かたき》ッ。覚悟ッ」

甲高い声が四囲に響く。手甲脚絆《てっこうきゃはん》に身を固めた四十がらみの女が、胸元に懐剣を握り締めて路地から飛び出してきた。

足軽たちがうわっと悲鳴を上げて、後じさる。恰は刀の柄《つか》に手をかけたまま、左手で太刀を鞘《さや》ごと腰からまっすぐに抜き取った。そのまま正面めがけて突き出された刀の柄頭が、女の胸元を突く。鈍い悲鳴を上げて倒れ込んだ女の手から、懐剣が冴《さ》えた輝きをまとって地面に落ちた。

「仇と狙われる覚えはこちらにないぞ。人違いではないか」

懐剣を遠くに蹴《け》り飛ばし、恰は女の腕をひねり上げた。次いで、刀の下げ緒を解いて縄を打とうとする恰を、女は憎々し気に振り返った。「何を言うのです。盗人猛々《ぬすっとたけだけ》しい」と、鉄漿《かね》の色も濡《ぬ》れ濡れとした歯を剝《む》き出しに喚《わめ》いた。

「二条城から出てきたところを見ていたのです。そなたたちは佐幕諸藩の侍でしょう。昨冬、三条大橋の制札を抜き取ろうとした山内権少将《ごんのしょうじょう》(容堂)さまご家中の侍に新撰組が襲いかかった騒ぎを、知らぬとは言わせませんよ」

「新撰組への憎しみなら、当のあいつらを狙え。百歩譲っても会津中将さまご家中の者を恨むのが筋だろう。我らは老中首座・板倉伊賀守さまご家中だ。まったく、お門違いにも程がある」

土佐藩は穏健派の藩主・山内容堂のもと、早くから公武の融和を志す雄藩だ。ただ藩内の郷士の一部には、長州藩に心を寄せる過激な尊皇派も少なからずいる。そういった彼らは昨年、幕府が掲げた長州藩の罪状を記す高札を抜き取り、警備をしていた新撰組と乱闘騒ぎを起こしていた。

備中松山お城下にまで届いた噂によれば、確かその際、土佐藩の藩士が数名死傷し、新撰組側にも怪我人が出たという。夫の恨みと言うからには、目の前の女は乱闘の際に亡くなった土佐藩士の妻と見える。ただ恰が言う通り、確かに備中松山藩は佐幕派だが、それで新撰組の起こした騒動の恨みをぶつけられるのは筋違いだ。

見れば女が飛び出してきた路地の入口には、埃《ほこり》まみれの菅笠《すげがさ》と杖が投げ出されている。女の足ごしらえが草鞋《わらじ》履きであることに気づき、耕蔵は恰たちに恐る恐る近づいて声をかけた。

「もしやおぬし、たった今、土佐より京都にたどりついたところか」

当節の京都の情勢は混迷を極めている。少しでもそれを知る者なら、二条城から出てきた者であれば誰でもいいなぞという杜撰《ずさん》な仇討《あだう》ちは企まぬはずだった。

「確かに我らが殿は、新撰組やそれを預かる会津中将さまと共にこの国の仕組みを守らんとしていらっしゃる。しかしだからといって、誰彼構わぬ仇討ちを目論めば、ご主家にも迷惑がかかるぞ」

固く噛《か》み締められていた女の唇が、不意に震えた。黒目の小さな双眸が見る見る潤みかかる。

それでも必死に瞬きを堪《こら》え、「ですが……ですが、しかたがないではありませんかッ」と調子はずれの声で叫んだ。

「夫はわたくしに何も告げぬまま、国許を出奔してしまったのです。都にて京都守護職お預かりの新撰組なる浪士隊ゆえに命を落としたとは聞かされても、遺髪のひと束、形見の一つとて戻っては来ません。その上、新撰組なる輩がどこにいるかも分からないとなれば、わたくしはどうすればよかったのです」

新撰組の屯所《とんしょ》は現在、下京《しもぎょう》・西本願寺《にしほんがんじ》にある。とはいえ遠い土佐から上洛したばかりともなれば、そんなことは分かるまい。敵に一太刀なりと思い定め、徳川家の宿所である二条城を見張った愚かさを、耕蔵は哀れと思った。

険しい山と広大なる海に囲まれた土佐は、都から南に約百里の鄙の地だ。海路で上洛した耕蔵たちとは異なり、女の旅路は大変な苦労が伴っただろう。しかも恰に斬《き》りかかった際の姿から推すに、この女は決して武芸に優れているわけではないらしい。

江戸牛込《うしごめ》の天然理心《てんねんりしん》流《りゅう》道場主だった局長・近藤勇《こんどういさみ》を始め、新撰組の隊士は名うての武芸者ぞろいと聞く。自分たちを狙ったのは、この女には幸いだ。新選組の屯所に単身乗り込んでいたなら、その細首はとうの昔に胴と生き別れになっていたに違いない。

「まったく、それしきの腕で大それたことを思いつきよって。夫の形見が欲しければ、三条河原の石でも拾い、さっさと国許に帰れ」

目の前の女の直向《ひたむ》きさと無謀さに、さすがの熊田恰も怒りを削《そ》がれたらしい。太い眉《まゆ》をしかめると、まだ恐ろしげに身を寄せ合う足軽たちを見回した。「おぬしら、この件は口外無用だぞ」と脅しつけてから、小刀で女の縛《いまし》めをぷつりと断った。

「こんな愚かな女子を力任せにひっ捕らえたなぞと知れては、この熊田恰一生の不覚だ。――いいか、おぬし。たまたま我らが相手だったゆえよかったが、昨今の京の都には女であろうとも容赦せぬ輩が大勢おる。亡き夫どのは、決しておぬしがかような奴らの手にかかることを望んでいたわけではなかろう。己の無茶が分かれば、さっさと去れ。それがしとて、次におぬしに会えば、容赦はせぬ」

「ですが」

うるさいとばかり、恰は女の腕を摑《つか》んで立ち上がらせた。そのままどんと肩を突く恰を、女は当惑と恨みがないまぜになった目で振り返った。

「お、男の方はいつもそうなのです。女子を勝手に弱きものと思い込み、何もかも一人決めになさってしまわれる。わたくしの夫も、同じご家中の衆とは尊皇だの攘夷だのと唾を飛ばし合って議論していた癖に、わたくしには何も教えてはくれませんでした。結果、勝手に国を捨てて、かような遠国の土になってしまうのですから――」

「つべこべうるさい。どのみちおぬしのその腕では、仇討ちなぞ無理だ。それとも土佐の女子とは、そんなことも分からぬ阿呆揃《あほうぞろ》いなのか」

女の顔が怒りにさっと青ざめる。しばらくの間薄い肩をわななかせて恰を睨みつけていたが、やがてがばと身を翻して走り出した。路傍に置き去りにされていた笠と杖を抱え込むや、そのままお堀端をまっすぐ東に駆け去った。

暮れなずむ往来にその姿が溶け入るのを見送り、「得心してくれたでしょうか」と耕蔵は呟いた。

「さあな。教えるべきことは教えてやったのだ。明日、新撰組の屯所を突き止めて斬り込もうが、隊士どもに撫《な》で斬りにされようが、そこまで我らの関わることではない。それにしてもろくに小太刀の持ち方も分かっておらん女の身で、よくもまああんな無茶を企むものだな」

恰は言いながら、断たれた下げ緒を懐に突っ込む手をふと止めた。いかがなさいましたかと問うた耕蔵に「いや」と応じ、女の去った方角に目を据えた。

「遠方に夫を見送った点では、あの女子も我が家の峰も、おぬしの妻女も同じと思うただけだ。主命に殉じるは武士の道。義に準ずるは侍の理《ことわり》。されどその道理を尽くした末、残った妻がかような無謀を企てるのを見てしまうと、おちおち遠国で死ぬこともできんな」

「熊田さまの奥方さまは、あの女子ほど愚かではありますまい。それに我が家の早苗も」

ただ、恰の妻と早苗はまるで違う。いまだ夫婦らしく打ち解けられぬ早苗は、自分が異郷で亡くなったとて涙一つこぼさぬのではないか。そう考えれば、自らの身の危険も顧みずに仇討ちを目論んだ先ほどの女が、ひどくいじらしく見えて来る。

「いずれにしても、夫婦とはげに様々あるものでございますなあ」

と耕蔵は肩をすぼませた。

「珍しいな。国許でなにかあったのか」

恰の裃は女ともみ合った際に泥に汚れ、刀の下げ緒も失っている。これでは二条城には向かえんと考えたのだろう。元来た道を引き返しながら、恰は怪訝そうに耕蔵を振り返った。

「いえ、特にそういうわけでは」

「さようか。いずれにしてもおぬしの妻女が手伝ってくれたおかげで、我が家の峰が無事に身二つになれたのは事実だ。ふむ、そう思えば妻女とは武家においては、侍同士を結び付ける鎹《かすがい》なのかもしれぬな」

恰の妻が産み月間近とは知っていた。そしてまだ子どものいない早苗に、手伝いを促したのは、他ならぬ耕蔵だ。ただその後、早苗から何の知らせもないせいで、耕蔵は内心、峰の産は死産に終わったのではと思っていた。それだけに無事の出産を口にした恰に、一瞬、応えが遅れる。

思えば都に上ってからの三月、早苗からは文の一通とて送られて来ない。自分たちの間には、どこまで行っても夫婦らしい交情なぞあり得ぬのか。そんな殺伐たる思いを噛み締めた耕蔵を、「そういえば、ちょっと見て行かんか」と恰は自室の置かれている常慶寺の離れに招き入れた。

「峰が生まれた赤子の手形を取って、文とともに送って寄越してな。すでにご妻女よりお聞きだろうが、女子だったゆえ早苗どのより一字をいただき、苗《なえ》と名付けさせてもろうた」

小狭な六畳間には簡素な床が設《しつら》えられ、見覚えのある短冊が掛幅に仕立てられて飾られている。稚拙ゆえに愛嬌のある歌短冊を目でなぞり、耕蔵は今更ながら、「立ち別れ」の歌には恰の妻の名が含まれていると気づいた。

もちろんそれは、ただの偶然だろう。ただ妻子をいとおしむ恰にとって、妻の名が織り込まれ、子どもがしたためた歌短冊が在京の心の支えであることは間違いない。

それに引き換え、我が家はどうだ。祝言前の危惧そのままに、いまだ夫婦は打ち解けられず、他人同然の有様だ。

耕蔵はこれまで、武士としてほとんど失態を犯したことがない。藩校・有終館《ゆうしゅうかん》では常に首席を争い、ついで入塾した牛麓舎でも、江戸出府後に入門した縄武館でも、周囲に後れを取りはしなかった。それだけにたった一つ、半ば無理やり祝言させられた早苗との関わりだけが、真っ白な絹布に沁《し》みついた薄い汚れのように思われた。

このためひと月後、板倉勝静の招聘《しょうへい》を受けて上洛した方谷が、早苗からの文を差し出した時、耕蔵は一瞬ぽかんと養父の顔を見てしまった。「どうしました。なにか不審でも」と問われてあわてて首を横に振り、受け取った立文《たてぶみ》を懐に突っ込んだ。

京の政情はこのところ、更に混乱を深めている。松平春嶽・島津久光らによる会議は、長州への寛大な処分を先にと計らう四侯と、兵庫開港を優先せんとする慶喜の意見が対立し、中途半端なまま解体。四侯の一人だった土佐藩主・山内容堂は、慶喜の強硬な態度を危ぶみ、ただ幕府の権力増大ばかり目指さず、列藩の意見を取り入れながら政を執る体制を模索すべきと献策したとの噂であった。

「大政奉還《たいせいほうかん》、と申すのだそうです」

その夜、相変わらず二条城に詰めっぱなしの勝静との対面を終えて常慶寺に戻った方谷は、与えられた一間に耕蔵と恰を呼んだ。相変わらずの早口でそう言って、細い腕を胸の前で組んだ。

「大樹公は自主的に政を帝にお返しし、その後の国政は列藩の会議が主導する。その議長には大樹公が就き、朝廷のご意志をうかがい、調整に当たるのはどうだと土佐権少将さまはお考えだそうです。すでに我らが殿にもその打診があった旨、先ほど二条城にてうかがいました」

長州を中心とする過激な倒幕運動は、いまだ衰える気配がない。またかつてのような強権的な幕藩体制を目指そうにも、すでにその屋台骨は弱り、諸藩の反発を招くばかりだ。ならばいっそここ数年の朝廷融和策を政の仕組みとして組み込み、徳川宗家の権威を保持しつつ、会議によって国を動かす体制を目指すべきだ――とするこの案は、土佐藩の坂本《さかもと》龍馬《りょうま》なる男の発案を主軸に、同藩の要職らが組み上げたものという。

今日の常慶寺は朝からひどく慌ただしく、方谷が運んできた早苗の文に目を通す暇がなかった。だが思いがけぬ大政奉還なる言葉に、耕蔵は懐に押し込んだままの文の存在を、一瞬忘れた。

「これは恐らく、西欧の議会制なる体制にならったものでしょう。そしてどうやら大樹公は、この大政奉還に大きくお心を動かされておいでのご様子です」

わたしとしましては、と続ける方谷の口調が、急に早くなる。相変わらずその表情は読みづらいが、耕蔵には養父の胸裡がいつになく騒いでいるとはっきり知れた。

「幕府が国を安んじ、民を慰撫するためにこれを容《い》れるのであれば、素晴らしいことです。ですがそれが大樹公を守り、形を変えてでも幕府の権威を生き延びさせるためとすれば、かえって騒乱のもとになろうと危惧します」

「それは仰せの通りですな。幕府憎しに凝り固まっている長州が、新たなる会議とやらに簡単に加わるとも思えませぬ。そもそも土佐藩内とて、一枚岩でないことは明らかです」

先日の無謀な仇討ちを思い出しているのだろう。恰がきっぱりとした口ぶりで相槌を打つ。それに小さくうなずいて、「わたしは殿に以前、長州の扱いについて三つの策を奉りました」と方谷は続けた。

「もっともよき策は長州を許し、幕府は大中至正《だいちゅうしせい》の政治を行ない、天下の耳目を一新するというもの。幕府を憎む長州の声に耳を傾けることで、今の日本に何が足りていないかを知るべきと思うたゆえです」

一方でもっとも悪《あ》しき策は、長州藩をなし崩し的に許し、大藩の調整に任せて政を執るもの。これでは天下万民は政を侮り、必ずや更なる乱を招くゆえという。

「有体《ありてい》に申して大政奉還なる策は、見た目は優しく優れていると映りますが、人の誠を重んじてはおりません。政は何よりも、国と民を守らんがためのもの。それを後回しにして徳川家を生き延びさせるための仕組みを作るべきではないでしょう」

「では養父上《ちちうえ》の目から見て、大樹公はもっとも踏み込むべきではない道を選ぼうとなさっているわけですか」

「殿には先ほどそう申し上げ、何卒《なにとぞ》、仁と義を重んじた道をお勧めくださるよう請願しました。ただ、殿は藩のことにおいてはわたしの意見を進んでお取り上げくださいますが、天下のことに及んではまったく正反対でいらっしゃる」

藩士の目から見ても、板倉勝静はとかく生真面目な人物。そもそも幾ら将軍から請われても、このご時世に老中職に留まるなぞ、火中の栗を拾うが如きものだ。だが寛政の改革を成し遂げた松平定信の孫という自負ゆえだろう。勝静は藩内の家老たちから幾度となく老中職を辞するよう勧められても従わず、今なお徳川慶喜を支えんと奔走している。

「殿がお決めになられた以上、それに従うのが臣下の道です。とはいえ頭ではそうは分かっていても、やはり歯がゆい限りですな」

方谷が勝静について愚痴を漏らすのは、耕蔵が知る限りこれが初めてである。この三十余年、藩と勝静を支え続けてきた養父の苦衷《くちゅう》に、耕蔵は唇を噛みしめた。

明日、方谷は再び二条城に上り、長瀬で書き溜めてきた献策の草稿を勝静に奉るという。道理と義を重んじる方谷は、世の大局が大政奉還に傾いてもなお、決して節を枉《ま》げることはない。老父のその覚悟に打たれながら自室に引き上げれば、懐に押し込められたままの立文がかさりと音を立てた。

そうだった、と急いで開いた文は短く、耕蔵の息災を問い、備中松山お城下は平穏だと告げるのみだった。これであればわざわざ文にしたためる必要もあるまいと落胆する一方で、そう感じた自分自身に耕蔵は少なからず驚いた。

落胆とはすなわち、期待の裏返しだ。どうやら自分は、早苗からの文が嬉しいらしい。とはいえそれを認めるのがひどく情けないことのように思われ、耕蔵は文を乱暴に文筥《ふばこ》に突っ込んだ。

文をしたためた奉書紙に沁みついていたのか、微《かす》かな香の匂いが鼻先にたゆたう。その香にざわつく胸を己のものではないように感じながら、耕蔵は敷きっぱなしの布団に乱暴にもぐり込んだ。

——立ち別れ　いなばの山の　峰に生ふる　まつとし聞かば　今かへり来む
強く目を閉じれば、今この時も、恰の自室に掛けられているであろう行平の歌が瞼の裏に浮かんだ。早苗は自分の帰りを待ってくれているのだろうか。それを知りたい欲求と、事実を知る恐ろしさが交互に胸を襲い、それがまた忌々しくてならなかった。

方谷の思惑とは裏腹に、暦が秋に入る頃には、大政奉還の言葉は在京の備中松山藩士みなが知るところとなった。すでに土佐藩は薩摩藩と接触し、大政奉還の下準備を始めているとの噂も流れた。かつて教えられた薩摩が長州と密約を交わしたとの風評が真実とすれば、彼らは大政奉還が成るにしろ成らぬにしろ損をせぬよう立ち回っているわけだ。

恰によれば、方谷は上洛翌日から勝静の身辺を離れず、暇さえあればこの国が今後どうあるべきかの献策を繰り返しているという。ただ勝静は多忙の隙間を縫ってそれに耳を傾けているが、すでに大政奉還に傾きつつある城内の意見を変えることは難しいらしい。毎夕、二条城から戻って来る方谷の顔色には、日に日に疲労の色が濃くなっていった。

耕蔵は時流という目に見えぬ網が、じわじわと日本を押し包みつつある錯覚を覚えた。その網の口を捉えんとしているのが誰かは分からない。ただ幕府は、将軍は——そして備中松山藩を始めとする諸藩は、どうにも抗《あらが》いがたい網に捕らわれ、どこかに連れ去られようとしているのではと思われた。

「明日、国許に戻ります。長い間、常慶寺のみなには世話になりました」

上京の夜と同じく、方谷が耕蔵と恰を自室に呼んでそう告げたのは、七月も晦日《みそか》に近づき、残暑厳しき京の大路にもさすがに涼風が立ち始めた矢先だった。

すでに勝静からは帰国の許しを得ている。道中の供にと御佩刀《ごはいとう》の備前介宗次《びぜんのすけむねつぐ》の短刀まで賜ったと淡々と語る方谷に、「お待ちください」と耕蔵は思わず詰め寄った。

「殿は養父上の献策をお容れくださったのですか。殿は、幕府は、これからのこの国はいったい――」

それには答えぬまま、方谷はかたわらの文筥から一枚の紙を取り出した。芳《かんば》しい墨の香りを漂わせるその紙の両端を恰と共に摑めば、見慣れた方谷の筆で漢詩が書きつけられている。

七九残齢亦壮懐（七九《しちく》の残齢また壮懐《そうかい》）
観光半月洛川涯（観光半月、洛川《らくせん》の涯《はて》）
被肩白髪三千丈（肩を被《おお》う白髪《はくはつ》三千丈）
衝面紅塵十二街（面《おもて》を衝《つ》く紅塵《こうじん》、十二街《がい》）
混一華夷看世変（華夷《かい》を混一して世変わるを看《み》る）
憲章文武与時乖（文武を憲章して時に乖《そむ》く）
仰天大笑西帰去（天を仰《あお》ぎ大笑して西に帰り去る）
何処青山骨不埋（何処《いずこ》の青山《せいざん》か骨を埋《うず》めざらん）

「これは――」

恰が強張った顔を上げる。それに小さく微笑《ほほえ》んで、「殿は大政奉還を行う徳川宗家と、幕府に殉《じゅん》じられます」と方谷は静かに答えた。

「その果てに何が起きても仕方がないと仰せでした。ならば臣たるわたしにはそれ以上、申し上げることはありません」

六十三歳の老齢の身となっても、いまだ思うことは尽きない。京の鴨川《かもがわ》のほとりで過ごしたひと月と半ば、世の様々なものを見た。肩を覆う白髪は長く、都の塵《ちり》は顔を打つ。清国も西欧諸国も混然となって、世は変わる。文武を憲《のり》として守り続けたが、時流は自分に背いた。ともあれ、天を仰いで大笑いして、西に帰ろう。どこにでも骨を埋めることはできるはずだ――と歌う漢詩の中でも、ことに「時に乖く」との語句が耕蔵の目を冷たく射た。

自らの意見が世に容れられないと、方谷は承知している。いま京を去るのは、幕府に殉じようとする勝静への諦念《ていねん》と、それでも国許にはまだ守らねばならぬ郷里と民があるとの信念に基づくものなのだ。

「山田先生、お教えくだされ。この国は今から乱れるのでしょうか」

恰の低い声に、「おそらくは」と方谷は間髪容れずに応じた。

「わたしは漢学の徒ゆえ、西欧の政の仕組みに詳しいわけではありません。ただ乏しい知識の限りでは、西欧における会議制政治とはまず確固たる法典があり、会議に加わるのは国民の間から選ばれし者たちだと聞いています」

それに比べると大政奉還とその後に採用されんとしている列藩会議構想は、土佐・薩摩といった雄藩は自らの立場を守り、将軍は現在の権力を保持し得る極めて中途半端な策だ。これからの国は、上は尊王のため、下は民を安んずるために在るべきにもかかわらず、もっとも大切なその道理を完全に見失っている。

「道理に外れた国は、いずれ滅びます。その中で備中松山藩はいかに在るべきか、我らはこれから懸命に考えねばなりますまい」

「承知つかまつりました。ご尊念をうかがい、それがしも覚悟が定まりました」

恰の四角い顔は、額際まで緊張に青ずんでいる。両の拳を床に突き、恰は深々と頭を下げた。

「いずれにしましても国許までの道中、何卒つつがなきようご注意ください。それがしが都を離れられぬゆえ、随従には腕利きの藩士をお付け申します」

「ありがとうございます。事ここに及んでわたしを狙う者は、長州にも土佐、薩摩にもおりますまい。ただこの先、京洛にて何が起ころうとも、戦端をご公儀や我らより開くようなことだけはなきようご注意ください。世の悶着とは十のうち八、九まで、始まったときから勝ち負けが定まっているものです」

かつて長州は禁門の変の折、兵を率いて都に押し入り、帝のおわす内裏に向かって発砲したゆえに、朝敵となった。武力で以て悶着の解決を試みるのは愚の骨頂。長州の二の舞には決してならぬようにと繰り返す方谷に、耕蔵はこの国がひどく遠いところに来てしまったのだと思わずにはいられなかった。

神君家康公が江戸に幕府を開いて以来、長州はただの外様《とざま》藩にすぎなかった。だが方谷は今、そんな藩のかつての行いを引き、幕府の所業を戒めんとしている。長州と幕府。そもそもこの二つが並んで語られるほどに、日本は変わってしまったのだ。

とはいえ顧みれば、徳川二百六十年の治世の前には豊太閤《ほうたいこう》（豊臣秀吉《とよとみひでよし》）の世が、その前には諸国のもののふが相争う時代があり、更にそれ以前には足利将軍が政を行なう世があった。たまま自分たちは時世の推移が緩やかなる日々を送っていただけで、この国は神代の古しえより数々の有為転変を乗り越えてきた。だとすれば国とは、いつ激しい浮沈に見舞われても不思議ではない。そして人は常にその変化を乗り越え、今という日を迎えているのだ。

――こんな時なればこそ、人は常と同じ暮しを営まねばならぬのです。

福西お繁の婚礼に際して方谷が口にした言葉が、ことりと音を立てて胸に落ちる。ああ、そうだ。今であれば分かる。

世は変わる。だが人の信義は、その暮しは、いついかなる時も変わりはしない。そして変わり続ける世であればこそ、ただ直向きに生きんとする人の姿は、何にもまして尊いのだ。

――徳川十五代将軍・慶喜が朝廷に大政奉還の上奏文を奉ったのは、常慶寺から振り仰ぐ北山に白いものが初めて積もった十月十四日だった。慶喜はその数日前より、京都所司代松平定敬や京都守護職松平容保、板倉勝静を筆頭とする老中、更に在京十万石以上の諸藩の要職に大政奉還の意義を説き、これこそが時局を救う唯一の策だと述べた。

それだけにその朝、二条城の東門から堀川通を禁裏へと進む慶喜一行の姿に、耳の早い京都の町人たちは物見高く人垣を成した。ただ耕蔵を始め、在京の備中松山藩士みなの予想に反して、衣冠束帯《いかんそくたい》に身を改めた慶喜の供の中に、老中筆頭たる板倉勝静の姿はなかった。まだ暗いうちに二条城に上がり、慶喜に目通りを請うた勝静は、慶喜が禁裏に向かうのと前後して控えの間から下がり、「本陣に戻るぞ」と供溜まりの藩士を呼んだのだった。

藩主が幕閣の要職にある備中松山藩はともかく、在京諸藩の大半にとって、大政奉還は寝耳に水だった。それゆえ二条城内には、今後自藩はどう身を処すればいいのか、国許や江戸の藩主から早くも幕府宛に説明を求める文が届いているが如何に計らえばなどと問う諸藩の藩士が、次々と押し寄せている。

慶喜の供をせぬのなら、せめて彼らの慰撫に当たるべきではないかと耕蔵は訝《いぶか》しんだ。だが裃姿で供溜まりにやってきた熊田恰は、同様に怪訝な顔となった松山藩士たちを睨みつけ、「早く支度をいたせ。殿はお急ぎだ」と短く言い放った。

耕蔵が知る限り、勝静は日中の大半を政務に費やしており、日のある間に本陣に戻ったことは数えるほどしかない。それだけにいよいよ大政奉還の上奏が行なわれるとあって、これまでの疲労が一度に噴き出したのかもしれないと耕蔵は思った。

いざ常慶寺に戻り、御座所と定められている客殿に駕籠《かご》を付ければ、よろめくように玄関に降りた勝静の顔色は紙そっくりに血の気がない。二、三歩あゆみかけるなり、長袴の裾を踏んで倒れ込んだ勝静に、側用人の辻七郎左衛門があわてて駆け寄る。だが身体を支えようとした七郎左衛門の腕を振り払い、勝静はそのままがくりとその場に膝を突いた。

「わたしは――わたしは愚かだ。何が老中だッ。何が松平楽翁《らくおう》公の孫だ。わたしは決して、徳川二百六十年の歳月の幕引きに立ち会うために、板倉の家督を継いだのではないッ」

「殿ッ、何卒お気を確かにッ」

恰が七郎左衛門を押しのけ、畳に爪を立てて声を放つ勝静に駆け寄った。だが勝静は血走った目でそんな恰を仰ぎ、「この半年、大樹公にただ唯々諾々《いいだくだく》と従っていたわけではないのだ」と唇を震わせた。

「方谷がどれほど知恵を絞って、この国を助けんとしていたか、よくよく承知しておる。それなのにわたしはあ奴《やつ》の策を、大樹公に得心いただけなんだ。もし方谷が会津や土佐、薩摩のような大藩におったならば、幕府はかような幕引きなぞせずに済んだであろうに――」

勝静の語尾が涙に潤んでくぐもる。がばとうつ伏して背を波打たせる藩主を眺めながら、ああ、この主君は間違いなく義父の主なのだと耕蔵は思った。

勝静は方谷の献策のすべてを承知している。大政奉還の孕《はら》む危うさも、その空虚さも。だが生真面目な勝静は、土佐や薩摩の如く、藩を挙げて慶喜に反対することがどうしても出来なかったのだ。

勝静が備中松山藩に養子に入って、二十五年。放埒《ほうらつ》を極めた先代藩主・勝職《かつつね》とは正反対に、勝静の行状は常に方正で、藩士に声を荒らげることも滅多になかった。それだけに人目も憚らず激しく慟哭《どうこく》する勝静の姿に、辻七郎左衛門が細い眼をしばたたいてうな垂れる。居並ぶ藩士たちの間からも、押し殺したすすり泣きがか細く漏れ始めた。

熊田恰もまた、薄い唇をぐいと噛みしめたが、やがて「御免つかまつりまする」とひと声言って勝静の身体を支えた。まるで幼子を運ぶかのように、涙にむせぶ主をそのまま奥の間へと連れて行った。

こうなっては仕方がない。耕蔵たち藩士は困惑しながらも供備えを解き、詰所である方丈へと引き上げた。恰は四半刻ほど経ってから、重苦しい沈黙の垂れ込めた方丈にのっそり現れ、「殿はお休みになられた」と誰にともなく言った。どっかりと音を立て、そのまま部屋の隅に胡坐をかいた。

「辻さまを半ば脅し付けて聞き出したのだが、殿はこの半月ほど、床に入られはしてもほとんど眠られたご様子がなく、食事もろくに喉を通らぬ有様でいらしたそうだ。その癖、家臣には心配をかけたくない、構えてこのことは他所《よそ》に漏らすなと仰せだったとか」

今後のわが国がどう転ぶかは、誰にも分からない。だが政はすでに朝廷に返上され、日本は新たなる道を歩み始めた。徳川の治世を如何に守るかに汲々《きゅうきゅう》としていた勝静にとって、それは不本意とはいえ、一つの大きな区切りとなったのだろう。まるで絡繰《からく》りの糸が切れた如くばったりと床に倒れ込み、今は昏々《こんこん》と眠りについているという。

「さて、ともかく今は、明日からの京が平穏であることを願うばかりだが――」

恰の呟きが通じたわけではあるまいが、大政奉還の上奏が行なわれてからひと月余りは、在京諸藩の要職が二条城に押しかけて来ることさえ除けば、都は水を打ったような静けさに包まれた。

なにせ将軍が政を手放したとはいえ、長らく政治と関わりを持たなかった帝と公家が、すぐさま国の舵《かじ》を取れるわけがない。徳川慶喜は大政奉還の上奏に引き続き、十月二十四日には征夷大将軍職の辞表を提出。だが朝廷はこれを慰留し、とにかく今は全国の大小名に上京を促し、列侯会議を開けと慶喜に再三勧めた。

とはいえ諸国大名からすれば、京屋敷・大坂屋敷から都の情勢は知らされてはいるものの、あまりに急激な世の転変に、はいそうですかとすぐさま応じられるわけがない。大政奉還は薩長の陰謀ではと勘繰る大名、徳川累代《るいだい》の恩義を捨てることは出来ぬとして、慶喜ではなく江戸城留守居の老中にうかがいを立てる大名、はたまた領内多事につき国を離れられぬと偽ってこの難局を乗り切ろうとする大名などが大半で、早々に列侯会議に連なるべく上京した者はごくわずか。これでは今後の政局の相談なぞ行なえるわけがない。五日、十日と日が過ぎるにつれ、いつしか大政奉還前後の緊張は忘れ去られ、都にはどこか呆《ほう》けたような気配すら漂い始めた。

だが一度あふれ出した水は、もはや止めようがない。その平穏が嵐の前の静けさに過ぎぬことは、誰の眼にも明らかだった。

噂によれば、長州・薩摩は国許から続々と藩兵を呼び寄せ、京屋敷に武具を備えさせているという。また会津・桑名両藩の藩士は、将軍に政を返納させるに至った薩長を恨んでいるため、いつ都のどこで斬り合いが起こってもおかしくはない。

時局が大きく動いたのは、年の暮れも迫った師走半ば。その数日前より勝静の顔色が再び優れず、恰の眉間《みけん》に深い皺《しわ》が寄っていたことは、耕蔵も気づいていた。だが抜き身の刃にも似た恰の気配に、容易に言葉をかけることすらためらわれていた矢先、耕蔵は辻七郎左衛門より、急ぎ手勢を率いて二条城に向かえと告げられた。

「殿のお供でございますか」

勝静は昨夜から二条城に上ったまま、午後になっても戻って来ない。怪訝な思いで問うた耕蔵に、七郎左衛門はわずかに頰を強張らせ、いや、と首を横に振った。

「城中に入ればいずれ知れることゆえ、話しておく。天朝（天皇）さまは間もなく、政をご自身でお執りになるとの大号令を下されるそうだ。大樹公はその地位を召し上げられて所領没収。京都所司代や守護職を始めとする諸官はすべて廃され、今後の政はすべて、新たに設置される総裁や参与なる職が、天朝さまのご意志のもとに執るとか」

「お、お待ちください。何ですか、それは」

列侯会議はどこに行った。それではまるで今後、朝廷がすべての政を執るかのようではないか。驚きに舌をもつれさせた耕蔵に、「薩長どもによる叛逆《はんぎゃく》だ。あ奴らめ。どこまでもご公儀を倒さねば、気が晴れぬと見える」と七郎左衛門は早口に続けた。

「薩長どもはこのひと月あまり、堂上家がたと密議を重ね、虎視眈々《こしたんたん》と帝を動かし奉る機をうかがっていたらしい。ご公儀と大樹公の実権は、これですべて奪われる道理だ」

これが薩長だけの動きなら、慶喜とて打つ手はある。だが彼らが天皇を担ぎ出し、朝廷が政を執るのだと主張されては、抵抗はできない。下手に歯向かえば、徳川家と幕府はかつて朝敵として追われた長州と同じ立場となるだろう。耕蔵はあまりの衝撃に、目の前が暗くなる思いがした。

すでに会津・桑名の両藩は禁裏守護の任を解かれた。今ごろは松平容保・定敬に率いられて二条城に向かっているだろうが、宿敵たる薩長の企てた政変に、両藩の怒りは頂点に達していよう、と辻七郎左衛門は語った。

「二条城にいらっしゃる殿より、何としても戦だけは構えさせるなとのご下命が下った。ついてはおぬしはすぐに藩兵を率いて、鎮圧に当たれ」

――この先、京洛にて何が起ころうとも、戦端をご公儀や我らより開くようなことだけはなきようご注意ください。世の悶着とは十のうち八、九まで、始まったときから勝ち負けが定まっているものです。

京を去る方谷が残した言葉が、鐘の残響の如く脳裏に響いた。かつての禁門の変の際、先に禁裏に攻撃を仕掛けたのは長州藩だった。その轍《てつ》を踏んではならぬとの自省は、会津・桑名両藩とて抱いてはいるだろう。だが幕府と将軍の息の根を絶とうとする企みに直面した今、果たしてその自省がいつまで保つか知れたものではない。

「かしこまりました。ただちに」

かねて用意の具足に身を固めると、耕蔵は三十名ほどの藩兵を率いて常慶寺を飛び出した。商家が建ち並ぶ千本通には似つかわしくない一行の風体に、往来の人々が目を丸くして道を譲る。だが駆け付けた二条城では、一分の隙もなく身ごしらえした軍兵が十重二十重に大手門を取り囲み、すでに戦が始まったかのような物々しさだった。「會」の字を染めだした会津藩の旗印が翻っているところから推すに、禁裏守護の職を解かれた会津藩兵であることは間違いない。

「どけ、どいてくれッ。老中・板倉伊賀守さま御用にてまかり通るッ」

大声で怒鳴りながら人垣をかき分けようとした耕蔵の視界の端に、今度は赤地に「誠」と染め抜いた旗を掲げた一軍が、堀川通を下って来るのが引っかかった。

新撰組だけではない。桑名藩に大垣《おおがき》藩、津《つ》藩に見廻組……今や大手門前には幕府麾下《きか》の在京諸藩諸組が続々と集いつつある。

それが幕府方の軍勢であることは承知していても、あまりに凄《すさ》まじい勢いで増え続ける彼らを、城内に入れていいのかどうか困惑しているのだろう。大手門には六尺棒を手にした城兵が立ちはだかり、会津藩士らしき侍と押し問答をしている。

「軍勢をお入れしろッ。板倉伊賀守さまのご下命だ」

そう怒鳴りながら彼らに駆け寄り、耕蔵はあっと目を丸くした。古めかしい具足の上に陣羽織を打ちかけたその藩士が、かつて二条城にて言葉を交わした秋月悌次郎と気づいたためであった。

「おお、山田どの。お互い、苦労でございますな」

そんな場合ではなかろうと思われるほど間の抜けた挨拶《あいさつ》を寄越しながら、秋月は後方に控えていた藩兵たちに大きく手を振った。待っていたとばかり城内に駆け入る彼らの立てる砂埃に顔をしかめながら、「共に薩長めにまんまとやられましたな」と禁裏の方角を目顔で指した。

「禁中の小御所《こごしょ》ではまもなく、大樹公の処遇と今後の政局を巡る会議が始まるそうでございますよ。いやはや、力ずくでそれを止めんと血気に逸《はや》る藩兵を止めるだけで、骨を折りました」

「それは助かりました。わが養父もかねて、いかなることがあろうともご公儀方より戦端を開いてはならぬと申しておりました」

「さようでございますか。方谷先生が――」

秋月が感慨深げにうなずく間にも、大手門からは軍兵が続々と入城してくる。徳川将軍の御座所として建造された二条城には、馬場や曲輪《くるわ》といった備えが乏しい。それだけに日が傾き、辺りに篝火《かがりび》が焚《た》かれ始めた頃には、城内には立錐《りっすい》の余地もなく兵士が溢《あふ》れ、冬とは思えぬほどの人いきれが満ちた。

それと前後して、耕蔵たち備中松山藩士に城内の台所に向かえとの指示が下ったのは、殺気立っている兵士たちを空腹のまま放っておいては、どんな騒ぎになるか分からないとの判断に基づくらしい。耕蔵は結局この夜、次々と炊き上がる竈《かまど》の飯を握り飯に拵《こしら》え、諸藩の藩士たちに手伝わせて、城内を配り歩いた。

小御所会議の結果、慶喜に征夷大将軍職辞任と領地返還を勧める使者が二条城に遣わされたのは、まだ東山《ひがしやま》の稜線が白み始めたばかりの翌日早朝。その報が知れ渡るや、城内には二条城の堀の水を揺るがすのではと思われるほどの怒号が渦巻いた。

事ここに至っては、もはや抗う術《すべ》がないことは、城内の誰もが承知している。ただ、恭順の意を示した幕府を徹底的に叩くべく、王政復古の大号令を布告させた薩長だ。唯々諾々と王命に従うばかりでは、やがて慶喜の命すら危険にさらされる恐れすらある。

勝静を筆頭とする二条城の幕閣は、在府の老中に早飛脚を送り、歩兵・騎兵・砲兵に加え、軍艦を大坂に差し向けるように指示した。一方で勝静が側仕えの藩士の一人を二条城から出し、急ぎ国許に向かわせたのは、あまりに思いがけぬ世の転変を告げるとともに、藩内要職および方谷の意見を求めたためらしい。

だが彼がまだ備中松山にたどり着かぬであろう十二日の夜、相変わらず城内の兵士の世話に追われていた耕蔵は、ひっそりと近づいてきた恰の耳打ちに、思わずえっと叫んだ。

「それはまことでございますか」

「ああ。慶喜公は城内のこの有様をご覧になり、今はみなを落ち着かせるためにも、時が要ると仰せられたそうだ。ついては、公はひとまずこれより京都を去り、大坂に向かわれる。我らが殿もそれに従われるゆえ、わが藩のみなもお供申し上げるぞ」

幕府と将軍はいま、文字通り存亡の危機にある。二条城内の軍兵がその事実に怒りを露《あら》わにしている最中、当の慶喜が大坂に下るとは、恭順の意を示す目的を兼ねているのだとしても奇妙な話だ。

とはいえ耕蔵如き一藩士が、仮にも将軍の決断に口を差しはさむわけにはいかない。かしこまりました、と応じて配下の砲兵に退去の支度を始めさせたが、怪訝を抱いたのは会津藩や桑名藩の藩兵も同様らしい。いずれもどこか納得がいかぬ面持ちで、荷車に武具を積み込むやら、大坂までの夜道に備えて松明《たいまつ》の支度をするやら、忙しく立ち働いている。

「山田どの。貴藩も大坂に下向でございますか」

振り返れば、秋月悌次郎がなぜか早くも武装を解き、ぶっさき羽織に括《くく》り袴《ばかま》の旅支度に身を固めている。そのお姿はと立ちすくんだ耕蔵に、「それがしはひと足先に国許に戻りまする」と秋月は囁いた。

「帝を動かし奉ってまで、大樹公とご公儀の息の根を止めんとする薩長です。大坂に下向なさったとて、二の手、三の手を仕掛けて来るやもしれません。かくなる上は会津藩も更なる備えを整えておかねば、後の世まで悔やむことになるやもしれません。——ところで方谷先生はこの事態になにか仰せですか」

「いいえ、殿が国許に使いを送られたばかりです。返事は数日先になりましょう」

そうですか、と首肯し、秋月は西空に目を向けた。

冬の日は短い。すでに愛宕《あたご》の急峻《きゅうしゅん》は黒々とした山肌を夕焼け空に際立たせ、長くたなびく雲は深い藍色《あいいろ》に淀《よど》み始めている。

備中松山は美しきお城下でございました、との呟きが、秋月の口から漏れた。その足元に長く伸びた影を踏み、大砲が一両、大手門へと曳かれていった。

「松山川の流れは滔々《とうとう》と豊かにて、臥牛山の高みにそびえ立つお城は山上に咲いた一片の花の如く麗しく見えました。わが会津はお城下の真ん中に鶴《つる》ヶ城《じょう》がございますので、あのように仰ぎ見るお城の美しさには、心底驚かされました」

それはありがとうございます、と答えようとした声が、自分でも思いがけず上ずった。秋月が備中松山を訪れたのは、ほんの七、八年前のはずだ。だがあの平穏だった日々はもはや、宵闇に飲み込まれる残照の如く消えた。この先にいったい何が待ち受けているのか、目を凝らしたとて行く手の闇はあまりに深く、一寸先とて見えない。

「……いつか、秋月さまのお国にもうかがいたいものです」

かろうじて絞り出すと、秋月は小さく眼をしばたたきながら、ええ、とうなずいた。

「ぜひお越しくだされ。会津は江戸を北に六十里。山また山の果ての雪深き国なれど、山の美しきこと、水の清きことは他国にひけを取りませぬ。方谷先生のご子息ともなれば、共に備中松山に参りました土屋もさぞ喜びましょうほどに」

出立だぞう、という恰の声が遠くで響く。秋月はそれに耳聡《みみざと》く眼を上げると、「では、またお目にかかれる日まで」と一礼して踵を返した。

刻々と濃さを増す闇が、あっという間に秋月の瘦せた背を飲み込む。その姿を眼裏《まなうら》に強く焼きつけてから身を翻せば、すでに二の丸御殿の前には具足に身を固めた藩士が隊伍を成していた。

徳川慶喜や松平容保らは、北大手門から密かに城外に出たらしい。栗毛の馬にまたがった勝静を先頭にいただく軍列に駆け寄れば、「遅いぞ」と恰が目を尖《とが》らせた。耕蔵が詫びる暇もなく大きく手を振り、なびきの多い声で出立を命じた。

常慶寺を引き払い、京内には一藩士なりとも残さずに下るつもりなのだろう。宵闇の中に目を凝らせば、一行の中には塩田虎尾や側用人の辻七郎左衛門まで含まれている。ともに武装ではなくただの旅姿だが、腰の刀に柄袋はなく、辺りに配る目は藩兵同様に鋭かった。

王政復古の大号令が発せられて、すでに三日。やぶれかぶれになった幕府軍が、薩長相手に戦を起こしかねぬと考えているのだろう。堀川沿いの家々はまだ宵にもかかわらず、いずれも固く表戸を閉ざしている。それでも一人、また一人と天水桶の陰や路地の脇にたたずむ人影は、在京の間に藩士と馴染みを結んだ者たちか、それとも幕府の退廃を物見高く見物にやってきた京雀《きょうすずめ》か。

寒風吹きさらす往来を、こそこそと夜逃げのように大坂へと下る姿の無様さは、耕蔵たちとて承知だ。十二日の月は雲の去った空に煌々《こうこう》と光り、松明を持たぬ一行の姿を痛々しいほどに照らし付けている。おのずと笠を俯《うつむ》け、足早になるその耳を、あの、という遠慮がちな呼びかけが叩いた。藩兵の殿《しんがり》を歩む、塩田虎尾の声であった。

「先ほどから女子が一人、我らの後をついて参ります。どなたかの所縁《ゆかり》の御仁ではありませんか」

藩士の中には、長い在京の間に近隣の女と深間になる者もいる。それだけに藩士たちはこんな時に誰だとばかり目を見交わしたが、虎尾はしきりに背後を振り返り、「いや、どうも違うな。色っぽい話ではなさそうですよ」と小声で付け加えた。

「はっきりとは分かりませんが、大年増のようです。四十は軽く超えているんじゃないかな」

「おいおい、誰だ。町の衆か飲み屋相手に、借金を踏み倒して来たんじゃなかろうな」

藩兵の一人が寒さに頬を強張らせつつも、軽口を叩く。隊列の中から沸き起こった控えめな笑いが、あっという間に身を切るように冷たい北風に吹きさらわれて消えて行った。

心当たりがあるのだろう。藩兵の一人が歩を緩めて虎尾と肩を並べ、「どこだ」と囁く。それに応じて虎尾が町辻の一角を指そうとして、あれと呟いた。

「消えてしまいました。諦めたのかもしれませんね」

虎尾が指をさまよわせる夜の辻に、耕蔵は目を凝らした。虎尾が見かけた女とは、自分と恰に斬りかかってきたあの土佐藩士の妻ではないかとの疑いが、唐突に胸に浮かんだ。

そんなわけがない。あれからもう一年近くが経っているのだ。あの妻女はとうに国許に戻っているはずだ。だがそう己に言い聞かせる一方で、仮にあの女だったとすれば、彼女は今どんな思いで自分たちを見送っているのかとの想像がこみ上げてきた。

夫の命を奪った幕府方の哀れな姿に、快哉《かいさい》を叫んでいるのだろうか。それともだからこそ今、敵に一太刀と懐剣の柄を握りしめているのか。

（——いや）

あの女房どのも自分たちも、所詮は同じだ。耕蔵はただ時局の流れに押し流され、荒れ狂うその瀬の中で浮きつ沈みつするしかない。将軍——今は元将軍となった徳川慶喜、耕蔵たちの主たる板倉勝静とて同様で、激しく移り変わる時勢において、人間はみな貴賤を問わずその奔流に流されることとしかできない。

とはいえあの女房どのと自分が徹底的に違うのは、彼女はそんな最中でも夫を失った悲しみを自らの杖に、遠い京都までやってきた。忠義や名声に駆られたのではなく、ただただ夫と自分自身のためだけに仇討ちを果たそうとした頑《かたく》なとも言えるひたむきさにおいて、あの女房どのは大坂に下るこの軍列の誰よりも雄々しい人間だったのではないか。

耕蔵たちは備中松山から京都に上る際、高瀬船と三十石船を用いた。だがなにせ徳川慶喜を筆頭に、会津・桑名両藩主、更に板倉勝静を始めとする幕臣とそれらの麾下の兵を含めた軍勢は優に二千を超えている。このため伏見を経て、淀川の東岸を徒歩で進む間にも、師走の夜気は鋭く骨を食《は》み、軍兵たちの足を重いものへと変えていった。

どうにか士気を上げんとしてだろう。時折、軍列の前後からは「えいえい、おうッ」と唐突な勝鬨《かちどき》が上がった。最初のうちは白い息を吐きながらそれに応じていた者たちも、二度、三度と繰り返されるうちに唇を引き結んでうつむくようになり、やがて東の空が白み始めた頃には、勝鬨そのものがぱたりと絶えた。

日が頭上に昇り切った頃にようようたどりついた大坂城では、広い馬場の到《いた》るところに幕舎が建てられ、急ごしらえの竈にひと抱えもある大鍋がかけられていた。その中身が芋茎《ずいき》や大根を放り込んだ粕汁《かすじる》だと知れるや、分かりやすいもので疲れ切っていた四肢にわずかながら力が蘇ってくる。霜柱の立つ地面に尻を下ろし、ありあわせと思しき欠け椀で汁を啜っていると、「備中松山の者は、交代で休みを取れッ」と怒鳴りながら、熊田恰が馬場を斜めに横切ってきた。

「今日ばかりは、疲れ切っていたとてしかたがない。されど明日までにはみな力を取り戻し、殿の家臣として恥ずかしくない威儀《いぎ》を整えるのだ」

真冬にもかかわらず汗を吸い、斑《まだら》に色を変じた恰の懐から、紺色の袱紗《ふくさ》がのぞいている。その中身が恰の娘たちがしたためた歌短冊であることは疑うべくもなかった。

それにしても明日までに威儀を正せとは、徳川慶喜はまさか、帝を担ぎ上げた薩長を相手にひと戦企てているのか。耕蔵は早くも冷め始めた汁を飲み干しながら、不安を覚えた。

だがそんな懸念をよそに、慶喜は翌日から仏蘭西・英吉利《イギリス》を始めとする諸外国の公使を大坂城に招き、

「都では一部の藩と公家が政権を奪い取ろうと企み、危うく戦になるところであった。とはいえ我が方は戦を望んではおらず、ただ帝を奉り、国のために政を執るだけだ」

と、本邦の政権はいまだ徳川家にあることを、暗黙裡に諸外国に認めさせる策に出た。

（なるほど、さすが幼い頃から英邁《えいまい》と呼ばれたお人だけはある）

早々に二条城を離れ、大坂に下った彼を惰弱と疑ったことを、耕蔵は恥じた。

徳川慶喜はもともと、水戸藩主・徳川斉昭の七男坊。その聡明《そうめい》さから十二代将軍・徳川家慶《いえよし》に気に入られ、御三卿《ごさんきょう》である一橋家を相続。井伊直弼《いいなおすけ》による安政《あんせい》の大獄では水戸派の一員として謹慎に処せられるも、桜田門外の変の後には十四代将軍・家茂の後見役を任され、この十年間の難局を幕府と共に乗り越えてきた辣腕《らつわん》だ。

それだけに慶喜は、薩長にこれ以上武力でぶつかることの愚をよくよく承知していたのだろう。薩長と手を組みながらも、幕府および徳川家の存続に力を尽くす山内容堂や松平春嶽と頻繁な往信を重ね、去る九日に禁裏・小御所で討幕派が定めた会議内容を有名無実化することに力を尽くそうとした。

熊田恰にそれとなく尋ねてみれば、ようやく備中松山から届いた方谷の文には、大政奉還の志を貫き、上は尊王のため、下は安民のため――すなわち国を安んじることを第一に考え、決して戦端を幕府方から開いてはならぬ旨が、切々と記されていたという。

文だけでは心もとないと思ったのだろう。国許からは書状に引き続き、現在、元締役を務める神戸謙二郎《かんべけんじろう》が上坂して、方谷の意を板倉勝静に伝えた。だが自省を求める方谷の意見を、勝静が大坂城内に説いて回ろうとした矢先、思いがけぬ知らせが江戸表より届いた。

江戸府中の治安維持に当たっていた庄内《しょうない》藩が、高崎《たかさき》藩・白河《しらかわ》藩といった相役諸藩の軍兵とともに、三田《みた》にある薩摩藩上屋敷を焼き討ちしたとの報であった。

大政奉還が行なわれてよりこの方、江戸市中では薩摩の浪士が江戸城を襲うだの、町に火を放つだのといった流言飛語が飛び交っていた。また実際に薩摩浪士を名乗る一団が富商の家に押し入り、金品を強奪する例も珍しくはなく、それは江戸市中のみならず相模や武蔵《むさし》、房州《ぼうしゅう》にすら広がっていた。

そんな最中の薩摩藩邸焼き討ちは、日に日に動揺を増す人心に対する、幕府方の焦りの表れだろう。だがその知らせが大坂にもたらされるや、城内では会津・桑名両藩士を中心に、かくも江戸表を追い詰めた薩摩藩への怒りが火薬庫に火を放つ勢いで爆発した。

「大樹公が京都から大坂に移られたのが、やはり過ちだった。あそこで薩摩を徹底的に叩いておくべきだったのだ」

「幾ら慶喜さまが穏便に事を済ませようとなさっても、相手がこれではどうしようもない。かくなる上は、刀にかけて決着をつけるしかあるまいて」

備中松山藩の幕舎に勝手に押しかけ、東北訛りでそうまくし立てる会津藩士たちの額は、そろって怒りに青ざめている。なにせ薩摩はかつては会津と手を組み、長州を都から追い落とした藩。かつての盟友への怒りから、今にも京都目指して駆け出しかねぬ勢いに、耕蔵は思わず同輩たちと顔を見合わせた。

(駄目だ――)

なぜ目の前の彼らは分からぬのだ。薩長の背後には帝と朝廷がある。いかに義が幕府方にあろうとも、いったん戦を仕掛けてしまえば、朝敵となるのはこちら側というのに。

だが京都守護職として不逞浪士を取り締まり、先帝から厚い信頼を受けもした会津藩には、自分たちは決して誤ってはおらぬとの自負があるのだろう。それとなく自重を促しても一向に聞き入れず、果ては、「ふん。懐こそ富んだとはいえ、さすがは長らく貧乏板倉と謗られたお家だ。銭のかかる戦なぞ御免と見える」と毒づいて、幕舎を飛び出していく始末だった。

「城内の気配に飲まれるな。我らはただ、殿のご差配に従うまでだ」

熊田恰が必死に言い聞かせるうちに、慶応《けいおう》三年(一八六七)は暮れた。だが元旦を迎えてもなお、討薩を叫ぶ会津・桑名両藩の声はいよいよ高く、朝餉《あさげ》の汁にひと切れずつ入っていた餅を味わうどころではない。

ついに事態が動いたのは、翌二日。薩摩討つべしとの声に押し切られた形で、慶喜が一万五千の大軍を京都に進発させると城内に触れ出したのだった。

「されど、我ら備中松山藩士は決して上京の軍に加わってはならぬ。おぬしらの中にはあまりに卑劣な薩長のやり口に、憤懣《ふんまん》やるかたなき者もいるだろう。しかしここはお家のため、ご公儀のためとひたすら耐え、まずはこの大坂の地の警固にのみ臨むのだ」

そう声を嗄《か》らす熊田恰の眼は落ち窪《くぼ》み、明らかな焦燥の色がにじんでいる。

すべての時局が、方谷の献策を踏みにじって進んでいく。それを留めることの出来ぬ恰の怒り哀しみが、耕蔵の肌にひりひりと伝わって来た。

「さりながら、お年寄さま。この戦、ご公儀は果たして勝てるのでございますか」

幕舎の片隅から飛んだ押し殺した問いは、百五十名に及ぶ城内備中松山藩士全員の総意に等しかった。誰もが恰の言葉を聞き漏らすまいと、身を硬くする。恰は形のいい唇を真一文字に引き結び、厚い肩が揺れるほど太い息をついた。

「正直に申して、何とも言えぬ。今朝方、公用人の神戸どのが殿から承ったお言葉によれば、万全の見込みはないが、何分ここに至ってはしかたあるまいとの仰せだったそうだ」

藩士たちの吐息が、ざわりと幕舎を揺らす。されど、と恰は藩士たちの動揺を鎮めるかのように言葉を続けた。

「三方を山に囲まれた京都は、攻めるに易く、守るに難しい地だ。こたびの戦では本営を京都の南の入口たる伏見《ふしみ》に置いて敵の逃げ道を塞《ふさ》ぎ、鳥羽《とば》・伏見の両街道からひと息に攻め上る。一万五千の兵に新撰組や京都見廻組まで加われば、少なくとも薩摩の非道を朝廷に突きつけるぐらいの戦にはなろう」

だが恰のそんな言葉とは裏腹に、翌日から大坂城にもたらされ始めた戦況は、ひたすら幕府不利を告げるものばかりであった。

鳥羽・伏見にて幕府軍は善戦したが、一月三日の未明には本陣だった伏見奉行所が陥落。翌日には伏見宮家の出身である嘉彰《よしあき》親王が征討大将軍に任ぜられたことから、幕府軍は一度に朝敵となり、日を追うにつれて戦線は伏見から淀、橋本《はしもと》へと後退した。

すでに大坂城内には続々と怪我人が運び込まれ、控えとして残されていた幕兵が一隊また一隊と京都目指して出陣していく。敗走してきた幕府軍に対し、淀藩が城門を閉ざして陣地となることを拒んだだの、山崎《やまざき》を守っていた津藩が寝返り、幕兵めがけて大砲を打ち込んだだのという知らせもかまびすしく、そのたびに大坂城内には不安を孕んだ吐息が垂れ込めた。

耕蔵たち備中松山藩士が大坂二の丸馬場に集められたのは、薩長軍――いや、官軍が枚方《ひらかた》まで攻め入ったとの知らせが入った六日の夕刻だった。

暦はすでに春とはいえ、馬場の片隅に植えられた梅の蕾《つぼみ》はまだ固く、吹きすさぶ寒風に細かく枝を震わせている。三方を山に囲まれた京都は夏の暑さ、冬の冷えが耐え難い地だったが、大坂は海を間近に臨むためか、朝夕のわずかな時刻を除き、常に風が強い。

刻々と明るさを失う空に気圧《けお》されたかのように、風はひと吹きごとに冷たさを増す。陣中とはいえ、日に三度の飯を喰らい、夜には板敷きの幕舎で布団に眠る自分たちでも耐え難い寒風なのだ。今この時も敵相手に戦を続けている幕兵には、どれほど堪《こた》えるものだろう。

（いったい、どこでこんなことになったのだ）

かつて将軍は朝廷の威光のもと、この国を正しく治める征夷大将軍であり、幕府はそれを支える国の頭脳だった。だが今、かつての幕府と将軍の栄光は朝敵との誇りに汚《けが》され、方谷があれほど強く戒めていた戦のただなかにある。

この国は、自分たちはどこで道を踏み誤ったのだ。もしかしたらこれは悪い夢なのかとこっそり手の甲をつねってみれば、寒風にさらされた肌に待っていたとばかり鋭い痛みが走る。

空はいよいよ夕焼けの色を失い、馬場の果てにぽつりぽつりと篝火が焚かれ始めた。かと思えばその傍らから、数人の男たちがこちらに向かって近づいてくる。熊田恰が「みな、控えおろう」と野太い声を上げて、その場に膝をつく。あわててそれに倣った耕蔵の視界の隅を、錦の陣羽織を着こみ、藩士たちを見回す板倉勝静の姿がよぎった。

側用人の辻七郎左衛門を従えたその顔は、宵闇のせいとは思えぬほどにどす黒い。「みな、いずれも大儀だ」と静かに告げ、勝静はこの半月で急に痩せの目立ち始めた頰に力を込めた。

「大坂城詰めの他家の藩士の中には、周囲が止めるも聞かずに鳥羽・伏見の戦に加わった者もいると聞く。熊田の言葉に従い、誰一人としてかような軽挙を働かなんだおぬしらには、この勝静、厚く礼を申す」

両の拳を握り締め、軽く頭《こうべ》を垂れた勝静に、藩士たちがざわめく。「おやめください、殿」と狼狽する恰に目を投げ、勝静は首を横に振った。

「いや。言わせてくれ、恰。実を申さばおぬしらにはもう一つ、詫びねばならぬことがある。実は慶喜さまは今夜のうちに大坂城を離れ、海路にて江戸に向かって発《た》つとお決めになられた。会津中将どのに桑名中将どの、それにわたし以外の老中がたもお供申し上げる。さりながら、おぬしらを連れて行くことは出来ぬ。七郎左衛門、おぬしもだ」

片膝をついていた辻七郎左衛門がぎょろりとした目を瞠って、なんでございますと、と勝静を仰ぎ見る。それにすまぬと一声詫びてから、「みなを上方に呼び寄せたのはわたしだ」と勝静は震える声を絞り出した。

「されど今は薩長の奴らが大坂に迫る前に、疾《はや》く国許に戻れ。おぬしらも存じておる通り、国には山田安五郎方谷がおる。あ奴の知才を持ってすれば、この苦難を切り開く策も見付けられるやもしれぬ」

「お待ちください。では殿はまことにお一人で、慶喜さまに従われるおつもりですか」

七郎左衛門が膝行《しっこう》し、勝静の袴裾に取りすがった。

「いかに殿のご下命であろうとも、それだけは従いかねます。この七郎左衛門、同じ船にお乗せいただくのが叶わぬのであれば、漁師の船を雇ってでも江戸表までお供つかまつりますぞ」

「聞き分けよ、七郎左衛門。年若な会津中将どのですら、家臣たちと別れてお一人で慶喜さまの供をなさるのだ。すでに不惑を超えたわたしが供を従えては、末代までの恥ではないか」

末代まで、との言葉が鋭く耕蔵の胸をえぐった。今この瞬間も、官軍は刻々と大坂に攻め寄せつつある。すでに旧幕府軍が朝敵となった現在、敵の先発隊と鉢合わせした慶喜一行が命奪われることとて、十分にあり得る。そして勝静は己の命がいつ吹き散らされるか分からぬと覚悟の上で、最後まで老中として慶喜に従う覚悟を決めているのだ。

「いいえ、いいえ。真実、恥じねばならぬのは、御主にかような謗りを着せると分かっていてもなお、お供をと願い出ずにはいられぬそれがしでございます。殿には何の咎もございません。何卒、それがしにお供のお許しを――」

七郎左衛門の太い声が涙にくぐもる。波打つ側用人の肩に片手を置き、勝静は水を打ったかのように静まる藩士たちを見渡した。「――生きよ」というかすれた声が、その唇を突いた。

「徳川の御代はこれにて終わろう。されど我らの暮しは決して、ご公儀とともに絶えるわけではない。みな、生きよ。生きて、一人たりとも欠けることなく国許に戻れ。それだけが今のわたしの願いだ」

宵闇が垂れこめるのに伴い、寒風がますます激しくなっていたのは幸いであった。藩士たちの間から漏れた低いすすり泣きが、風にさらわれ、鉛色の雲の垂れ込めた空へとあっという間にさらわれていく。それでもなお消せぬ歔欷《きょき》を懸命にかみ殺す藩士たちに、勝静の双眸が濡れたものを含んで揺れる。やがて両の手をゆっくりと拳に変えると、「みな、さらばだ。息災を願っているぞ」と勝静は踵を返した。

「お待ちを。どうぞそれがしにお供のご下命をッ」

となおも追いすがろうとする辻七郎左衛門には目もくれず、そのまま書院の方角へと歩み去った。

現在の官軍の勢いをもってすれば、いずれ上方は敵方の手に落ちよう。そうでなくとも京・大坂は徳川将軍家とは縁が浅く、どうしても天皇に肩入れする傾向があるお国柄だ。今後、慶喜は江戸に入り、挽回の機をうかがう腹だろうが、なにせ備中松山は上方よりもなお西に位置する。長州からもさして遠くない立地を思えば、今後、江戸が戦の舞台となるよりも先に、国許に禍《わざわい》が及ぶことは十分にあり得る。

勝静が耕蔵たち藩士に帰国を命じたのは、備中松山を守れとの意図もあるのだろう。だが国とは、主をいただいてこそ成り立つものだ。幕府が滅んでもなお、慶喜のかたわらに従おうとする勝静の生真面目さは、平時であれば美徳とされるところかもしれない。しかしながら国許には、四万に及ぶ領民が勝静を待ち続けている。一人の藩主ではなく、老中としてあり続けようとする勝静に、耕蔵はやる方ない怒りと寂しさを覚えた。

「よし、みな、聞いての通りだ。我らは殿や慶喜さまが大坂城を離れられたのを見計らって、今夜のうちにここを出る。荷はなるべく減らし、とにかく無事に国許に帰ることだけを目指すぞ」

明朝になれば、城内の将兵は慶喜たちがおらぬと大騒ぎを始めるだろう。そうなれば老中・板倉伊賀守の配下である備中松山藩士が、他藩の衆から問い詰められるのは間違いない。そうなる前にいち早く城を出るとの熊田恰の指示は適切だが、反面、今日まで共に過ごしてきた会津や桑名の者たちを裏切るようで後ろめたい。

とはいえ薩長が上方を押さえた後、次に目指すのは、今なお佐幕を貫く諸藩だ。そうなれば備中松山に敵の手が伸びるまで、さして猶予《ゆうよ》はあるまい。

「熊田さま、大砲は当然、国許に持ち帰ってよろしいのでしょうね」

耕蔵は思わずその場に跳ね立って、声を上げた。

今から約六百年前、当時の地頭・秋庭重信《あきばしげのぶ》が築城して以来、多くの戦国大名たちの所有に帰してきた備中松山城は、本来、切り立った臥牛山の上に本丸に二の丸、後曲輪までを備える山城だ。今は天守しか用いられていないとはいえ、山上はお城下を守るには絶好の場所。そこを用いて官軍と戦うならば、大小砲は大切な備えとなる。だが耕蔵の勢い込んだ問いに、恰はきっぱりと首を横に振った。

「今は一日も早く、国許に戻るのが肝要だ。大坂では今、間もなくここも戦になるとの噂が飛び交い、西国に逃げようとする者たちが後を絶たん。撫育方《ぶいくかた》が長年世話になっている土佐堀端《とさぼりばた》の商家に船の手配を頼んでいるが、今日中に全員が乗れる船が整えられるか分からんらしい」

残念ながら小銃はともかく、大砲および弾薬は諦めよとの言葉に、「得心できませぬ」と耕蔵は抗《あらが》った。

「わたしが江戸にて砲術を学んだのは、こういう日が来たった折、大小砲にて戦をするためでございました。それが肝心要《かなめ》の時に大砲を置いて退けとは、熊田さまはこの戦に徒手空拳にて臨めと仰せですか」

「そういう意味ではない。戦とはただ、人を殺《あや》め、武具や数で敵を圧するばかりのものではない。我らは今、国許より遠く隔たり、殿とも生き別れんとしている。ならば武具を備え、守りを堅くすることよりも、まずはやるべきことがあると申しているのだ」

恰の言葉は分からぬでもない。だが敗走同然の二条城からの撤退に加え、今また更に勝静と生き別れての帰国とは。まるで巨大な波がひたひたと押し寄せ、自分たちを深い海底に引きずり込もうとしているかのようだ。その恐怖に急かされ、「ですが」と更に声を荒らげようとした耕蔵の腕を、塩田虎尾が背後から強く摑んだ。

「お言葉ながら熊田さま、山田の申し状も一理あるかと存じます」

と潮風に磨かれたがらがら声で、耕蔵の言葉を遮った。

「大砲はさすがに無理でも、弾薬の類《たぐい》は藩兵全員で少しずつ分かち合えば、持ち帰れるのではありませんか。この先、薩長の奴らがどんな手を取るか分からぬ昨今、備えは決してあって困るものではありますまい」

これ以上の押し問答の暇はないと考えたのだろう。恰は舌打ちをすると、「分かった」と頤《おとがい》を引いた。

「ならば弾薬は小分けにして油紙で包み、全員に持たせろ。ただし、時がない。あと二刻ほどでこの城を出るゆえ、それまでにすべての支度を終わらせるのだ」

はッと応じて立ち上がり、耕蔵は虎尾とともに荷を置いている幕舎に戻った。短い歳月だったとはいえ、共に縄武館で学んだ間柄だ。耕蔵が手早く折りたたんだ油紙に、火薬壺からひと握りずつ火薬を移す虎尾の手つきは、まるで長年、砲術に携わっているかのように呼吸が合っていた。

「先ほどはすまん。助かった」

「まあ、無理もない話だ。気にするな。わたしだって、快風丸を置いて行けと言われたなら、相手が殿であろうが食ってかかっただろうからな」

虎尾がにっと笑うのに、「そういえば、その快風丸はどうなっているのだ」と耕蔵ははっと顔を上げた。確か先に聞いた話では、あの船は現在、大坂で修繕を受けているのではなかったか。

「ああ、大丈夫だ。殿や慶喜さまたちとともに京を退くことになった折、念のために船子たちを先に走らせ、品川に快風丸を回すよう命じておいた。まだ修繕の仕上げが終わっていなかったせいで、船大工はぶつぶつ言っていたらしいがな」

もうそろそろ、あちらにたどりついた頃だろう、と虎尾は東の方角に目をやった。

亜米利加から船を購入すると決まった折、川田竹次郎はいざとなれば軍船としても用いることができる、と藩内要職に熱弁を振るった。とはいえ実のところ、快風丸は多くの船荷が積める商船として改装されているため、実戦に臨むにはそれ相当の整備を加えねばならない。虎尾がいち早く快風丸を品川に送ったのは、上方の戦から船を守るとともに、やがて来るかもしれぬ戦の支度を整えさせるために違いなかった。

「相変わらず、妙なところに目端が利くな」

「ふん。本当に目端が利くなら、お家がかようなことに巻き込まれぬよう、殿に進言申し上げていたさ。まあ、今さらこんなことを言ったとて、どうにもならんが」

小分けにし終えた火薬と弾薬を耕蔵たちが全員に配り終えるのを待って、恰は藩士を率いて大坂城大手門から城外に出た。なにせ百五十名もの一行だ。門番たちはさぞ不審を抱くだろうと耕蔵は案じた。だがそろって武具に身を固めたその姿に、彼らはむしろ城から枚方目指して打って出る一隊と勘違いをしたらしい。

「皆々さま、どうぞご武運を」

「勝ち戦をご祈念申し上げております」

と口々に叫ぶ姿に、耕蔵は我知らず俯きそうになる顔を懸命に仰向けた。

自分たちは決して、逃げるわけではない。幕府は滅び、この国の政は大きく形を変じんとしている。薩長が王政復古の大号令を帝に発させた際、方谷は天皇を尊ぶとともに、日本の民を安んじることを考え、ただ天下を平けくすることのみに心を尽くすべきだと勝静に献策した。だが少なくとも天下安寧《あんねい》という一事のみに目を据えれば、時局は方谷が願った方向とはまったく逆に動かんとしている。

もしかしたら薩長は幕府を完膚《かんぷ》なきまでに打ち滅ぼすためであれば、戦乱をも厭《いと》わぬ覚悟なのかもしれない。しかしそうだとすれば、誰にも増して苦しむのは諸国にあまねく民たちだ。

（ならばせめて備中松山ご領内だけでも、我らの手で守らねばならん）

江戸八百八町ならぬ、八百八橋の異名を持つ大坂は、堂島川や土佐堀川を始め、無数の水路が東西南北に走る水都だ。普段ならば掘割に沿って建ち並ぶ商家や蔵屋敷では、昼夜を問わず無数の小船が荷の積み上げに励み、勢いのよい船場《せんば》言葉（大坂の商人言葉）がそこここで鼓の音色の如くぽんぽんと飛び交っている。

だが今、小雨の降り始めた往来には行き交う人の姿こそあるものの、彼らはいずれも伏目がちに足を急がせ、互いに言葉を交わす者は誰一人としていない。山ほどの荷を積んだ大八車が、腹の底に響く音を立てて駆け過ぎてゆく。一方で目の前の小橋をくぐり行く渡しの剣先船《けんさきぶね》は、艫《とも》にまでぎっしりと人を乗せながらも、何かに怯えたかのように提灯《ちょうちん》一つ付けておらず、重い櫓音だけが真っ暗な掘割に響き渡っていた。

そんな大坂の町を百五十人もの藩士が一団となって移動しては、人目に付く。熊田恰は大手門を出るなり、藩士たちを数人ごとに分かれさせ、みな異なった道を用いて、土佐堀端の荒新《あらしん》こと荒物屋新助《しんすけ》の店を目指すよう命じた。耕蔵は虎尾とうなずきあい、二人で遠回りをして荒新を目指したが、深更《しんこう》近くになってたどりついた店の三和土《たたき》には、思いがけぬ人物が旅装のぶっさき羽織の裾からぽたぽたと滴をしたたらせながら腰を下ろしていた。

「なんと、川田さま。いつの間に江戸からお下りになったのですか」

「つい、一刻ほど前だ。上方の情勢を聞くに、いてもたってもおられず、たまたま大坂に下る商船があったゆえ、無理を申して乗せてもらってきた」

耕蔵の驚きの声にぶっきらぼうに応じた川田竹次郎は、現在、藩内の監察に当たる目付役として江戸詰めを命じられているはずである。

大坂の掘割に、巨大な船は入れない。このため廻船を始めとする船はみな、大坂の西に位置する九条に一旦停船し、荷物や乗客を小舟に移すのが定めだ。刻々と西風が強くなっている最中だけに、ここまでの道中、散々、川の飛沫《しぶき》を浴びたらしい。ただ顎先からも水滴を落としつつ、川田の四角い顔は酒でも飲んだかの如く真っ赤だった。

「熊田さまより先ほど、事の次第はうかがった。一足違いで殿と行き違ったのは残念だが、こうなれば上方に留まってもしかたがない。わしもおぬしらと共に国許に戻らせてもらいたいが、今宵はとにかく波が高い。無理をして船を出せば、川尻に下るより先にみなで水底に沈んでしまうかもしれんぞ」

耕蔵たちより先に荒新にたどりついた藩兵の中には、すでに用意の船に乗り込み、土佐堀川を下ろうとした者もいるという。だが彼らは等しく激しい西風に吹き戻され、全身濡《ぬ》れ鼠《ねずみ》となって店に戻ってきた、と川田が早口に語った時、これまた陣羽織の裾から水をしたたらせた恰が、忙《せわ》しい足取りで店の奥から出てきた。耕蔵たちのやりとりを聞いていたらしい。「やっと着いたか。

遅かったな」と呟いてから、とはいえ、と言葉を続けた。

「西国街道にはすでに薩長の軍勢が陣を張りつつあるとの噂だ。殿の仰せを守り、一兵たりとも損なわずに国許に戻るには、船を用いるしか手はあるまい」

だが川田の言葉通り、結局この夜も次の日も西風は止む気配がなく、ようやく一行が船で大坂を離れられたのは九日も明け方になってからとなった。

元締である神戸謙二郎などは、思いがけぬ足止めの中で頭が冷えたのだろう。いよいよ風が収まり、これならば船出が出来ると思われた頃になって、突如、「それがしはやはり大坂に残ります」と言い出し、恰たちを驚かせた。

「この二日、大坂の様子を見た限りでは、この地の商人衆は財物を他所に避難させはするものの、店と大坂の地までを捨てるつもりはなさそうです」

そもそも備中松山藩が「貧乏板倉」の誹りを免れられたのは、大坂の銀主の助力あればこそ。そんな彼らにいまだ返済を続けている最中、藩士が全て上方を引き払っては、「山田方谷さまがかつて、恥を忍んで守られた大信を裏切ることになりましょう」と神戸は白いものの目立つ眉に力を込めた。

「それに薩長および朝廷が今後、どのような策を巡らすかを知るにも、誰かが上方に留まるべきかと存じます。そのお役目、どうぞそれがしに」

「確かにそれはおぬしの申す通りだが、しかしさすがに危うくないか」

恰の案じ顔に、「なあに、さすがの薩長も今はご公儀を相手にするのに精いっぱいで、それがしのような藩士一人一人に目を配る暇はありますまい」と神戸謙二郎は笑った。

「それに大坂の商人は信義を守る者たちです。ましてや山田さまが貫かれた大信をよくよく知る彼らは、仮に薩長が大坂に攻め込んできたとて、我らをたやすく裏切る真似はいたしますまい」

かつて方谷は実高二万石に満たぬ小藩でありながら、十万両もの借財を拵えた備中松山藩の愚かさを自ら大坂の銀主たちに告げ、彼らの信頼を獲得した。

人は往々にして、他者に対する信義よりも、自らの名声を守ることに汲々とする。それだけに藩の恥部をさらけ出し、偽りの信義ではなく、その果てにある大信を守った方谷の行いを思えばこそなお、ここで全員が大坂を離れるわけにはいかない、と語ってから、「それに」と神戸は付け加えた。

「辻七郎左衛門さまを始め、大坂城を出て以来、まだ荒新にたどりつかぬお方も数名おいでです。あの方々を置いて行くわけにも参りますまい」

「他はともかく、辻さまは殿の後を追ったのかもしれんがな。とはいえ、大坂の銀主と京の情勢に関しては、確かにおぬしの申す通りだ。すまぬが、ここはおぬしに任せる。決して無理をするではないぞ」

大信、と耕蔵は唇だけで呟いた。思えば養父である方谷は常に、目に見える分かりやすい結果ではなく、それを支える人の魂を重んじ続けた。借財返済・産業振興といった藩政改革は、すべてその結果に過ぎない。そして今、この動乱の最中にあってもなお、神戸が方谷の貫いた大信を守ろうとするのならば、方谷の信義は彼一人のものではなく、世々不変に人々の間に留まり続ける理なのではないか。

大坂から備中松山の飛び地である玉島までは、通常、海路で五日。ただ、今回の船旅はなにせ帆を持たぬ剣先船に分乗し、不慣れな櫓を交代で操る旅だ。しかも軍船と思しき大船を見かければ、敵船やもと用心し、島影に散開して難を避けるという困難な道程となった。

薩長はすでに、徳川慶喜や板倉勝静たちの東帰を察知し、備中松山領内にも監視の目を注いでいよう。ならばここで藩港である玉島に直接船を着けては、要らぬ諍いを呼びかねない。そう判断した恰は、玉島から東に約三里（約十二キロメートル）の日比村《ひびむら》のはずれに船団を入れさせた。

「ここから先はみな、徒歩で玉島に向かえ。言うまでもないが決して隊伍を組まず、数人連れを装って、三々五々、庄屋である柚木家《ゆのきけ》を目指すのだ」

柚木家は代々、玉島庄屋を仰せつけられると共に、板倉家家中吟味役《ぎんみやく》として百石の禄を食んでいる。屋敷も広く、身を寄せる先としては何よりだった。

大坂城を離れるまでは、辻七郎左衛門が国許へ頻繁に文を送っていた。ゆえに鳥羽・伏見の戦とそれに続く徳川慶喜・板倉勝静たちの東帰も、すでに御根小屋は承知していよう。だが一方で備中松山からの音信は、昨年末にもたらされた方谷の献策以来途絶えている。この混乱に藩論はどう傾いているのか、隣接する庭瀬《にわせ》や浅尾といった諸藩の情勢はどうか。在京藩士たちの帰国を藩庁に知らせると共に、国許の状況を把握せねばなるまいと考えたのだろう。熊田恰は密かに耕蔵を呼ぶと、「おぬしは玉島ではなく、このままお城下に向かえ」と命じた。

「国家老の大石さまにとって、山田さまは師。すでに西方村より山田さまをお招きし、この難局を乗り切るための協議を重ねていらっしゃるだろう。ならば我らは今後、その藩論にもっとも合致するように身を処さねばならん」

日比村までの道中、岡山沿岸には至るところに警固の兵が立ち、岸に寄り来る船があれば、厳しい尋問を加えているように見えた。

現在の岡山藩主・池田備前守《いけだびぜんのかみ》（茂政《もちまさ》）は、水戸藩主・徳川斉昭の息子として生まれ、池田家に養子に入った人物。徳川慶喜の異母弟に当たるが、実父の影響から藩論を尊皇攘夷に傾け、長州とも誼《よしみ》を通じた男である。

もし薩長が備中松山を討とうとすれば、長州から直接兵を動かすか、岡山に征討を命じるかのどちらかだろう。前者ならばいささか余裕があるが、仮に後者だとすれば、もはや一刻たりとも無駄にするわけにはいかなかった。

「承知しました。お城下の様子や熊田さまのお家もうかがってきます」

耕蔵がそう告げたのは、千歳と呼ばれていた少女を筆頭に多くの子を抱えた恰の妻女が、不安な日々を送っていようと思ったためだ。だが恰は大きな唇を結び、「勝手な真似はするな」とそれを叱った。

「我が家を気遣う暇があれば、おぬしこそ家に立ち寄ってやれ。もっともどちらの屋敷も共に、薩長めの監視がついているやもしれんがな」

早苗はどうせ自分の身など案じておるまいが、今は反論している場合ではない。早速、間道を選んでお城下へとたどり着けば、ほうぼうの辻には木柵が組まれ、槍《やり》を手にした藩兵が険しい目を四囲に配っている。お城下を立ち退こうというのだろう。あるいは大八車に荷を山積し、あるいは背に風呂敷包みを背負った町人たちの列が、北へ南へと続々と続いていた。

すでに日は西に大きく傾き、松山川（高梁川）の川面を茜色《あかねいろ》に輝かせている。だが吹き付ける北風が刻々と凍《い》てを増すにもかかわらず、お城下を去る人の列は途切れることなく続き、玉島へと下る高瀬船の船着き場にも十重二十重の人垣が生じている。

なにせ大坂を退いてから、すでに七日。交代で櫓を漕ぎ、海風にさらされながらかろうじて仮眠を取る航海だったため、胴丸陣羽織の類は脱いできたものの、耕蔵の全身は潮垂れている。だが道を急ぐ人々はそんな耕蔵の姿に目を配る暇もないらしく、時には足弱な女子供を押しのけるようにして小走りに駆けていく者すらいる。

備中松山は静かなお城下だ。人々の気性は深い山に抱かれた地形そのままに穏やかで、祭礼の日であろうともこれほどにお城下が騒がしくなることはない。

そのただならぬ気配に、耕蔵の背に一瞬にして小さな粟粒《あわつぶ》が浮いた。紺屋川《こうやがわ》にかかる橋をいっさんに渡り、武家町のとば口である美濃部坂を駆け上がれば、辺りは町人町の騒がしさが嘘のように静まり返っている。いずれの屋敷もまだ夕刻にもかかわらず固く門を閉ざし、人気《ひとけ》のない小路に長く伸びた影が、界隈《かいわい》の静寂を際立たせていた。

物心ついて以来、こんな光景は見た事がない。人の死に絶えたような往来をひた走り、耕蔵は御前丁の自邸へと向かった。これまたしんと閉ざされたままの門を拳で叩き立て、「開けろッ。わたしだ。耕蔵だッ」と叫ぶ。薩長の密偵に見られているやもという配慮は、すでに脳裏から吹きとんでいた。

「このお城下の様はどういうことだ。おらぬのか、早苗ッ」

門の内側に軽い足音が立ち、ぎぎ、という音とともに板扉が片方だけ開かれた。だがぐいと顔を突き出したのは、意外なことに妻の早苗ではなかった。

「養父上――」

方谷は色の悪い顔を一つうなずかせ、早く入れとばかり顎をしゃくった。早苗は、と問うた耕蔵に、「熊田家さまにお手伝いに行っておいでです」と方谷は普段と変わらぬ落ち着き払った口調で告げた。

「国家老たる大石隼雄さまが三島と奔走した結果、わが家中は明後日十八日、岡山藩に城地および武具一切を預け、藩士一同はひと握りの役向きを除いて、お城下を立ち退《の》くこととなりました。この家は見ての通り、家財道具とてろくにありません。されど熊田家さまは多くのお子がたを抱え、さぞご苦労なさっておいででしょうから」

手伝って差し上げろと命じたのは自分ですと続けた方谷に、「立ち退きとは」と耕蔵は声を荒らげた。

「それはいったいどういうことです。わが家中はすでに、薩長の奴ばらに膝を屈したということですか」

方谷はいつになく素早い動きで、門扉を閉ざした。眉を吊り上げた耕蔵を、瞬きもせずに見つめた。

「おぬしがここにいるとはつまり、京坂に遣わされていた藩兵たちが帰ってきたわけですね」

「はい。熊田さまを筆頭に約百五十名、一兵たりとも欠けるなとの殿のご下命に従い、玉島目指して帰りつきつつあります」

三十余万の石高を誇る岡山藩は、西国きっての雄藩だ。ただ耕蔵たちは寡兵とはいえ、みな小銃を携え、弾薬も油紙に包んで持ち帰った。家中に留まっていた藩士と合力すれば、ひと戦する余力は十分にあるはずだった。

「それにもかかわらず――しかも殿がご不在の最中に、勝手に城の明け渡しをお決めとは。大石さまも養父上も何を考えておいでなのです」

ますます声を高ぶらせる耕蔵に、方谷は無言だった。すでに立ち退きの支度は終わっているのか、母屋にはすでに雨戸が立てられている。先だっての冬に、大雪でも降ったのだろう。庭の木々はあちこち小枝が折れ、そうでなくとも花にはまだ早い早春のうら寂しさを、ますます際立たせていた。

「ご公儀と薩長のどちらに理があるか、養父上はよくご存じでいらっしゃいましょう。それなに一戦も交えぬまま奴らに膝を屈するとは、武門の名折れではございませぬか。このままでは板倉家家中は末代まで腰抜けよ、愚か者よとあざ笑われるのは目に見え――」

耕蔵、と方谷は鋭い口調で倅を遮った。方谷の養子となって、間もなく二十年。初めて聞いたと思われるほど、尖った声音だった。

「ご要職がたが何の屈託もなく、開城を決められたと思っているのですか。ご家中が亀山《かめやま》（三重県亀山市）からこの地にお入りになって、すでに百三十年。長らく備中松山の民と苦楽を共にしてきたお家が、喜んで国を捨てるような真似をするとでも思うているのですか」

方谷の双眸《そうぼう》に光るものが盛り上がった。あっという間に頬を伝い、顎先に滴るそれを拭《ぬぐ》いもせず、「大石さまは恐らく、無事に城地引き渡しが済めば、腹を召されるお覚悟でしょう」と方谷はまっすぐに耕蔵を見つめたまま続けた。

「いかに岡山藩が攻め寄せようとしているとはいえ、殿のご意志を承らぬままおめおめと城を明け渡すなぞ、武士にとっては不忠の極み。ですが一方で至誠を以て民を、国を守らんとすれば、誰もが傷つく戦を容易に始めることはできません」

至誠という語が、耕蔵の胸を鋭く貫いた。思えば方谷の学問と生き様は、常に他者に対して誠を尽くし、天下の万民を愛《いつく》しむことを追求していた。国家老たる大石隼雄は、牛麓舎の最初の弟子の一人。方谷の薫陶を強く受けてきた彼からすれば、国と民を守るために何をすべきかは自明の理。だが一方で備中松山藩を守るもののふとして考えれば、敵にたやすく膝を屈することには忸怩《じくじ》たる思いがあるはずだ。

わがご家中は――と、方谷はわななく顎を食いしばった。

「もののふの道でもなく、ご公儀でもなく、ただ人としての義を貫いて、城を開くのです。これは決して、敗北ではありません。わが藩の城地金穀一切をご家老さまたちから受け取ったその刹那《せつな》、世の敗者の汚名を着るのはむしろ、武力と非道で以て他者を虐げんとした官軍と岡山藩の側となるのです」

鳥羽・伏見の敗戦と徳川慶喜および板倉勝静たちの東帰が御根小屋に伝えられたのは、今から十日前の一月六日夜半だった、と方谷は語った。

思いがけぬ成り行きに藩内は大混乱に陥ったが、大石隼雄は今は慌てるなと藩士たちをなだめ、西方村から急いで方谷を招聘。翌朝から一昼夜にわたって行なわれた評議の結果、藩論は官軍に進んで城を開こうとする穏健派と、徹底抗戦を唱える主戦派、今は結論を出さずに情勢を探査すべきとする中庸派の三派に分かれたという。

穏当に政《まつりごと》を返上し、朝廷とともに新しい国のありかたを探るはずだった幕府と将軍がなぜこんなことになったのか。大石は近隣諸藩に藩士を遣わして情勢を探らせるとともに、今はとにかく結論を急がず、主家の存続を第一に図るべきだと藩内をまとめにかかった。

「ですが岡山藩に使いを送ってみれば、かの藩にはすでに京の朝廷より備中松山討伐の勅命が下っていると分かりました。征討総督にはご家老・伊木若狭《いきわかさ》さまが任じられ、軍兵の数は約八百名。しかも朝廷は同時に慶喜さまやわが殿の官位を剝奪し、叛逆人として追討を命じんとしているというのです」

「我らが殿が叛逆人ですと」

目の前の光景が大きく歪《ゆが》む。耕蔵は庭に茂る椿の枝をぐいと摑んだ。

かねて昵懇《じっこん》の岡山藩外交方がそれとなく漏らした限りでは、すでにかの藩は薩長と意を通じ、近隣の諸藩に追討軍に加われと促している。同様の動きは山陽の大国・広島藩にも見られ、仮に岡山藩との戦に勝っても、次なる敵が備中松山を囲むのは明白だった。

「世の道理がいずこにあるか、それは誰の目にもはっきりしています。ですが、ただただ道理を振りかざして戦を招けば、民は傷つき、国は衰えましょう。それでは我らまでが道理に背き、彼奴《きゃつ》らと同じ愚を犯すこととなるのです」

ああ、と、深い息が喉を突くのを、耕蔵は止められなかった。世の中を佐幕と倒幕の二つに割って考えれば、確かに自分たちは敗者たる佐幕派に属する。しかし国は、そしてこの世は、誰が権勢を極めようとも変わらずそこにあり続けるのだ。

高くそびえ立つ臥牛山、滔々と流れる豊かなる松山川、そして黄金色の穂を山間《やまあい》に輝かせる稲田とそれを耕す人々。気が遠くなるほどの古しえから続いてきた光景は、政とは関わりがない。幕府が滅び、家中の侍が残らずこの地を去っても——いや、百年後、二百年後、薩長が政の座を追われ、新たなる何者かがこの日本を統《す》べることになろうとも、この地は何一つ変わらぬ日々を送り続ける。

耕蔵はかつて、自分たちが時代の大河に翻弄《ほんろう》されていると感じた。だが、それは誤りだ。自分たちはただ世々不変に在り続ける国の上を吹き過ぎるひと時の風に過ぎない。そして真の勝者とは、国の重みを知り、己ではなく国のために生きられる者。世々不変なるこの地を守ることを、第一に考えられる者なのだ。

申し訳ありません、と耕蔵はうなだれた。

「わたしが愚かでございました。勝ち負けに執着し、国が誰のためにあるのかを見失っておりました」

「分かってくれればいいのです。かような動乱の最中にあっては、誰しも己が何を目指すべきかを見失いやすくなるものです。大石さまとわたしが懸命に説いて回りはしましたが、正直、藩内にはいまだ戦をと叫ぶ者も少なくありません。とにかく引き渡しの日まで、つつがなく終わってくれればいいのですが」

この時、方谷の名を呼ぶ野太い声が響いた。門扉がどんどんと激しく打たれ、「大石でござるッ」という名乗りがそれに続いた。

耕蔵があわてて閂《かんぬき》を引き抜けば、裃姿の大石隼雄が自ら栗毛の馬の轡《くつわ》を取って激しく息を喘《あえ》がせている。耕蔵の姿にもともと丸い目を瞠《みは》り、「おぬし、帰ってきたのか」と忙しく四囲をうかがった。

「では、熊田恰はどうした。おぬしらが鳥羽・伏見において、官軍相手にひと戦したとの噂《うわさ》は本当か」

「何を仰っているのです。我らは殿のご下命に堅く従い、一兵たりとも大坂城外には出ておりません」

すぐさま反論した耕蔵に、隼雄はこの数年で肉の増えた色白の顔を、「やはりか」とうなずかせた。

「慎重な熊田が共におって、そんな真似をするわけがないとは思っていたのだ。とはいえ池田備前守さまご家中の面々は、わが藩が上方にて官軍に歯向かったと信じ込んでいるらしい。先ほど岡山より届いた知らせにも、その旨が記されておった。ならば急ぎ三島に命じ、わが家中にかけられている疑いを解かせねばなるまいな」

「また岡山より使いが来ましたか。今度は何と」

方谷がずいと身を乗り出したのに、隼雄は思い出したとばかり忙しく頤《おとがい》を引いた。

「姫路《ひめじ》藩が本日朝、岡山方に城を明け渡したそうです。ただその際、いささか手向かう者がおり、近隣の山から大砲を打ち込んで脅しつけた挙句、やっと城門が開いたとか」

岡山藩の東に位置する播磨《はりま》国姫路藩は十五万石。現藩主たる酒井忠惇《さかいただとし》は徳川譜代大名・酒井家の嫡統にして、板倉勝静同様、老中の任にある人物だ。備中松山藩同様、早くから征討の対象となっていた姫路藩の抵抗に接し、岡山藩は本当に板倉家家中がおとなしく城を明け渡すか疑い始めたらしい。士分の者たちを一日も早く城下から立ち退かせるとともに、人質を差し出すよう求めてきた、と語る大石のこめかみには、太い血の筋が浮いていた。

「分かりました。それでは岡山にはわたしが参りましょう。年こそ食っておりますが、かつて元締兼吟味役のお役目にあったことを思えば、十分人質の任に耐えられましょうゆえ」

「お待ちください。先生を差し出すわけには」

隼雄があわてて、「すでに奥家老の金子外記《かねこげき》に因果を含め、長男を貸せと申しつけました」と方谷を制した。

「ですが金子どののご子息は確か、まだ有終館にも入れぬほどの弱年でしょう。かような幼子を異郷にやるのは忍びません。老残の身は、こういう時こそお役に立たねば」

「いいえ。先生にはこの後、お城下を立ち退く諸士の心の支えになっていただかねばなりません。

それに先生が人質となられては、やっと開城を得心した者たちが、腹立ちのあまり何を企てるか分かりません。とにかく今はつつがない城地引き渡しのために、念には念を入れねばなりますまい」

岡山領内にはすでに長州からの軍兵三千も到着し、備中松山藩の動向に目を凝らしている。ほんのわずかな行き違いでも起きれば、それをきっかけに戦――そして板倉家滅亡へとつながりかねぬとあって、大石隼雄の横顔は硬い。とにかく今は藩内を取り鎮めることが先決だ、と繰り返す彼に、耕蔵は目の前が暗くなる思いがした。

方谷も隼雄も、言葉には出さない。だが熊田恰を筆頭とする自分たち百五十名は、もっとも帰って来てはならぬ時期に国許に帰り着いてしまったのではあるまいか。隼雄は先ほど、恰に率いられた一隊が鳥羽・伏見の戦に加わったとの噂があると口にした。幾らこちらが違うと言い立てても、それが事実ではないと証《あか》しするのは難しい。いやむしろ、老中だった板倉勝静の藩兵が上方に居合わせ、戦に加わらなかったと考える方が妙なのだ。そして備中松山藩が主家を守るべく開城を決意した今、かような疑いがかけられている一隊が帰国したとなれば、岡山藩は備中松山藩の恭順をまたも疑うに違いない。

（なんということだ――）

こうなれば一刻も早く玉島に向かい、恰にこの旨を知らせねば。だが、知らせて一体どうなる。事ここに至っては、自分たちは燃え盛る焔《ほのお》の中に投げ入れられた火薬の樽《たる》も同然の存在というのに。

思わず足をよろめかせた耕蔵を、隼雄と方谷が振り返る。唇を小さくわななかせた耕蔵の姿に、二人はちらりと目を見交わした。

「わ――わたしたちは帰って来てはいけなかったのですね。我らがいま、玉島に留《とど》まれば、大石さまたちが講じられた和平は水泡に帰してしまうのですね」

「違うぞ、山田。それは断じて違う」

隼雄は大股《おおまた》に歩み寄り、後じさる耕蔵の肩を両手で摑んだ。

「我ら国許の者は、おぬしらが上方にていかに殿をお支え申し上げてきたのか、よく承知している。混乱の大坂を抜け出しての帰路は、さぞ困難を極めただろう。さりながら今は、その苦労を我らはねぎらってやれぬ。ただ、それだけの話だ。おぬしらは何も、思い煩《わずら》うことはない」

代々の国家老の家に生まれついた隼雄は、人を疑うことの少ない温和な男だ。それだけに咄嗟《とっさ》に口にした労《いた》わりに、決して嘘はないのだろう。だが耕蔵とてひとかどの武士だ。藩を挙げての服従を迫られている最中にあって、のこのこと帰り着いてしまった自分たちが岡山藩・備中松山藩双方にどんな諍いを呼ぶのか、理解できぬほど愚かではない。

「岡山方はまだ、おぬしらの帰着に気づいておらん。もっとも国境に兵士が配されつつあるゆえ、悟られるのも時間の問題なのは間違いない。それでもこの間に、打つ手を考えることはできよう」

熊田恰は冷静な男だ。今ごろは玉島の庄屋から主家を巡る情勢を聞き、自分たちが藩に及ぼしかねぬ危難に気づいていよう。とにかく待て、と隼雄は耕蔵の肩に置いた手に力を籠めた。

「それに今、おぬしがお城下に戻ってくれたおかげで、我らは上方におった藩兵は間違いなく官軍に弓引いておらんと——わが藩は決して大逆無道の輩ではないと、胸を張って答えられる。礼を言うぞ」

「何を仰います、大石さま。わが藩が大逆無道の行いなぞ、するわけがないではありませんか」

隼雄は何かを堪えるように双眸を瞬かせた。「確かにそうだがな」と応じてから、耕蔵の背を叩いた。

「いずれおぬしには、我らと玉島の熊田の間の文使いを頼まねばなるまい。その頃にはお城下は岡山の手勢に囲まれておろうゆえ、死を覚悟しての密使になるはずだ。今はそれまで、身体を休めておけ」

「あの……熊田さまのお屋敷にうかがってもよろしいですか。我らが鳥羽・伏見の戦に加わったなぞという噂が広まっているとなれば、ご妻女やお子がたはきっと、熊田さまの御身をさぞ案じておられましょう。仔細をお伝えすることは叶わずとも、せめてご無事であるとだけでもお伝えいたしとうございます」

峰どのか、と隼雄がためらったのは、恰の年寄役就任以来、藩内要職たちの妻女が峰に冷淡な態度を取っていると知るためだろう。だが隼雄はすぐに太い眉にきっと力を籠め、よしと一つうなずいた。

「そうだな。行って来い。熊田の子煩悩《こぼんのう》ぶりは、御根小屋でも知らぬ者がおらん。おぬしから留守宅の様々を聞けば、熊田もさぞ安堵しようからな。——ならば、わたしも途中まで共に参るか。

方谷先生、さればこれにてご無礼申し上げます」
草履《ぞうり》の踵《かかと》を少年のように揃え、隼雄は方谷に深々と頭を垂れた。門前に控えていた中間《ちゅうげん》に、「先に戻っておけ」と命じると、どういうわけか耕蔵をかたわらに並ばせ、小高下谷川《ここうげだにがわ》沿いの小道を下り始めた。

城下のすぐ背後に臥牛山がそびえる備中松山は、秋口から春の終わりまで毎日、厚い雲に頭上を覆われる。雲が去るのは、昼下がりのほんのひと時。しかも夕刻ともなれば、再び空は一面の鉛色へと色を変じる。早くも雲が増え始めた空をふと仰ぎ、「山田、おぬしに話しておかねばならぬことがある」と隼雄は暗い声を落とした。

「方谷先生のことだ。玉島に戻るまで、おぬし、なるべく先生のお側にいてくれ。先生はこの一件が落ち着けば、お腹を召される覚悟やもしれん」

なにせ他ならぬ方谷から、大石隼雄はいずれ切腹するかもと告げられたばかりだ。は、と思わず声を漏らした耕蔵に、「つい昨日の話だ」と隼雄は坂道の果てに目を据えながら続けた。

「討伐軍が松山に迫ると分かり、わたしは年寄役の井上とともに嘆願書を携え、西郡村《にしごおりむら》（岡山県総社市）に据えられた敵の軍陣に出向いた。だが先方の態度は頑《かたく》なで、我らには知らぬ顔を決め込んだまま、ひたすら松山目指して軍を進めよってな。国境も間近な美袋村《みなぎむら》で、やっと岡山藩参謀の河合源太夫《かわいげんだゆう》どのと対面することが叶ったものの、板倉家の寄越した嘆願書は生ぬるい。まこと帰順を誓うならば、嘆願内容はかように直せと文案を渡されたのだ」

周辺諸藩はすでに同文の嘆願書を差し出したといわれて案文を持ち帰り、隼雄や三島貞一郎、そして方谷は言葉を失った。松山藩領五万石および城地を残らず岡山藩に預け、謹《つつし》んで裁許を待つという処分を求めること自体は問題ない。ただその前提として、備中松山藩は藩主・板倉勝静が「大逆無道」を犯した――としたためられていたのだ。

「わたしは岡山藩憎さのあまり、全身から血が引くほどの怒りに襲われた。だがそれにも増して、方谷先生のご憤怒は凄まじくてな。大逆無道とはすなわち、世の正義はことごとく尽き果て、子が親を殺し、臣下が主君を殺すに等しい暴虐。殿の尊王の志は誰より厚く、天下と朝廷に刃を向けられた折は一度とてない、と身体を震わせて怒鳴られたのだ」

方谷の怒りはもっともだ。勝静が幕府老中として、どれだけ天下の安寧に心を砕いたのか、藩内に知らぬ者はいない。それにもかかわらずかような嘆願書を備中松山藩に提出させんとすると は、それ自身が家臣に藩主を裏切らせるも同様だった。

「これを差し出すより他、備中松山が救われる道がないのであれば、わたしは今ここで腹を切ります。岡山の藩兵とて、我らと同じ武士。死を以て諫めれば、自らの非道に気づくに違いありません――と、方谷先生は涙ながらに仰られてな」

隼雄にとって、方谷は師、勝静は主君。二人の命と名誉を守るは己だけだと覚悟した彼は、美袋に取って返し、身命を賭《と》す勢いで河合に譲歩を迫った。

「結果、大逆無道の四文字は軽挙妄動と改めることで得心いただけたのだが、それにしても気にかかるのは先生が腹を召すと仰せられた件だ」

隼雄は追討軍が譲歩した理由までは口にしなかった。だが国家老としては、少々直情にすぎる彼のことだ。恐らく方谷の覚悟を告げるとともに、どうしてもあの四文字が削れぬのなら、自らもここで腹かっさばく覚悟と詰め寄ったのに違いない。

累代の家老の家柄に生まれついた隼雄が、お家の大事に際して切腹を覚悟するのは分かる。しかし幾ら藩の要職を歴任したとはいえ、方谷は元は商人の出。そんな養父までもが自らの士道を貫かんとしたと告げられ、耕蔵は言葉を失った。

「これはわたしの勝手な推測だが、先生は死に場所を探していらっしゃるのかもしれん」

方谷が藩の要職となって、約二十年。その間、板倉家の――ひいては天下万民のために捧《ささ》げてきた方谷の日々は今、時代の荒波によって踏みにじられんとしている。決してどこかで道を誤ったわけではない。だがこの国がもはや留めようのない戦の坩堝《るつぼ》に放り込まれた事実が、六十四歳の春を迎えた方谷をどれほど打ちのめしているかは想像に難くなかった。

「考えすぎなら、それでいい。あとでわたしがお叱りを受ければ済む話だ。ただご家中が今後どんな苦難に直面するか分からぬ最中、我らは先生を失うわけにいかん」

それは隼雄とて同様だろう、と耕蔵は思った。だが隼雄の覚悟がどこにあるか分からぬ今、一介の藩士に過ぎぬ耕蔵が差し出がましい口を叩けはしない。

小高下谷川ぞいに植えられた柳の枝には、まだ芽吹きの気配すらうかがえない。寒々しく枝が揺れる川辺を下り、惣門へと至る橋を渡れば、藩内要職たちの屋敷が建ち並ぶ本丁は他の武家町同様の静けさに包まれている。野良犬が一匹、白々とした春陽の遊ぶ往来をよぎろうとして、あまりの人気のなさに戸惑った様子で耕蔵たちを仰いだ。

明後日の城地引き渡しに備え、為さねばならぬ支度が山積みなのだろう。「峰どのによろしくな」と言付《ことづ》け、御根小屋に続く御殿坂を一歩一歩踏みしめるように登る隼雄の背は、板を差し込んだかのように真っすぐであった。

藩士たちの屋敷は今、どこもかしこも、お城下を退く支度に奔走しているはずだ。ただこの先の不安と恐怖が人々の身をすくませ、声を奪い、この不気味な静けさをもたらしているのに違いない。

固く閉め切られている熊田家の門を、耕蔵は拳で叩き立てた。先ほどと同じく姓名を名乗ってからわずかに声を潜め、「お年寄役さまはご無事でございます」と付け加えた、その途端だった。

「本当に？　本当に父上はご無事なのですか」

門の脇のくぐり戸ががばと開き、いつぞや恰の見送りに来ていた少女が足袋はだしのまま飛び出してきた。これ、千歳、という邸内からの制止にはお構いなしに耕蔵の袖を摑み、「それで今、父上はどこにいらっしゃるのです」と大きな眸《ひとみ》を見る見る潤ませた。

「どうしてお城下がこんなことになっているのに、父上はお帰りくださらないんですか。あたくしたちも母上も、これほど首を長くしてお戻りをお待ちしているのに」

「千歳ッ、おやめなさい」

襷で両袖をたくし上げた峰が下駄を鳴らして駆け出すなり、うわっと両手で顔を覆った千歳の腕を摑んだ。娘の口を塞ぐようにして無理やり屋敷の中に押しやり、後ろ手にくぐり戸を閉ざした。

「あなたさまは確か、山田の早苗さまの」

と、耕蔵を振り仰ぐ峰の顔は、紙の如く白かった。

「さよう。大小砲隊をお預かりしております、山田耕蔵でございます。長らく殿のお供として上方におりましたが、このたび熊田恰さまのご差配のもと、同じく上方詰めの相役百五十名とともに玉島まで戻りましてございます」

それは、と言いさして、峰は言葉を飲み込んだ。胸の前で握り合わせた両手にぐいと力を込め、わななく目を伏せる。やがて覚悟を決めたように、「まずはご無事のご帰着、おめでとうございます」と続ける声の震えに、耕蔵は胸の中でああと呻《うめ》いた。

この妻女は気づいてしまったのだ。備中松山開城が間近に迫った今、恰率いる一隊の帰国が、お家にとって決して歓迎できぬものであることを。

どう応じるべきかとたじろいだ耕蔵に、峰は薄い唇の両端を笑みの形に吊り上げた。だがその癖、「熊田にお伝えいただけましょうか」と続けた声は、表情とは裏腹にくぐもっていた。

「熊田の家の者は、わたくしも子どもたちもみな息災にしております。千歳はずいぶん、裁縫が上手になりました。金太郎は先月藩道場にて、師範代さまより足さばきがいいと褒められたそうでございます」

次男の春治《はるじ》は、じきに有終館への入学が許される、三男の徳三郎《とくさぶろう》は伝い歩きが出来るようになった――三男四女の近況を語る峰の眸に、光るものが揺れた。だが峰は懸命に目をしばたたき、こぼれ落ちそうな涙を堪えた。

「御根小屋よりのご下命ゆえ、お屋敷は退かねばなりません。ですがわたくしどもはいつまでもいつまでも、旦那さまのお帰りをお待ちしております。どうかご心配なさいませんよう、とお伝えください」

峰はいま自分に、夫への別辞を託さんとしている。そう察した瞬間、耕蔵の膝は小さく震えた。備中松山藩が恰一行の帰着を許せば、岡山藩はそれを叛意の表れと受け止めかねない。何よりもお家を守らんとするのであれば、一隊をそのまま藩外に放逐するか、もしくはすべての武具を没収の上、討伐軍のもとに出頭させるか、それとも——。

（熊田さまを始めとする隊の重鎮に腹を切らせ、備中松山藩の赤心の証と為すか、だ）

これが他藩の話なら、耕蔵とて何のためらいもなく、帰着した一隊の血を以てお家を救うべきと考えただろう。だが恰が——自分たちが上方において、恥じるべき行いなぞ何らしていないと分かっていればこそ、そんな非道を断じて認めることはできない。そしてその思いは、方谷や大石隼雄といった要職たちとて同様のはずだ。

「お……お預かりいたしかねます」

耕蔵は半歩後じさった。今ここで峰から伝言を預かってしまえば、もっとも悲しむべき結末が自分たちの上に降りかかるのではないか。そんな恐怖が全身を鷲掴《わしづか》みにしていた。

「何もご心配はありません。熊田さまは間違いなく、皆さまのもとにお帰りになられます。千歳どのがご出立の折に渡されたあの歌短冊が、あの方をお守り下さるはずです」

違う。詭弁《きべん》だ。そう信じているのであれば、自分はなぜ、さして親しくもない峰をこうして訪れているのだ。

熊田恰は現在、備中松山藩年寄役。そんな彼率いる一隊が鳥羽・伏見の戦いに加わったと疑われている以上、その嫌疑を解くのは容易ではない。耕蔵自身、この先、玉島で何が起こるかを薄々勘付いていればこそ、今こうして熊田家の様子を見に来たのではないか。

峰の目尻から、ついに一筋、光るものが流れた。かそけき音を立てて地面を叩くそれを拭いもせず、「ええ、分かっておりますとも。わたくしも子どもたちもそう信じております」と峰は大きな眸《ひとみ》を揺らした。

「ですがだからこそ今、わたくしは山田さまに言付けをお願いせずにはいられぬのです。あの歌短冊に籠めた願いは、決して世々不変に変わらぬのだと。どうかあの短冊にある誠を決して忘れずにいて欲しいと、祈らずにはいられぬのです」

旦那さま、と小さな声が、不意に耕蔵の耳を打った。見回せば峰が閉ざしたはずのくぐり戸がわずかに開き、早苗が折れそうに細い首を傾《かし》げて、その隙間からこちらをうかがっている。

荷造りを手伝っていたのだろう。耕蔵の眼差しに埃まみれの手を胸の前で合わせてから、「わたくしからもお願いいたします」と深々と頭を垂れた。

「お峰さまはこの一年あまり、ずっとお年寄役さまのご無事だけを願っていらしたのです。それはきっとお年寄役さまとて同様でいらっしゃいます。そんな思いをお伝えする手段があるのに知らぬふりなど、あまりに情のないお仕打ちではありませんか」

早苗と夫婦となって、すでに三年。その間、早苗が耕蔵の行いを口に出して責めたことは一度とてない。万事控えめな妻の珍しい挙動に、強い当惑がこみ上げる。だが峰の前で言い争うわけにはいかぬとそれを飲み込み、「かしこまりました」と耕蔵はうなずいた。

「ではお言葉をお預かりだけはいたします。ですがそんな言付けなぞ不要になるに違いないと、それがしは信じておりますよ」

無理やり声を明るませた耕蔵に、峰は無言で低頭した。その拍子に顎先から滴った涙が、またほとりと地面を叩いた。


重い足を引きずって戻った屋敷では、庭に面した濡れ縁の雨戸が一枚だけ開けられ、方谷が珍しく縁側に胡坐をかいていた。しかも傍らにはいささか大きすぎる丸盆が置かれ、なみなみと酒の注《つ》がれた茶碗が一つ載っている。

山田家は奉公人が少なく、長らく、向かいの塩田家から借り受けている下女が、家内の切り盛りをしていた。だが城地明け渡しを前に、下女をすでに塩田家に戻したのだろう。大きさの合わぬ盆はどうやら、養父が自ら台所から引っ張り出してきた品らしかった。

「ご典医さまより、酒は止めるようにと言われておいでのはずでは。どこに隠しておられたのです」

「塩田家の女房どのに、一杯だけ分けてもらってきました。このお城下ともあと二日でおさらばとなるのです。別れの酒ぐらい、酌《く》ませてもらってもいいでしょう」

謹厳な養父がわざわざ隣家に酒を借りに行ったかと思うと、おかしさよりも哀しみがこみ上げてくる。しかたないですね、と呟《つぶや》いて、耕蔵は竈の火が落とされた台所に向かった。

ただ屋敷の水仕事に暗いのは、残念ながら耕蔵も同様である。下女が最後の務めとばかり念入りに掃除をしていったのだろう。埃一つなく拭《ふ》き清められた台所のほうぼうを探した挙句、やっと見つかった備前焼の湯呑を手に庭に回る。方谷が今しも唇をつけんとしている湯呑から中身を半分移し、「ならばここは二人で、お城下への別れの宴としましょう」と、雨戸をもう一枚、開けにかかった。

まだ夕暮れには間があるが、すでに臥牛山の稜線からは気の早い春の月が、水に潤んだような輪郭を覗かせつつある。鶯《うぐいす》が一羽、庭の隅で早春にしてはひどく巧者な囀《さえず》りを上げた。

耕蔵が方谷の養子となって長いが、思えばこの養父と酒を酌み交わすのはこれが初めてだ。なにせ方谷は江戸・愛宕下《あたごした》にて病に倒れるまで、斗酒《としゅ》なお辞さぬ酒飲みだったが、耕蔵が元服を果たした頃はまだ藩の財政改革に多忙だった。しかもようやく元締職を辞した後はあっさり長瀬に居を移してしまい、父子の生活の場は分かれてしまった。

それに耕蔵が知る限り、書見や書き物の際を除けば、方谷の傍らには常に三島貞一郎を始めとする牛麓舎の弟子や藩の要職たちが詰めていた。それだけに隼雄からお側についていろと言われても、自分より一番弟子である彼の方がよほど方谷という人物に詳しいのではとも思われた。

近隣の家が夕餉の支度を始めたらしい。菜《さい》を煮る匂いが、微《かす》かに風に乗って漂ってきた。耕蔵は方谷とともに、その温かな香を肴《さかな》に、しばらくの間、無言で庭に目を向けながらそれぞれの酒を啜っていた。だがやがて腹の底に熾火《おきび》を抱いたような熱が満ち始めた頃、あの、と思い切って方谷に向き直った。

「どうか隠さずにお教えください。養父上は実のところ、我ら一隊をいかがすべきとお考えなのですか」

「考えていることは、当然あります。ですが今、安易にそれを口に出せば、予断を以て時節を図ることになります。明後日の城地引き渡しをつつがなく終えた後、征討軍側の動きを見て判断すべきでしょう」

方谷は耕蔵の顔を見ぬまま、太い息をついた。

「皆を一人残らず、それぞれの家に帰してやりたいとの思いは、もちろん藩内諸士の一致するところです。ですが残念ながら世の中には、人の願いでは動かせぬことも多々あります。もしかような仕儀にあいなった時には、我らは一人として目を背けず、等しく同じ覚悟を抱えてその後の日々を生きねばなりますまい」

「その後、ですか」

備中松山藩は今、家の存亡を決する橋を渡りつつある。だが方谷はそのはるか先に目を向けていると察し、耕蔵は鸚鵡返《おうむがえ》しに呟いた。

「さようです。慶応四年の春、この備中松山で何が起き、何が起きなかったのかを、我らは決して忘れず、今後を生きねばなりません。そして各々《おのおの》が確かに抱いた至誠を幾度も顧み続ければ、たとえ城を明け渡し、お城下を去ったとて、この地での日々は永劫のものとなります。もしかしたらその時こそ、我らは永遠にこの地を心中に守り得るのかもしれません」

方谷の言葉を完全に理解できたとは思えない。だが耕蔵は刹那、老父が長年身を捧げ続けてきた相手は、藩主たる板倉勝静その人でも備中松山藩でもなく、この地に生きるすべての人だったのだと気づいた。そして同時に方谷はこの藩を通じ、世に生きる万民すべてを慈しまんとしてきたのではあるまいかとも思われた。

幕府を完膚なきまでに叩き潰さんとする薩長を、耕蔵は憎む。今まさに備中松山の地を取り囲まんとしているという岡山藩も、同じ穴の狢《むじな》と映る。だがもしかしたら方谷には、そんな敵たちすらも、備中松山の民同様、慈しむべき者と見えているのではあるまいか。だとすれば世が二つに分かれ、一方が他方を貪欲に飲み込まんとするこの戦は、方谷にとってどれほど辛く、哀しいものであることか。

先生はもしかしたら、と漏らす隼雄の横顔が脳裏に明滅する。養父上、と耕蔵は上ずりかける声を必死に鎮めながら呼びかけた。

「この後の世がどうなるのか、養父上にはぜひともその目でご覧いただかねばなりませんな」

方谷にとって、それは死よりも辛い日々となるのかもしれない。だが藩主を失い、今また城と城下を失わんとするこの地のみなにとって、人を信じ、至誠を以て生きんとする方谷の姿は、闇夜に輝く一穂《いっすい》の灯よりも明るく、哀しみの淵を照らすはずだ。

そうだ、人はどんな時も生き続けねばならない。そして辛く哀しく――また同時に溢れるほどの希望に満ちたその事実を、目の前の養父は誰よりもよく知っている。生きてください、という言葉を耕蔵は飲み込んだ。代わりにすでに空《から》になった方谷の湯呑を盆に載せ、「酒を借りて来ます」と立ち上がった。

「先ほどお借りになったのは、養父上の酒。今度は私が自分の分を借りに行くのですから、向かいのご妻女も呆れはしても、断りはなさいますまい」

「わたしに飲ませたくないのではなかったのですか」

「今日ばかりはいいことにいたしましょう。わたしももう少し欲しい気分です」

方谷の色の悪い唇を、淡い笑みがふっとかすめる。それはありがたいですね、との呟きに、また鶯の囀りが重なった。

翌日に至ってもなお、武家町はしんと静まり続けた。ただそこには前日までの息を詰めるに似た緊張ではなく、残り一日となった備中松山の日々を無言で愛《め》でるかのような諦念が含まれていた。

山田家同様、内々の別れの宴を開いた家も多いと見え、日が傾き始めた頃には、微かな謡《うたい》や鼓の音色が風に乗って聞こえて来もした。だがそれも夜が更けるに従って少しずつ消え、やがて立待月《たちまちづき》が中天高く昇る頃、武家町には今度こそ完全な静寂が訪れた。

すでに備中松山と岡山の国境には討伐軍が陣を延べ、日の出とともに川筋本道《かわすじほんみち》・野山口《のやまぐち》の二カ所から城下に入る手筈らしい。道中の村々には触れが出され、庄屋や代官が総出で一行を迎えるとともに、城下南端の南町惣門にも目付役が応接に立つという。

「方谷先生、起きておいでですか」

町人はもはやほとんどが、親類縁者を頼ってお城下を離れた。このため今夜、人が寝起きしているのは武家町ばかり。そんな町筋の静寂を破って、大石隼雄がまたも山田家を訪ねてきたのは、月が西へ傾き始めた深更過ぎだった。いまだ御根小屋で残務に追われていたのか、いささか熨斗目のよれた裃姿だった。

「困ったことになりました。熊田恰たちの玉島帰着に、岡山方が勘付いた模様です。熊田がいましがた、お城下に忘れ物を取りに来た町人に文を託し、ついては早々のご指示をと求めてきました」

恰は恐らく、一向に城下から戻らぬ耕蔵にも焦《じ》れているのだろう。ただ往路とは異なり、国境に討伐軍が陣取った今、藩領からの脱出は容易ではない。それだけに耕蔵は明朝、城下を立ち退く藩士に混じって備中松山を離れ、玉島に向かう腹だった。だが隼雄に言わせれば、玉島のぐるりはすでに岡山の藩兵に囲まれ、人の出入りを厳しく見張っているという。

「万一、おぬしが捕らわれ、身元を知られてみろ。備中松山に山田方谷ありとの噂は、近隣諸藩に轟いている。その息子が玉島に出向こうとしているとは、やはり板倉家に叛意ありと疑われるかもしれん」

「では、どうしろと仰るのです。このまま熊田さまたちを放っておくのですか」

ひりひりと肌を焼くような緊張に満ちた京都の日々を、耕蔵は思い出していた。会津に桑名、新撰組。誰が戦端を開いても不思議ではなかったあの状況で、それでも幕府方が刃を納めていられたのは、薩長や朝廷の動きを辛うじて把握できていたからだ。

だがいま恰たちは、玉島という小さな港に押し込められ、外の様子はほとんど分からない。そんな緊迫した状況にあっては、ほんの些細《ささい》な遭遇が戦の引き金になりかねない。ましてや岡山藩が一行に気づいたとなれば、今は少しでも早く彼らに板倉家の状況を伝えるに如《し》くはなかった。

眉を吊り上げた耕蔵に、「馬鹿を言え」と隼雄は疲労にしゃがれた声で叱りつけた。

「ただ、とにかく今は時節が悪い。下手に動けば、せっかくの恭順すら踏みにじられかねんのだぞ」

藩主不在の今、自分たちが何より守るべきはお家だ。まずはつつがない開城を済ませ、恰たちについては後回しにするしかないと語る隼雄に、それまで無言だった方谷が、「ですが」と口を開いた。

「明朝、討伐軍総督に城地明け渡しの儀を行ったとしても、すぐに池田家さまが備中松山領すべてに目を行き届かせられるわけではありません。たとえば藩札は今後、どうするのか。江戸屋敷の支配は、撫育方の蔵に入っている荷は、といった雑事には、この先もわが藩の者が当たらねばなりますまい」

それらの処理にどれほどの日数がかかるか分からぬ以上、まずは少しでも早く恰たちにお城下の情勢を知らせるべきだと方谷に説かれ、隼雄はううむと唇を引き結んだ。

「確かに仰せの通りかもしれません。ですがどうやって国境を越えて使いを送りましょう」

「それはわたしが。町人に化けるなり、川を下る船の荷にもぐりこむなりすれば、敵を欺けるのでは」

だが身を乗り出した耕蔵とは裏腹に、隼雄の表情はすぐれなかった。

「夜陰に紛れて文を運んできた商人によれば、街道には裸木で関が組まれ、姓名住まいを問いただすのはもちろん、曳いてきた荷車の葛箱《つづら》まで検《あらた》められたそうだ。夫婦者や親子連れならまだしも、おぬし一人となれば詮議は更に厳しかろう。髷《まげ》を結い直し、身形《みなり》を改めるだけでは、心もとないかもしれん」

それは確かに、と腕をこまねいている間にも月は傾き、空の一角が少しずつ明るみ始めた。まだ春先にもかかわらず、珍しく今朝はお城下に雲が垂れ込めていないと見え、濃紺から藍色へと推移する空に薄い絹雲がたなびいているのが分かった。

「――夜が明けますな」

方谷が目だけを庭先に移して、ぽつりと呟いた。

「本日も長い一日になられましょう。さりとてもはや、ご自邸にて寛《くつろ》がれる暇はございますまい。ご家老さま、茶漬けでも召し上がって行かれませんか」

昨夜、塩田家の女房が届けてくれた飯と漬物が、まだ少々台所に残っている。だが方谷の勧めを、隼雄は「いいえ、結構です」と断って立ち上がった。

「大事を前に、腹に余計なものが在っては、気が削がれます。お気遣いのみ、ありがたく頂戴《ちょうだい》します」

方谷の眉間を瞬間、暗い影がよぎる。それではと低頭して立ち去る隼雄を見送ってから、方谷は低い声で耕蔵の名を呼んだ。

「今日は一日、大石さまのお供をしてくださ い。御根小屋では滅多なことを企まれますまいが、それでも念のため、決して目を離さぬように」

まさか、と目をしばたたいた耕蔵に、方谷はただ唇を引き結んで無言だった。

急いで身支度を整えて屋敷を出れば、往来は塵一つなく掃き清められ、辻には盛砂と水桶が置かれている。まだ暗い辻を南へと向かう麻裃姿の藩士らは、追討軍総督を御根小屋に導く役向《やくむき》たち、反対に北へと進む藩士は今日の引き渡しに連なる者たちに違いない。いずれも大小を腰に帯びておらず、そのせいかいささか落ち着かぬ足取りだった。

「これは山田どのではないか。方谷さまの代わりに御根小屋に上られるのか」

背後からの声に振り返れば、色白の三十がらみの武士が小脇の風呂敷包みを揺すり上げている。御根小屋にて書役を務める、国分衛蔵《こくぶえいぞう》なる藩士であった。

国分は藩内にはそれと知られた変わり者で、他人のことにほとんど頓着しない。藩内のあらゆる記録の執筆・管理役としては、それがかえって重宝がられ、藩内諸士はもちろん、方谷からの信頼も厚い人物だった。

「ちょうどよかった、国分どの。養父より頼まれ、御根小屋に上るところなのです。すみませんがしばし、書役詰所にお邪魔させていただけますか」

「はあ、それはよろしゅうございますよ。どうせ本日は文蔵《ふみぐら》の鍵を取りまとめ、ご家老さまにお渡しするだけでございますから」

耕蔵が上方詰めだったことぐらい、国分とて承知しているはずだ。それにもかかわらず、なぜここにと問わぬそっけなさが、今はありがたい。

多言は武士にとって、忌《い》むべき行い。だが実のところ藩内には、噂好きも数多い。御根小屋でそんな者たちに出会ったなら、彼らはなぜ耕蔵が帰国しているのかと取り沙汰し、場合によってはそれが岡山藩側の耳にも届くかもしれない。勝手知ったる御根小屋とはいえ、どこに居場所を定めようかと悩んでいただけに、ここで国分に出会えたのは僥倖《ぎょうこう》だった。

藩内の侍は身分の高下を問わず、開城の儀に連なれと命じられているのだろう。そこここの屋敷からは威儀を正した藩士が、続々と御根小屋に上っていく。そんな中で裃もつけず、あわてて抜き取った大小を片袖にくるんだ耕蔵の姿は目立つ。困惑に目をさまよわせていると、「お茶屋の門から御根小屋に入られては」と国分が小声で囁いてきた。

「あちらは昨日のうちに門番・作人《さくにん》も暇を与え、門の錠もかけておらぬはずです。では後ほど詰所にて」

あっさり言い放って、国分が身を翻《ひるがえ》す。耕蔵はその背に目礼し、人が増え始めた本丁から踵を返した。

お茶屋は御根小屋の庭園であるとともに、敷地の一角に作られた田畑を通じ、藩主・板倉勝静を百姓の暮しに触れさせる場でもある。二十年ほど前、その耕作を任されていた男が園内の芋や栗を用いて作った菓子が評判となり、遂に店を構えるに至って以来、お城下ではお茶屋の作人となると運が向くとの俗説があった。だが国分の言う通り、すでに人の去ったお茶屋はがらんと静まり返り、広い池に浮かぶ木の葉がその寂寥を際立たせている。

作人が暇を出される直前まで、丹精込めて世話をしていたのだろう。麦が青々と茂る畑を過ぎ、御根小屋に続く木戸をくぐる。城地引き渡しの場となる書院を避け、御根小屋の奥を経て書役詰所に向かおうとして、耕蔵はふと足を止めた。御根小屋から臥牛山山頂の御山城（備中松山城）へと至る登り口、白塀の一角に切られた勝手門のかたわらに小柄な老武士が疲れた面持ちでしゃがんでいたためだった。

（あれは確か、山城番頭の浦浜《うらはま》さま――）

痩身に小さな髷をいただいた浦浜四郎左衛門《しろうざえもん》は、もう四十年近くも山城番頭の任にある人物だ。無人の御山城を守る山城番頭は板倉家家中きっての閑職《かんしょく》で、出世とは無縁のままこの職に留まり続ける浦浜は、家中からは同じ武士というより、山城に暮らす古老同然に扱われていた。一日の大半を御山城に上がって過ごし、御根小屋には朝のほんのひと時すら姿を見せぬため、その面相をよく知らぬ若侍も珍しくない。

さすがにこのお家の大事に際しては、そんな浦浜ですら開城の儀に立ち会うと見える。古びた裃姿の浦浜に気取《けど》られぬよう、耕蔵は櫓《やぐら》の陰を走り抜けた。

たどりついた書役詰所に人影はなく、渡り廊下でつながれた文蔵の広縁に、薄い座布団が一枚、ぽつんと置かれている。傍らの松の木が大きく枝を張り出しているせいで、座ってみれば耕蔵の姿は文蔵と松の陰にすっぽりと隠れる。国分の計らいに内心、礼を述べながら、耕蔵は座布団に胡坐をかいた。

射し入り始めた朝日が、松葉を明るく光らせている。因幡の山の、との言葉が耕蔵の唇をふと突いた。

「まつとし聞かば、今かへり来む――」

恰と彼に従う百五十名は今、いつ郷里に帰れるかとの不安に苛《さいな》まれていよう。それにもかかわらず彼らの故郷たる備中松山は今、敵に引き渡され、藩士一同は家族もろともお城下を立ち退かんとしている。

人が帰らんと願うのは、そこに自分を待つ人や郷里があらばこそだ。ならばこの先、玉島の仲間はいったいどこを目指して帰ればいいのか。あるいは妻の、あるいは父母の居場所を探し当てて追いかけたとて、備中松山という国を失った後にあって、それは本当に自分の帰るべき国なのか。

頭上を覆う松枝越しに、耕蔵は御山城の天守を振り仰いだ。あの御城は藩主が国に戻らぬまま、今度は藩士たちにすら去られんとしている。自分たちが帰る場所を失うように、御城もお城下もまた帰って来る者たちを失うのだ。

熱いものが胸を塞ぎ、忙しく双眸をしばたたく。ここで涙なぞこぼしては、自分たちは本当に敗残の身となる。せめて備中松山の誇りを保つためにも、決して泣いてなるものかと奥歯を食いしばった、その時である。

書院の方角で、人の騒ぎ立てる声が起こった。日の方角から推すに、恐らく今は城地引き渡しの儀の真っただ中のはず。まさか、恭順になおも異を唱える衆が、刀を引き下げて踏み込みでもしたのか、と耕蔵は腰を浮かせた。まるでそれを待っていたかのように、複数の足音が書院から続く長廊に忙しく弾《はじ》けた。

「大石さま、どうかお気を平らかにッ」

「水だ、水を持ってこい。それにご典医さまを早く」

下手に動くこともならず、耕蔵は長廊の方角に耳を澄ませた。だが物音はそれきりしんと絶え、一刻近くも経った頃になって、ようやく国分衛蔵が文蔵に続く廊下を渡って来た。

「何やら騒ぎが起きたようでしたが」

という耕蔵の言葉に、男にしては柔らかそうな顎をあとうなずかせた。

「追討軍総督さまを書院に迎えての儀式の直後です。国家老の大石さまが総督さまに、板倉家に叛逆の意はないと繰り返し語られまして。果てはぼろぼろと涙をこぼし、総督どのの膝にすがりつかんばかりの勢いで、お家の再興を哀訴なさったのです」

大石さまが、と呟いた耕蔵に、「もののふは如何《いか》なる時も身を律し、決して取り乱すべきではない。私は幼少より、父母よりそう教わって参りました」と国分は続けた。

「されど国家老さまの身をよじっての哀訴嘆願に、私はつくづく真のもののふとは何かと考えさせられました。後の世の人はもしかしたら、武士にあるまじきお姿を嘲《あざけ》り、殿がご不在にもかかわらず開城を決めた弱腰と謗るやもしれません。ですが大石さまの人目を憚《はばか》らぬお姿に接した総督さまは、戦わずして国を人の手に譲り渡す無念さや、国におわさぬ殿への忠義を否応なしに悟られたでしょう」

もしかしたらそれは千人万人を投じた戦よりも強く、家中の忠義を世に知らしめたのでは、と声を落としながら、国分は小さく眼をしばたたいた。

「すでに総督の伊木さまは城地絵図と様々な目録、更に御山城および御根小屋各所の鍵を受け取り、国境の陣に引き上げられました。藩士一同もそれぞれの屋敷に戻り、これよりお城下を離れる手筈ですが、山田どのはいかがなさいますか。私は今よりすぐに、国家老さまのお屋敷にうかがわねばなりません」

書院から下がる隼雄の姿があまりに悄然《しょうぜん》としていたため、心配した家老の金子外記《かねこげき》から様子を見て来いと命じられた、と続けた国分に、「ならばわたしも」と耕蔵は跳ね立った。

「実は養父はすでに、大石さまはお腹を召される覚悟ではと案じているのです。ご同道させてください」

国分の表情にさっと影が落ちる。そのままどちらともなくうなずき合うと、ともにもつれ合うように書役詰所を飛び出した。

大門へと続く長屋前の広場は大勢の藩士たちで溢れ、誰もが春日に瓦屋根を光らせる御根小屋の殿舎を名残惜し気に振り返りながら、ゆっくりと歩を進めている。大河のうねりにも似たその人波からぽつりと外れ、御山城へと続く石段を登っていく小柄な人影が、耕蔵の視界をかすめた。だが今はそれを訝しむ暇もなく、人の少ない塀の脇をひた走り、そのまま御殿坂を駆け下る。人の眼につくやもという配慮はすでに失われ、代わりに耳の底では先ほど書院の方角から響いてきた喧騒が、まるで鐘の残響の如く鳴り続けていた。

大石家は、御殿坂から本丁を北に折れた先の辻に屋敷を構えている。武家町からの立ち退きが始まっているとあって、往来には旅姿の女子供や荷を積んだ大八車が忙しく行き交っている。そんな中にあって大きく門を開け放した邸宅はしんと静まり返り、玄関先で訪《おとな》いの声を投げても、応えはない。

「ご家老さまッ」

先に草履を脱ぎ捨てて屋敷に上がり込んだのは、国分だった。

なにせ相手は四百石取りの大身だ。さすがにそれは、と耕蔵は躊躇《ちゅうちょ》した。だが考えてみれば、そんな家にもかかわらず、なぜいま誰も自分たちの応接に立たぬのだ。

一瞬にして、背中に冷たいものが走る。草履を振り払うように脱いで国分の後を追い、耕蔵は手近な襖を片っぱしから開けた。

庭の奥に見える厩《うまや》に馬の気配はなく、すべての部屋は塵一つなく掃き清められている。その癖、調度の類《たぐい》はそのままなのが、かえって人気のない屋敷の静けさを際立たせていた。

「放せッ。武士の情けだ。放してくれッ」

聞き慣れた隼雄の声が奥の間の方角で弾け、「山田どのッ。手を貸してくだされッ」という国分の声が重なった。あわててそれと思しき一間に駆け付ければ、脇差を握りしめ、裃を払って座り込んだ大石隼雄が、その手を押さえんとする国分ともみ合っている。

耕蔵をはっと振り仰ぎ、隼雄はなおもしがみつく国分の腹を蹴飛《けと》ばした。だが国分はそれでも手を離さず、「殿がそれでお喜びになるとお思いですか」と喚き立てた。

「いずれ殿は必ず、我らの許にお帰り下さいます。その折にお国を預かる大石さまがおられずば、殿はさぞお悲しみになられましょう」

「その殿に顔向けできぬ真似を、わたしはしたのだ。どうか、その罪を詫びさせてくれ」

無理やり腹に脇差を突き立てようとするその手首を、耕蔵は「御免ッ」と叫んで、力任せに拳で打った。部屋の隅に転がっていった脇差に春の日が落ち、この場には不釣り合いなほど明るい輝きを放った。

隼雄は今朝、方谷に進められた朝餉を辞して山田家を去った。今にして思えばあの時から、隼雄はこの覚悟をしていたのだ。食べ物を断ったのは、胃の腑のものを人前にさらすことになる無様さを避けんとしてに違いない。

真っ赤に血走った隼雄の双眸に、見る見る光るものがこみ上げた。わたしは――という呻きが血の気のない唇から漏れた。

「わたしは死ぬことすら許されぬのか。君命なきまま、家臣が主君の城地を差し出すは、それこそ大逆無道の大罪。死を以てその罪を償うことすら叶わぬというのか」

けたたましい足音が廊下の果てに響いた。耕蔵たち同様、隼雄の挙動を案じて駆け付けてきたのだろう。三島貞一郎が大きな眼を見開き、「なんたる真似を」と太い声で喚いた。

「ご家老さまがここでお命を絶って、何が変わるのです。擲《なげう》っていただき役に立つお命であれば、お家のため、家中のためにありがたく頂戴いたしましょう。されどすでに城明け渡した今のご切腹は、所詮《しょせん》、ご家老さまお一人が納得せんがためのお計らいに過ぎませぬ。この忙しい最中、そんな言い訳がましいお腹のために、そなたさまを失うわけには参りませんぞッ」

「三島さま、それはあんまりといえばあんまりな」

珍しく狼狽する国分を、隼雄の激しい慟哭《どうこく》が遮った。うわあッと声を放って泣き伏す背中に溜息をつき、三島は国分を振り返った。

「ひとっ走り安正寺《あんしょうじ》まで駆けて、ご住職をお呼びして来い。確か本日十八日は、ご家老さまの父君たる源右衛門《げんえもん》さまの月命日だ。かような日に自ら腹かっさばく愚かしさを、菩提寺《ぼだいじ》の御坊から諄々《じゅんじゅん》と説いていただければ、少しお心も落ち着かれようて」

お城下では町人と武家は立ち退きを命じられたが、社寺仏閣はその限りではない。このため板倉家の菩提寺でもある安正寺にはすでに、藩校・有終館に祀《まつ》られていた孔子像や御根小屋に安置されていた歴代藩主代々の御霊を納めた霊廟《れいびょう》など、落ち着き先も分からぬ現状ではお城下から移しがたい品が預けられている。現在の安正寺の住持たる栄応《えいおう》は、齢《よわい》八十になりなんとする老僧。そんな彼の説諭に勝るものはあるまいと言われ、「かしこまりました。すぐに」と国分が立ち上がる。その足音が耳に入ったのか、隼雄が涙に濡れた顔をがばと上げた。

「されど、三島。おぬしも先ほど、総督どのを応接した者から耳打ちされただろう。追討軍は玉島の百五十名の帰順を疑い、熊田の首を差し出せと申している。城を明け渡したのみならず、上方にて殿をお守り申し上げたあ奴の命すら救えず、何が家老だ」

「それは、まことでございますか」

耕蔵はつい話に割り込んだ。すると隼雄は大きく肩を喘がせ、「熊田は恭順を旨とする藩論に従っている。応接方は先ほど、幾度もそう抗弁したのだ」と続けた。

「されど追討軍側は皆目譲らず、恭順が間違いないのであれば、藩士の首一つぐらい差し出せようとの一点張りだったらしい。熊田が難しければ、それに等しい立場の者でも構わぬとは申したらしいが」

誰を選んだとしても、藩士の命を召し上げる事実に変わりはない。とはいえ討伐軍側の要請に知らぬ顔を決め込み続け、万一、玉島を囲んだ岡山藩兵と恰の一隊が干戈《かんか》を交えることになれば、隼雄たちの忍従によって成った恭順は破れ、より多くの命が奪われる。

涙ながらに語る隼雄とは裏腹に、三島は太い腕を組み、無言で天井を仰ぎ続けていた。だがやがて、「文を」とぽつりと呟き、瞼の厚い目を閉じた。

「お城下を離れる誰ぞに託し、玉島に文を送りましょう。城地の受け渡しが滞りなく済んだことで、征討軍には気のゆるみが見られます。この隙を狙《ねら》って挙藩恭順の旨を知らせるとともに、岡山方が何を求めているかを包み隠さず明かすのです」

「熊田さまに腹を切れと命じられるのですか」

つい叫んだ耕蔵に注がれた三島の目は、玻璃《はり》をはめ込んだかの如く表情がない。溢れそうになるものを懸命に堪えているためだと、なぜか分かった。

「殿がここにおわさぬ今、誰も命じはできん。決めるのは熊田さまだ。我らはただ事実を伝えるのみだ」

「詭弁でございます。ただいまのお家の状況をお知りになれば、熊田さまは間違いなくご自身の腹一つで他の藩士を救わんとなさいます。それを承知で文を送るなぞ、お家が総がかりであの方の命を奪うも同然ではありませんか」

恰には帰りを待つ者たちがいる。父の無事を願って歌短冊をしたためた子どもらが、父の不在中に生まれ、まだ一度もその腕に抱かれていない赤子がいる。

世の中には、人の力ではままならぬ事柄が数多《あまた》ある。誰かの血を流さねば、お家の無事が守り通せぬことぐらい、耕蔵とて承知だ。しかしだからといって、知れ切った死を恰に平然と押し付けるのは、その帰りを待つ妻子たちの願いを踏みにじる行為だ。それであれば、と耕蔵は身を乗り出した。

「玉島にはやはり、わたしが参ります。自分の口でお城下の有様を伝え、文をお渡しします」

「すでに申しただろう。おぬしだけは玉島にやれん。密書をいかにして届けるかはこれから考えるとしても、それだけはおぬしに任せるわけにはいかん」

国分が安正寺の住持を伴ってきたのか、ただいま戻りました、という声が玄関の方角で弾けた。くゆり立つ抹香の匂いを鼻先に捉えた瞬間、「たとえば、安正寺のご住職のお供に身をやつすのはいかがです」と耕蔵は声を迸《ほとばし》らせていた。

「あのご住持はご高齢でいらっしゃいます。もし寺用でお城下を離れるとすれば、従僧がお供申し上げても不思議ではありますまい」

三島が眉を寄せた刹那、「拙僧のことでございますかな」と言って、開け放たれた襖の際に安正寺の住持が膝をついた。道中、国分からあらましを聞いたと見え、部屋の隅に放り出された脇差にちらりと目を走らせたものの、怖《お》じる気配は皆目示さなかった。

「ご家老さまとお話し致すべくまかり越したつもりですが。はて、何か他に御用がございましょうか」

色艶《いろつや》のよい頬をほころばせる老僧に、隼雄と三島は目を見交わした。一瞬の沈黙の後、肉の厚い手で顔を拭った隼雄が、「御坊」と住持に向き直った。

「せっかくお運びいただきながら、申し訳ありません。一つ、用を頼まれてはいただけませんか」

実はと玉島を巡る仔細を打ち明けた隼雄に、老僧はふむふむとうなずいた。すべての話を聞き終えてから耕蔵に目を向け、「玉島に出向くこと自体はたやすうございますよ」と答えた。

「玉島の津（港）にほど近い壽光寺《じゅこうじ》の住持とは、越前《えちぜん》（福井県）永平寺《えいへいじ》で共に修行をした間柄ですからな。騒然たるお城下の有様にたまりかね、一時期、かの寺に身を寄せると言えば、岡山の衆も怪しみはいたしますまい。とはいえ拙僧の供ともなれば、有髪のままというわけには参りませぬが」

「お家のためでございます。髷のひと束やふた束、惜しみはいたしません」

眦《まなじり》を決した耕蔵に、覚悟のほどを感じ取ったのだろう。住持は国分を再び寺に遣わし、法衣と袈裟《けさ》、それに笠をひと揃い運び込ませた。別間に退いて髷を払った耕蔵を縁側に呼び寄せるや、慣れた手つきであっという間にその髪を剃《そ》り上げた。

「これまで長らく有髪でいらした方は、急に禿頭《とくとう》になさっても、日焼けや毛穴の有様が月代《さかやき》とその周囲で異なります。ここは笠を取らずに済むことを、願うしかありませんなあ」

三島はその間に隣室を借り、真っ白な巻紙を前に胡坐をかいた。「ふむ。なかなか立派な御坊が出来上がりましたぞ」という住持の声に急かされたように書簡を書き上げるや、今度はそれを三寸ほどに裂いて、細い紙縒《こより》にひねる。耕蔵のために運ばれてきた笠の緒に紙縒を一本ずつ巻き付け、上から竈《かまど》の灰をはたいて、紙の白さが際立たぬ工夫を施した。

お城下の屋敷は上士下士を問わず召し上げられたが、幸い三島の邸宅は小高下谷川川上の向こう岸にあることから、城下武家屋敷の扱いを受けていない。このため今後のやりとりは三島の家を連絡先とすると決まり、耕蔵は住持とともに大石家を出た。一旦、安正寺に立ち寄って住持の支度を整え、小坊主を一人連れて寺を出る。

大きく西に傾き、松山川の川面を眩《まぶ》しいほどの茜色に輝かせていた陽は、三人が国境に至る直前に山の端《は》に落ちた。

「あまり道を急いでは、かえって怪しまれますぞ。ここはおとなしく宿を取りましょう」

住持は耕蔵の背を叩いて、沿道の小寺に宿を求めた。だが何も知らぬ寺僧から粥《かゆ》を与えられ、庫裏《くり》の一間に横たわっても、耕蔵の頭はしんと冴え、眠気は一向に訪れなかった。

翌朝さしかかった関所では、岡山藩の侍や足軽たちは武家や町人には厳しく詮議の目を向けていた。しかしながら耕蔵たち三人の僧形には、「通れ」と権高《けんだか》な声を投げたのみだった。

柏島《かしわじま》・乙島《おとしま》という二つの地域に挟まれた玉島の地は、江戸に幕府が置かれたばかりの頃は松山川の河口に広がる低湿地だった。かつて備中松山を領していた水谷《みずのや》氏が一帯を整備した際、二島の名残である高台の狭間の港と定められたのが玉島であり、北前船を始めとする商船が多く寄港するその賑わいは、時にお城下を凌《しの》ぐとすら称された。

だが今、波が常に穏やかなことから、甕港《おうこう》とも讃《たた》えられた玉島の家々はそろって固く門を閉ざし、港にも小船の一艘とて舫《もや》われていない。土地の者はもとより、玉島に常々立ち寄っている船の船主たちが、いつこの地が戦場となっても不思議ではないと考えていることは明らかだった。

念のため壽光寺に向かう住持と別れて玉島庄屋たる柚木家に赴けば、熊田恰や川田竹次郎を含めた十名ほどが待ちかねたとばかり飛び出してきた。耕蔵の僧形に一瞬申し合わせたように息を飲んだものの、そうでもせねば玉島に着けぬ情勢の厳しさに思い至ったのだろう。

「国許は――」

と、恰は低い声とともに、式台に膝をついた。

「御根小屋はどうなっている。実は今朝がた、岡山藩の使いと名乗る二人が軍勢を率いて来てな。上方より戻った理由は何か、国許から如何なる指示を受けているか等々、こちらが何を問うても答えぬまま、一方的に詰問を重ねて帰って行きよった」

「ご家老方ご協議の上、城地は昨日征討軍に明け渡されました。城下の衆は役向きの方々を除き、みな松山川の向こうに去るよう命じられてございます」

覚悟はしていたのだろう。そうか、と唇を動かさぬまま応じた恰に、耕蔵は笠の緒を解いた。

「国許からの文を預かって参りました。お手数ですがここにございます紙縒を解いて、お目通しを願います」

無言の恰に代わって、川田が笠を受け取る。わざと汚した紙縒を男にしては長い指で一本ずつ解き、「熊田さま」と恰を振り返った。

「近隣の神社や寺に分宿している皆に、知らせを送りましょう。文の内容はともかく、国許が我らを見捨てておらぬと分かるだけでも励みとなるはずです」

励みか、と恰は太い息をついた。

「すでに帰るべき地は奪われ、身よりの衆も散り散りに郷里を離れつつあるのだぞ。ただそれでも国許の衆が我らを気にかけてくれていると分かった途端、安堵を覚えたのも確かだ。誰かが我らを待ってくれている。そんな些細なことがこれほど心弾むものだと、この年になって初めて知るとはな」

「山田、とにかく上がれ」

恰たちの背後から耕蔵をそう促したのは、塩田虎尾《しおたとらお》だった。玄関脇の三畳間に寄り集まって、文を読み始めた恰と川田をよそに導かれた屋敷の奥は襖が取り払われ、二間がぶち抜きにされている。敷きっぱなしのままの十組ほどの布団が、彼らの心の乱れを物語っているかのようだった。

「腹は減っておらんか。柚木の家はとにかく我らを飢えさせてはならんと思っているのか、朝夕、申し訳ないほど飯を出してくれるのだ。茶漬けぐらいなら、すぐに拵えられようて」

茶漬け、と耕蔵がつい呟いたのは、御根小屋明け渡しの朝、方谷の勧めを断った隼雄の姿を思い出したからだ。だがそんなことを知らぬ虎尾は、「なんだ。茶漬けでは不足か。困ったな」と、頭を掻《か》いた。

「いや、そういうわけではない。熊田さまも日夜これまでと変わらず、飯を喰らっておいでなのか」

「ああ。あの方はお身体が大きいからな。いつも、四十路《よそじ》とは思えぬ健啖《けんたん》ぶりでいらっしゃる」

そうか、と話を切り上げながら、では恰は生きることを、そして妻子の許に帰ることを、決して諦めておらぬのだと耕蔵は思った。

自分たちの存在が備中松山藩のためにならぬぐらい、恰とて承知のはず。それにもかかわらず玉島を退かず、耕蔵の戻りや国許からの指示を待ち続けている彼の直向きさに、胸が詰まった。

「ではとにかく、飯をもらって来よう。その墨染衣以外に着るものはあるのか。わたしの着替えでよければ、貸してやれぬでも――」

荒々しい足音が、玄関の方角で轟いた。虎尾ともども首を突き出せば、顔を蒼白に変じた川田竹次郎が日の傾きかけた庭を呆然と見つめている。かと思えば三畳間の襖がからりと開き、恰が川田の名を呼びながら、敷居際に片手をついて身を乗り出した。

表情こそ常と変わらないが、謹厳実直な恰にしては珍しい挙措に、ああと耕蔵は胸の中で呻きを漏らした。三島がしたためた文の内容が、読まずとも手に取れる思いがした。

「川田、戻れ。聞きたいことがある」

恰の促しにもかかわらず、川田は刻々と茜色を増す西日を受けた庭に、凝然と目を注ぎ続けている。固く引き結ばれた唇は血の気を失い、あまりに力が籠っているためか、端が小さくわななていた。

「方谷先生のお側に長く学んだおぬしにしか問えぬのだ。いいから戻れ。それともおぬしはそれがしに武士としての面目を失わせたいのか」

「そういうわけでは――」

川田がぎこちなく首を転じる。雲を踏むに似た足取りで三畳間に戻った彼を追って、耕蔵は足音を殺して廊下に出た。その途端、「おい、待て」と言いながら、虎尾が背後から耕蔵の二の腕を摑んだ。

「まさか盗み聞きをするつもりか、おぬし」

違う。自分はただ、恰の覚悟を知らねばならぬだけだ。ただ、かく言う虎尾自身、耕蔵がもたらした文に何が書かれ、恰が何を思っているのか知りたくてたまらぬのだろう。腕を振り払った途端、日焼けした頰をむっと膨らませたものの、更に制止もせずに耕蔵の後をついてきた。

「――忌憚《きたん》なきところを教えろ。それがしがもっともお家の役に立てる時節は、いったいいつだ」

襖の隙間から漏れ聞こえる恰の口調は、常と変わらず落ち着いている。だがそれに対する川田の応えは、縁側に落ちた庭木の影が動くほど待っても返ってこなかった。

「どうした。おぬしの知才を以てすれば、それがしの命をいつ用いるべきか、すぐ分かるだろう」

「お……お許しください、熊田さま。わたしにはそのようなこと、申し上げられません」

「ここに至っては、我ら全員が無傷で郷《さと》に帰ることは叶わん。国許からの文がその覚悟を突きつけてきたのも、しかたがない話だ。ただそれであればせめてこの腹一つ、なるべく高値で岡山の衆に売りつけ、お家の末代までの安寧《あんねい》を図るしかなかろう」

ですが――と涙に上ずった川田の反論が、耕蔵の首元をかっと灼《や》いた。目の前の襖を思わず力いっぱい開け放てば、川田が腕組みをした恰の前に両手を突き、ぼたぼたと大粒の涙を畳に滴らせている。険しく眉根を寄せてこちらを振り返った恰に、「熊田さま、お逃げください」と耕蔵は叫んだ。

「熊田さまが去られたからといって、岡山藩の奴らもまさか我ら全員に切腹を仰せつける無道まではいたしますまい。後についてはどうぞお気遣いなく、何卒すぐに玉島からお去りください。お峰さまもお子がたもみな、熊田さまのお戻りをお待ちなのです」

叱責を受けようとの耕蔵の予想に反して、恰は無言だった。川田が涙で濡れた顔を拳で拭い、すがる眼差しを恰に注ぐ。それに勢いづき、「国許は大石さまがしかとお守りくださいましょう」と耕蔵が続けた傍らから、そう、そうです、と塩田虎尾が身を乗り出した。

「それにわが家中には方谷先生もおいでです。諸藩にまで名の知られたあの方であれば、いずれ必ず、誰もが死なずに済む方策をお考えくださいましょう。今はそれまで時を稼がれるべきではありませんか」

「方谷先生か」

真一文字に引き結ばれていた恰の唇から、呻きに似た声が滑り落ちた。はい、と口を揃えた耕蔵たちの鼻先を封じる如く、「ありがたい話だ。されど、それだけはできん」と恰は小さく首を横に振った。

「なぜでございます。もはやこの者たちの勧めに従う以外、お命の助かる道はありませぬぞ」

川田が相手を押し倒さんばかりの勢いで身を乗り出す。「それがしは武士だ」と、恰は揺らぎのない目でそれを見返した。

「武士とは、義のために生きねばならん。お家を守るため、そして何より板倉家中のために道理を貫かねば、それがしは私利私欲に生きる君側《くんそく》の奸《かん》も同然となってしまうではないか」

それがしはな、と恰はふと遠くを見る目となった。

「自らの愚かさから、かつて決して犯してはならぬ大罪に手を染めそうになった折がある。だがそのおかげで、人の世には決して砕いてはならぬ誠があると学び得た。人は自らのためではなく、人の、国の、世のために生きねばならん。今、それがしの命で家中を救えるのならば、なんぞ死を惜しむものか」

「お峰さまは、お子がたはどうなるのです。あの方々は今このときも、熊田さまのお帰りを待っておいでなのですよ」

耕蔵の絶叫に、膝上に置かれていた恰の拳の節が、強い力を注がれたと見えて白んだ。押し殺した息を静かに吐き、「無論、あ奴らが愛おしくないわけではない」と恰はわずかに声を震わせた。

「されどここで自らの至誠に背いては、それがしは夫として父として、あ奴らに顔向けができなくなる。何者にも恥じぬ男としてあ奴らの中に生き続けるために、死を受け入れんと思うのだ」

生きるがための死。あまりに矛盾したその言葉が、耕蔵の胸を深く貫いた。恰は一死を以て千の命を救うのではなく、一死を以てたった一つの生を全うせんとしている。

――まつとし聞かば　今かへり来む

子どもたちが記した歌短冊を、耕蔵は思った。恰は二度と、峰や千歳たちの許に戻れはしない。だがあるいは主《あるじ》を待ち、あるいは妻や子どもの許に帰らんと願った一家の絆は、その一端が無残に断ち切られてもなお、世々不滅に残り続けるということか。

襖が開け放たれたままのせいで、三畳間のやりとりは筒抜けであろうに、邸内は水を打ったかの如く静まり返っている。すっと指先で撫《な》ぜたように薄い白雲が一叢《ひとむら》、わずかな茜色を帯びながら、いつまでも中空に留まり続けていた。

翌日、いよいよ玉島を岡山藩兵が攻撃するとの噂が湊《みなと》じゅうに広まり、さして広くない一帯は朝から蜂の巣をつついたにも似た騒ぎとなった。それがただの風評ではない証拠には、柚木家の縁側に立って見回せば、柏島・乙島といった高台にはちらちらと人影が動き、時折、何かが朝日を映じて眩しく光る。

耕蔵のかたわらからそれを仰いだ塩田虎尾が、「大砲じゃないか」と小さく舌打ちをした。

「しかも光の長さから推すに、臼砲《きゅうほう》（モルチール砲）ではなく最新のアームストロング砲だ。やれやれ、厄介な話だな」

アームストロング砲は、英吉利で開発されてから間のない後装型大砲。砲身が短い前装型のモルチール砲に比べて砲弾の飛距離が長く、当然、破壊力も激烈だ。薩摩藩は早くからアームストロング砲の輸入に力を入れていると聞いたが、縄武館でほんのわずか触っただけの最新大砲に、こんな形で狙われるとは。この分では玉島を望む高台には、軒並み大砲が備えられているに違いない。玉島はその地形から別名を甕島《かめしま》とも呼ばれるが、これではその甕の口を封じられつつあるも同然だった。

「とはいえ、すぐ仕掛けて来る気はないのだろう。湊の者は順次、玉島から逃げ出していると見えるな」

土塀の向こうではしきりに荷車が行き交い、もうもうと土煙が上がっている。ただ虎尾の言葉通り、そこには時折、「高瀬の通しの船は動いているぞ」「円通寺《えんつうじ》山は越えられるらしい。荷の多いものはそちらに回れ」などの叫びが混じっていた。

柚木家には今朝早く、備中松山藩外交方である三浦泰一郎《みうらたいいちろう》と目付の荘田賤男《しょうだしずお》が、正式な使者として国許からやってきた。聞けば彼らは玉島に入る際、辺りを囲む岡山藩兵の許可を前もって得てきたそうで、恰との面会が終われば、すぐにその一部始終を現在、玉島を囲む一隊の総大将に告げねばならぬという。

「備前池田家は三十万石の大身なれど、家格においては譜代大名たる板倉家に及ばぬ外様でござる。そんな家中から、かような辱めを受けようとは――」

若い頃には牛麓舎に学んだ時期もある三浦泰一郎は実務に長け、有終館会頭を経て奉行・大目付へと進んだ能吏《のうり》だ。この難局をうまく泳ぎ渡る術を熟知していればこそ、さように立ち回らねばならぬ我が身が歯がゆいのだろう。色白の顔をうなだれさせる三浦に、「しかたあるまい」と恰は丁寧に髭を当たった口元に、うっすらと笑みを浮かべた。

「世とは推移するものだ。だからこそそこに生きる我らは、決して変わらぬ志を保ち続けるしかない。ことここに至っては、ただ身を慎んで命を待つ所存だ。おぬしらはおぬしらの為せる業《わざ》にひたすら励め」

恰の口調が穏やかであればあるほど、三浦たちにはそれが茨《いばら》の笞《むち》に等しく響いただろう。岡山藩の一隊に恰の返答を伝えに行くという彼らの重い足取りを耕蔵が思い起こした時、「そこにいたか」と川田竹次郎が奥の間から姿を現した。

「おぬしら、煙草を飲むか。熊田さまが久方ぶりに一服飲みたいと仰せでな。ただこの家には煙管《キセル》道具はあるが、肝心の刻《きざみ》（煙草）がないのだ」

「生憎《あいにく》、わたしは飲みませぬ。大小砲を扱う身として、なるべく火種は身近に寄せたくありませぬもので」

「わたしもでございますなあ。快風丸の船子には、煙草飲みが幾人もおりましたが」

松山刻は備中松山の名産品の一つ。だからこそかえって藩士の中には煙草飲みは少ない。恰自身もそれはよく分かっているのだろう。もし手に入れられればとの仰せなので気にせぬようにと告げて踵を返した時、往来からの喧騒を破って、門を叩く音が辺りに響いた。

「開門、開門を願います。板倉家外交方、三浦泰一郎でございます」

川田がはっと頭を転じるや、雲を踏むような足取りで門へと向かう。やがてそんな川田に先導されて戻って来た三浦の横顔は、春の柔らかな陽射しに照らされてもなお凍り付く冬の地面に似て硬い。ついに、という言葉が耕蔵の脳裏を稲妻の如く明滅した。

仮に岡山藩が恰の助命に踏み切るのなら、三浦がこれほど早く戻るわけがない。わななく足を励まして奥の間へと急ごうとした耕蔵の肩を、虎尾が背後から叩いた。「煙草を」と囁きざま、まだ蕾のほころばぬ梅を始め、枝ぶりのいい松や椿の木が植えられた庭に目を走らせた。

「祖父にかつて聞いたことがある。ご家中が借財に喘ぎ、年に二度の殿からの扶持米《ふちまい》すら滞りがちとなっていた昔、どうしても煙草が欲しい者は、松葉を集めて乾かし、それを刻んで飲んでいたのだと」

「松葉の煙草だと」

「わたしは台所の者から焙烙を借りて来る。おぬしは庭の松葉を集めろ。ほんの一握りか二握りでいい」

そんな場合ではなかろうとの言葉を、耕蔵はかろうじて堪えた。恰の命は今、旦夕《たんせき》に迫りつつある。そんな中で自分たちが出来ることは、さして多くないのだ。

分かった、とうなずくや、裸足のまま庭に駆け下りる。赤土色の逞《たくま》しい根方に降り積もっていた松葉を両手でかき集め、片端から袂《たもと》に放り込む。雲を摑むにも似たその軽さに、熱いものが潮のように胸にこみ上げてきた。

奥の間はまるで誰もおらぬかの如く静まり返り、締め切られた障子戸に落ちた淡い影が、時折小さく揺れる。ぼそぼそと漏れ聞こえるやりとりはどこか小川の瀬音に似て、耕蔵の耳には明《めい》瞭《りょう》な言葉として届きはしなかった。

虎尾によれば、松葉煙草は本来、ゆっくり日陰干しにした松葉を刻んでから焙烙で煎《い》り、その後、煙草葉同様に刻んで飲むものという。だがそんな手間をかける暇はないと大急ぎで煎った松葉からは、間もなく松樹を焼いた折のような脂の臭いが立ち昇り始めた。

「これで正しいのか。並の煙草とはあまりに違うぞ」

「わたしも話にしか聞いていないので、よく分からん。不味《まず》ければお止めくださいと申し上げるしかないいな」

茶色く変じた松葉を扇子で扇《あお》いで冷まし、鋏《はさみ》で細かく刻む。柚木家の者から借りてきた黒漆塗りの煙草盆にそれを詰め、耕蔵は虎尾とうなずき合った。煙草盆を捧げ持った虎尾を先に立たせて廊下を進めば、まるでそれを待っていたかのように奥の間の障子戸がからりと開いた。双眸を真っ赤にした三浦が飛び出して来るなり、耕蔵たちには目もくれず、そのまま門の方角へと走り去った。

「どうした、おぬしら。そんなところで」

顧みれば、奥の間に床の間を背に端座する恰は、羽織袴に身を改めている。いえ、と舌をもつれさせた虎尾に向かって、軽く顎をしゃくった。

「煙草か。川田についこぼした言葉のために、無理をさせてしまったな。ありがたくもらうぞ」

「いえ、それがその――お口に合えばいいのですが」

これは松葉で拵えた煙草にて、と説明を加える虎尾に、恰は目を細めた。

「松葉の煙草とは珍しい。それがしもかような品は初めてだ。ありがたくいただこう」

床の間には見覚えのある和歌短冊が掛けられ、青磁の香炉が淡い香煙をくゆらせている。恰は耕蔵に命じて香炉を片づけさせると、虎尾が進めた煙草盆の煙管に不慣れな手つきで松葉煙草を詰めた。深く一服つけるや大きく咳《せ》き込み、「苦労をしてくれただろうに悪いが、あまり旨いものではないな」と眉間に皺を寄せた。

「申し訳ありません。ご無理はなさらず、どうぞお止めください」

恐懼《きょうく》する虎尾には無言で、恰は二服、三服と無理やりのように煙草を吸った。兎《うさぎ》を彫った煙管の吸口に目を落としてから、「川田はどこだ」と呟いた。

「あ奴に負い目を抱かせるのは悪いが、それがしは書き物が不得手だ。この命を高く売りつけるためには、川田の筆を借りるしかあるまい」

かしこまりました、との応えがして、隣室との境の障子がからりと開く。これまた羽織袴に威儀を正した川田が硯《すずり》箱《ばこ》を捧げ持って進み出ると、部屋の端に据えられていた小机に向き直った。肩が上下するほど大きく息をつくや、巻紙にひと息に何事か書きつけ、これでいかがでしょうかと恰に差し出した。

「ふむ。私儀、お家の重役を務めながら、輔翼《ほよく》行き届き申さず、主人を不義に陥れ、あまつさえ諸士以下戦地へもおもむかず、滞坂《たいはん》まかり在り――か。いいではないか」

川田はいったい誰についてしたためたのだ、と耕蔵は思った。恰はこれまで一日たりとも、主君の補佐を怠けなぞしなかった。勝静を悪逆の道に誘ったわけでも、ただ意味もなく配下を率いて大坂に留まったわけでもない。

「――よって死を以て御詫び申し上げ奉り候。何卒諸士百五十余名の者ども、御助命成し下され候様、幾重にも願い奉り候」

恰は、そして自分たちはただ、藩と主君を支えんとしただけだ。それにもかかわらず恰が有りもせぬ罪科を帯び、命を擲たねばならぬとすれば、この世には本当に道理や誠が存在するのか。

涙が次々と頬を伝うのを、耕蔵は止められなかった。いや、耕蔵だけではない。机の前に平伏した川田も、とうに火の落ちた煙草盆を小脇に引き付けた虎尾も、歯を食いしばり、声を殺して、肩を波打たせている。

恰はそんな男たちを静かな眼差しで見回した。「誰も恨むな」とゆっくり言って、読み終えた草案を丁寧に巻いた。

「山田さまもいつも仰っていたではないか。人は常に至誠を胸に抱いて、生きねばならん。それがしは過ち多き生涯であったが、今まで一度として、己の誠に背いた折はない。そして今、その至誠を以てお家を、おぬしたちを守ることが出来るのだ。武士としてこれほどの誉《ほま》れがあろうものか」

みなを呼べ、と続けた恰に、虎尾が拳で頬を拭って立ち上がる。柚木家の他、近隣の社寺や家々に分宿する同輩を呼び集める間に、恰は伊藤仁右衛門《いとうにえもん》なる藩士に命じ、嘆願書を清書させた。念のためにと二通記されたそれを見比べると、「よし、ではこちらにしよう」とその片方に名前をしたため、折封に仕立てて、川田に手渡した。

「お家のこと、くれぐれもよろしく頼むぞ。まあ、おぬしや大石さま、それに山田さまがおいでとなれば、何の心配も要るまいが」

と薄く笑い、恰は羽織の袖をぽんと突いて立ち上がった。振り返り、床の間に掛けられた歌短冊にほんの一瞬目を注いで身を翻す。隣の八畳間に歩み出ると、後ろ手に襖を閉ざした。

柚木家の座敷は今から五十年前、時の備中松山藩主が玉島を訪れた折、その休息所として建てられたものという。それだけに続々と続きの間に集まり始めた藩士たちの目に、恰は君公お成りの間を汚すまいと席を改めたと映っただろう。しかし瞬《また》きほどの間だったが、千歳たちが記した拙《つたな》い歌短冊に恰が注いだ眼差しは、これが備中松山藩一の剣の使い手かと疑うほどに柔らかだった。武士でも、備中松山藩の要職でもない、ただの一人の父親にして夫である男の姿が、そこにはあった。

駆けつけた藩士はすでに広縁や庭先にまで溢れ、次の間に座を占めた恰の一挙手一投足を見逃すまいと固唾を飲んでいる。そんな配下をゆっくり見回し、「介錯は熊田大輔《だいすけ》、介添は井上謙之《けんの》助《すけ》に申しつける」と恰は淀みなく告げた。

「ことに大輔、それがしの首級はこの後、寄せ手の大将に引き渡されるのだ。必ず一刀にて、首を落とせ。二太刀、三太刀の跡を残しては、備中松山の衆は腰抜けと嘲笑《あざわら》われよう。構えてわが藩の面目を汚すではないぞ」

応えの声すら上げず、ただ日焼けした顔を畳にこすりつけた熊田大輔は、恰の甥《おい》。藩道場では恰から代稽古を命じられるほどの遣い手だったが、人の命を自らの手で奪うだけでも並み外れた胆力が要るのだ。まだ二十歳そこそこと若い彼にとって、それが慣れ親しんだ師、伯父となればましてに違いない。

そんな甥を目顔でうながして傍らに招き寄せ、恰は東の方角に向き直った。

板倉勝静は徳川慶喜に従って江戸に戻ったまま、その消息が知れない。それにもかかわらず、まるで目の前に主君がいるかの如く深々と一礼してから、刀の緒で両袖をからげた大輔を振り返る。

「よいな、構えて過つではないぞ」

と再度念を押すや、無造作にかたわらの脇差を抜き放つ。左手で紋付《もんつき》をくつろげた自らの腹に、そのままの勢いで刃を突き立てた。

死に臨んでも別れの盃事も、別辞もない。まるで刀の手入れを始めるにも似た気負いのない挙措に、大輔は腰の刀を抜き放つことすら忘れ、その場に突っ立ったまま息を飲んだ。

「大輔、何をしておるッ」

介添を命じられた井上謙之助が、刀の柄《つか》に手をかけながら跳ね立った。

介添とは介錯人では手に負えぬ事態が起きた際、代わりに場を納める役割だ。それだけに大輔が役目を果たせぬのであれば、と走り出ようとした井上に、大輔が見えぬ手で頰を打たれたかのように目を瞠る。大刀を勢いよく抜き放つや、きりきりと刃を引き回す恰めがけて、裂帛《れっぱく》の気合とともに振り下ろした。

一瞬だけ噴き上がった真っ赤な霧を遮って、重いものがごとりと床に落ちる。ゆっくりと前のめりに倒れた恰は、それでもなお握りしめた脇差を放さず、鉤形《かぎがた》に折れたその腕の形がいまだそこに彼の魂を宿しているかに、耕蔵の目には映った。

「お……お手際ッ。熊田さま、見事なお手際でございますッ」

藩士の列の間から、上ずった叫びが上がった。だがそれはすぐに辺りに垂れ込めた静寂に飲み込まれ、井上が差し出した懐紙で刀を拭う大輔の衣擦《きぬず》れだけが、うなだれた男たちの背を撫ぜた。

お成りの間と次の間を隔てる襖には血飛沫が降りかかり、雫となって紙の表に垂れている箇所すらある。ああ、そうか、と耕蔵は麻痺したような頭の隅で呟いた。いつしか握りしめたままとなっていた拳に更に力を籠め、固く両目を閉ざした。

あの襖の向こうには、千歳たちが父に向けて記した短冊が残されている。自らの血で娘たちの思いを汚すことを避けた恰は今、すべての軛《くびき》を離れ、やっと一人の父親として、戻るべき場に帰ることができたのだ。

鶯か、それとも目白《めじろ》か。小鳥が一羽、庭の松の葉を揺らして飛び立ち、雲のない春空へと翔《か》け去った。

恰の首級は嘆願書ともども、すぐに玉島を取り囲む岡山藩軍へと運ばれた。柚木邸にて声もなくそれを見送った藩士たちはみな、川田の指示により、官軍への恭順を誓う血盟書に判を捺《お》すよう求められた。

――恭順、謹慎し、まかりあるべき条、神明に誓い候ところくだんのごとし。

藩士たちは昨年末からこの方、京・大坂で何が起きたかを目の当《ま》たりにしてきた。それだけに脇差で親指の腹を傷つけ、回されてきた書状に判を捺す彼らの面上には、揃って苦渋の表情が浮かんでいた。

耕蔵もまた奥歯を噛みしめながら、隣から回されてきた硯から筆を取り上げ、血盟書の末尾に名をしたためようとした。その途端、藩士たちの最前列にいた川田が大股に近づいてきて、「おぬしは馬鹿か」と無理やりその手から筆を奪い取った。

「他の者はとにかく、おぬしだけはここに名を連ねてはならん。それより、山田にはしてもらいたいことが他にあるのだ」

「それは、わたしが養父《ちち》の倅《せがれ》だからですか」

またか、と声を尖《とが》らせた耕蔵に首肯し、川田は逆さ屏風《びょうぶ》を引き回した隣の部屋を目顔で指した。

「そうだ。加えて、その坊主頭に用がある。熊田さまをこのままにしておくには忍びない。幸い安正寺のご住持はまだ、壽光寺にご逗留《とうりゅう》らしい。御坊と計らい、我らに成り代わって、ご葬儀を営んでくれ」

恰は形式上、在坂藩士の責任を一身に負って切腹したこととなっている。残る藩士の処分も定まらぬ今、表だって弔《とむら》いは出せぬが、その死を哀れんだ出家が名乗りを上げたとの形を取れば、岡山藩とて文句はつけられまい——と説かれては抗弁もしがたい。耕蔵はここまでの道中にまとっていた法衣に着替えると、すすり泣きが漏れ始めた柚木家を飛び出した。

恰の切腹の報は、すでに玉島を取り囲む各隊の知るところとなっているらしい。見回せば近隣の山々からは軍兵が退き始めたと見え、大砲のきらめきはもはや一つとてない。

同じ知らせは壽光寺にも届いていたのか、安正寺の住持は本尊の観世音菩薩坐像の前で、経を読みながら数珠をつまぐっていた。耕蔵の話を皆まで聞かず、「よし」と両膝を打って立ち上がった。

「袖すり合うも多生の縁じゃ。今宵はおぬしともども、夜っぴいて弔い申し上げようぞ」

まっすぐに本堂を出るかと思われた住持は、なぜかそのまま庫裏に向かい、紫の風呂敷に何か重たげなものを包んで現われた。小坊主に薦《こも》を積んだ荷車を曳かせ、先に柚木家へと向かわせた。

骸《むくろ》を葬地に運ぶ際には、通常は桶棺を用いる。とはいえここで手回しよく棺《ひつぎ》なぞ使っては、岡山藩から要らぬ咎めを受けかねない。仕方なく柚木家に引き入れた荷車に、耕蔵は戸板に寝かせた恰の骸を積み、それを筵《むしろ》で覆った。

ただ元が大柄な男だっただけに、いくら首を欠いているとはいえ、筵の端からは血に染まった足袋の爪先がぬっと出ている。腹や首の傷からもまだ固まり切らぬ血が戸板の上に流れ、青白く褪《さ》めた肌の色とは裏腹な赤さがひどく目立っていた。

「この辺りでよかろうて」

やがて住持が荷車を止めさせたのは、柚木家から海沿いの道を半里ほど進んだ浜辺だった。玉島はもともと波が静かな入り江だが、一帯はことに浅瀬続きと見え、午後の海は鏡の如く凪《な》いでいた。

住持は一分銀を二つ取り出すと、手近な郷で薪《まき》を譲り受けて来いと小坊主に命じた。小腰を屈めて走り去る背を見送るや、抱えていた風呂敷包みの結び目を解く。古びた柄樽《えだる》を取り出して、その木栓をすぽんと抜き、「飲むか」と耕蔵を振り返った。

「まさか酒でございますか」

とんでもないと首を横に振った耕蔵に、「おぬしは養父君よりもなお堅物じゃのう」と住持は苦笑した。法衣の懐から引っ張り出した素焼きの湯呑を海の水でゆすいでから、柄樽の酒をなみなみと注ぐ。まだ荷車に乗せられたままの骸の枕許にそれを供え、静かに耕蔵を振り返った。

「これから荼毘《だび》に付せば、骨になるのは早くとも明日の午後。身寄りのお方が収骨に来てくだされば仏も喜ばれようが、お城下の有様から推すに難しかろうなあ」

「ええ、恐らくは。差し支えなければ、安正寺にお骨をお預かりいただけますと助かります」

承知した、と住持が応じた時、小坊主が薪を山ほど背負って戻ってきた。その背後には真っ黒に日焼けした男が三人、同様に薪を担ってたたずんでいる。中でももっとも年嵩《としかさ》の一人が、仲間とちらりと目を見交わしてから、「お城の年寄役さまを葬られるとうかがいまして」と緊張をみなぎらせた顔で歩み出た。腰に古びた脇差を帯びている点から推すに、どうやら近郷の村長らしかった。

「年寄役さまがお腹を召されたおかげで、備前の奴らが兵を引きました。おかげで郷も港も焼き払われずに済むと、みな噂しております。本当に、本当にありがとうございます」

「別に、ぬしらのためにご生害《しょうがい》なさったわけでは」

つい呟いた耕蔵の脇腹を、住持が軽く肘《ひじ》で突いた。

「年寄役さまのおかげで、この地が戦禍に遭わずに済んだのは事実じゃろうて。ここは、ありがたくいただきましょうぞ」

郷の人々は荼毘に用いる薪ばかりか、握り飯や鉄鍋に満たした汁、更には夜着までを通夜の供にと持参していた。満潮になっても海水の上がらぬ芝地にそれらを据えると、薪を組み上げて手早く荼毘の支度を整える。その癖、筵をかぶせられたままの恰の遺骸に対してはそそくさと両手を合わせるばかりで、そろって逃げるように引き上げていった。

短い春の陽はすでに柏島の向こうに傾き、くすんだ夕闇がひたひたと浜に這《は》い寄り始めている。耕蔵は小坊主と二人がかりで恰の遺骸を下ろし、井桁《いげた》に組んだ薪の上に押し上げた。無言でそれを見守っていた住持が、湯呑に満たされていた酒を薪に振りかける。かき集めた木の葉を火口《ほくち》にして薪に火を放ってから、両手の数珠を揉《も》みしだいて読経を始めた。

「我昔所造諸悪業《がしゃくしょぞうしょあくごう》――」

浜風に煽《あお》られた火が、ちろちろと赤い舌を伸び上がらせる。炎は見る見る勢いを増し、恰を覆う筵をうわばみの口のように飲み込んだ。

眩《まばゆ》い火炎が、宵闇の暗さをますます際立たせる。頬を叩く熱にはお構いなしに、耕蔵は炎の柱と化した薪の山へと一歩、歩み寄った。

不思議に哀しみは感じなかった。あの苛烈《かれつ》な男がこの世におらぬという事実があまりに信じ難く、燃え盛る炎すらがひどく遠く映った。

ふと目を移せば、黒ずみ始めた海沿いに、一つまた一つと灯がともり始めている。もっとも近くに瞬くそれは、先ほど薪炭を運んできた男たちの集落の灯に違いない。

――こんな時なればこそ、人は常と同じ暮しを営まねばならぬのです。

いつぞやの方谷の言葉が、耳の底に蘇《よみがえ》る。耕蔵はその場に膝をついた。

恰が死のうが、備中松山藩がなくなろうが、日月は変わらず巡り、明日は必ず訪れる。幕府は消えた。朝廷と薩長が導くこの国が、今後どう形を変えるのか、それは誰にも分からない。だが国や政がどれだけ激しく転変しようとも、人は命ある限り、生き続けねばならない。そして変わり続ける世であればこそ、人々の歩みを支えるものは、個々人の裡《うち》にしか存在しないのだ。

恰の妻は今この時も、帰らぬ夫を待っているだろう。まだ幼い子どもたちは、父親の大きく温かな腕を夢見ていよう。だが、それでいいのだ。

恰は夫として、父として彼らの中に生き続けるために死を選んだ。栄枯盛衰が常なる現世であればこそ、誰かのために在り続けようとする思いほど尊きものはない。

徳川泰平の世は、二百六十年で終わった。だが恰は——そして備中松山を守ろうとした者たちの名は、その身内に在るそれぞれの思いとともに、世々不変に語り継がれるに違いない。生きるとは限りある生の中で、ただもがくことではない。日々目まぐるしく変じる人の世にあって、己だけの信念を守り続けることなのだ。

逆巻く炎は今や天を焦がすかと思われるほど激しく、住持や耕蔵の影を黒々と地面に曳いている。がらりと音を立てて燃え崩れた薪から、火の粉がきらめきながら舞い上がる。すぐさま潮風に吹かれて輝きを失うその下から、小坊主が新たな薪をくべる。

「風が冷たくなってきたのう。どれ、この辺りで一度休ませていただくかな」

住持が数珠を懐に納め、腰を拳で軽く打つ。承知しました、と耕蔵がうなずいた時、赫奕《かくえき》たる炎のせいでかえって暗い四囲の闇から、「御坊、それに耕蔵。遅くなりました」と聞き覚えのある声が響いた。

えっと頭を転じる暇もあらばこそ、くくり袴を穿《は》いた人影が荼毘の炎へと走り寄る。目深にかぶっていた笠を投げ捨てるなり、がばと地面に両手をついたその姿に、後を追って来たもう一つの影が歩み寄る。

燃え盛る炎に向かって軽く低頭してから、「かろうじて間に合いましたな」と普段と変わらぬ落ち着き払った声を落としたのは、方谷だった。

「大石さまのお見送りを受け、熊田さまもさぞ安堵なさいましょう。よろしゅうございました」

「養父上、なぜここに」

眼を丸くした耕蔵を振り返り、「なにせ、皆してお城下を追われましたから」と方谷は平然と答えた。

「本来ならわたしは長瀬に戻るのが筋でしょうが、幸い岡山藩兵は今、お城下の囲みを緩めております。ならばと大石さまをお誘いして、大急ぎで玉島に参った次第です」

その大石隼雄は方谷の言葉なぞ耳に入っておらぬ様子で、地面にうずくまったまま、激しく背を波打たせている。恰の名を呼び、人目も憚らずに慟哭する姿に、ああ、そうかと耕蔵は深く息をついた。

恰の死はどうにも避けられぬ宿業に等しい。一方で板倉家累代の家老たる隼雄はこれから先も、家中の命運を担い続けねばならない。方谷は備中松山藩にかけられた疑いを一身に背負った恰への別れを通じ、自らの命を絶たんとした隼雄に今後の覚悟を突き付けんとしたのだろう。誰が命を落とそうとも、板倉家家中の者たちはこれから先も生きねばならぬのだ、と。

「それにしてもご家老さまと養父上が共に玉島にお越しになり、家中は大丈夫なのですか」

「三島が残っておりますし、他の役向きたちも片原丁《かたはらちょう》の会所に詰め、諸般の事務を務めています。大坂の銀主への借財は、今後の藩札の利用はと、藩がなくなったとてやらねばならぬことは山積みですから」

「おおい、山田さま、大石さま。何か少し腹に入れられませぬか」

住持の呼び声に振り返れば、手近な石を集めて拵えた急作りの竈で、小坊主が鍋の汁をかき回している。

「わずかながら、酒もありますぞ。徳利《とっくり》も銚子も持参せなんだゆえ、冷やの回し飲みになってしまいますがな」

「それはありがたい。いただきましょう」

まだ慟哭を続ける隼雄を無理やり立ち上がらせ、方谷は鍋の近くへと歩み寄った。住持の差し出した湯呑の酒をぐいとあおり、「玉島を通り過ぎた折、三浦さまと話をしてきたのですが」と声を落とした。

「上方から戻った衆は、数日内に岡山藩領に移されることになりそうです。ただ外交方が聞いてきた限りでは、池田備前守さまは熊田さまのご生害に、これこそ武門の本意と感じ入っておられるとか。恐らく皆は数日の謹慎のみで、放免いただけましょう。そうなればそれぞれの家族がお城下からどこに去ったかを調べ、つつがなく再会できるように計らわねばなりません」

熊田さまのご遺骨もお届けせねば、と続いた言葉に、隼雄がまたも目を潤ませる。そんな彼を振り返り、「涙に暮れている暇はありませぬぞ」と方谷はわずかに声を昂《たかぶ》らせた。

「殿は今どこにおわすのか、板倉家の再興は成るのか、この春に諸藩士に与えるはずだった扶持米は、江戸藩邸の衆は無事なのか……大石さまにはこれから、多くの勤めにいそしんでいただかねばなりません」

武士の体面や主君への忠義のみを重んじるならば、賊軍の家老たる隼雄が死を選んだとて不思議はない。だが城や領地を明け渡してもなお、藩士と領民は生き続けねばならない。彼らの明日に思いを致さず、自らが腹切って死のうとするのはただの惰弱だとでも言いたげな口調だった。

いかなる時も冷静沈着な方谷が、ここまで声を尖らせるのは珍しい。さすがの養父も一藩の存亡を前にしては落ち着いていられぬと見える、と耕蔵が考えたその時、「分かっております」と隼雄が太い息をついた。

「そもそもわたしさえしっかりしていれば、浦浜四郎左衛門とてあのような死に方をせなんだでしょう。熊田のような、そして浦浜のような者を再び出さぬと腹をくくればこそ、わたしもこうして玉島まで参ったのです」

「浦浜さまがなにか」

不審を抱いた耕蔵に、方谷の顔が目に見えて曇る。隼雄がそんな師をかばうかのように、「いや、悪いのはすべてわたしなのだ」と真っ赤に血走った目を耕蔵に向けた。

「ご城地明け渡しに際し、藩内諸士がどれほど動揺するかをもっと考えておくべきだった。主家をいかに守り通すか、藩領が戦に巻き込まれぬようにするかに精一杯であった己の狭量がつくづく情けない」

昨夕のことだ、と続けかけて、隼雄は唇を噛み締めた。長らく山城番頭を勤めていた浦浜四郎左衛門が、御山城大手御門前にて縊《くび》れ死んでいるのが見つかったと語る顔は、苦衷《くちゅう》に歪んでいた。

「腹を切ろうとしたが恐ろしくて切れず、情けなきことながら武士にあるまじき手立てを取り申す。――さような走り書きが懐に残されていてな。浦浜は妻子もおらず、屋敷で召し使っていたのは、自らよりも年老いた下僕が一人のみ。それゆえ浦浜がお城下を去らず、御山（臥牛山）に入っていたことに、誰一人気づかなんだのだ」

浦浜の骸を見つけたのは、城地明け渡しの際に受け取った目録の正誤を検めるべく、御山城に上った追討軍の一隊だった。山城内ではなく、大手御門前に生える梅の木を死に場所に選んだのは、せめて主家の城を汚すまいという浦浜の精一杯の士道だったのかもしれない。

「おぬしも薄《う》っすら聞き覚えがあるだろう。浦浜はあの年までかれこれ四十年近く、周囲から穀《ごく》つぶしよ、凡庸よと謗られながら、誰も登って来ぬ御山城だけを守り続けてきた男だ。それが突然、城は寄せ手に明け渡す、みな役目を退いてお城下から立ち去れと言われては、自らの足元が崩れ落ちる思いとなっても当然だ」

武士にあるまじき縊死《いし》を選んだ浦浜に、岡山藩の侍たちは嘲りを隠さなかった。

「討伐軍は浦浜四郎左衛門の遺骸を木から下ろしもせぬまま、ただ足軽を片原丁の会所に遣わし、誰ぞ骸を引き取りに来いと告げるばかりでな。それに真っ先に怒りを示されたのは、方谷先生だった」

更に言葉を続けようとする隼雄を、「当然でしょう」と方谷は静かに制した。

「人の毀誉褒貶《きよほうへん》が死にざまによって定まるなぞ、愚か極まりありません。確かに四郎左は惰弱なところがありました。周囲の言葉を枉《ま》げて聞き、頑なに人を拒む男だったのも事実です」

ですが、少なくとも——と方谷は声を上ずらせた。澄明《ちょうめい》なものがその双眸に溢れ、痩せた頰へと音もなく伝う。夜を迎え、更に赤々と照る荼毘の炎が、後から後から流れるその雫を静かに輝かせた。

「四郎左は四郎左なりの覚悟で、備中松山に殉じました。形や機会こそ異なれど、それは熊田さまのご生害と何ら変わりません。ならばその生涯を、御山城を守ることに費やした愚直を、いったい誰が笑えましょう」

「なるほど。山田さまはそれゆえ、年寄役さまに別れを告げに来られたわけじゃな」

住持が湯呑の酒を啜りながら割って入る。さようです、と頤を引き、方谷は荼毘の炎を振り返った。

「人の生死に、貴賤はありません。熊田さまの死はこれから先、多くのお人が悼み、その行いを褒め称えてくれましょう。されど四郎左は——あ奴のような男がいたことはあっという間に忘れ去られるか、さもなくば岡山方の侍衆の如く、嘲りの的になるばかりに相違ありません。ですがあの男の中にはあの男だけの誠が、貫き通したいと思う至誠がありました。ならばせめてこれから先もわたしだけは、誰からも称賛を受ける熊田さまの誠ではなく、四郎左の誠を覚えていてやりたいと願うのです」

「年寄役さまの誠と、山城番頭さまの誠。どちらも覚えていて差し上げればよろしかろうに、それは難しいのか」

「四郎左は面倒な男でしてな。旧《ふる》き友であるわたしが双方の誠を忘れまいとすれば、所詮わしなぞはつまらぬ男じゃものと彼岸で拗《す》ねてしまいましょう」

お優しいお方じゃな、と目を細めて、住持がまた湯呑を傾ける。方谷はいいえとそれに首を横に振り、遠くを見る眼差しとなった。

「まことにわたしが優しければ、熊田さまがお命を落とさずに済む方策を必死に考えたでしょう。どうしてもその死が免れられぬと分かってもなお奔走し、己の命を擲つ覚悟で嘆願したはずです」

わたしは、と続ける頰に新たな涙が伝う。それを拭いもせず、方谷は赤々と燃える荼毘の炎を顧みた。

「この世に多くの矛盾が、苦しみがあることを知ればこそ、学問によってそれを取り去りたいと願ってきました。天下の全員が自ら身を律し、世の動静を見極めた上で、己の中の誠を正しく用いれば、誰もがよりよき日々を送れるようになるのだ、と」

とはいえそれはあくまで、この世の現実と人が如何に向き合うかの学問だった、と方谷は大きく肩で息をついた。

「世の中には時流というものがございます。遡れば東照大権現家康公が天下をお取りになれたのは、豊太閤《ほうたいこう》亡き後、主がまだ幼き豊家から家康公のもとへと、時流が一度に流れ下ればこそ。その勢いは時に人の力では留めがたいほどに激しく、いかなる知者が寄り集まり、どれだけの財物を以てせき止めようとしても止まりません」

「このたびの幕府の瓦解もその類とお考えですか」

隼雄がおずおずと口を挟む。方谷は間髪容れず、瘦せた頤を引いた。

「井伊大老の横死、長州の造反……それら一つ一つに対する大樹公《たいじゅこう》やわが殿の対応は、決して間違ってはいませんでした。ですが時の流れはあまりに激しく、我らの――いえ、わたしの学問はそれを阻むことが叶いませんでした。有体に言えば、わたしはこのたび、逆巻く時流に負けたのです」

「それは考えすぎじゃろうて。まったく、侍というお方は皆、自らを責めるのがお好きじゃなあ」

安正寺の住持がちっと舌打ちをして、空になった湯呑をかたわらの小坊主に突きつけた。小坊主が湯呑の中ほどまで酒を注ぐのに、「けちけちしよって」と毒づいてから、中身を一気に飲み干した。

「山田さまはご自身で仰った通り、常々、自らの裡なる誠を尊ぶことを何より重んじておられるのじゃろうが。幕府がなくなろうが、お家が消え去ろうが、すべてが自らの誠に従った末の出来事とすれば、勝ちだの負けだのという結果はそこにはない。あるのはただ、自身の誠を重んじたとの一事だけじゃ」

「ご出家の御身からすれば、さようたやすいことかもしれませぬが」

「人とはな、山田さま。幾度でも生き直すことができるのじゃよ。そなたさまが得意な漢籍には、棺《かん》を蓋《おお》いて事定まるとの言葉もあるではないか」

棺を蓋いて事定まる――大唐の昔に編纂《へんさん》された『晋書《しんじょ》』に記されるこの語は、人間の真価とは死ぬまで定まらないとの意味だ。

僧侶である住持の思いがけぬ博識に、方谷はところどころ毛の欠けた眉毛を軽く撥《は》ね上げた。よくご存じですな、と呟く彼に、「正しき道理には、道俗の隔てはないからの」と住持は平然と応じた。

「確かにお年寄役さまは、命を擲たねばならぬお立場となられた。されどそれを悔やまれるのであれば、明日からは同じ過ちを繰り返さぬよう、似た事が再度起きた時に時流に抗い得る誠を貫けるよう、生きられればよろしかろうて。世の侍はなにかあれば、すぐ腹かっさばいて責めを負おうとなさるがな。大の大人がその後の生を必死に生きる以上の償いは、他にあるまいよ」

「ご住持はこの老残の身に、更に生きよと仰せですか」

方谷の口元にほろ苦い笑みがにじむ。住持はそれには無言で、空になった湯呑をまたも小坊主に突きつけた。「今度はなみなみと注げよ。飲むのはわしではないからの」と念押しし、酒の満ちた湯呑を方谷に向かって差し出した。

「痛みも過ちも失策も、人の来し方はみなすべてこれ、明日からの歩みの肥《こ》やしじゃ。聞けば山田さまはかつて江戸で血を吐いてお倒れになった際、迸《ほとばし》る鮮血を己の心の中にひそむ邪心を討ち取った証との詩を詠まれたとか。かように肝の太いお方であれば、お家の一つ二つ傾こうとて、心くじける必要はありますまい」

一つ二つ、と溜息まじりに繰り返して、方谷が湯呑を受け取る。痩せた喉をくいと反らして酒をあおる姿に、耕蔵はかつて追討軍が隼雄たちに書かせようとした嘆願書に、方谷が自裁すら覚悟で抵抗したとの話を思い出していた。

あの折に隼雄が覚えた推測は、案外正しかったのではあるまいか。なにせ方谷は学によって身を立て、学によって備中松山藩に仕えるに至った男だ。そんな養父にとって、君主たる板倉勝静が逆賊と呼ばれ、備中松山藩が家中を上げて他家に膝を屈さねばならぬ今日の姿は、自らの生涯を力ずくで枉げられるに等しいに違いない。

（だが――）

かつて方谷は、変わり続ける世であればこそ、人は変わらぬ日々を送らねばと語った。ならば自らの境涯に心くじけかねぬ今だからこそ、人は懸命に顔を上げ、明日からの日々を迎えねばならぬはずだ。

哀しみの淵が深ければ深いほど、そこに射し入る朝日はより晴れやかと映る。人の誠が誠として通じぬ世ならば一層、我々は決して変わらぬ誠を守り続けるしかない。

養父上、と耕蔵は空の湯呑を握り締める方谷に向き直った。肉が乏しく、肌の色つやが悪いせいで以前から年嵩に思われがちだった養父は、改めて眺めればわずかな間に十歳も二十歳も更に年齢を重ねたかのように見える。

「お願いがございます。お家がなくなった今、わたしはもう一度改めて学問を修めたく思います。無論、すぐには難しいやもしれませんが、長瀬の塾に通うことをお許しいただけぬでしょうか」

「そ、それであれば是非わたしも。どうかお許しを願います」

隼雄が大きな眼を見開いて、地面に両手を突く。二人がいったい何を意図しているのか気づいたのだろう。方谷は涙に濡れた顔を泣き笑いの形に歪めた。「まったく、おぬしらは」と呻いて、安正寺の住持を振り返った。

「どうしてくださるのです、ご住持。そなたさまが余計なことを仰ったせいで、この者たちまでが厄介事を願い出てきたではありませんか」

「厄介事ではありませぬ、養父上。これは今から始まる世を生きるために、皆に必要なのです」

方谷が貫こうとした誠は、政のただ中においては、止めようのない奔流に砕かれ、折れたのかもしれない。だが恭順を強いられ、帰るべき郷里を奪われてもなお、自分たちの中にはいまだ変わらぬ誠が宿り続けている。ならば明日もなお生き続ける我々には、それを守り続ける責務があるのだ。

「なにせこの十年近く、わたしは大小砲術ばかり学び、とんと漢籍には疎くなってしまいました。ここは一旦四書五経から学び直したく存じます」

「わたしもです。国家老としての日々は多忙を極め、とんと書見も出来ぬ毎日でした。いつか、そう、いつか必ず殿は我らのもとにお帰りくださいましょうし、お家が再興される折もございましょう。そんな時に大石は阿呆よ、間抜けよと世人に後ろ指さされぬためにも、今は研鑽《けんさん》に努めとうございます」

「やれやれ、これは大変じゃのう」

住持がにやりと笑って、妙に凹凸《おうとつ》の多い坊主頭を片手でつるりと撫ぜた。

「お家はなくなったとて人は生きるし、日々は続く。いやむしろ、お家がなくなった今なればこそ、山田さまのもとには新たな子弟が押しかけるやもしれぬな」

耕蔵は隼雄と目を見交わした。板倉勝静が老中となって、すでに七年。その間、備中松山藩五万石とその家中が一度として義に悖《もと》る行いをしなかったことは、誰より藩士たち自身が知っている。それにもかかわらず訪れた忍従の春だからこそ、藩士たちには誰にも損なうことのできぬ誠が必要なはずだ。

世は変わり、政は移ろう。しかし常に至誠を尽くし、他者を慈しむ仁の念は、いつ如何なる時も変わるものではない。そう、かような時だからこそ、人は学び続けねばならぬのだ。

「長瀬の塾が手狭であれば、どこぞに新しい地所を探してもよろしゅうございます。先生の御為とあらば、古き門弟どもの中には自らの家屋敷をお使いくださいと申し出る者もいるでしょうから」

今にもかつての同門に宛てて手紙でも書き出しかねぬ勢いの隼雄に、「まったく、おぬしらは」と方谷が呻く。しばらくの間、胸に額が付きそうなほど深くうな垂れて双眸を閉ざしていたが、やがて、濡れた頬を両手で拭って、顔を起こした。

「言っておきますが、わたしはすでに隠居の身なのですよ。とはいえそれでも新たな若人がわたしに学ぼうとやってくるのであれば、知らぬ顔は出来ぬではないですか。おぬしらはそれを承知の上で、この身になおも無理を強いようとするのですか」

「しかたがあるまいよ、山田さま。それが人を教え導く者の宿命じゃ」

笑みを含んだ声が、不意にくぐもる。ふわあと大きなあくびを漏らして、住持は痩せた腕を夜空に向かって突き上げた。東の空に昇り始めた下弦《かげん》の月を仰ぎ、「そろそろ子《ね》ノ刻《こく》（午前零時頃）を回った頃じゃな」と呟いた。

「どれ、もうひとくさり経を誦《ず》し、少し眠らせてもらおうかの。ちょうど薪もひと通り火が回っておるようじゃ。ここで多めに薪を足しておけば、明朝、日が昇る頃にはほど良き加減になっていようて」

「それであれば我らも手枕にて、ひと眠りさせていただきましょうか」

方谷がそう言いながら、先ほどよりもひと廻り小さくなった炎を顧みた。

「明日は熊田さまのお骨を、川田の家まで運ばねばなりません。つつがない帰路のためにも、少しここで休んでおかねば」

とはいえ里人たちが運んできた布団は、三人分しかない。それらを住持と方谷、それに隼雄に譲って、耕蔵は安正寺の小坊主ともども、荷車のかたわらに敷いた筵の上に腰を下ろした。

下弦の月は煌々と輝き、空には一片の雲すらかかっていない。それでいて荼毘の炎を間近にしているために、寒さは意外なほどに覚えなかった。ほどなくして静かな寝息を立て始めた小坊主の身体の温《ぬく》みを寄せ合った肩越しに感じながら、耕蔵は夜空に黒煙を噴き上げる炎を見つめた。

人は死に、肉体は瞬く間に滅びる。だが熊田恰が最後まで抱き続けた思いを、自分は己の死の刹那まで忘れはしないだろう。これから先、ことあるごとに、彼が何を思い、何を選び取ったかを、周囲に語り続けるだろう。だとすれば恰はこの先も終生、現世にある者たちと共に生き続ける。そうすることで己や隼雄や——方谷の誠を共に支え続けるのだ。

炎の一角が轟音を上げて崩れ、金粉と見紛《みまが》うほどの火の粉が夜空を焦がす。耕蔵はわずかに残っていた薪をそっと炎の中に置いた。頬を叩く熱気を、あの激烈な恰の吐息の如く感じながら、更にもう一本、薪を荷車のそばから取り上げた。

「——眠れませんか、耕蔵」

軽い足音が背後に立つ。振り返らぬまま、ええ、とうなずいて、「養父上《ちちうえ》こそ、お休みになられたのではなかったのですか」と耕蔵は背中越しに問うた。

「どうも半端に酒を口にしたのが悪かったようです。ほんの少し、まどろみはしたのですがね」

大石さまはよくお休みのご様子です、と続けて、方谷は耕蔵の傍らに腰を下ろした。小脇に抱えていた煎餅《せんべい》布団を小坊主の肩にかけてやりながら、

「お骨は大石さまに運んでいただきましょう。熊田さまとて懐かしいお人の手で郷里に帰った方が、嬉しゅうございましょう。それにわたしが運び、万一、途中で落とすようなことがあっては、どれだけ御詫びしても詫びたりません」

と、付け加えた。

そんなことは、と反論しかけて耕蔵が口をつぐんだのは、六十四という方谷の年齢が改めて身

に沁《し》みたためだった。そんな老父になおも自分たちの師として生きろと願うとは、一面ではむごい行いなのかもしれない。だがそう思いながら方谷の横顔を見つめ、耕蔵はふと、遠い昔、この養父の顔を同じように凝視した折があったような気がした。

（――詩ができました）

現在よりも更に早口な養父の声が、耳の底に蘇る。方谷の肩越しにそびえ立つ緑の色濃き臥牛山、その頂《いただき》に朝日を受けて光る天守。ああ、とつい声を漏らした耕蔵に、「どうかしましたか」と方谷がきょろりと横目を使った。

「いえ、初めて御前丁の屋敷に迎え入れられた幼き日を、不意に思い出しました。そういえばあの夜も、養父上と肩を並べて一夜を過ごしたのだな、と」

「よくそんなことを覚えていましたね。もう二十年近く昔の話ではないですか」

耕蔵の父にして方谷の実弟だった山田平人《へいじん》は、上方で研鑽を積み、備中松山城下にて開業した医師。そんな弟が突然の病で亡くなると、方谷は親類縁者と計らい、耕蔵を養子に迎えた。だがわずか十一歳の耕蔵にとって、臥牛山の谷間に構えられた方谷の屋敷はひどく薄暗く、今日からは養父と呼ばねばならない伯父は、むっつりと気難しい人物としか映らなかった。

奥の一間を自室として与えられ、初めての日は早くに床に入れられた。だが慣れぬ寝所のせいで、どれだけ時刻が過ぎても、なかなか眠気が訪れない。早春の夜風が梢を打つ音が恐ろしく、耕蔵は布団を頭までがばとひっかぶった。

（眠れませんか）

その音が隣室まで届いたのだろう。襖の向こうからひそやかな声がかけられた時、耕蔵はつい布団を撥ね上げ、はいと大声で応えた。するすると開いた襖の向こうから手招きされるがまま、方谷の自室へと駆け込んだ。

（この家は山が近いため、夜風が強いのです。どれ、外の様子を見に行きますか）

促されるまま、庭に面した広縁に腰を下ろせば、臥牛山の山嶺は頭上を覆うかの如く、黒々と夜空を切り取っていた。とはいえ自分から耕蔵を誘った癖に、方谷はただ夜空を仰ぐばかりで無言だった。それでいて座を立ちもせず、誰が見ているわけでもないのに四角四面に膝を揃え続けている。そんな養父に、耕蔵は唐突に、目の前の彼が自分以上に気を張り詰めているのではと思った。

そうしてどれだけの時間が過ぎたのだろう。夜空がゆっくりと藍に色を変じ、薄い雲の在《あ》り処《か》が刻々と目立ち始める。やがて臥牛山の稜線がくっきりと際立ち始めた時、方谷が急に口にしたのが、「詩ができました」という言葉だった。

（聞かせていただけますか）

そうせがんだのは、思いがけず父子となったお互いに戸惑っているのは、自分だけではなかったと気づいたためだった。だがそれでいてあの朝、方谷が口にした詩がどんなものだったのか、もはや耕蔵は覚えていない。記憶にあるのはただ、方谷の肩越しに見えた御山城の甍《いらか》の輝きだけだ。

備中松山のお城下を見下ろすあの城は、守り人たる山城番を失った今この時も、冷たい夜風を阻むかの如く、懸崖《けんがい》の果てにそびえていよう。滔々と流れる松山川、大小の岩を山肌に露呈させた臥牛山。お城下から板倉家中の侍たちが退いてなお、郷里の姿は変わらぬ如く、世が如何に推移しても、人が人を思う誠は変わらない。そして自分たちはその事実を胸に、転変著しい世を生きて行かねばならぬのだ。

夜空がわずかに明るんだ気がして、耕蔵は頭上を振り仰いだ。風の向きが変わったか、強い潮の匂いに不意に梅の香が混じる。方谷もそれに気づいたのか、「どこかで梅が咲いていますね」と鼻を蠢《うごめ》かせた。

「かつて大唐の詩聖たる杜甫は、戦禍に見舞われた故国を前に、国破れて山河在り、城春にして草木深しと詠いました。今こうして郷里を失えば、国が滅びても山河は変わらず、春は変わらず巡って来るとのあの詩が、かつてないほどに胸に沁みます。――この感慨はぜひ、いつかみなに伝えねばなりませんね」

ええ、ぜひ、と答える声が震えたのが自分でも分かった。方谷はきっと伝えるだろう。国のために、誰かのために生きることの尊さを。生生流転を繰り返す世のはかなさを、小さくも輝かしき人の誠のかけがえのなさを。

空はすでに先刻までの暗さを失い、気の早い鳥の群れがその一角を切り裂いて翔《か》けてゆく。波音が急に高く耳を打ち、いつしか人の背丈の半分ほどに小さくなった荼毘の火が、また音を立てて燃え崩れた。その炎はもはや熾火と変わり、浜風にあおられて、ところどころ黒ずみ始めている。空の端に閃光が走り、眩い曙光が浜辺を澄明に照らす。

百年、いや千年も昔から変わらぬ朝の訪れに耕蔵は目を細めた。この朝を決して忘れまいと思えばこそ、その平凡なる姿があまりに美しく映った。

耕蔵、と呼びかけられて振り返れば、方谷の眼差しは小さな波の立つ海にまっすぐに注がれている。

「――詩ができました。聞いてくれますか」

「はい。もちろんでございます」

自分たちの上にある朝日と同じ輝きが、遥《はる》かなる御城の上に降り注ぐ様を、耕蔵は思った。そこに漂うであろう梅の香を、人のおらぬ山道を歩むであろう獣の足音を思った。

世は移ろい、孤城は春にして、人は変わらぬ今日を迎える。

刻々と細くなる黒煙を抱き留めんとするかのようによく晴れた空に、鳥が一羽飛んだ。

〈主要参考文献〉
『増補版・高梁市史』高梁市史（増補版）編纂委員会編　高梁市　2004
『山田方谷全集』山田準編　明徳出版社　2013
『幕末の閣老 板倉勝静』朝森要　福武書店　1975
『備中松山藩の研究』朝森要　日本文教出版　1970
『哲人 山田方谷――その人と詩』宮原信　明徳出版社　1976
『山田方谷 至誠惻怛の人』栗谷川虹　明徳出版社　2021
『山田方谷とその門人』朝森要　日本文教出版　2005
『福西志計子と順正女学校 山田方谷・留岡幸助・伊吹岩五郎との交友』倉田和四生　吉備人出版　2006
『玉島旧柚木家ゆかりの人々』倉敷ぶんか倶楽部編　日本文教出版　2014
『維新動乱の倉敷 倉敷浅尾騒動・玉島事変』森脇正之著　倉敷文庫刊行会　1981

〈主要参考論文〉
「安政の幕政改革における鉄砲方江川氏――芝新座大小砲習練場の規模と構制――」仲田正之（「駒沢史学」1976）
「新島襄と川田剛」河野仁昭（「同志社談叢」2000）

その他にも多くのご論考・ご著作を参考にさせていただきました。
この場をお借りして御礼申し上げます。

謝辞

本書の執筆にあたり、山田方谷記念館館長・山田敦さま、「方谷先生を広める会」世話人・森泰伯さま、映画監督・大森青児さま、高梁市役所の皆さまには大変お世話になりました。深く感謝いたします。

初出　「山陽新聞」２０２４年２月３日号〜12月10日号
刊行にあたり大幅に加筆修正しました。

澤田 瞳子（さわだ・とうこ）

1977年京都府生まれ。同志社大学文学部文化史学専攻卒業、同大学院博士前期課程修了。2011年、デビュー作『孤鷹の天』で第17回中山義秀文学賞を最年少受賞。13年『満つる月の如し 仏師・定朝』で本屋が選ぶ時代小説大賞2012ならびに第32回新田次郎文学賞受賞。16年『若冲』で第9回親鸞賞受賞。20年『駆け入りの寺』で第14回舟橋聖一文学賞受賞。21年『星落ちて、なお』で第165回直木賞受賞。その他の著書に『ふたり女房』『師走の扶持』『関越えの夜』『秋萩の散る』『輝山』（以上、徳間文庫）『火定』『落花』『月ぞ流るる』『のち更に咲く』『赫《かぐ》夜《よ》』、エッセイ『京都はんなり暮し』『天神さんが晴れなら』などがある。

孤城《こじょう》 春《はる》たり

2024年11月30日 初刷

著者 澤《さわ》田《だ》瞳《とう》子《こ》

発行者 小宮英行

発行所 株式会社徳間書店

〒141-8202 東京都品川区上大崎3-1-1

目黒セントラルスクエア

電話 03-5403-4349(編集)

049-293-5521(販売)

振替 00140-0-44392

本文印刷所 本郷印刷株式会社

カバー印刷所 真生印刷株式会社

製本所 ナショナル製本協同組合

ISBN978-4-19-865901-1